21世纪高等学校规划教材｜计算机应用

计算机信息技术基础

蔡永华 主编

孟伟 隋丽娜 陈日升 副主编

清华大学出版社

北京

内 容 简 介

本书基于用户利用计算机对信息进行处理方面的需求而编写。全书从实用、易用出发,强调实际操作,面向教学、选材新颖、图文并茂、版面活泼,每章都配有习题,实际操作章节配有实验。本书主要内容包括计算机基础知识、信息技术基础知识、计算机网络与 Internet 基础、信息处理平台中文 Windows XP 操作系统、图文信息处理软件 Word 2003、数据信息处理软件 Excel 2003、演示信息处理软件 PowerPoint 2003 等内容。

本书内容涵盖了计算机知识和应用技能一级考试要求的内容,可作为大专院校专、本科学生计算机信息基础的教材,也可作为各种成人计算机信息基础培训教材或自学用书。

本书配有电子教案,使用者可以从清华大学出版社网站下载。

图书在版编目(CIP)数据

计算机信息技术基础/蔡永华主编.---北京:清华大学出版社,2011.8

(21 世纪高等学校规划教材·计算机应用)

ISBN 978-7-302-25117-0

Ⅰ.①计…　Ⅱ.①蔡…　Ⅲ.①电子计算机—基本知识　Ⅳ.①TP3

中国版本图书馆 CIP 数据核字(2011)第 050848 号

责任编辑:魏江江　赵晓宁
责任校对:白　蕾
责任印制:王秀菊

出版发行:清华大学出版社		地　　址:北京清华大学学研大厦 A 座	
http://www.tup.com.cn		邮　　编:100084	
社　总　机:010-62770175		邮　　购:010-62786544	
投稿与读者服务:010-62795954,jsjjc@tup.tsinghua.edu.cn			
质　量　反　馈:010-62772015,zhiliang@tup.tsinghua.edu.cn			

印　装　者:三河市金元印装有限公司
经　　销:全国新华书店
开　　本:185×260　印　张:19.5　字　数:470 千字
版　　次:2011 年 8 月第 1 版　印　次:2011 年 8 月第 1 次印刷
印　　数:1~2500
定　　价:29.50 元

产品编号:039154-01

编审委员会成员

浙江大学	吴朝晖	教授
	李善平	教授
扬州大学	李　云	教授
南京大学	骆　斌	教授
	黄　强	副教授
南京航空航天大学	黄志球	教授
	秦小麟	教授
南京理工大学	张功萱	教授
南京邮电学院	朱秀昌	教授
苏州大学	王宜怀	教授
	陈建明	副教授
江苏大学	鲍可进	教授
中国矿业大学	张　艳	教授
武汉大学	何炎祥	教授
华中科技大学	刘乐善	教授
中南财经政法大学	刘腾红	教授
华中师范大学	叶俊民	教授
	郑世珏	教授
	陈　利	教授
江汉大学	颜　彬	教授
国防科技大学	赵克佳	教授
	邹北骥	教授
中南大学	刘卫国	教授
湖南大学	林亚平	教授
西安交通大学	沈钧毅	教授
	齐　勇	教授
长安大学	巨永锋	教授
哈尔滨工业大学	郭茂祖	教授
吉林大学	徐一平	教授
	毕　强	教授
山东大学	孟祥旭	教授
	郝兴伟	教授
中山大学	潘小轰	教授
厦门大学	冯少荣	教授
仰恩大学	张思民	教授
云南大学	刘惟一	教授
电子科技大学	刘乃琦	教授
	罗　蕾	教授
成都理工大学	蔡　淮	教授
	于　春	讲师
西南交通大学	曾华燊	教授

出 版 说 明

随着我国改革开放的进一步深化,高等教育也得到了快速发展,各地高校紧密结合地方经济建设发展需要,科学运用市场调节机制,加大了使用信息科学等现代科学技术提升、改造传统学科专业的投入力度,通过教育改革合理调整和配置了教育资源,优化了传统学科专业,积极为地方经济建设输送人才,为我国经济社会的快速、健康和可持续发展以及高等教育自身的改革发展做出了巨大贡献。但是,高等教育质量还需要进一步提高以适应经济社会发展的需要,不少高校的专业设置和结构不尽合理,教师队伍整体素质亟待提高,人才培养模式、教学内容和方法需要进一步转变,学生的实践能力和创新精神亟待加强。

教育部一直十分重视高等教育质量工作。2007 年 1 月,教育部下发了《关于实施高等学校本科教学质量与教学改革工程的意见》,计划实施“高等学校本科教学质量与教学改革工程”(简称“质量工程”),通过专业结构调整、课程教材建设、实践教学改革、教学团队建设等多项内容,进一步深化高等学校教学改革,提高人才培养的能力和水平,更好地满足经济社会发展对高素质人才的需要。在贯彻和落实教育部“质量工程”的过程中,各地高校发挥师资力量强、办学经验丰富、教学资源充裕等优势,对其特色专业及特色课程(群)加以规划、整理和总结,更新教学内容、改革课程体系,建设了一大批内容新、体系新、方法新、手段新的特色课程。在此基础上,经教育部相关教学指导委员会专家的指导和建议,清华大学出版社在多个领域精选各高校的特色课程,分别规划出版系列教材,以配合“质量工程”的实施,满足各高校教学质量和教学改革的需要。

为了深入贯彻落实教育部《关于加强高等学校本科教学工作,提高教学质量的若干意见》精神,紧密配合教育部已经启动的“高等学校教学质量与教学改革工程精品课程建设工作”,在有关专家、教授的倡议和有关部门的大力支持下,我们组织并成立了“清华大学出版社教材编审委员会”(以下简称“编委会”),旨在配合教育部制定精品课程教材的出版规划,讨论并实施精品课程教材的编写与出版工作。“编委会”成员皆来自全国各类高等学校教学与科研第一线的骨干教师,其中许多教师为各校相关院、系主管教学的院长或系主任。

按照教育部的要求,“编委会”一致认为,精品课程的建设工作从开始就要坚持高标准、严要求,处于一个比较高的起点上。精品课程教材应该能够反映各高校教学改革与课程建设的需要,要有特色风格、有创新性(新体系、新内容、新手段、新思路,教材的内容体系有较高的科学创新、技术创新和理念创新的含量)、先进性(对原有的学科体系有实质性的改革和发展,顺应并符合 21 世纪教学发展的规律,代表并引领课程发展的趋势和方向)、示范性(教材所体现的课程体系具有较广泛的辐射性和示范性)和一定的前瞻性。教材由个人申报或各校推荐(通过所在高校的“编委会”成员推荐),经“编委会”认真评审,最后由清华大学出版社审定出版。

目前，针对计算机类和电子信息类相关专业成立了两个"编委会"，即"清华大学出版社计算机教材编审委员会"和"清华大学出版社电子信息教材编审委员会"。推出的特色精品教材包括：

（1）21世纪高等学校规划教材·计算机应用——高等学校各类专业，特别是非计算机专业的计算机应用类教材。

（2）21世纪高等学校规划教材·计算机科学与技术——高等学校计算机相关专业的教材。

（3）21世纪高等学校规划教材·电子信息——高等学校电子信息相关专业的教材。

（4）21世纪高等学校规划教材·软件工程——高等学校软件工程相关专业的教材。

（5）21世纪高等学校规划教材·信息管理与信息系统。

（6）21世纪高等学校规划教材·财经管理与计算机应用。

（7）21世纪高等学校规划教材·电子商务。

清华大学出版社经过二十多年的努力，在教材尤其是计算机和电子信息类专业教材出版方面树立了权威品牌，为我国的高等教育事业做出了重要贡献。清华版教材形成了技术准确、内容严谨的独特风格，这种风格将延续并反映在特色精品教材的建设中。

清华大学出版社教材编审委员会

联系人：魏江江

E-mail：weijj@tup.tsinghua.edu.cn

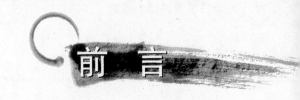
前　言

当今世界，是信息的世界，信息已成为国家和社会发展的重要战略资源。随着以计算机技术为核心的电子信息技术的迅猛发展和微型计算机的普及，人们获取各种信息越来越快捷、方便，而且随着多媒体技术的日臻完善和微型计算机性能的不断提高，微型计算机已进入现代社会的各个角落。特别是近几年，互联网(Internet)技术的飞速发展，更为人们提供了一个信息资源共享和信息交流的网络环境。同时，微型计算机在人们的日常生活和工作中也得到了广泛应用，可以说利用微型计算机进行信息处理的能力已成为体现现代人综合素质的重要标志之一，而计算机信息技术基础也相应成为现代社会人们必修的文化基础课。

在日常生活和工作中，人们经常要利用微型计算机进行文字处理、图形制作、表格制作、表格计算、数据管理、演示文稿制作，以及通过 Internet 获取信息并接收、发送电子邮件等。本书就是基于用户诸多方面的需求而编写的。

全书从实用、易用出发，强调实际操作，面向教学、选材新颖、图文并茂、版面活泼，每章都配有习题，实际操作章节配有实验。全书共分 7 章，分别为计算机基础知识、信息技术基础知识、计算机网络与 Internet 基础、信息处理平台中文 Windows XP 操作系统、图文信息处理软件 Word 2003、数据信息处理软件 Excel 2003、演示信息处理软件 PowerPoint 2003 等内容。

本书的写作大纲、统稿和审稿工作由蔡永华完成。第 1～第 4 章由蔡永华编写，第 5 章由隋丽娜编写，第 6 章由孟伟编写，第 7 章由陈日升编写。在编写过程中，得到许多高校专家、学者的关心和支持，在此向他们表示衷心的感谢。

本书配有电子教案，使用者可以从清华大学出版社网站下载或与作者联系。地址：河北民族师范学院数学与计算机系，E-mail：cyhcyh_sjz@126.com。

由于时间仓促，加之作者水平有限，书中难免会有不足或疏漏，恳请各位读者不吝指正。

编　者

2011 年 4 月

目 录

第1章

计算机基础知识

信息化是当今社会发展的主流,信息技术是当今世界崭新的生产力,信息产业也已成为当今全球第一大产业,计算机技术则是重要支柱。随着计算机科学技术的发展和应用,以及它对人类社会产生的巨大影响,"掌握和应用计算机"的能力已成为当今衡量个人素质高低的重要标志。

1.1 计算机文化知识

1.1.1 计算机的发展史

1. 第一台电子计算机

第一台电子计算机诞生于 1946 年 2 月,称为"埃尼阿克"(Electronic Numerical Integrator and Calculator,ENIAC),即电子数值积分计算机。与以前的计算工具相比,它具有计算速度快、精度高、能按给定的程序自动计算等特点。ENIAC 共用了 18 000 多只电子管,重量达 30 吨,占地 170 平方米,每小时耗电 150 千瓦,真可谓"庞然大物",它不仅存储容量小,而且全部指令还没有存放在存储器中;它的操作相当复杂,稳定性差,它采用线路连接的方法来编排程序,每次解题都要靠人工改接连线,准备时间大大超过实际计算时间。但在当时,这台计算机运算速度是惊人的,每秒钟能作 5000 次加法运算,3 毫秒便可进行一次乘法运算,60 秒钟射程的导弹弹道计算时间由手工计算的 20 分钟缩短到 30 秒,它开创了计算机的新纪元。

2. 冯·诺依曼结构计算机

针对 ENIAC 在存储程序方面存在的致命弱点,美籍匈牙利数学家冯·诺依曼(John Von Neumann)于 1946 年 6 月提出了一个"存储程序"的计算机方案。

这个方案包含三个要点:

- 采用二进制数的形式表示数据和指令。
- 将指令和数据按执行顺序都存放在存储器中。
- 由控制器、运算器、存储器、输入设备、输出设备 5 大部分组成计算机。

其工作原理的核心是"存储程序"和"程序控制",就是通常所说的"顺序存储程序"的概念。人们把按照这一原理设计的计算机称为"冯·诺依曼体系结构计算机"。

早期按照冯·诺依曼体系结构设计的计算机有：

- "埃德瓦克"（Electronic Discrete Variable Computer，EDVAC），即电子离散变量计算机。它的运算速度比 ENIAC 提高了 240 倍，直到 1952 年投入运行，主要用于核武器的理论计算。
- "埃德沙克"（Electronic Delay Storage Automatic Calculator，EDSAC），即电子延迟存储自动计算机。它是第一次实现的"大型存储程序计算机"，于 1949 年投入运行，是第一台投入运行的存储程序计算机。
- "尤尼瓦克"（Universal Automatic Computer，UNIVAC），即通用自动计算机。1951 年作为商品计算机投入使用，开创了用于数据处理的计算机新时代。

冯·诺依曼提出的体系结构奠定了现代计算机结构理论，被誉为计算机发展史上的里程碑，冯·诺依曼则被称为计算机之父，直到现在，各类计算机仍然没有完全突破冯·诺依曼结构的框架。

3. 计算机的发展（按计算机的逻辑部件划分）

随着所采用的电子器件的变化，计算机已经历了四代演变。

（1）第一代——电子管计算机时代（1946—1958）：曾采用水银延迟线作内存储器，磁鼓作外存储器。体积大、耗电多、运算速度慢。最初只能使用由二进制数表示的机器语言，很不方便，到 20 世纪 50 年代中期以后才出现汇编语言。这个时期，计算机主要用于科学计算和军事方面，使用不普遍。第一代计算机的代表机型是 IBM 的 700 系列。

（2）第二代——晶体管计算机时代（1959—1964）：其内存储器主要采用磁芯，外存储器大量采用磁盘，输入和输出设备也有了较大改进。这一代计算机体积显著减小、可靠性提高、运算速度最高可达每秒百万次。在软件方面有了高级程序设计语言和编译系统。计算机开始广泛应用于以管理为目的的信息处理。第二代计算机的主流产品是 IBM7000 系列。

（3）第三代——中、小规模集成电路计算机时代（1965—1970）：固体组件计算机。存储器容量可达 1～4MB，运算速度每秒几百万至上千万次，可靠性等方面也有了较大提高。体积进一步缩小，成本进一步降低。软件进步很大：有了操作系统（Operating System，OS）；开展了计算机语言的标准化工作并提出结构化程序设计方法，出现了计算机网络。计算机应用开始向社会化发展，其应用领域和普及程度迅速扩大。第三代计算机的主流产品是IBM-System/360。

（4）第四代——大规模及超大规模集成电路计算机时代（1971—）：大规模集成电路的出现使计算机发生了巨大的变化，内存储器已由磁芯存储器过渡到半导体存储器，而且集成度越来越高；同时出现了微处理器（把控制器、运算器等部件制作在一块芯片上的超大规模集成电路），从而推出了微型计算机。微型计算机的出现与发展是计算机历史上的重大事件，使得计算机在存储容量、运算速度、可靠性和性能价格比等方面都比上一代计算机有较大突破。各种系统软件、支撑软件、应用软件大量推出，充分发挥了计算机的功能，使计算机几乎应用到所有领域，成为人类社会活动中不可缺少的工具。第四代计算机的主流产品是IBM3090 系列。

从 20 世纪 70 年代初到现在，第四代计算机有了很大发展。主要表现为数据宽度、处理速度、存储容量等技术性能飞速提高；系统软件、应用软件丰富多彩，功能配置空前完善；

价格越来越低,应用越来越普及。从发展角度看,具有向两极化(巨型机、微型机)、网络化、多媒体(Multimedia)化和智能化发展的趋势。

4. 我国计算机的发展

华罗庚教授是我国计算机技术的奠基人,也是我国第一台计算机主要创始人之一。早在 20 世纪 40 年代末,他在美国普林斯顿高级研究院任访问研究员时,就经常与冯·诺依曼交流学术问题。1950 年华罗庚教授回国。在 1956 年国家制定的"十二年科学技术远景规划纲要"中,计算机技术被列为四大紧急任务之首,并聘请他担任计算机技术规划组组长。1962 年在中国科学院数学研究所内成立了我国第一个计算机科研小组。

我国的计算机事业自 1956 年制定"十二年远景规划"时起步,经历了从无到有、从小到大的艰苦历程。回顾历史,大致可分为三个阶段。

(1) 第一阶段(1956—1973):我国的计算机事业从 1956 年开始起步,1958 年试制出第一台晶体管计算机,1972 年研制成功第一台集成电路计算机,为我国的计算机产业奠定了基础。

(2) 第二阶段(1974—1983):这个阶段面向用户和生产的需要,重点发展了系列机。其中的两个微型机系列分别与国际主流的 Intel8080、MC6800 系列机兼容。除此之外,还针对中国国情开展了汉字数字化、信息化、智能化的研究工作,并取得巨大成果。

(3) 第三阶段(1984—):这一阶段重点发展微型机、小型机、外部设备及软件,因此我国的微型机产业和计算机应用得到迅猛发展。长城、联想、浪潮、同方、方正等国产微机相继推出;各种汉字办公软件、电子排版印刷系统也一个接一个地问世;计算机应用于核能利用、空间技术、地质勘探、气象预报、工业控制……越来越广泛的领域。现在我国不但可以系列化、成批地生产各类微型机,而且还研制出了"银河"系列巨型机、曙光系列并行机。相信在不久的将来,我国的计算机事业在研制、生产和应用各个方面都将跻身于世界先进国家行列。

1.1.2 计算机的特点、分类和应用

1. 计算机的特点

计算机与过去的计算工具相比,具有以下一些特点。

(1) 运算速度快:现在的 PC(Personal Computer)每秒钟可以处理几百万条指令,巨型机的运算速度则达几亿次以上。使得过去许多让人望而生畏、近乎天文数字的计算工作,在极短的时间内就能完成。

(2) 计算精度高:计算机是采用二进制数进行运算的,只要配置相关的硬件电路就可增加二进制数的长度,从而提高计算精度。目前普通微型计算机的计算精度就已达到 32 位二进制数。

(3) 具有"记忆"和逻辑判断功能:"记忆"功能指的是计算机能存储大量信息,供用户随时检测和查询。现在一台普通的 PC 的存储器容量都在 512MB~2GB。逻辑判断功能指的是计算机不仅能进行算术运算,还能进行逻辑运算,实现推理和证明。记忆功能、算术运算和逻辑判断功能相结合,使得计算机能模仿人类的某些智能活动,成为人类脑力延伸的重

要工具,所以计算机又称为"电脑"。

（4）能自动运行且支持人机交互:所谓自动运行,就是人们把需要计算机处理的问题编成程序,存入计算机存储器中;当发出运行指令后,计算机便在程序控制下依次逐条执行,不再需要人工干预。"人机交互"则是指在人想要干预时,采用"人机之间一问一答"的形式,有针对性地解决问题。这些特点都是过去的计算工具所不具备的。

2. 计算机的分类

计算机的种类很多,随着它的发展和新机型的出现,分类方法也在不断变化,当前沿用较多的是"电气与电子工程师协会"（IEEE）于 1989 年提出的一种分类方法,将计算机分为 6 种:

（1）个人计算机（Personal Computer,PC）:即面向个人或家庭使用的低档微型计算机。

（2）工作站（Work Station,WS）:是介于 PC 和小型机之间的高档微型机。通常配备有大屏幕显示器和大容量存储器,并具有较强的网络通信功能,多用于计算机辅助设计和图像处理。（网络系统中的用户节点也称为工作站,两者完全不是一回事,注意不要混淆。）

（3）小型计算机（Minicomputer）:结构简单、成本较低、易于维护和使用。其规模按照满足一个中、小型部门的工作需要进行设计和配置。

（4）主机（Mainframe）:具有大容量存储器、多种类型的 I/O（输入输出）通道,能同时支持批处理和分时处理等多种工作方式。其规模按照满足一个大、中型部门的工作需要进行设计和配置。

（5）小巨型计算机（Minisupercomputer）:亦称为桌上型超级计算机。其与巨型计算机相比,最大的特点是价格便宜,具有更好的性能价格比。

（6）巨型计算机（Supercomputer）:亦称超级计算机。具有极高的性能和极大的规模,价格昂贵,多用于尖端科技领域。生产这类计算机的能力可以反映一个国家的计算机科学水平。我国是世界上生产巨型计算机的少数国家之一。

3. 计算机的应用

计算机以不同的形式应用于各行各业,几乎遍及所有领域。随着计算机技术的发展,其应用形式和应用领域更是千变万化、日新月异。因此很难使用一种固定模式对其进行归纳。

（1）传统分类方法——按计算机工作的性质划分:

① 数值计算（又称为科学计算）:是计算机应用最早也是最成熟的应用领域。随着人们对客观世界认识的日益深化,越来越多的研究工作从定性转向了定量,涉及的数学模型和计算工作规模也越来越庞大。因此,在现代科学研究和工程设计中,计算机已成为必不可少的计算工具。例如,人造卫星轨道的计算、宇宙飞船的制导、天体演化形态学的研究、可控热核反应、气象预报等,都是借助计算机来进行计算工作的。

② 数据处理:数据处理指的是对信息进行采集、加工、存储、传送,并进行综合分析。这已成为信息社会中必不可少的重要工作。现在,用于企、事业单位的各种管理信息系统如财务、计划、物资、人事等的管理;用于文字处理的编辑排版系统和办公自动化系统;用于图像处理的图像信息系统;用于图书资料查询的情报检索系统等,都属于计算机在数据处理方面的应用。据统计,现在世界上 75% 的计算机用于数据处理工作。

③ 过程控制（又称为实时控制）：将计算机用来控制各种自动装置、自动仪表、生产过程等，都称为过程控制（或实时控制）。例如，工业生产自动化方面的巡回检测、自动记录、监视报警、自动启停、自动调控等内容；交通运输方面的行车调度；农业方面人工气候箱的温、湿度控制；家用电器中的某些自动控制功能等，都是计算机在过程控制方面的应用。

④ 计算机辅助功能：

- 计算机辅助设计（Computer Aided Design，CAD）；
- 计算机辅助制造（Computer Aided Manufacturing，CAM）；
- 计算机辅助测试（Computer Aided Testing，CAT）；
- 计算机辅助工程（Computer Aided Engineering，CAE）；
- 计算机辅助教学（Computer Assisted Instruction，CAI）。

⑤ 人工智能（Artificial Intelligence，AI）：这是计算机应用的一个较新领域，它是用计算机执行某些与人的智能活动有关的复杂功能。目前研究的方向有模式识别、自然语言理解、自动定理证明、自动程序设计、知识表示、机器学习、专家系统、机器人等。

（2）现代分类方法——按计算机现代应用划分：

① 办公自动化（Office Automation，OA）：它是计算机技术、通信技术与自动化技术相结合的产物。也是当前最为广泛的一类应用。包括：

- 事务型 OA：又称电子数据处理系统（Electronic Data Process，EDP）或业务信息系统。如公文的编辑与打印、报表的填写与统计、文档检索、活动安排及其他数据处理等。
- 管理型 OA：又称管理信息系统（Management Information System，MIS）。它是在事务型 OA 的基础上又增加了各项专业管理功能，如人事信息管理、财务信息管理、计划信息管理、统计信息管理、仓库信息管理系统、超市信息管理系统、档案信息管理系统、病例信息管理系统等，支持本单位的信息管理工作。
- 决策型 OA：它是在事务型 OA 和管理型 OA 基础上增加决策辅助功能而构成的。高级的决策支持系统（Decision Supporting System，DSS）包括数据库、知识库、模型库和方法库等，通过对大量历史数据和当前数据的统计、分析，预测在不同决策下可能产生的结果。

② 生产自动化：包括计算机辅助设计、计算机辅助制造和计算机集成制造系统等内容。

- 计算机辅助设计（Computer Aided Design，CAD）：具有快速改变产品设计参数、优化设计方案、动态显示产品投影图与立体图、输出图纸等功能，从而降低产品的试制成本，缩短产品设计周期。
- 计算机辅助制造（Computer Aided Manufacturing，CAM）：根据加工过程编写"数控加工程序"，由此程序控制"数控机床"完成工件加工，这就是计算机辅助制造。现代的计算机辅助制造系统中通常存有加工资料的数据库（如刀具、夹具等）和控制加工的程序，能在加工过程中自动换刀并给出数据，一次自动完成多道复杂的工序。
- 计算机集成制造系统（Computer Integrated Manufacturing System，CIMS）：是集设计、制造、管理三大功能于一体的现代化工厂生产系统，代表一种新型的生产模式，具有生产效率高、生产周期短等特点。

③ 数据库应用：数据库是在计算机存储设备中按某种关联方式存放的一批数据。借助数据库管理系统(Database Management System,DBMS)可对其中的数据实施控制、管理和使用,如科技情报检索系统、银行储户管理系统、飞机票售票系统、火车售票系统等。根据数据存放地点的差异,可将数据库分为集中式和分布式两类,集中式数据库的数据集中在一台计算机上;分布式数据库的数据则分散在多台计算机内。数据库在计算机现代应用中占有非常重要的地位。

④ 网络应用：计算机网络就是利用通信设备和线路将地理位置不同的功能独立的多台计算机系统互连起来,并在网络软件支持下实现资源共享和信息交换的系统。根据计算机之间信息传输距离的远近和覆盖范围的大小,将计算机网络分为"局域网"(Local Area Network,LAN)、"城域网"(Metropolitan Area Network,MAN)和"广域网"(Wide Area Network,WAN)。计算机网络应用使人类进入了信息化社会。计算机网络在当今社会起到了举足轻重的作用,例如:

- 进行网上浏览、检索信息、下载软件,可以充分享受网络资源。
- 收发电子邮件(E-mail)、传真(FAX)、传送文件(FTP)、发布公告(BBS)、参加网上会议(Netmeeting),可以通过多种方式实现通信。
- 阅读电子报纸、小说,观看体育比赛、收听音乐、参与游戏,丰富个人生活。
- 参加各种论坛,介绍自己的观点、文章、发明或创造。
- 开展电子商务(E-business),利用网上购物,不出门就把事情办好了。

⑤ 人工智能：如前所述。

⑥ 计算机仿真。传统的工业生产要先用实物模型对产品或大型工程进行分析、试验。计算机模拟则使用编制的程序在计算机上进行这些必需的模型试验,从而大大减少投资、避免风险。例如,核武器的研制、大型飞机的设计、农作物生长模拟等。对社会科学领域也可使用此项技术,如城市规划、军事演习、计划生育等。除此之外,计算机模拟还经常用于制造训练环境。国外在 20 世纪 80 年代末就出现一种称为"虚拟现实"(Virtual Reality,VR)的新技术,飞行员只要在训练座舱中戴上一个头盔显示器,便能看到一个高度逼真的空中环境,并产生身临其境的感觉。

⑦ 远程教育：远程教育是建立在互联网上的教学环境,以现代化的信息技术为手段,以适合远程传输和交互式学习的教学资源为教材而构成的开放式教育网络。任何人在任何时间、任何地点,都可选择自己需要的内容进行学习,从而为人们提供了一个终身学习的系统。远程教育对提高全民素质教育有重大意义。

1.1.3　计算机的发展趋势

1. 当今计算机的发展趋势

当今计算机的发展趋势主要有:

(1) 计算机正朝两极方向发展,即微型计算机和巨型计算机。前者反映计算机技术的应用普及程度,后者代表计算机科学的发展水平。多媒体技术是目前微型计算机的热点应用;并行处理技术则是当今巨型计算机的基础。

(2) 多媒体计算机。多媒体计算机是当前开发和研究的热点。由于多媒体技术能将大量信息以文字、声音、图形、图像、视频、动画等形式进行表现,极大地改善、丰富了人机界面,能够充分运用人的听觉、视觉高效率地接收信息,从而得到人们的青睐。其中的技术关键是音频和视频处理,包括音频和视频数据的压缩、解压缩技术,多媒体数据的通信以及各种接口的实现方案等。

(3) 智能化计算机。智能化计算机是未来计算机发展的总趋势,进入 20 世纪 80 年代以来,日本、美国等发达国家曾开始研制第五代计算机,也称为智能化计算机。它突出了人工智能方法和技术的应用,在系统设计中考虑了建造知识库管理系统和推理机,使得机器本身能根据存储的知识进行推理和判断。这种计算机除了具备现代计算机的功能之外,还要具有在某种程度上模仿人的推理、联想、学习等思维功能,并具有声音识别、图像识别能力。

(4) 网络计算机。计算机与通信相结合的网络技术是今后计算机应用的主流。进入 20 世纪 80 年代以来,计算机网络技术发展极为迅速。由简单的远程终端联机,经过计算机联网、网络互联,到今天的信息高速公路,遍布全球的因特网(Internet),使得人们对计算机网络逐步形成了全新的认识。现在随着信息化社会的发展,信息的快速获取和共享已成为一个国家经济发展和社会进步的重要制约因素。

2. 新型计算机

(1) 神经网络计算机:建立在人工神经网络(Artificial Neural Nets,ANN)研究的基础上,从内部基本结构模拟人脑的神经系统。它用简单的数据处理单元模拟人脑的神经元,并利用神经元结点的分布式存储和相互关联来模拟人脑的活动。神经网络计算机以模拟人脑的学习能力和形象思维能力为目标,具有学习、分类能力强,形象思维能力强,并行分布处理能力强等特点。

(2) 生物计算机(Biocomputer):1994 年 11 月美国首次公布了"生物计算机"的研究成果。它使用由生物工程技术产生的蛋白分子为材料的"生物芯片",不仅具有巨大的存储能力,而且能以波的形式传播信息。由于它具备生物体的某些机能,所以更易于模拟人脑的机制。

(3) 光子计算机(Photon Computer):用光子代替电子,用光互连代替导线互连,用光硬件代替电子硬件,用光运算代替电运算。其运算速度比普通计算机快上千倍。

1.2 信息处理知识

1.2.1 信息处理简述

现代社会是信息化社会。随着社会的不断进步,信息量也在急剧增加。计算机最广泛的应用就是信息处理,信息处理的特点是数据量大,有大量的逻辑判断和输入输出,时间性较强。下面主要讲述信息处理的概念和处理方式。

1. 信息处理基本概念

由于信息通常载在一定的信号上,对信息的处理总是通过对信号的处理来实现。

(1) 什么是信息?

- 把客观事物状态的表露,以及事物随时间发生变化的反映都称为信息。

- 由于人是通过接受信息来认识事物的，从这个意义来讲，信息是一种知识。

（2）信息的载体：数值、文字、语言、图形、图像、动画等都可传递信息。而这些成分都可转换为一定形式的数据（即数字化），所以数据是信息的载体，信息是数据的表现形式。

（3）信息处理：由于信息是用数据表示的，所以信息处理也就是数据的处理。

（4）信息处理的过程。

- 首先使用数学和逻辑的手段将信息数字化，即转化为计算机能够接受的数字形式（二进制形式）。
- 然后根据需要再对表示信息的数据进行组织、存储、加工或抽取。

2. 信息处理的方式

表示信息的数据分别来自数值、文字、声音、图形、图像、动画等多种媒体，所以对它们进行处理的方式也就有所不同。

（1）数值：通常的处理方式是按一定的数学模型或公式进行计算。

（2）文字：通常的处理方式是借助文字处理软件对它们进行编辑、存储、复制或打印。

（3）声音：通常有三类处理。

- 语音识别：先将声音数字化，在分析语音数据的声学特性后，识别其中的语音信息。
- 语音生成：语音识别的逆过程。即把数字形式的语音数据转换成声音。
- 语音编辑：根据需要，对数字化后的语音数据进行剪切、复制、粘贴或重新组合。

声音处理时一般都要对数据进行压缩。

（4）图形和图像：两者有类似的处理方式和过程。先将图形或图像数字化，然后按照需要进行各种处理，为了便于图形和图像的存储与传输，必须进行较大比例的数据压缩。

（5）动画：借助动画处理软件对素材进行编辑、存储、运行等操作。

（6）综合处理：即对上述各种信息的组合状态进行处理。多媒体技术是综合处理的典型。

1.2.2　数的表示

怎样表示一个"数"呢？最为人们所接受的是"进位记数制"。

1. 进位记数制

十进制数是大家最熟悉的记数制，它用0～9共10个数字符号及其进位表示数的大小。利用它引出进位记数制的有关概念。

- 0～9这些数字符号称为数码。
- 全部数码的个数称为基数。十进制数的基数为10。
- 用"逢基数进位"的原则进行记数，称为进位记数制。由于十进制数的基数是10，所以其记数原则是"逢十进一"。
- 进位记数的数字，按其所在的不同位置，代表不同的数值，表示各位有不同的"位权"。

例如，一个十进制数111，其个位的1，代表1，即个位的位权是1；十位的1，代表10，即十位的位权是10；百位的1，代表100，即百位的位权是100，依此类推。

- 位权与基数的关系是：位权的值等于基数的若干次幂。

例如，十进制数 1234.5，可以展开成下面的多项式：

$$1234.5 = 1 \times 10^3 + 2 \times 10^2 + 3 \times 10^1 + 4 \times 10^0 + 5 \times 10^{-1}$$

其中，10^3、10^2、10^1、10^0、10^{-1} 等即为该位的位权，每一位上的数码与该位权的乘积，就是该位的数值。

- 任何一种数制表示的数都可以写成按位权展开的多项式之和，其一般形式为：

$$N = d_{n-1} \times b^{n-1} + d_{n-2} \times b^{n-2} + d_{n-3} \times b^{n-3} + \cdots + d_0 \times b^0 + d_{-1} \times b^{-1} \cdots + d_{-m} \times b^{-m}$$

式中：

n——整数的总位数

m——小数的总位数

$d_{下标}$——该位的数码

b——基数

　　二进制 $b=2$；八进制 $b=8$；十进制 $b=10$；十六进制 $b=16$

$b^{上标}$——位权

2．常用的进位记数制

计算机内部的电子部件只有电流的"通"和"断"或电压的"高"和"低"两种工作状态，因此计算机能够直接识别的只有两个状态的量，即二进制数。这就使得它所处理的数字、字符、图像、声音、视频等信息，都是以 0 和 1 组成的二进制数的某种编码表示的。

由于二进制在表达一个数字时，位数太长，不易识别，书写也很麻烦，因此在书写计算机程序时，经常将它们写成对应的十六进制数或八进制数，也经常采用人们熟悉的十进制数。

因此在计算机内部根据实际情况必须要进行二进制数、八进制数、十进制数和十六进制数之间的转换。

常用记数制的基数和数码如表 1-1 所示。

常用记数制的表示方法如表 1-2 所示。

表 1-1　常用记数制的基数和数码

数制	基数																
二进制	2	0	1														
八进制	8	0	1	2	3	4	5	6	7								
十进制	10	0	1	2	3	4	5	6	7	8	9						
十六进制	16	0	1	2	3	4	5	6	7	8	9	A	B	C	D	E	F

表 1-2　常用记数制的表示方法

十进制	二进制数	八进制数	十六进制数
0	0	0	0
1	1	1	1
2	10	2	2
3	11	3	3

十进制	二进制数	八进制数	十六进制数
4	100	4	4
5	101	5	5
6	110	6	6
7	111	7	7
8	1000	10	8
9	1001	11	9
10	1010	12	A
11	1011	13	B
12	1100	14	C
13	1101	15	D
14	1110	16	E
15	1111	17	F
16	10000	20	10

3．进位记数制的表示方法

为了区分各种记数制，常采用如下方法：

（1）在数字后面加写相应的英文字母作为标识。

B(Binary)：表示二进制数。二进制数的 1000 可写成 1000B。

O(Octonary)：表示八进制数。八进制数的 1000 可写成 1000O。

D(Decimal)：表示十进制数。十进制数的 1000 可写成 1000D 或 1000。

H(Hexadecimal)：表示十六进制数，十六进制数的 1000 可写成 1000H。

（2）在括号外面加数字下标。

$(1010)_2$：表示二进制数的 1010。

$(1234)_8$：表示八进制数的 1234。

$(3456)_{10}$：表示十进制数的 3456。

$(1AF9)_{16}$：表示十六进制数的 1AF9。

如果十六进制数以字母开头，还应在第一个字母前加上数字 0，如 0A5BEH。

4．二进制的特点

在计算机内部，一切信息（如数据和指令）的存储、处理与传送均使用二进制数表示，而不使用人们习惯的十进制数，这是因为二进制具有如下特点：

1）在电路中容易实现，而且稳定可靠

在电路中可以用两种不同的状态，即高电平和低电平来表示，如开关的接通为 1，断开为 0；电灯的亮为 1，熄灭为 0；电压的高状态为 1，低状态为 0；电容器的充电为 1，放电为 0等。如果数字系统采用十进制，则需 10 种不同的状态来表示 10 个数字符号，这显然是不容易实现的。

2）易于传输和处理

由于二进制只用 0 和 1 两个状态表达和传输一切信息，所以数字的传输和处理不容易出错,计算机工作稳定、可靠性高、传输途中不受干扰。

二进制运算规则少且简单。

二进制的运算规则是:

加法规则:

$0+0=0$ $\qquad$ $0+1=1$

$1+0=1$ $\qquad$ $1+1=0$(同时向相邻高位进 1)

减法规则:

$0-0=0$ $\qquad$ $0-1=1$(同时向相邻高位借 1)

$1-0=1$ $\qquad$ $1-1=0$

乘法规则:

$0\times0=0$ $\qquad$ $0\times1=0$

$1\times0=0$ $\qquad$ $1\times1=1$

除法规则:

$0\div1=0$ $\qquad$ $1\div1=1$

在逻辑代数中的两个值——"真"和"假",与二进制相对应的则是 1 和 0,从而使用二进制可实现逻辑运算。

5. 各数制之间的转换

人们习惯使用十进制数,而计算机和其他数字系统内部大多采用二进制,因此,在信息处理过程中,计算机首先要把十进制数转换成二进制数,然后,进行加工处理,最后还需将二进制数表示的结果信息转换成人们习惯的十进制数。这里就存在一个不同数制之间的转换问题。

所谓数制转换,是指一个数从一种数制的表示形式转换成等值的另一种数制的表示形式。

下面讲述各数制之间的转换方法。

首先假设二进制、八进制和十六进制均为 r 进制,这里还涉及"字长"的问题,为了便于书写和计算,假设字长为 8 位。

1) 将 r 进制数转换为十进制数

方法:按位权展开求和法。即将 r 进制数按照多项式的方法展开,然后按照十进制的运算规则求和。

【例 1-1】 把二进制数 110010.101B 转换成相应的十进制数。

【解】 $110010.101B=1\times2^5+1\times2^4+0\times2^3+0\times2^2+1\times2^1+0\times2^0+1\times2^{-1}+0\times2^{-2}+1\times2^{-3}=50.625D$

【例 1-2】 把八进制数 17O 转换成相应的十进制数。

【解】 $17O=1\times8^1+7\times8^0=15D$

【例 1-3】 把十六进制数 0A4FH 转换成相应的十进制数。

【解】 $0A4FH=A\times16^2+4\times16^1+F\times16^0=10\times256+4\times16+15\times1=2639D$

注意:十六进制数在转换成十进制数时,应将其中的字母 A~F 转换成相应的十进制数。

2）将十进制数转换为 r 进制数

将十进制数转换为 r 进制数时，需要将此数分成整数和小数两部分分别转换，然后拼接起来。

① 将十进制数转换为 r 进制数——整数部分。

方法：除以 r 取余法（逆取）。即用十进制整数连续除以 r，直到整数部分为 0 为止，得到的余数即为 r 进制数的各位系数。注意，这里最后得到的余数为 r 进制数的最高位，最先得到的余数为 r 进制数的最低位。

【例 1-4】　将十进制数 68D 转换成相应的二进制数。

【解】

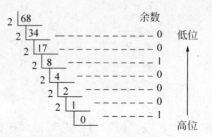

所以68D=1000100B

② 将十进制数转换为 r 进制数——小数部分。

方法：乘以 r 取整法（顺取）。即用十进制小数连续乘以 r，直到小数部分为 0，或达到所要求的精度为止（小数部分可能永远不为零），得到的整数即为 r 进制数的各位系数。注意，这里最先得到的整数为 r 进制数的最高位，最后得到的整数为 r 进制数的最低位。

【例 1-5】　将十进制数 0.3125D 转换成相应的二进制数。

【解】

```
                                              整数
0.3125×2=0.625   - - - - - - - - - 0   高位
0.625×2=1.25     - - - - - - - - - 1     │
0.25×2=0.5       - - - - - - - - - 0     ↓
0.5×2=1.0        - - - - - - - - - 1   低位    所以0.3125D=0.0101B
```

【例 1-6】　将十进制数 0.5428D 转换成相应的二进制数。

【解】

此过程会不断地进行下去（小数部分达不到 0），因此，只能取到一定精度：

0.5428D＝0.1000101B

注意：十进制小数常常不能准确地转换为等值的二进制小数（或其他 r 进制数），有转换误差存在。

【例1-7】 将十进制数57.3125D转换成相应的二进制数。

【解】 分别将整数57D和小数0.3125D转换为等值的二进制数,然后再加在一起。

57D=111001B

0.3125D=0.0101B

所以 57.3125D=111001.0101B

3)将二进制数转换为八进制数

方法:3位分组法。即将二进制数从小数点开始,整数部分向左,小数部分向右,3位分为一组,整数部分最前不够3位,补0凑足3位;小数部分最后不够3位,补0凑足3位。每一组按位权展开求和。

【例1-8】 将二进制数1101000110.01101011D转换成相应的八进制数。

【解】 利用3位分组法。加下划线的"0"是为凑足3位补的。

<u>0</u>01 101 000 110.011 010 11<u>0</u>

 1   5   0   6   3   2   6

所以 1101000110.01101011D=1506.326O

4)将二进制数转换为十六进制数

方法:4位分组法。即将二进制数从小数点开始,整数部分向左,小数部分向右,4位分为一组,整数部分最前不够4位,补0凑足4位;小数部分最后不够4位,补0凑足4位。每一组按位权展开求和。

【例1-9】 将二进制数1101000110.01101011D转换成相应的十六进制数。

【解】 利用4位分组法。加下划线的"0"是为凑足4位补的。

<u>00</u>11 0100 0110.0110 1011

  3   4   6   6   B

所以 1101000110.01101011D=346.6BH

5)将八进制数转换为二进制数

方法:3位分解法。即将八进制数的每一位数字转换为3位二进制数,最高位和最低位的0无意义,舍去。

【例1-10】 将八进制数3742.54O转换成相应的二进制数。

【解】 利用3位分解法。加下划线的0无意义,舍去。

 3   7   4   2.5   4

<u>0</u>11 111 100 010 101 1<u>00</u>

所以 3742.54O=11111100010.1011B

6)将十六进制数转换为二进制数

方法:4位分解法。即将十六进制数的每一位数字转换为4位二进制数,最高位和最低位的0无意义,舍去。

【例1-11】 将十六进制数7AEF5.54DH转换成相应的二进制数。

【解】 利用4位分解法。加下划线的0无意义,舍去。

 7   A   E   F   5.5   4   D

<u>0</u>111 1010 1110 1111 0101 0101 0100 1101

所以 7AEF5.54DH＝1111010101110111110101.010101001101B

7）八进制数与十六进制数之间的相互转换

借助二进制进行转换，即八进制数←→二进制数←→十六进制数。

6. 二进制数的表示单位

在计算机内部，一切数据都用二进制数的编码来表示。为了衡量计算机中数据的量，人们规定了一些二进制数的常用单位，如位、字节、字等。

1）位

位（b）是二进制数中的一个数位，可以是 0 或 1。它是计算机中数据的最小单位，称为比特。

2）字节

通常将 8 位二进制数组成一组，称作一个字节（B）。字节是计算机中数据处理和存储容量的基本单位，如存放一个西文字符在存储器中占一个字节，1B＝8b。

常用的单位还有 KB（千字节）、MB（兆字节）、GB（吉字节）、TB（梯字节）等，它们与字节的关系是：

$1KB=1024B=2^{10}B$

$1MB=1024KB=2^{10}KB=2^{20}B$

$1GB=1024MB=2^{10}MB=2^{20}KB=2^{30}B$

$1TB=1024GB=2^{10}GB=2^{20}MB=2^{30}KB=2^{40}B$

3）字

字（word）是指计算机一次存取、加工、运算和传输的数据长度。

一个字一般由一个或几个字节组成，它是衡量计算机性能的一个重要指标。计算机的字长越长，其运算速度越快，计算精度越高。

1.2.3　数据编码

所谓编码，就是采用少量的基本符号，选用一定的组合原则，以表示大量复杂多样的信息。

1. 数值编码

数值编码就是在计算机内表示二进制数的方法，这个数称做"机器数"。要全面、完整地表示一个机器数，应该考虑如下三个因素：

- 机器数的范围。
- 机器数的符号。
- 机器数中小数点的位置。

要进行数值编码，必须考虑机器的硬件，机器数的范围由硬件决定，机器的硬件确定了机器的字长，机器在一次操作中能处理的最大数字是由其字长确定的。

那么，什么是字长呢？

字长是 CPU（中央处理单元）的主要技术指标之一，指的是 CPU 一次能并行处理的二进制数的位数，字长总是 8 的整数倍，通常 PC 的字长为 16 位（早期），32 位，64 位等。

1）机器数的范围

（1）当使用 8 位寄存器时，字长为 8 位，所以一个无符号整数的最小值是：

$(00000000)_2 = (0)_{10}$，

最大值是：$(11111111)_2 = 2^8 - 1 = (255)_{10}$，此时无符号机器数的范围为 $0 \sim 255$。

（2）当使用 16 位寄存器时，字长为 16 位，所以一个无符号整数的最小值是：

$(0000000000000000)_2 = (0)_{10}$，

最大值是：$(1111111111111111)_2 = 2^{16} - 1 = (65\,535)_{10}$，此时无符号机器数的范围为 $0 \sim 65535$。

同样，字长为 32 位时，无符号机器数的范围为 $0 \sim 2^{32} - 1$；字长为 64 位时，无符号机器数的范围为 $0 \sim 2^{64} - 1$。

2）机器数的符号

前面提到的二进制数，没有涉及数的正负问题。不考虑正负的数称为无符号数。算术运算中的数，自然会有正有负，这类数称为有符号数。为了在计算机中正确地表示有符号数，通常规定最高位为"符号位"，并用 0 表示"正"，用 1 表示"负"。这时在一个 8 位字长的计算机中，数据的格式如下：

D_7	D_6	D_5	D_4	D_3	D_2	D_1	D_0		D_7	D_6	D_5	D_4	D_3	D_2	D_1	D_0
0									1							
正数									负数							

最高位 D_7 为符号位，$D_6 \sim D_0$ 为数值位。这种把符号数字化，并和数值位一起编码的方法，很好地解决了带符号数的表示方法及其计算问题。这类编码方法，常用的有原码、反码、补码三种。

在计算机中对有符号数的表示方法有原码、反码和补码三种形式。

原码表示法规定符号位用数码 0 表示正号，用数码 1 表示负号，数值部分按一般二进制形式表示。

【例 1-12】　$N_1 = +1000100$，$N_2 = -1000100$，其原码如何表示？

【解】　$[N_1]_原 = 01000100$，$[N_2]_原 = 11000100$。

反码表示法规定正数的反码和原码相同，负数的反码是对该数的原码除符号位外各位求反。

【例 1-13】　$N_1 = +1000100$，$N_2 = -1000100$，其反码如何表示？

【解】　$[N_1]_原 = 01000100$，$[N_2]_原 = 11000100$；

　　　　$[N_1]_反 = 01000100$，$[N_2]_反 = 10111011$。

补码表示法规定正数的补码和原码相同，负数的补码则先对该数的原码除符号位外各位取反（即反码），然后末位加 1。

【例 1-14】　$N_1 = +1000100$，$N_2 = -1000100$，其补码如何表示？

【解】　$[N_1]_原 = 01000100$，$[N_2]_原 = 11000100$；

　　　　$[N_1]_反 = 01000100$，$[N_2]_反 = 10111011$；

　　　　$[N_1]_补 = 01000100$，$[N_2]_补 = 10111100$。

3）机器数中小数点的位置

有两种约定：

- 一种规定小数点位置固定不变，这时的机器数称为"定点数"。
- 另一种规定小数点位置可以浮动，称为"浮点数"。

（1）定点数。

由于定点数的小数点位置不同，一般又分为两种情况。对于整数，小数点约定在最低位的右边，称为定点整数；对于纯小数，小数点约定在符号位之后，称为定点小数。如下所示：

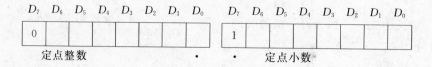

例如，用定点整数表示$(66)_{10}$时，是 01000010。

用定点小数表示$(0.6875)_{10}$时，是 0.1011000。

使用原码、反码、补码都可以表示定点数。

（2）浮点数。

如果要处理的数既有整数部分，又有小数部分，若采用定点数便会遇到麻烦。为此引出浮点数，即小数点位置不固定。

现将十进制数 36.38、−3.638、0.3638、−0.03638 用指数形式表示，它们分别为：

0.3638×10^2、$−0.3638 \times 10^1$、0.3638×10^0、$−0.3638 \times 10^{-1}$

可以看出，在原数字中无论小数点前后各有几位数，它们都可以用一个纯小数（称为尾数，有正、负）与 10 的整数次幂（称为阶数，有正、负）的乘积形式来表示，这就是浮点数的表示法。

一个二进制数 N 也可以表示为 $N = \pm S \times 2^{\pm P}$

式中的 N、S、P 均为二进制数。S 称为 N 的尾数（即尾码），即全部的有效数字（数值小于 1），S 前面的"±"号是尾数的符号；P 称为 N 的阶码（通常是整数），即指明小数点的实际位置。P 前面的"±"号是阶码的符号。

浮点数在机器中的编码分成两部分，排列如下：

阶符	附码 P	尾符	尾码 S

2．字符编码

计算机除了用于数值计算之外，还要进行大量的文字信息处理，也就是要对表达各种文字信息的符号进行加工。计算机如何认识和区分这些符号呢？即采用这样的方法：

- 使用由若干位组成的二进制数去代表一个符号。
- 一个二进制数只能与一个符号唯一对应。即符号集内所有的二进制数不能有相同的。

这样一来，二进制数的位数自然取决于符号集的规模。例如，128 个符号的符号集，需要 7 位的二进制数；256 个符号的符号集，需要 8 位的二进制数等。

这就是所谓的"字符编码"。由此可以看出：计算机解决任何问题，都是建立在"编码"基础上的。

下面给出两种最通用的字符编码。

1) ASCII 码

ASCII（American Standard Code for Information Interchange）码是"美国标准信息交换代码"的简称，用于给西文字符编码。这种编码由 7 位二进制数组合而成，可以表示 128 种字符，目前在国际上广泛流行，如表 1-3 所示。

表 1-3　7 位 ASCII 码编码表

低 4 位代码	高 3 位代码							
	000	**001**	**010**	**011**	**100**	**101**	**110**	**111**
0000	NUL	DLE	空格	0	@	P	'	p
0001	SOH	DC1	!	1	A	Q	a	q
0010	STX	DC2	"	2	B	R	b	r
0011	EXT	DC3	#	3	C	S	c	s
0100	EOT	DC4	$	4	D	T	d	t
0101	ENQ	NAK	%	5	E	U	e	u
0110	ACK	SYN	&.	6	F	V	f	v
0111	BEL	ETB	`	7	G	W	g	w
1000	BS	CAN	(	8	H	X	h	x
1001	HT	EM	)	9	I	Y	i	y
1010	LF	SUB	*	:	J	Z	j	z
1011	VT	ESC	+	;	K	[	k	{
1100	FF	FS	,	<	L	\	l	|
1101	CR	GS	—	=	M	]	m	}
1110	SO	RS	.	>	N	^	n	~
1111	SI	US	/	?	O	—	o	DEL

表中的"控制字符"在计算机系统中起各种控制作用，如光标的退格、回车/换行、响铃、空格、换页等。它们在表中占前两列，再加上 010 列的空格和 111 列的 DEL，共 34 个；其余的是"图形字符"，可以显示或打印出来，共 94 个。

ASCII 码是 7 位二进制编码，而计算机的基本存储单位是字节，一个字节包含 8 个二进制位。因此，ASCII 码的机内码要在最高位补一个 0。

【例 1-15】　分别用二进制数和十六进制数写出"GOOD"的 ASCII 编码。

用二进制数表示：01000111B 01001111B 01001111B 01000100B。

十六进制数表示：47H 4FH 4FH 44H。

后来，IBM 公司把 ASCII 码的位数增加一位，用 8 位二进制数构成一个字符编码，共有 256 个符号。扩展后的 ASCII 码除了原有的 128 个字符之外，又增加了一些常用的科学符号和表格线条。

2) BCD 码

BCD（Binary-Code Decimal）码又称"二-十进制编码"，专门解决用二进制数表示十进制数的问题。二-十进制编码方法很多，有 8421 码、2421 码、5211 码、余 3 码、右移码等。最常用的是 8421 编码,其方法是用 4 位二进制数表示一位十进制数,自左至右每一位对应的位权是 8、4、2、1。应该指出的是,4 位二进制数有 0000～1111 十六种状态,而十进制数 0～9 只取 0000～1001 十种状态,其余 6 种不用。

8421 编码如表 1-4 所示。

表 1-4　8421 码表

十进制数	8421 编码	十进制数	8421 编码
0	0000	8	1000
1	0001	9	1001
2	0010	10	0001 0000
3	0011	11	0001 0001
4	0100	12	0001 0010
5	0101	13	0001 0011
6	0110	14	0001 0100
7	0111	15	0001 0101

由于 BCD 码中的 8421 编码应用最广泛,所以经常将 8421 编码混称为 BCD 码,也为人们所接受。

【例 1-16】 写出十进制数 7901 的 8421 编码。

十进制数 7901 的 8421 编码为 0111 1001 0000 0001。

由于需要处理的数字符号越来越多,为此又出现了"标准六位 BCD 码"和八位的"扩展BCD 码"(EBCDIC 码)。在 EBCDIC 码中,除了原有的 10 个数字之外,又增加了一些特殊符号,大、小写英文字母和某些控制字符。

1.2.4　汉字编码

应用于我国的计算机应该具有汉字信息处理能力。对于这样的计算机系统,除了配备必要的汉字设备和接口外,还应该装配有支持汉字信息输入、输出和处理的操作系统。汉字信息的输入、输出及其处理远比西文困难得多,原因是汉字的编码和处理实在太复杂了。经过多年的努力,我国在汉字信息处理的研制和开发方面取得了突破性进展,使我国的汉字信息处理技术处于世界领先地位。

1. 汉字代码概念

计算机处理汉字信息的前提条件是对每个汉字进行编码,这些编码统称为汉字代码。

在汉字信息处理系统中,对于不同部位,存在着多种不同的编码方式。例如,从键盘输入汉字使用的汉字代码(外码或输入码)就与计算机内部对汉字信息进行存储、传送、加工所使用的代码(机内码)不同,但它们都是为系统各相关部分标识汉字使用的。

系统工作时,汉字信息在系统的各部分之间传送,它到达某个部分就要用该部分所规定的汉字代码表示汉字。因此,汉字信息在系统内传送的过程就是汉字代码转换的过程。这些代码构成该系统的代码体系。汉字代码的转换和处理是由相应的程序来完成的。

下面介绍几种主要的汉字代码:

1) 汉字输入码

汉字输入码是为用户由计算机外部输入汉字而编制的汉字编码,又称为汉字外部码或简称外码。汉字输入码位于人机界面上,面向用户,所以它的编码原则应是简单易记、操作方便、有利于提高输入速度。目前应用较多的有以下 4 类:

(1) 顺序码:将汉字按一定顺序排好,然后逐个赋予一个号码作为该汉字的编码。这种编码方法简单,但由于与汉字的特征没有联系,所以很难记忆。例如,区位码、电报码等。

(2) 音码:根据汉字的读音进行编码。只要具有汉语拼音的基础,就可掌握。这种编码的最大弱点是对于那些不知道读音的字无法输入。例如,拼音码、自然码等。

(3) 形码:根据汉字的字形进行编码。一个汉字只要能写出来,即使不会读,也能得到它的编码。例如,五笔字型、大众码等。

(4) 音形码:根据汉字的读音和字形进行编码。它的编码规则既与音素有关,又与形素有关。即取音码实施简单、易于接受的优点和形码形象、直观之所长,从而得到较好的输入效果。例如,双拼码等。

2) 汉字机内码

汉字机内码是汉字信息处理系统内部存储、处理汉字而使用的编码,简称内码。在设计汉字内码时,应考虑以下基本原则:编码空间应该足够大;中西文兼容性要好;具有较好的定义完备性;编码要简单、系统应容易实现;同时应与国家标准 GB 2312—80 汉字字符集有简明的一一对应关系。

3) 汉字字形码

汉字字形码是表示汉字字形信息的编码。目前在汉字信息处理系统中大多以点阵方式形成汉字,所以汉字字形码就是确定一个汉字字形点阵的代码。全点阵字形中的每一点用一个二进制位来表示,随着字形点阵的不同,它们所需要的二进制位数也不同。例如,24×24 的字形点阵,每字需要 72 字节;32×32 的字形点阵,每字共需 128 字节。与每个汉字对应的这一串字节,就是汉字的字形码。

4) 汉字交换码

汉字交换码是汉字信息处理系统之间或通信系统之间传输信息时,对每一个汉字所规定的统一编码。我国已制定了汉字交换码的国家标准"信息交换用汉字编码字符集——基本集",代号 GB2312—80,又称"国标码"。以后又补充了辅二集和辅四集。

综上所述,汉字处理过程就是这些代码的转换过程。可以把汉字信息处理系统抽象为一个简单模型,如图 1-1 所示。

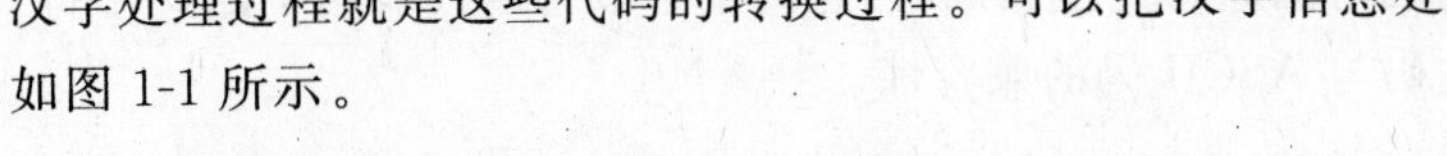

输入 ——→ 输入码 ——→ 国标码 ——→ 内码 ——→ 字形码 ——→ 输出

图 1-1 汉字信息处理系统模型

2. 国标码

我国制定的"中华人民共和国国家标准信息交换汉字编码"(代号 GB 2312—80)就是国标码。该码规定:一个汉字用两个字节表示,每个字节只用 7 位,与 ASCII 码相似。

国标码字符集共收录汉字和图形符号 7445 个。

其中：

（1）一级常用汉字 3755 个。

（2）二级非常用汉字和偏旁部首 3008 个。

（3）图形符号 682 个。

①一般符号 202 个，包括：间隔符、标点符号、运算符、单位符号和制表符。

②序号 60 个，包括 1～20、(1)～(20)、①～⑩、(一)～(十)。

③数字 22 个，包括 0～9、Ⅰ～Ⅻ。

④英文字母 52 个，大、小写各 26 个。

⑤日文假名 169 个，平假名 83 个，片假名 86 个。

⑥希腊字母 48 个，大、小写各 24 个。

⑦俄文字母 66 个，大、小写各 33 个。

⑧汉语拼音字母 26 个。

⑨汉语注音符号 37 个。

在这个字符集中汉字的选择是按使用频度确定的。其中，6763 个一、二级汉字的使用覆盖率达到 99.9% 左右。

国标码是所有汉字编码都应该遵循的标准，自公布这一标准后，汉字机内码的编码、汉字字库的设计、汉字输入码的转换、输出设备的汉字地址码等，都以此标准为基础。

我国大陆使用的汉字机内码就是将两个字节各 7 位的国标码经过如下转换形成的：

- 用两个字节各 8 位表示一个汉字的机内码。
- 在原来国标码的基础上，将两个字节的最高位置 1（避免了与 ASCII 码的冲突）。

以汉字"大"为例，将它的国标码、机内码、对应两个字节的 ASCII 码写在下面：

名　称	编码（十进制）	编码（二进制）
国标码	3473	00110100 01110011
机内码	B4F3	10110100 11110011
ASCII 码	3473	00110100 01110011 代表西文 4s

可以看出：

- 同一个汉字的国标码与机内码相比，只在两个字节的最高位有差别。前者为 0；后者为 1。另外的 7 位则完全相同。由此体现了机内码与国标码有着简明的一一对应关系。
- 当机内码与国标码完全相同时，这两个字节肯定代表两个西文字符。由此体现了汉字机内码与 ASCII 码的兼容性。

3. 区位码

将 GB2312—80 全部字符集组成一个 94×94 的方阵。每一行称为一个"区"，编号从 01～94；每一列称为一个"位"，编号也是从 01～94。这样，每一个字符便具有一个区码和一个位码。将区码置前、位码置后，组合在一起就成为区位码。

因此，国标码与区位码是一一对应的。可以这样认为，区位码是十进制表示的国标码，国标码是十六进制表示的区位码。

例如，汉字"和"在第 26 行、45 列的位置，它的区码是 26、位码是 45，所以区位码就是

2645。在选择区位码作为汉字输入码时,只要输入 2645,便输入了"和"字。

所有 94 个区划分为如下 4 个部分:

(1) 1～15 区:图形符号区。其中 1～9 区为标准区,10～15 为自定义符号区。

(2) 16～55 区:一级汉字区。该区的汉字按汉语拼音排序,同音字按笔画顺序排序。55 区的 90～94 位未定义汉字。

(3) 56～87 区:二级汉字和偏旁部首区。该区按笔画顺序排序。

(4) 88～94 区:自定义汉字区。

1.3 计算机系统的组成

1.3.1 计算机系统概述

计算机系统具有接收和存储信息、按程序快速计算和判断并输出处理结果等功能。

1. 计算机系统

一个完整的计算机系统由硬件系统和软件系统两大部分组成,如图 1-2 所示。

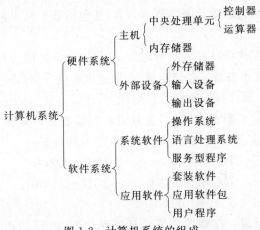

图 1-2 计算机系统的组成

1) 硬件系统
- 硬件系统指由电子部件和机电装置组成的计算机实体。
- 硬件的基本功能是接受计算机程序,并在程序的控制下完成数据输入、数据处理和输出结果等任务。

2) 软件系统
- 软件系统指为计算机运行工作服务的全部技术资料和各种程序。
- 软件系统保证计算机硬件的功能得以充分发挥,并为用户提供一个宽松的工作环境。

计算机硬件和软件两者缺一不可,否则不能工作。

2. 计算机的硬件系统

现在使用的各种计算机均属于冯·诺依曼结构,由 5 大部分组成,如图 1-3 所示。

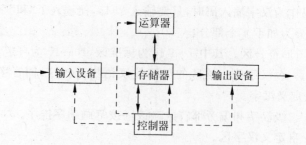

图 1-3 冯·诺依曼型计算机的硬件系统

图中的实线代表"数据信息"的流向,包括原始数据、中间数据、处理结果、程序指令等;虚线代表"控制信息"的流向,全部由控制器发出,按程序的要求向各部分送去控制信息,使各部分协调工作。各部分的功能如下:

1) 控制器

控制器是整个计算机的指挥中心,它取出程序中的控制信息,经分析后,便按要求发出操作控制信号,使各部分协调一致地工作。

2) 运算器

运算器是一个"信息加工厂"。大量数据的运算和处理工作就是在运算器中进行的。这里的"运算",不仅是加、减、乘、除等基本算术运算,还包括若干基本逻辑运算。

3) 存储器

存储器是计算机中存放程序和数据的地方,并根据命令提供给有关部分使用。

(1) 存储器的主要技术参数:存储容量、存取速度和位价格(即一个二进制位的价格)。

(2) 存储器容量:表示计算机存储信息的能力,并以字节为单位。1 个字节为 8 个二进制位。由于存储器的容量一般都比较大,尤其是外存储器的容量提高得非常快,因此又以 2^{10}(即 1024)为倍数不断扩展单位名称。这些单位的关系如下:

$$1B=8b \qquad 1KB=1024B$$
$$1MB=1024KB \qquad 1GB=1024MB$$
$$1TB=1024GB$$

(3) 存储器系统的组成:存储器系统包括主存储器(内存储器)、辅助存储器(外存储器)和高速缓冲存储器(Cache)。三者按存取速度、存储容量、位价格的优劣组成层次结构,以满足 CPU 越来越高的速度要求,并较好地解决三个技术参数的矛盾。它们之间交换数据的层次如图 1-4 所示。

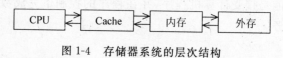

图 1-4 存储器系统的层次结构

① 主存储器(内存):

微型计算机的主存储器分为随机存储器(Random Access Memory,RAM)、只读存储器(Read Only Memory,ROM)和高速缓冲存储器(Cache)。

• 随机存储器(RAM)。

RAM 中的内容随时可读、可写,断电后 RAM 中的信息全部丢失。RAM 用于存放当前运行的程序和数据。根据制造原理不同,RAM 可分为静态随机存储器(SRAM)和动态随机存储器(DRAM)。DRAM 较 SRAM 电路简单,集成度高,但速度较慢,微机的内存条一般采用 DRAM。目前微机中常用的内存以内存条的形式插于主板上。常用的容量为 256MB、512MB、1GB、2GB 等。SRAM 一般用于构成高速缓冲存储器(Cache)。

- 只读存储器(ROM)。

ROM 中的内容只能读出,不能随意删除或修改,断电后信息不丢失。ROM 主要用于存放固定不变的信息。在微机中主要用于存放系统的引导程序、开机自检、系统参数等信息。目前常用的只读存储器由掩模式 ROM、一次可写型 ROM(PROM)、光可擦除和可编程的 ROM(EPROM)、电可擦除和可编程的 ROM(EEPROM 或 E^2PROM)、闪存(Flash Memory)等类型。

② 辅助存储器(外存):

存放当前不参与运行的程序和数据。

它与主存储器交换信息。当需要时,将参与运行的程序和数据调入主存,或将主存中的信息转来保存。

特点:容量大、存取速度慢、位价格低。存储的信息能够长期保留。

常用的外存储器:磁盘、磁带、光盘、U 盘等。

③ 高速缓冲存储器(Cache):

存放正在运行的一小段程序和数据。

它在 CPU 与主存储器之间不停地进行程序和数据交换,把需要的内容调入,用过的内容返还。

特点:存储容量很小、存取速度很快、位价格高。存储信息不能长期保留。

使用的器件:采用半导体静态随机存储器,写作 SRAM。

4) 输入设备

输入设备的主要作用是把程序和数据等信息转换成计算机所适用的编码,并顺序送往内存。常见的输入设备有键盘、鼠标器、扫描仪、数码相机、麦克风、数字化仪等。

5) 输出设备

输出设备的主要作用是把计算机处理的数据、计算结果等内部信息按人们要求的形式输出。常见的输出设备有显示器、打印机、绘图仪、音箱等。

输入设备和输出设备通称为计算机的外部设备。近几年随着多媒体技术的迅速发展,各种类型的音频、视频设备都已列入了计算机外部设备名单。

3. 计算机的工作过程

1) 有关术语

(1) 指令:指挥计算机进行基本操作的命令。它是计算机能够识别的一组二进制编码。

通常一条指令由两部分组成:第一部分指出应该进行什么样的操作,称为操作码;第二部分指出参与操作的数本身或它在内存中的地址,称为操作数。

(2) 指令系统:计算机所能执行的全部指令的集合称为计算机的指令系统。

(3) 程序:完成某一任务指令(或语句)的有序集合称为程序。也就是根据执行过程,将对应的操作指令按顺序排列在一起。

2）工作过程

（1）通过输入设备将程序和数据送入存储器。

（2）用户通过输入设备发出运行程序的命令。

（3）接收到运行程序命令后，控制器从存储器中取出第一条指令，进行分析，然后向受控对象发出控制信号，执行该指令。

（4）控制器再从存储器中取出下一条指令，进行分析，执行该指令；周而复始地重复"取指令、分析指令、执行指令"这种过程，直到程序中的全部指令执行完毕。

1.3.2　微型计算机的硬件结构

微型计算机是大规模集成电路技术发展的产物，微处理器是它的核心部件。自1971年在美国硅谷诞生第一片微处理器以来，微型计算机异军突起，发展极为迅速。随着微处理器的不断更新，微型计算机的功能越来越强，应用越来越广泛。

微型计算机具有计算机的一般共性，也有其特殊性。

微型计算机硬件系统的总体结构如图1-5所示：

1. 中央处理单元

中央处理单元（Central Processing Unit，CPU）是微型计算机的核心部件，是包含有运算器和控制器的一块大规模集成电路芯片，俗称微处理器。大家通常简单称呼其型号，如286、386、486、Pentium、PⅡ、PⅢ、P4（P代表Pentium系列，中文译为奔腾）等。某CPU如图1-6所示。

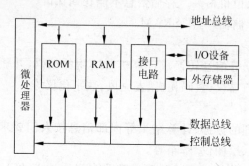

图1-5　微型计算机的硬件系统　　　　　　图1-6　CPU

1）CPU的主要参数

（1）字长：在计算机中，作为一个整体参与运算、处理和传送的一串二进制数，称为一个"字"（Word）。组成该字的二进制数的"位数"，称为"字长"。字长等于CPU中通用寄存器的位数。因此在用字长来区分计算机时，常把计算机说为"8位机"、"16位机"、"32位机"、"64位机"。

（2）主频：对于同一种型号的CPU还可按它们的主频进一步加以区分。例如，100、133、166、200、233、266、300等（单位为MHz）。主频是表征运算速度的主要参数。

2）主流微处理器

目前在我国微型计算机中使用的主流微处理器是Intel公司近几年推出的Pentium系

列微处理器,而且主频都选用 100MHz 以上的。

2．主存储器

主存储器是微型计算机存储各种信息的部件。按其功能和性能,可分为随机存储器和只读存储器,两者共同构成主存储器。但通常说"内存容量"时,则指 RAM,不包括 ROM 在内。

1）随机存储器 RAM

RAM 又称为读写存储器。用于存放当前参与运行的程序和数据。

特点：其中信息可读可写,存取方便;信息不能长期保留,断电便丢失。

关机前应将 RAM 中的程序和数据转存到外存储器上。

2）只读存储器 ROM

由生产厂家将开机检测、系统初始化等程序固化其中。

特点：其中信息固定不变,只能读出不能重写;关机后原保存的信息不丢失。

3．系统总线

系统总线是 CPU 与其他部件之间传送数据、地址和控制信息的公共通道。根据传送内容的不同,分为如下三组,每组都由多根线组成。

(1) 数据总线(Data Bus,DB)：用于 CPU 与主存储器、CPU 与 I/O 接口之间传送数据。数据总线的宽度(根数)等于计算机的字长。

(2) 地址总线(Address Bus,AB)：用于 CPU 访问主存储器或外部设备时,传送相关的地址。此地址总线的宽度决定 CPU 的寻址能力。

(3) 控制总线(Control Bus,CB)：用于传送 CPU 对主存储器和外部设备的控制信号。

这样一种结构使得各部件之间的关系都成为单一面向总线的关系。即任何一个部件只要按照标准挂接到总线上,就进入了系统,就可以在 CPU 统一控制下进行工作。

4．输入输出接口电路

输入输出接口电路也称为 I/O(Input/Output)电路,即通常所说的适配器、适配卡或接口卡。它是微型计算机与外部设备交换信息的桥梁。

(1) 接口电路结构：一般由寄存器组、专用存储器和控制电路组成,当前的控制指令、通信数据,以及外部设备的状态信息等分别存放在专用存储器或寄存器组中。

(2) 接口电路的连接：所有外部设备都通过各自的接口电路连接到微型计算机的系统总线上去。

(3) 通信方式。

通信方式分为并行通信和串行通信。并行通信是将数据各位同时传送;串行通信则使数据一位一位地顺序传送。

1.3.3　外存储器

当前微型计算机使用的外存储器大多是磁盘存储器,分为软盘和硬盘。磁盘存储器由磁盘、磁盘驱动器和驱动器接口电路组成,共称为磁盘机。

1．软盘存储器

图1-7　软盘

软盘是在聚酯薄膜的软片上涂上一层磁性材料制成的。常用的软盘其直径为3.5英寸。为了保护磁面，磁盘都是封装在一个方形的盘套中，在盘套上开出一个读写窗口，平时用一个装有弹簧的金属板遮挡，当插入驱动器后金属板才被移开，露出窗口进行读写。另外，3.5英寸磁盘还有一个写保护口，位于磁盘角的一个方孔处，当拨动滑块遮住方孔时，可对磁盘进行"读"或"写"；当露出方孔时，磁盘上的信息将只能"读"，不能"写"，从而起到保护磁盘信息的作用。软盘如图1-7所示。

信息在磁盘上是按磁道和扇区存放的。磁道即盘上一组同心圆环形成的信息记录区，它们由外向内编号。每道被划成相等的区域，称为扇区。扇区是读/写磁盘的最小单位。一般每扇区的容量为512字节（DOS系统）。目前，3.5英寸软盘容量是1.44MB。一个软盘的存储容量可用下面的公式求出：

软盘总容量＝磁道数×扇区数×磁盘面数（2）×扇区字节数（512B）

例如，3.5英寸软盘有80磁道，每道18扇区，每扇区512B，共有两面：

软盘总容量＝80×18×2×512B＝1.44MB

2．硬盘存储器

硬盘不像软盘用的是聚酯材料做的磁性盘片，而是由涂有磁性材料的铝合金圆盘组成，每个硬盘都由若干个磁性圆盘组成。目前大多数微机上使用的硬盘是5.25英寸和3.5英寸。现在3.5英寸硬盘使用得多。这些硬盘驱动器通常采用温彻斯特技术，它的特点是把磁头、盘片及执行机构都密封在一个腔体内，与外界环境隔绝。采用这种技术的硬盘也称为温彻斯特盘。硬盘如图1-8所示。

图1-8　硬盘

硬盘的两个主要性能指标是硬盘的平均寻道时间和内部传输速率，一般来说，转速越高的硬盘寻道的时间越短且内部传输速率也越高，不过内部传输速率还受硬盘控制器的Cache影响。

硬盘每个存储表面被划分成若干个磁道（不同的硬盘磁道数不同），每道划分成若干个扇区（不同的硬盘扇区数不同）。每个存储表面的同一道形成一个圆柱面，称为柱面。

硬盘的存储容量＝磁头数×柱面数×扇区数×每扇区字节数

例如，某硬盘有磁头15个，磁道数（柱面数）8894，每道63扇区，每扇区512B

硬盘存储容量＝15×8894×63×512B＝4.3GB

3．光盘存储器

由于多媒体信息的发展，尤其是图形、图像、音频、视频信息的发展，使得信息的存储量大大增加，小型存储器不能承担此重任，一种新的大容量可装卸存储介质——光盘应运而生。光盘存储器是信息存储技术的重大突破。

图 1-9　光盘

光盘(Compact Disc,CD)是通过光学方式读取和记录信息的,写入和读出都是使用激光束实现的。目前一张光盘的容量在 700MB 左右,光盘的存取速度要慢于硬盘。光盘如图 1-9 所示。

光盘存储器由三种类型:只读型、一次性写入型和可擦写型。

1) 只读型光盘(CD-ROM)

CD-ROM 中的内容在光盘生产时就已经确定,盘片一旦制成,其内容不可改变,只能读取,在计算机领域,CD-ROM 主要用于视频盘和数字化唱盘以及各种多媒体出版物。目前,各种软件也都是用这种光盘为介质保存的。

2) 一次性写入型光盘

这种光盘来自于空白盘,可以一次或分几次对它写入数据,但写入的内容不可以修改,只能读取,一般可用于资料的永久性保存,也可以用于自制多媒体光盘或光盘复制。

3) 可擦写型光盘(CD-R/W)

这种光盘允许重复读写,故兼有磁盘的大容量和软盘的可装卸等特点,是一种新型光盘。

1999 年以来,几大专业光盘驱动器生产厂家都推出了自己的最新的 DVD 产品,随着DVD-ROM 驱动器和盘片价格的下跌,DVD-ROM 取代 CD-ROM 已是大势所趋。

最早出现的数字视频光盘(Digital Video Disk,DVD)随着技术的不断发展及创新,如今又有了更为广泛的内涵,不再局限于视频这个范畴了,而演变成为数字多功能光盘(Digital Versatile Disk)。目前 DVD-ROM 的容量达到 4.7GB,也有三种类型:只读型、一次性写入型和可擦写型。

1.3.4　输入设备

现在微型计算机必备的输入设备是键盘和鼠标器。此外常用的输入设备还有光学扫描仪、数字化仪及光笔等。辅助存储器和数据通讯设备是输入输出共用设备,既可以用于输入也可以用于输出。

1. 键盘

从系统微机出现到现在,键盘(Keyboard)一直是微型计算机最主要的输入设备。通过键盘几乎可以向计算机输入除图形和声音以外的任何信息,包括数字、字符(包括汉字字符)程序及控制指令。现在用得最多的是 101~106 增强型键盘。

顾名思义,101 键键盘上共有 101 个键,它们按功能不同分布在 4 个区中,这 4 个区分别叫作主键区、功能键区、编辑键区和数字/编辑小键盘。键盘如图 1-10 所示。

1) 主键区

此区的中部是字符区,26 个英文字符分三行排列。空格键在最底下一行,长长的,很容易摸到。数字符号键在顶部,标点、四则运算符号键在右部。右部最顺手处放置着一个很大的 Enter 键。字母、数字、标点和运算符号键几乎都是双挡键,只击其中某一个键时,若是字母键,输入的是小写字母;若是其他键,则输入的是键面下方所标符号。如果按下 Shift 键再来击其中某

图 1-10　键盘图

一个键时,若是字母键,则输入的是大写字母;若是其他键,则输入的是键面上方所标符号。左右两个 Shift 键功能一样。

主键区增加了如下几个控制键:

- Ctrl 键与 Alt 键。各有两个,位于空格键的两边。这两个键不能单独使用,都是与其他键连用进行功能控制。
- Caps Lock 键。这是一个双向开关键,击一下后,键盘右上方的大写字母指示灯亮,以后输入的英文字母将全为大写字母;再击一下这个键,又变回原来状态,输入的字母又改为小写字母。
- Tab 键。用于制表定位,也可用来快速向后移位,击一次可根据定义让光标移动 4、8 或其他数量的字符位置。
- BackSpace 键。击键一次,退回一格,并消除该格字符,其后的字符跟着前移。

2) 功能键区

功能键区中有 16 个键,排成一行位于键盘最顶部。

- F1～F10 键 在不同的软件中有不同的作用。它们还经常与 Ctrl 和 Alt 键组合使用,完成某些特定的功能。F11～F12 键用得比较少。
- Esc 键。一般用来使系统退出当前状态。
- Print Screen 键。在进行屏幕打印时使用。
- Scroll Lock 键。按道理说,用来停止屏幕滚动,所以一般不用。
- Pause(Break)键。可暂停程序的运行。按下 Ctrl+Break 键,可中止程序的执行。

3) 编辑键区

此区集中用于屏幕编辑的键,一共有 10 个键。在计算机上编辑是借助显示屏幕来进行的,屏幕上有一个小亮杠,称为光标(Cursor),指示下一个输入字符的位置。

- 字符移动键↑、↓、←、→这 4 个键也可以分别称为上移键、下移键、左移键和右移键。击键一次,则光标按键面所示方向移动一个字符位置。这些键与空格键和 Back Space 键不同,只移动位置,不删除所经过的字符。
- Insert 键。这是一个开关键,用来设置或取消插入状态。
- Delete 键。按键一次,删除光标处的一个字符。后面字符跟着前移。
- Home 键和 End 键。这两个键的作用没有统一规定,一般说来与光标移动到"行首"或"行尾"有关。
- Page Up 键和 Page Down 键用于翻页,即让光标移动一个页面或一个屏幕。Page Up 键是向前翻页,Page Down 键是向后翻页。

4) 数字/编辑键区

此键区也叫数字/编辑小键盘,当输入大量数据时使用。此键区左上角有一个 Num Lock 键,击此键一次,键盘右上角相应指示灯亮,该键区的各键用作数字运算;再击键一次,键盘右上角相应指示灯灭,该键区各键提供的是编辑功能。本键区上其他的各键与主键区和编辑键区相应的键功能完全一样,不再赘述。

2. 鼠标器

比尔·盖茨在他上大学时有一个大胆的设想:用手拿一个东西控制计算机。二十多年后,他的梦想成真,出现了只有小老鼠大小的、可以握在手里操纵计算机的鼠标器。鼠标如图 1-11 所示。

20 世纪 90 年代,Windows 等图形操作系统和图形应用软件得到飞速发展,于是鼠标器也应运而生,并成为与键盘并驾齐驱的输入设备。移动鼠标器,把鼠标指针移到屏幕上用文字或图形表示的功能之上,按下鼠标器的一个按键,则这个功能就被执行了,这当然比从键盘上发布命令(通常要按多个键)要省事得多。此外,使用鼠标器绘图也十分方便,几乎和用笔在纸上绘图一样,用鼠标器带动鼠标指针可以自由地在屏幕上绘图。

3. 扫描仪

用键盘可以把字符和数字输入计算机,用鼠标器可以选取屏幕上列出的软件功能和进行自由式绘图,用扫描仪(Scanner)可以把图形、图像输入到计算机中。扫描仪有两种:一种是台式扫描仪;另一种是小型手持式扫描仪。台式扫描仪如图 1-12 所示。

图 1-11　鼠标

图 1-12　台式扫描仪

台式扫描仪很像一台复印机,把一个画面平放在扫描仪上,运行相应的扫描软件,这个画面就被"复印"了,不过它不是复印到另外的纸上,而是复印到计算机中。手持式扫描仪工作原理与台式扫描仪一样,只不过它要用手拿着去扫描放在桌面上的画面。手持式扫描仪小巧,价格便宜,但扫描质量和可靠性都不如台式扫描仪。

1.3.5　输出设备

输出设备(Output Device)是把用电信号形式表示的计算机处理结果以及工作状态转换为人类可见或可闻的字母、数字、符号、图像以及声音进行输出的设备。显示器是微型计算机必备的输出设备。除此以外,常用的输出设备还有打印机、绘图机等。

1. 显示器

显示器(Display Unit)是以可见的形式显示字符、数字和图像的输出设备。它是人机交互的重要工具。微型计算机中使用的显示器主要有两种:一种是由阴极射线管(Cathode Ray Tube,CRT)为核心的显示器,如图 1-13 所示;另一种是液晶(LCD)显示器,如图 1-14 所示。

图 1-13　CRT 显示器

图 1-14　LCD 显示器

显示器一般通过显示卡与主机相连。显示卡也称图形卡或视频卡。显示系统的好坏主要通过分辨率、颜色与灰度两个技术指标衡量。

2．打印机

打印机(Printer)是一种机电一体化设备,通过它可以把计算机的输出打印在纸上,达到保存直观信息的目的,打印机的种类繁多,现在微型计算机常用的主要有三种打印机:激光打印机、喷墨打印机和点阵打印机,如图 1-15 所示。

(a) 激光打印机   (b) 喷墨打印机   (c) 点阵打印机

图 1-15   打印机

1.4   多媒体技术

多媒体时代的来临,为人们勾勒出一个多姿多彩的视听世界。多媒体技术的应用是 20 世纪 90 年代计算机的时代特征,是计算机的又一次革命。它不是某个设备所要进行的变革,也不是某种应用所特别需要的特殊支持,而是在信息系统范畴内的一次革命。关于信息处理的思想、方法乃至观念都会由于多媒体的引入而产生极大变化。

1.4.1   多媒体的基本概念

多媒体是计算机和信息界里一个新的应用领域,许多人注意到了多媒体的巨大的市场潜力和广阔的应用前景,但对于多媒体的定义和界定的范围可谓是众说纷法。究竟何谓多媒体呢?

所谓“多媒体”可以简单地理解为,一种以交互方式将文本、图形、图像、音频、视频、动画等多种媒体信息,经过计算机设备的获取、操作、编辑、存储等综合处理后,以单独或合成的形态表现出来的技术和方法。特别是,它将图形、图像和声音结合起来表达客观事物,在方式上非常生动、直观,易被人们接受。

人们熟悉的报纸、杂志、电影、电视、广播等,都是以它们各自的媒体进行信息传播。有些是以文字作媒体,有些是以声音作媒体,有些是以图像作媒体,有些是以图、文、声、像作媒体。以电视为例,虽然它也是以图、文、声、像作媒体,但它与多媒体系统存在明显的区别:第一,电视观赏的全过程均是被动的,而多媒体系统为用户提供了交互特性,极大地调动了人的积极性和主动性;第二,人们过去熟悉的图、文、声、像等媒体几乎都是以模拟量进行存储和传播的,而多媒体是以数字量的形式进行存储和传播的。

多媒体具有多样性、交互性和集成性三个关键特性。多样性指的是信息媒体的多样化;

交互性是指提供人们多种交互控制能力；集成性指不同媒体信息、不同视听设备及软、硬件的有机结合。多媒体以其丰富多彩的媒体表现形式、高超的交互能力、高度的集成性、灵活多变的适应性得到了广泛的应用，并形成了新的行业。21世纪是多媒体发展和普及的年代。

1.4.2　多媒体的关键技术

要进一步推动多媒体技术的应用，加快多媒体产品的实用化、产业化和商品化的步伐，首先就要研究多媒体的关键技术，主要包括数据压缩与解压缩、媒体同步、多媒体网络、超媒体等关键技术。这里简单介绍一下视频和音频数据的压缩和解压缩技术。

多媒体计算机系统要求具有综合处理声、图、文信息的能力。高质量的多媒体系统要求面向三维图形、立体声音、真彩色高保真大屏幕运动画面。为了达到满意的效果，要求实时地处理大量数字化视频、音频信息，这对计算机及通信系统的处理、存储、传输能力是一个严峻的挑战。视频和音频信号数据量大，同时传输速度要求高。考虑到目前微机无法满足以上的要求，因此，对多媒体信息必须进行实时的压缩和解压缩。

目前主要有以下编码及压缩标准：

1. JPEG(Joint Photographic Experts Group)标准

JPEG制定于1986年，是第一个图像压缩国际标准，主要针对静止图像。该标准制定了有损和无损两种压缩编码方案。广泛应用于多媒体CD-ROM、彩色图像传真、图文档案管理等方面。

2. MPEG(Moving Picture Experts Group)标准

这个标准实际上是数字电视标准，包括三个部分：MPEG-Video、MPEG-Audio及MPEG-System。MPEG是针对CD-ROM式有线电视(Cable-TV)传播的全动态影像，它严格规定了分辨率、数据传输速率和格式，MPEG的平均压缩比为50：1。MPEG-l的设计目标是达到CD-ROM的传输速率和盒式录像机的图像质量。MPEG-2的设计目标是在一条线路上传输更多的有线电视信号，它采用更高的数据传输速率，以求达到更好的图像质量。MPEG-System处理音频和视频的复合和同步。MPEG-1的适用范围广泛，如多媒体CD-ROM、硬盘、可读写光盘、局域网和其他通信通道。

1.4.3　多媒体计算机的关键技术

多媒体计算机系统最基本的硬件是声频卡、CD-ROM光盘机、视频卡。在个人计算机上加上声频卡和CD-ROM就成为普遍意义上的多媒体计算机，可见，多媒体技术中的首要技术就是CD-ROM和声频卡。

1. 声频卡

声频卡的种类很多，目前国内外市场上至少有上百种不同型号、不同性能和不同特点的声频卡。声频卡如图 1-16 所示。

1）声频卡的关键指标

（1）采样频率：单位时间内的采样次数。

较高的采样频率能获得较好的声音还原，若采样频率较低的话，声音
的还原将会产生失真。目前的声频卡的采样频率一般采用 44.1kHz、
48kHz 或更高。

图 1-16　声频卡

（2）采样值的编码位数：记录每次采样值使用的二进制编码位数。而二进制编码位数
直接影响还原声音的质量。声频卡的采样值的编码位数越长，声音还原的质量越好。

2）声频卡的关键技术

声频卡的关键技术包括数字音频、音乐合成、MIDI 与音效。

2．视频卡

视频卡处理的是静止或运动的图像信号，技术上难度较大，但发展也相当快，主要有电
视信号采集卡、JPEG/MPEG 图像压缩卡、VGA 到 NTSC/PAL 电视信号转换盒等。

3．光盘驱动器

CD-ROM 或 DVD-ROM 是多媒体计算机系统的最基本硬件之一，这在前面已介绍过。

1.4.4　多媒体技术及其应用

多媒体技术是以计算机技术为核心，将现代声像技术和通信技术融为一体，以追求更自
然、更丰富的接口界面，同时具有高速运算和大量存储能力的商用和工业用机器为目标的不
断发展的新技术。目前多媒体技术的发展可谓是日新月异，新产品不断涌现，堪称为计算机
技术的一场革命。

多媒体技术的应用领域十分广泛，由于它是更自然、更丰富的计算机技术，所以它不仅
覆盖计算机的绝大部分应用领域，同时还拓宽了新的应用领域。多媒体技术的最终产品不
是机器，而是多媒体应用软件产品。在多媒体语言中，对存放在 CD-ROM 上的多媒体应用
软件产品，称作多媒体 CD-ROM 节目。在多媒体节目中包含了文本、图形、图像、声音、动画
和影视等视听媒体。多媒体计算机技术还有一个重要的应用领域是通信工程中的多媒体终
端和多媒体通信系统。随着计算机网络技术和计算机多媒体技术的发展；可视电话、视频
会议系统将为人类提供更全面的信息服务。可视电话，可使单身在外的游子通过电视传真
身临其境地参加新年的家庭聚会；也可以让分布在各地的工作人员讨论方案。实际上，多
媒体系统的应用以极强的渗透力进入了教育、娱乐、档案、图书、展览、房地产、建筑设计、家
庭、现代商业、通信、艺术等人类工作和生活的各个领域，正改变着人类的生活和工作方式，
成功地塑造了一个绚丽多彩的划时代的多媒体世界。

1.5　计算机软件系统

硬件是组成计算机的实实在在的物理设备，软件就是程序、数据以及那些描述程序操作
及使用的有关资料。硬件和软件相辅相成，组成了计算机系统。硬件是软件的基础，离开硬

件,软件无处栖身,无法工作。软件是硬件的扩充和完善,没有安装任何软件的计算机称为裸机。

软件系统分为两大类:系统软件和应用软件。

1.5.1 系统软件

系统软件(System Software)是用于管理计算机资源、分配及协调计算机各部分工作,提高计算机的使用效率和方便用户使用计算机而编制的程序。系统软件包括:语言处理程序、操作系统和服务程序等。

1. 语言处理程序

计算机语言是人与计算机进行交流的工具。计算机语言经过了从低级语言到高级语言的发展过程。

1) 机器语言(Machine Language)

每种计算机都有自己的指令集合,称为指令系统。计算机能识别的是由 0 和 1 组成的二进制代码,用这种指令代码编写的语言程序即机器语言程序,又称为目标程序。不同型号的计算机,其机器语言是不同的。因此,在一种计算机上编写的机器语言,在另一种型号的计算机上就不一定能够执行。

2) 汇编语言(Assembler Language)

机器语言由于难于辨认和记忆,更不易修改和调试。于是,人们采用助记符表示二进制指令,这就是汇编语言,又称符号语言。使用汇编语言时,要求编程人员要掌握计算机的硬件结构,这种语言的通用性差,且编程繁琐。

3) 高级语言(High-level Language)

汇编语言与机器语言一样,仍然是面向机器的语言。编制程序仍然离不开具体的计算机的指令。20 世纪 50 年代末研制出了与具体计算机指令系统无关的,表达方式易被人们掌握和书写的高级语言。高级语言直观通用,便于推广和交流,受到人们的欢迎。

高级语言分为面向过程的语言和面向对象的语言两类,目前广泛使用的高级语言FORTORAN、BASIC、Pascal、C、COBOL 等属于面向过程的语言;Visual C++、Java、C♯等属于面向对象的语言。

用汇编语言和高级语言编写的程序称为源程序(Source Program)。计算机不能对源程序直接执行,需要经语言处理程序翻译为机器语言才能执行。通常,将高级语言翻译成机器语言采用两种方式:

- 编译(Compiler):把源程序经过翻译加工,产生目标程序,然后执行目标程序。
- 解释(Interpreter):它不是先译出目标程序,而是逐句把源程序翻译成机器码并让机器执行,因此运算速度慢,但便于调试。

2. 操作系统

操作系统(Operating System)是为方便用户使用计算机,提高计算机的利用率,对计算机系统资源(包括硬件和软件)进行有效管理和控制而系统地集中起来的一套程序。操作系统是一个计算机系统中必不可少的系统软件,没有操作系统一般用户无法驾驭计算机,几乎所有的程序都要在操作系统支持下运行。操作系统具有 5 大功能：作业管理、进程管理、存储管理、设备管理和文件管理。微型计算机刚出现时，其功能比较简单，因而其操作系统也比较简单，主要是进行文件管理和设备管理。随着微型计算机的发展，其操作系统也不断升级换代。20 世纪 80 年代，微型计算机的主流操作系统是 DOS(Disk Operating System)。90 年代后，图形操作系统逐渐兴起，现在 Windows 操作系统正如日中天，它不仅具备了传统功能，还进一步增加了网络通信功能。

3. 服务程序

服务程序(Service Program)也叫支撑软件，是协助用户进行软件开发或硬件维护的软件。服务程序包括编辑程序、连接程序、纠错程序、诊断程序、工具软件以及反病毒软件等。

4. 数据库管理系统

对大量信息进行保存和加工处理是计算机主要的应用，数据库管理系统(Data Base Management System,DBMS)提供了信息管理科学化、现代化的强有力工具。数据库(Data Base)是采用某种方法统一存储的数据集合。用某种方法组织数据的库，其组织方法可以使用户以方便高效地对数据库中数据进行存储、追加、置换、删除和检索。数据库管理系统是对数据库中的数据进行管理所用的软件。用户用数据库语言(Data Base Language)向数据库管理系统发布命令使用数据库。数据库语言也成了一种应用很广的高级程序语言。我国 20 世纪 80 年代流行 DBASE Ⅲ，90 年代流行 FoxBASE，现在又流行 Visual FoxPro 等，这些数据库管理系统一代比一代功能更强。

1.5.2　应用软件

应用软件(Application Software)一般指在具体的应用领域中，为解决各类实际问题而编制的程序，它用来帮助人们完成特定领域的工作。计算机的应用领域极其广泛，因此应用软件也不胜枚举。应用软件一般是自己制作，但软件公司也将一些行业的处理内容标准化，制成通用的模块化的程序，然后将一个或几个这种程序集合在一起拿到市场上去销售。这种程序集合叫程序包或软件包(Software Package)。例如，Office 就是一个 Microsoft 公司推出的很有名的办公自动化软件包，SAS 就是一个很有名的医学统计软件包。

1.6　计算机病毒

随着计算机的普及、网络技术的发展，信息资源共享的日益扩大，也出现一种破坏因素，这就是人们所厌恶的计算机病毒。在计算机的应用中，如何保证数据的安全，防止病毒的破坏，已成为当前非常重要的问题。

1.6.1　计算机病毒简介

1. 什么是计算机病毒

可从以下几点来领会计算机病毒(Virus)的含义。

- 计算机病毒是一个在计算机系统运行过程中能把自身准确复制或有修改地复制到其他程序体内的"程序"。
- 计算机病毒侵入系统后，不仅会影响系统正常运行，还会破坏数据。
- 计算机病毒不仅在系统内部扩散，还会通过其他媒体传染给另外的计算机。

2．计算机病毒的来源

计算机病毒大多出于计算机软件开发人员之手，其动机多种多样，如：
- 有的为了"恶作剧"，并带有犯罪性质。
- 有的为了"露一手"，表现自己。
- 有的为了保护自己的知识产权，在所开发的软件中加入病毒，以惩罚非法复制者。
- 旨在攻击和摧毁计算机信息系统而制造的病毒——就是蓄意进行破坏。
- 用于研究或有益目的而设计的程序，由于某种原因失去控制或产生了意想不到的结果。

可以看出，计算机病毒是人为制造的"程序"，它的运行属于非授权入侵。

3．计算机病毒的传染媒体

一般说来，计算机病毒有以下几种传染媒体：

1）移动存储媒体

主要是 U 盘。由于 U 盘具有携带方便、通用性强的特点，所以病毒容易隐藏其中。目前 U 盘是 PC 之间传染计算机病毒的主要的媒体，而且国内流行的病毒也多是以 U 盘为传染媒体的。

2）计算机网络

计算机病毒利用网络通信可以从一个节点传染给另一个节点；也可以从一个网络传染到另一个网络。其传染速度是所有媒体中最快的一种。严重时可迅速造成网络中的所有计算机瘫痪。

3）光学介质

计算机病毒也可通过光盘进行传染，主要是盗版光盘。但是目前还不像 U 盘那样严重。

1.6.2 计算机病毒的特征和类型

1．计算机病毒的特征

（1）传染性：计算机病毒具有强再生机制。病毒程序一旦加到运行的程序体上，就开始搜索能进行感染的其他程序，从而使病毒很快扩散到磁盘存储器和整个计算机系统。

（2）寄生性：病毒程序依附在其他程序体内，当这个程序运行时，病毒就通过自我复制得到繁衍，并一直生存下去。

（3）潜伏性：计算机病毒侵入系统后，一般不立即发作，而具有一定的潜伏期。发作的条件依病毒而异，有的在固定时间或日期发作；有的在遇到特定的用户标识符时发作；有的在使用特定文件时发作；或者某个文件使用若干次时发作。

（4）隐蔽性：表现在两个方面，一是传染过程极快，在其传播时多数没有外部表现；二是病毒程序隐蔽在正常程序中。当病毒发作时，实际病毒已经扩散，系统已经遭到不同程度的破坏。

（5）破坏性：病毒的破坏情况表现不一，有的干扰计算机的正常工作；有的占用系统资源；有的则修改或删除文件及数据等。

2．计算机病毒的类型

计算机病毒一般可分成 4 种主要类别：引导区型、文件型、混合型、宏病毒。

- 引导区型病毒：出现在系统引导阶段。即系统启动时，病毒用自身代替原磁盘的引导记录，使得系统首先运行病毒程序，然后才执行原来的引导记录。每次启动后病毒都隐藏下来，伺机发作。
- 文件型病毒：可传染 .COM、.EXE、.SYS 等类型文件。每执行一次染毒文件，病毒便主动传染另一个未染毒的可执行文件。
- 混合型病毒：既传染磁盘的引导区，又传染可执行文件。这类病毒一般可通过测试可执行文件的长度来判断它是否存在。
- 宏病毒：一般是用 Basic 语言书写的病毒程序，寄存于 Office 文档的宏代码。可攻击 .DOC 和 .DOT 文件，影响这些文档的打开、存储、关闭或清除等操作。宏病毒不特别关联于操作系统，它除了借助软盘传染病毒之外，还能通过电子邮件、Web 下载、文件传输等网络操作进行传播。宏病毒是计算机病毒中发展最快的一种病毒，约占全部病毒的 80%。

1.6.3　计算机病毒的防范

1．积极地预防计算机病毒的侵入

（1）在管理方面应做到：

- 系统启动盘要专用，而且要加上写保护，以防病毒侵入。
- 不要乱用来历不明的程序或软件，也不要使用非法复制或解密的软件。
- 对外来的机器和软件要进行病毒检测，确认无毒才可使用。
- 对于带有硬盘的机器最好专机专用或专人专机，以防病毒侵入硬盘。
- 对于重要的系统盘，数据盘以及硬盘上的重要信息要经常备份，以使系统或数据在遭到破坏后能及时得到恢复。
- 网络计算机用户更要遵守网络软件的使用规定，不能在网络上随意使用外来软件。

（2）从技术上采取如下措施：

- 在系统启动盘上的自动批处理文件中加入病毒检测程序。该检测程序在系统启动后常驻内存，对磁盘进行病毒检查，并随时监视系统的任何异常举动（例如，中断向量被异常地修改，出现异常地磁盘读写操作等），一旦有病毒侵入的迹象就进行报警，以提醒用户及时消除病毒。
- 安装计算机防病毒卡。系统一启动该部件便进行工作，时刻监视系统的各种异常并及时报警，以防病毒的侵入。

- 对于网络环境,可设置"病毒防火墙"。"病毒防火墙"是一种"实时过滤"技术,不但可保护计算机系统不受本地或远程病毒的侵害;也可防止本地的病毒向网络或其他介质扩散。

2. 及时发现计算机病毒

尽管采取了各种各样的预防措施,往往由于不慎还会使计算机病毒乘虚而入。

对于一个已侵入了计算机病毒的系统来说,发现越早越好,以便尽量减少病毒造成的损害。那么怎样才能及时地发现计算机病毒呢? 一般来说,不论何种病毒,一旦侵入系统,都或多或少、或隐或显地使系统出现一些异常现象,根据这些现象可以及早地发现病毒,然后采取相应措施。

现把计算机病毒发作时出现的异常现象分别列举如下:

(1) 屏幕上出现的异常现象

屏幕上出现莫名其妙的提示信息、特殊字符、闪亮的光斑、异常的画面。

(2) 系统运行时出现的异常现象

- 系统启动时的速度变慢,或系统运行时速度变慢。
- 在进行磁盘文件读写时时间变长。
- 系统上的设备无故不能使用,如系统不承认 C 盘。
- 系统在运行时莫名其妙地出现死机现象。
- 喇叭无故发出声音。
- 中断向量被无故修改。
- 内存容量异常地突然变小。

(3) 程序运行时出现的异常现象

- 程序装入的时间比平时长。
- 原来能正常执行的程序在执行时出现异常或死机。
- 程序的长度变大。

(4) 磁盘及磁盘驱动器的异常现象

- 磁盘上莫名其妙地出现坏的扇区。
- 一些程序或数据莫名其妙地被删除或修改。
- 在进行其他操作时系统突然读写磁盘。

3. 计算机病毒的清除

如果发现系统感染了病毒,就应及时清除。清除病毒有两种方法:人工检测清除病毒和软件检测清除病毒。

1) 人工检测清除病毒

这种方法操作难度大、技术复杂,要求操作人员有一定的软件分析能力,并对操作系统有较深入的了解。适合于计算机专业人员使用。

常用的工具软件有 DEBUG、PCTOOLS 等。

2) 软件检测清除病毒

这种方法是采用现成的软件对病毒自动地进行检测和清除,适合于病毒传播范围较大的情况。适于广大的普通计算机用户使用。

常用的查杀毒软件有 KV3000、瑞星、金山毒霸、360 等。

由于计算机病毒的种类繁多,新的变种不断出现,因此查杀毒软件是有时间性的。因为总是先有病毒才有针对它的查杀毒软件。所以软件检测清除病毒方法不可能清除新诞生的病毒。

1.6.4　网络黑客和防火墙

1. 什么是"黑客"

"黑客"(Hacker)是指利用通讯软件,通过网络非法进入他人计算机系统,获取或篡改各种数据,危害信息安全的入侵者或入侵行为。黑客不仅危害着个人的及各种机构的计算机安全,更为严重的是他们直接威胁着国家政府、军事、金融、电信、电力、交通等各领域。他们会使军事情报泄露、商业机密被窃取、金融数据被篡改、交通指挥失灵等,这都严重干扰了经济建设并危及国家安全。

最初,"黑客"是一个褒义词,指的是那些尽力挖掘计算机程序的最大潜力的计算机精英。如今他们依然是计算机天才,但是他们的行为对整个社会造成了严重的危害。他们的动机,有的只是为了炫耀自己的本事,有的是蓄意破坏,也有一部分是为了牟利。

2. 防火墙

目前防止黑客入侵的措施主要是靠防火墙(Firewall)的技术。防火墙是用于将Internet 的某个子网或某台 PC 与 Internet 的其余部分相隔离,以达到网络和信息安全效果的软件或硬件设施。它可以限制外界用户对内部网络访问及管理内部用户访问外界网络的权限,也可以把计算机和 Internet 分隔开。它检查到达防火墙两端的所有数据包,无论是进入的还是发出的,从而决定是拦截这个包还是将其放行。

3. 黑客的作案手法

黑客们作案使用的手法已知的达数千种之多,最常见的有以下几种:

(1)电子邮件炸弹:这是最广泛运用的攻击方式,简单地说就是在发往对方的电子邮件中附载一个很大的文件,将对方的电子信箱"撑破"。

(2)PING:PING 是一种用来测试网络速度的小程序,这个程序会向服务器发送数据包。如果很多人用这个程序不间断地向服务器发送数据包,服务器就会像拥挤的公路一样发生"阻塞",最终瘫痪。

(3)套取密码法:攻击者通过"特洛伊木马"(一类黑客工具的统称)、远程监视对方计算机等方法获得受害者的密码,然后利用密码修改网页、破坏服务器等。

(4)攻破防火墙:利用某些防火墙的漏洞,巧妙地将自己的网址请求设置成指向防火墙的路径,接近防火墙。这种办法往往是最狠毒的,攻击的目的大多是修改、破坏、盗取受害者需要保护的资料,甚至企图控制受害方的整个网络系统。

习题 1

1. 选择题

(1) 世界上第一台电子计算机诞生于(　　)。

　　A. 美国　　　　　　B. 德国　　　　　C. 英国　　　　　D. 日本

(2) 关于电子计算机的特点,以下论述中错误的是(　　)。

　　A. 运算速度快　　　　　　　　　B. 运算精度高

　　C. 具有记忆和逻辑判断能力　　　D. 自动运行,不能人工干预

(3) 奠定了现代计算机的结构理论的科学家是(　　)。

　　A. 诺贝尔　　　　B. 爱因斯坦　　　C. 冯·诺依曼　　D. 居里

(4) 当前计算机向(　　)方向发展。

　　A. 微型机和小型机　　　　　　　B. 微型机和便携机

　　C. 微型机和巨型机　　　　　　　D. 巨型机和小型机

(5) CAD 的中文含义是(　　)。

　　A. 计算机辅助设计　　　　　　　B. 计算机辅助制造

　　C. 计算机辅助工程　　　　　　　D. 计算机辅助教学

(6) 计算机能够直接识别的记数制是(　　)。

　　A. 二进制　　　　B. 八进制　　　　C. 十进制　　　D. 十六进制

(7) 下列论述符合机器数的符号规定的是(　　)。

　　A. 最高位为符号位,用 1 代表正数　　B. 最高位为符号位,用 0 代表正数

　　C. 定点数代表正数　　　　　　　　　D. 浮点数代表正数

(8) ASCII 码是字符编码,该编码用(　　)个二进制位表示一个字符。

　　A. 8　　　　　　　B. 7　　　　　　C. 10　　　　　D. 16

(9) 计算机系统由(　　)组成。

　　A. 主机和外部设备　　　　　　　B. 软件系统和硬件系统

　　C. 主机和软件系统　　　　　　　D. 操作系统和硬件系统

(10) 关于 byte,下列说法正确的是(　　)。

　　A. 数据的最小单位,即二进制数的 1 位

　　B. 基本存储单位,对应 8 位二进制位

　　C. 基本运算单位,对应 8 位二进制位

　　D. 基本运算单位,二进制位数不固定

(11) 冯·诺依曼计算机工作原理的核心是(　　)。

　　A. 顺序存储和程序控制　　　　　B. 存储程序和程序控制

　　C. 集中存储和程序控制　　　　　D. 运算存储分离

(12) 计算机将程序和数据同时存放在机器的(　　)。

　　A. 控制器　　　　　　　　　　　B. 存储器

　　C. 输入输出设备　　　　　　　　D. 运算器

(13) 微型计算机的核心部件是( )。

　　A. 控制器　　　　B. 运算器　　　　C. 存储器　　　　D. 微处理器

(14) 常用的 CD-ROM 光盘是( )类型。

　　A. 只读　　　　　B. 读写　　　　　C. 可擦　　　　　D. 可写

(15) CPU 包括( )。

　　A. 运算器和 Cache　　　　　　　B. 控制器和运算器

　　C. ROM 和 RAM　　　　　　　　D. 控制器和 Cache

(16) 微型计算机中运算器的主要功能是( )。

　　A. 只算术运算　　　　　　　　　B. 只逻辑运算

　　C. 算术和逻辑运算　　　　　　　D. 初等函数运算

(17) 人们针对某一需要而为计算机编制的指令序列称为( )。

　　A. 指令　　　　　B. 程序　　　　　C. 命令　　　　　D. 指令系统

(18) 根据软件的功能和特点,计算机软件一般可分为( )。

　　A. 系统软件和非系统软件　　　　B. 系统软件和应用软件

　　C. 应用软件和非应用软件　　　　D. 系统软件和管理软件

(19) 根据计算机语言发展的过程,下列排列顺序正确的是( )。

　　A. 高级语言、机器语言、汇编语言　　B. 机器语言、汇编语言、高级语言

　　C. 机器语言、高级语言、汇编语言　　D. 汇编语言、机器语言、高级语言

(20) 计算机病毒指的是( )。

　　A. 微生物感染　　　　　　　　　B. 化学污染

　　C. 破坏性程序　　　　　　　　　D. 电路故障

(21) 下列不是多媒体信息的是( )。

　　A. 文本　　　　　B. 光盘　　　　　C. 声音　　　　　D. 图像

(22) 图像数据压缩的目的是( )。

　　A. 为了符合 ISO 标准　　　　　　B. 为了符合各国的电视制式

　　C. 为了减少数据存储量,利于传输　D. 为了图像编辑的方便

(23) 静态图像压缩标准是( )。

　　A. PAL　　　　　B. JPEG　　　　C. MPEG　　　　D. NTSC

(24) 动态图像压缩标准是( )。

　　A. PAL　　　　　B. JPEG　　　　C. MPEG　　　　D. NTSC

2. 简答题

(1) 计算机的主要特点是什么?

(2) 简述 CPU 的组成及各部分的作用。

(3) 常用的输入设备和输出设备有哪些?

(4) 什么是计算机病毒?

(5) 计算机病毒的特征有哪些?

第 **2** 章

信息技术基础知识

2.1 信息的概念、特征和分类

信息犹如空气一样普遍存在于人类社会时空之中。它作为一种客观存在,从远古直到当今的文明社会,一直都在积极发挥着人类意识到或没意识到的重大作用。"信息"是最基本的概念,那么什么是"信息"? 它的实质是什么? 它有什么特征? 它怎样进行度量? 对这些问题的透彻理解,是收集、处理和利用信息的前提,让我们就从这里开始探索信息资源的宝库,迈向信息科学的大门。

2.1.1 信息的概念

信息一词来源于拉丁文 Information,且在英语、法语、德语、西班牙语中同字,以及俄语、南斯拉夫语中同音,表明了它在世界范围内使用的广泛性。"信息"一词在我国有着很悠久的历史,早在两千多年前的西汉时期,"信"字就出现了。"信"常可作消息理解。唐朝诗人李中在《碧云集·暮春怀故人》一诗中就留下了"梦断美人沉信息,目穿长路倚楼台"的佳句,宋朝陈亮《梅花》诗:"欲传春信息,不怕雪埋藏。"《水浒传》第四十四回:"宋江大喜,说道:'只有贤弟去得快,旬日便知信息。'"巴金《家》三一:"二表哥的事情怎样了? 为什么连信息也不给我一个?"当时,"信息"指的是音信、消息。

就一般意义而言,信息可以理解成消息、情报、知识、见闻、通知、报告、事实、数据等。但真正被作为一个科学概念探讨,则是在 20 世纪 20 年代,而作为科学被人们普遍认识和利用则是近几十年的事情。

对于什么叫信息,迄今说法不一,作为日常用语,"信息"经常是指"音讯、消息"的意思,但至今信息还没有一个公认的定义。"信息"使用的广泛性使得我们难以给它下一个确切的定义。专家、学者从不同的角度为信息下的定义达十几种之多。下面所叙述的几种定义是人们从不同角度对信息的理解。

最早对信息进行科学定义的是哈特莱(Ralph V. L. Hartley)。他在 1928 年发表的《信息传输》一文中,首先提出"信息"这一概念。他认为,发信者所发出的信息,就是他在通信符号表中选择符号的具体方式,并主张用所选择的自由度来度量信息。例如,假定某人在符号中选择了这样一些符号:"I am well."就发出了"我平安"的信息;如果他选择了"I am sick."这些符号,就发出了"我病了"的信息。不管符号所代表的意义是什么,只要从符号集中选择的符号数目一定,发信者所能发出的信息的数量就被限定了。哈特莱的思想和研究成果,为信息论的创立奠定了基础。

1948年,信息论创始人、美国科学家香农(C. E. Shannon)从研究通信理论出发,第一次用数学方法给信息下了一个定义:"信息是能够用来消除不确定性的东西"。认为信息具有使不确定性减少的能力,信息量就是不确定性减少的程度。所谓不确定性,就是对客观事物的不了解、不肯定。因此,信息被看作是用以消除信宿(信息的接收者)对于信源(信息的发出者)发出哪些消息的不确定性。他还用概率统计的数学方法来度量不定性被消除的量的大小。

几乎是在同时,控制论创始人美国科学家维纳(N. Wiener)在1948年发表的名著《控制论——动物和机器中的通信与控制问题》一书中指出"信息就是信息,不是物质,也不是能量"。后来,维纳在《人有人的用处——控制论与社会》一书中写道:"信息是在人们适应外部世界,并且使这种适应反作用于外部世界的过程中,同外部世界进行互相交换的内容的名称,要有效地生活,就必须有足够的信息。"在这里,维纳把人们与外界环境交换信息的过程看成是一种广义的通信过程,试图从信息自身具有的内容属性给信息下定义。这两本著作标志着控制论这门新兴学科的兴起。

关于信息的定义,有人提出用变异量来度量,认为"信息就是差异"。持这种观点的典型代表是意大利学者朗格(G. Longe)。他提出"信息是反映事物的形式、关系和差别的东西。信息包含于客体间的差别中,而不是在客体本身中"。按照这种观点,自然界和人类社会普遍存在可传递的差异性。差异越大,信息量就越大,没有差异就没有信息,不可传递的东西不是信息。所谓信息量就是对事物差异度的量度或测度。

我国信息论学者钟义信教授认为:信息是"事物运动状态和方式,也就是事物内部结构和外部联系的状态和方式"。《辞源》中将信息定义为:"信息就是收信者事先所不知道的报导。"《韦氏词典》(美国)对信息的描述是"信息是用以通信的事实,是在观察中得到的数据、新闻和知识"。对于信息的含义,至今仍是众说纷纭,莫衷一是,人们出于不同的研究目的,从不同的角度出发,对信息作用的不同理解和解释而对信息做出了定义。各种信息定义都反映了信息的某些特征。这样,难免就会产生差异性、多样化。

随着时间的推移,时代将赋予信息新的含义。现代"信息"的概念,已经与半导体技术、微电子技术、计算机技术、通信技术、网络技术、多媒体技术、信息服务业、信息产业、信息经济、信息化社会、信息管理、信息论等含义紧密地联系在一起。但信息的本质是什么? 这仍然是需要进一步探讨的问题。

2.1.2　信息的特性

1. 信息的普遍性、无限性和客观性

世界是物质的,物质是运动的,运动的物质既产生也携带信息。无论是自然界还是人类社会,对客观物质世界间接和概括反映的人类思维都处于永恒的运动之中,因而信息是普遍存在的。由于宇宙空间的事物是无限丰富的,所以它们所产生的信息也必然是无限的。诚然,由于人类在一定历史阶段认识领域的有限性,在此阶段获得的信息也只能是有限的,但并不能由此否认信息资源的无限性。同时,普遍存在着的信息又是客观的。客观世界的一

切事物都在不断地运动变化着,并表现出不同的特征和差异。这些特征变化就是客观实在,并通过各种各样的信息反映出来。从有人类存在以前直至今天,人类及人类以外的各种生物就在利用着客观存在的大自然中无穷无尽的信息资源。信息的客观性还表现为它是以物质的客观存在为前提的,即使是主观信息,如决策、判断、指令、计划等,也有它的客观实际背景,并受客观实践的检验。因此,信息必须真实、准确,必须如实地反映客观实际。

2. 信息的可共享性

信息区别于物质的一个重要特征是它可以被共同分享和占有。信息的共享性有两层含义:一是信息交换的双方,即传播者和接受者都可以享有被交换的同一信息;二是信息在交换或交流过程中,可以同时为众多的接受者所接收和利用。信息的分享不仅不会失去原有信息,而且还可以广泛地传播与扩散,供全体接收者所共享。与其相反,物质的交换遵循易物交换原则,你的所得,必为我之所失,其结果是零。

3. 信息的可存储性

任何信息都是以某种物质的特定的运动形式表现出来的,不能独立存在于某种物质之外,必须依附于物质载体而存在,需要物质承载者。也就是说,信息能够以一定的方式存储在某种物质载体之中。信息在时间上的传递通常被称为信息的存储。人们存储信息的目的在于利用信息。实际上,人类文明就是这样传承下来的。人类除运用大脑进行信息存储外,一般要运用语言、文字、图像、符号等记载信息,并通过声波、光波、电波等媒体进行信息传递。如果要使信息长期保存下来,还必须采用纸张、胶卷、磁带、磁盘、光盘等实物作为它的载体加以存储。没有物质载体,信息就不能存储和传播,但其内容并不因记录手段或物质载体的改变而发生变化。

4. 信息的可传输性

人们要获取信息必须依赖于信息的传输。把信息从时间或空间上的某一点向其他点移动的过程称为信息传输。一个完整的信息传输过程必须具备信源、信宿、信道和信息4个基本要素。信息可以通过多种渠道、采用多种方式进行传输。人与人之间信息传输一般依赖语言、文字、表情、动作;社会信息的传输则通过报纸、杂志、文件等。随着现代通信技术的发展,信息可以通过电话、电报、广播、通信卫星、网络等通信手段进行传输。信息的传输成本远远低于物质和能源的传输。

5. 信息的可扩散性

信息富于渗透力,力图冲破保密的非自然束缚。信息像热源,总是力图向温度低的地方扩散。信息的浓度越大,信息源和接收者的梯度越大,信息的扩散力度越强。在日常生活中,越是离奇的消息,越是爆炸性的新闻,传播得越快,扩散的范围越大,这正说明了信息扩散的威力。

6. 信息的可转换性

信息的传递是同物质和能量的传递相关的,其传递过程中必将伴有一定的物质及其运动的传递或变换、能量的传递或能量形式的变换。此外,信息在变换载体时的不变性,使得信息可以方便地从一种形态转换为另一种形态。例如,信息可以转换为语言、文字、数据、图像等形式,也可转换为计算机代码、电磁光信号等。由此可知,信息对于载体的可选择性使得如今的信息传递不仅可以在传播方式上加以选择,而且在传递时间和空间上提供了极大的方便,并使得人类开发和利用信息资源的各项技术的实现成为可能。

7. 信息的可度量性

信息也是可以度量的。信息论的创始人香农,舍去事件发生的时间、地点、内容以及人的情感等因素,只考虑事件发生的状态数目及每种状态发生的可能性大小,给出用以度量信息的熵函数,这是信息度量最基本的一种方法。虽然这种信息度量的方法有其局限性及其适用的条件和环境,但信息论、信息科学的发展也正是以此为起点,并在发展过程中不断改进和创新信息的度量方法,扩大度量信息的范围和层次。

8. 信息的可压缩性

信息可以进行浓缩、集中、概括以及综合,而不至丢失信息的本质。信息压缩在实际中很有必要。因为人们没有能力收集一个事物的全部信息,也没有能力和必要存储所有的信息,这叫信息的不完全性。只有正确地舍弃冗余信息,才能正确地使用信息。

9. 信息的时效性

信息是对事物存在方式和运动状态的反映,如果不能反映事物的最新变化状态,它的效用就会降低。即信息一经生成,其反映的内容越新,它的价值越大;时间延长,价值随着减小。

2.1.3　信息的分类

从不同的角度,人们可以对信息进行不同的分类。将信息分类后,可以更进一步看出不同的信息的特征。到目前为止,对信息类别的细化还没有一个普遍公认的模式,因为不同的划分者有不同的分类标准,下面是一些常见的分类方法。

(1) 按信息产生的领域分类,可以分为工业信息、农业信息、军事信息、政治信息和管理信息等。

(2) 按信息源的性质来分类,可以分为语言信息、图像信息和文字信息等。

(3) 按对信息的掌握程度来看,可以分为确定信息和不确定信息。

(4) 按信息的性质来看,可以分为语法信息、语义信息和语用信息。

(5) 以某个决策目标为准则,信息可被划分为有用信息、无用信息和有害信息。

(6) 按内容分类,可以分为社会信息与非社会信息。

(7) 按状态分类,可以分为动态信息和静态信息。

2.1.4　信息的特征

信息在社会活动中发挥着重要的作用,引起了人们的高度重视。深入了解信息的基本特征既有利于准确地把握和理解信息的基本内容,也有利于依据信息的特点,有效地获得信息,利用信息,形成新的知识,挖掘信息的应用价值。那么,信息有哪些特征呢?

1. 可识别性

信息是可以识别的,识别又可分为直接识别和间接识别,直接识别指通过感官的识别,间接识别是指通过各种测试手段的识别。不同的信息源有不同的识别方法。

2. 可存储性

信息是可以通过各种方法存储的。

3. 可扩充性

信息随着时间的变化,将不断扩充。

4. 可压缩性

人们对信息进行加工、整理、概括、归纳就可使之精练,从而浓缩。

5. 可传递性

信息的可传递性是信息的本质等征。

6. 可转换性

信息可以由一种形态转换成另一种形态。

7. 特定范围有效性

信息在特定的范围内是有效的,否则是无效的。

2.2　信息技术的概念和特点,信息技术的体系及其社会作用

2.2.1　信息技术的概念

由于到目前为止信息还没有一个统一而公认的定义,因此,对信息技术也就不可能有一个统一而公认的定义。人们对信息技术的定义,因其使用的目的、范围、层次不同而有不同的表述。

信息技术指有关信息的收集、识别、提取、变换、存储、传递、处理、检索、检测、分析和利用等的技术。现代信息技术多指以计算机技术、微电子技术、网络技术和通信技术为特征,在计算机和通信技术支持下用以获取、加工、存储、变换、显示和传输文字、数值、图像以及音频、视频、动画信息,包括提供设备和提供信息服务两大方面的方法与设备的总称。信息技术也包括信息传递过程中的各个方面,即信息的产生、收集、交换、存储、传输、显示、识别、提取、控制、加工和利用等技术。

综上所述,所谓信息技术就是人类开发和利用信息资源的所有手段的总和。

2.2.2　信息技术的特点

信息技术的特点包括技术的和社会的两个方面,这里仅介绍信息技术的技术特点。信息技术的技术特点源于其技术领域本身,一般而言主要有数字化、网络化、高速度、智能化和个性化等特点。

1. 数字化

在信息处理和信息传输领域,二进制数字信号是现实世界中最容易被表达、物理状态最稳定的信号。数字化就是将信息用电磁介质按二进制编码的方法加以处理和传输,将原先用纸张或其他媒介存储的信息转变为用计算机处理和传输的信息。它一改传统的记录和存储模式,将信息存储方式转变为磁介质上的电磁信号,为压缩信息存储空间、改进信息组织方式、提高信息更新速度、进行信息远程传递提供了基础;将多种信息形式,如文字、符号、图形、声音、影像等有机地结合在一起,为进行信息的统一处理和传输提供了基础;将信息组织形式由顺序的方式转变为可按其本身的逻辑关系组成相互关联的网络结构,为提高信息检索效率提供了基础。

2. 网络化

计算机技术、网络技术与通信技术的结合将人类带入了全新的网络环境,把分布在各地的具有独立处理能力的众多计算机系统,用传输介质和相应设备连接起来,通过网络管理软件,以实现资源(硬件、软件、数据)共享和信息交换。网络通信协议技术,保证了各种数字化信息在网络化交流中能安全、可靠地到达指定地点。信息网络的发展异常迅速,从局域网(LAN)到广域网(WAN),再到国际互联网(Internet)和有"信息高速公路"之称的高速信息传输网络,信息网络已成为现代社会中信息传递的神经中枢,也成为建立和发展其他信息网络的平台。

3. 高速化

速度越来越快,容量越来越大,无论是计算机的发展还是通信的发展均是如此。计算机已拥有巨大的存储能力和极快的处理速度。例如,英特尔公司生产的微处理器已能容纳1000万个晶体管,预计十几年后人类将生产出能容纳10亿个晶体管的芯片;世界各国竞相推出的超级并行计算机,能把每一步运算分配给单独的处理机,两台乃至上千台处理机可同时工作,不仅运算速度快,还能同时处理大量不同信息。现代通信技术除采用数据压缩技术外,还要求信息通道具有很高的带宽,光纤通信技术则是解决带宽的有效手段。据计算,人类有史以来积累起来的知识,在一条单模光纤里用3~5分钟即可传输完毕。

4. 智能化

信息技术注重吸收社会科学等其他学科的理论和方法,表现最为突出的是人工智能理论与方法的深化和应用。在通信领域将出现类似人脑一样具有思维能力的智能通信网,当网络提供的某种服务因故障中断时,它可以自动诊断故障,恢复原来的服务。在计算机领域,超级智能芯片、神经计算机、自我增值数据库系统等将得到发展,与此相对应,第五代计算机(智能计算机)将具有人的思维功能。在多媒体领域将出现计算机支持的协同工作环境(CSCW)及智能多媒体,届时对文字、符号、图形、图像、声音、视频、动画等进行识别和处理将更加便捷。在信息系统领域,智能信息系统的出现将提供智能的人机界面,用户与系统之间可用自然语言交互,系统具有很强的推理、检索、学习功能。

5. 个性化

信息技术将实现以个人为目标的通信方式,充分体现可移动性和全球性。它应该实现的目标简称为5W,即无论何人(Whoever)在任何时候(Whenever)和任何地方(Wherever)都能自由地与世界上其他任何人(Whomever)进行任何形式(Whatever)的通信。个人通信的理想境界应该是,通信到个人,以个人身份代码进行呼叫或被呼叫,通信是透明的;不论室内或室外、静止或移动(包括汽车、轮船、飞机等高速移动),都能随时随地通信;个人使用的手持机将像钢笔、手表一样不可或缺,其自然度和清晰度高,价格便宜,耗电量小,小巧轻便,操作简单;既能提供语音通信,也能处理数据和其他任务。个人通信需要全球性的大规模的网络容量和智能化的网络功能。

2.2.3 信息技术的体系

信息技术是一个由若干单元技术相互联系而构成的整体,又是一个多层次、多侧面的复杂技术体系。从信息技术的发展过程可以明晰地看出,信息技术是在其他技术的基础上,利用其他技术的成果,汲取其他技术的营养,逐渐形成的具有独立意义的技术门类,继而再同其他技术结合,向其他领域渗透,成为各行各业信息化的手段和前提。据此可以认为,信息技术大致可归纳为以下三个相互区别又相互关联的层次。

1. 主体层次

信息技术的主体层次是信息技术的核心部分,主要是指直接地、具体地增强或延长人类信息器官,提高或扩展人类信息能力的技术,包括信息获取技术。它是人类感觉功能的提高或扩展,可将人类的感觉延伸到人力不及的微观世界和宏观世界获取信息,如显微镜、望远镜、X光机、雷达、激光、红外、超声、气象卫星、行星探测器、温度计、湿度计等。目前信息获取技术中起中坚作用的是传感技术、遥测技术和遥感技术等。

1) 信息存储技术

信息存储技术是人类记忆功能的提高或扩展,可帮助人类跨越时间保存信息,如绘图、印刷、照相机、留声机、录音机、幻灯、电影、录像机、缩微品、磁带、磁盘、光盘等。目前信息存储中起中坚作用的是光盘技术、数据库技术、超文本技术和纳米技术等。

2) 信息处理技术

信息处理技术是人类思维功能的提高或扩展,可帮助人类转换、识别、归类、加工、生成信息,如计算、分析、模拟、设计文件、报表等技术。目前信息处理技术中起中坚作用的是计算机技术(包括正在出现的全光操作计算机、声控计算机)和人工智能技术等。

3) 信息传输技术

信息传输技术是人类传导神经功能的提高或扩展,可帮助人类跨越地域传递和输送信息,如电报、电话、传真、广播、电视、邮递、电缆、超导、光纤、卫星等。目前信息传输技术中起中坚作用的是通信技术（包括卫星通信、光纤通信）、多媒体技术、虚拟现实技术和网络技术等。

　　4）信息控制技术

　　信息控制技术是人类效应功能的提高或扩展，可以帮助人类根据发出的信息对外部事物的运动状态实施调节或干预，包括利用信息进行控制、操纵、指挥、管理、决策等的技术。目前信息控制技术中起中坚作用的是人机接口、自动控制和机器人技术等。

2. 应用层次

　　信息技术的应用层次是信息技术的延伸部分，主要指主体层次的信息技术在工业、农业、商业贸易、国防、运输、科学研究、文化教育、体育运动、文学艺术、行政管理、服务行业、家庭生活等各个领域应用时生成的各种具体的实用信息技术。信息技术在各个领域的应用以及与其他技术的结合，实际上是在使劳动工具智能化，使劳动过程自动化，使劳动资料增强信息属性，使其他技术的潜能得到更大的发挥。例如，工业领域利用信息技术已产生了工业机器人、生产过程自动控制、计算机辅助设计、数控机床等新技术，图书馆管理利用信息技术已出现了网上采访、自动标引、机读目录、电子阅览室、数字图书馆等新应用。

3. 外围层次

　　信息技术的外围层次是信息技术产生和发展的基础，主要是指与信息技术相关的各类技术。一方面，信息技术在性能水平方面的进步来源于新材料技术和新能源技术的进步；另一方面，信息的获取、存储、处理、传输、控制等需要借助机械、电子或微电子、激光、生物等方面的技术手段来实现。例如从光盘制作到使用的一系列过程中，就采用了新材料技术、精密机械技术、激光技术、微电子技术等多种技术手段。严格地讲，信息技术只包括主体层次和应用层次的技术类型，而外围层次的技术类型通常不被称为信息技术，只是在一些特定条件下才包含到广义的信息技术之中，如一般不将激光技术称为信息技术，只有当激光器被作为某种信息设备的构件时，才被视为信息技术。

2.2.4　信息技术的作用

1. 积极影响

　　信息技术对人类社会的影响是广泛而深刻的。信息技术对社会的影响主流是积极的，但不可避免地也会出现一些与主流不协调的负面影响。信息技术对社会产生的积极影响主要有以下几个方面。

　　1）对科研的影响

　　应用信息技术有助于科学研究前期工作的顺利开展，检索学术信息的范围和线索更全更广，通过电子邮件、网上交谈更便于与同行、跨行业专家交流；有助于提高科研工作效率，通过计算机可以快速完成大规模的数据处理，论文写作也变得更加方便快捷；有助于科学研究成果的及时发表，科学家可以通过网络向期刊投稿并及时获得编辑部的审稿意见，还可以利用电子公告牌公布成果，专利申请、专利公报，利用网络更加高效准确。

2）对经济的影响

应用信息技术有助于优化生产要素本身的质量，达到生产要素的优化配置与合理流动，形成劳动者操作的知识化和间接化；有助于减少物质资源和能源的消耗，环境污染等弊病将随之减少，新兴的信息产业将不断发展，传统产业将得到改造；有助于提高劳动生产率，增加产品知识含量，降低生产成本，提高竞争力；有助于加快经济国际化进程，促进国际经济交往，外贸、金融无纸化交易使许多凭证、票据可得到即时传输处理。

3）对管理的影响

应用信息技术有助于更新管理思想，促使管理者和被管理者不断地提高素质，使再造工程、敏捷制造、学习型组织、虚拟企业等新思想被日益接受；有助于改变管理组织，高层决策者与基层执行者可直接进行信息交流，使得管理结构由金字塔型变为矩阵型；有助于管理方法的完善，以适应虚拟办公、电子商务、软式制造、即时生产等新的运作方式；有助于增强管理功能，加强管理的科学化和民主化，促进管理业务的合理重组。

4）对教育的影响

应用信息技术有助于教学手段的改进，电化教学、计算机辅助教学、远程教育等方法将不断提高教学质量；有助于教学模式的变革，教育将向公众开放，求学者可以随时随地获得知识，师生可以相互交流，选修课程、完成作业、批改作业、参加考核等均可在网上完成；有助于教学内容的更新，计算机技术、网络技术等新知识将成为每个学生的学习内容，高等教育中将随之增加新的学科专业，因而也要求教师的素质不断提高。

5）对文化的影响

信息技术已日益与人们的行为方式相融合，并超越了纯技术的界限，衍生出丰富的文化现象，如"网络文化"、"计算机文化"、"电子文化"、"传媒文化"等。这些现象将深刻影响人们的活动范围、思维方式、道德与价值取向等。信息技术将使文化更加开放化，它促进了不同国度、不同民族之间的文化碰撞与交流、学习与借鉴；信息技术还将使文化更加大众化，人们可以方便地在网上发表文学作品、查阅数字图书馆资料和参观虚拟博物馆等。

6）对思维的影响

信息技术的进步促进了人们思维方式的科学化、现代化、多元化以及创造性、前瞻性、灵活性。人们对信息大量和快速的摄取，将不断促进人类思想产生新的见解、新的发现、新的突破。信息技术革命的性质，最终要体现为人的精神文明发展以及人类思想的跃进式演进，"虚拟社会"、"虚拟共同体"等诸多社会现象将给思想家、哲学家提出理论的挑战，并将逐渐形成新的行为特征、互动规则和思想意识。

7）对生活的影响

信息技术给人们的生活质量带来了巨大福利，人们的消费观念、消费结构、生活内容和工作方式都将发生深刻变化。吃、喝、穿、用等纯物质消费的比例会相应降低，而智力投资、精神消费的比例将不断上升。电子购物、电子金融、电子邮政、电子书刊、电子娱乐、远程医疗、远程教育等丰富多彩的服务项目使人们足不出户而尽为天下事。人们的生活中心将发生空前转移，从原来的社会转向家庭，使家庭成为人们生活的新中心。

8）对政府的影响

信息技术从技术手段上强化了国家功能，可为政府的科学决策提供实时、全面、可靠的数据和信息依据，大大降低了决策的不确定性和盲目性；可使各部门及时沟通和协调，以利于政府直接、及时、有效地指导、管理、控制、监督,提高国家宏观调控的能力和效率;可以提高政府管理的技术含量,推动政府人事管理、采购管理、公共项目管理等领域的现代化,遏制官僚作风,缩短公民与政府之间的距离。

2. 负面影响

尽管信息技术对人类社会的促进是巨大的,人们对信息技术表现出了异常的热情,但是我们必须对信息技术可能带来的一些负面影响给予冷静的关注和深刻的思考。负面影响的主要表现有以下一些方面。

1) 信息泛滥

信息技术的发展导致信息数量的猛增,促进了信息流动速度的加快,使人们在单位时间里可获取的信息量大大增加以至难以承受。据报道,因特网上运行的信息量每月增加10%以上,全年增长率达200%以上。这种现象有人称之为"信息超载"或"信息爆炸",它反映了人类的信息处理和利用能力落后于信息生产和传播能力,增加了信息资源开发的难度,给人们造成了一定的心理压力,可能会导致各种各样的社会问题。

2) 信息污染

目前交流的大量信息中,"信息垃圾"和"信息污垢"占有很大比例,其中包括冗余信息、老化信息、污秽信息、错误信息等。此类信息纯害无益,侵占了信息存储容量,影响了信息处理和传输速度,污染了信息环境,也使用户对真实信息的信任度大大降低,并且极有可能造成重大损失和危害。

3) 信息病毒

计算机病毒给整个信息网络,乃至整个社会带来的危害是无法估量的。据报道,世界上有几千种计算机病毒在传播流行,同时每天又有多种新病毒在不断地产生和蔓延。它们轻则降低计算机运行速度和效率,重则能够销毁系统中的所有数据、对磁盘进行格式化等。编制、设计各种计算机病毒不仅造成了信息利用障碍,而且在信息技术领域掀起了恐怖风潮。据报道,计算机黑客每年给全世界网络造成100亿美元的损失。

4) 信息犯罪

利用计算机和信息网络进行高科技犯罪的现象屡见不鲜。例如,利用计算机网络贩卖色情,搞经济诈骗,窃取银行资金,使他人的系统失灵而导致机构运转瘫痪,甚至在网络上传授组装危险武器的知识等。通过计算机网络,还能够比较容易地获取和使用他人计算机中的信息,也就使得一些别有用心之人通过计算机网络窃取个人、企业、机构、政府的商业、军事、政治机密,造成信息失窃,甚至威胁国家的安全。

2.3　信息化的内涵以及信息化社会的特征

2.3.1　信息化的内涵

近年来,全球信息技术加速发展,世界各国信息化形势突飞猛进,信息化(Informationization)是近年来世界各国都非常关注的并具有深远影响的战略课题。信息化指加快信息高科技发展及其产业化,提高信息技术在经济和社会各领域的推广应用水平并推动经济和社会发展前进的过程。它以信息产业在国民经济中的比重,信息技术在传统产业中的应用程度和国家信息基础设施建设水平为主要标志。

　　随着信息化进程的不断深化,信息产品和物质产品都将日益丰富多彩,信息产品总产值在国民生产总值中的比重将不断增长。一旦信息产品的生产、交换、分配和利用在整个经济活动中占主导的地位,经济的形态就起了变化。有史以来,以物质产品的生产、流通和消费为主要特征的物质型经济就转变为信息型经济。这是信息化必定要带来的结果。

2.3.2　信息化社会的特征

　　在信息化社会中,信息不但在产业领域使生产力发生新的飞跃,并且信息的影响力得以大大提高,起到替代资源和能源的作用。而且还将具有解决社会问题,扩大人类活动领域的效果。信息不仅影响每个人的生活,甚至还影响人们的文化价值观。信息化社会主要包括4个方面,即社会的信息化、工厂自动化、办公自动化和家庭自动化。社会的信息化指社会系统的信息化,工厂自动化指生产过程自动化,办公自动化指使用计算机实现办公过程即管理过程的信息化,而家庭自动化则指人们生活的信息化。

　　信息化社会不是一种社会形态,不是社会制度的划分,而是从生产技术上划分的,由于生产技术上的重大变化,引起社会生产结构、人们的劳动方式及生活方式的不同,所以人们才把社会划分为农业化社会、工业化社会和信息化社会等类型。信息化社会具有如下基本特征。

1. 信息、知识、智力日益成为社会发展的决定力量

　　在工业化社会,能源和材料是社会发展最重要的资源。在信息化社会,信息资源已成为经济和社会进步的重要基础。知识是社会的积累,智力是知识的激活。信息资源是社会的共有财产,它的开发、管理和利用,直接关系到个人、企业和国家的发展。在工业化社会,美国"洛克菲勒"集团经过近一个世纪的奋斗,才成为工业寡头。在信息化社会,信息产业界的代表、美国微软公司总裁比尔·盖茨用不到10年时间于1992年以65亿美元的资产雄居世界首富后一直飞速增值,1997年拥有510亿美元,1999年拥有820亿美元以上。一个企业不实现信息化就很难在市场上有竞争能力;一个国家如果缺乏信息资源,不从战略高度重视发展、利用信息资源,在现代社会中将永远处于贫穷落后的地位。

2. 信息技术、信息产业和信息经济日益成为科技、经济和社会发展的主导因素

　　信息技术的先导性和渗透性,决定了它的作用是非同一般的。

　　单就电子计算机与远程通信的结合而言,导致了网络经济时代的到来。新的信息技术是经济发展中需求拉动和市场推动的结果,反过来又通过对经济领域的渗透来促进经济的发展。信息技术一方面通过对传统产业结构和就业结构的变更,推动着各国信息经济的形成和发展,另一方面通过对传统的国家市场的突破和对全球市场结构的孕育,开创着世界范围的信息经济。在信息时代,世界经济的重要性会超越国家经济。

3. 信息劳动者、脑力劳动者、知识分子的作用日益增大

　　从事信息的生产、存储、分配、交换活动的以及与此有关的各类工作的劳动者的人数和

比重,正在急剧增加中,并将超过其他劳动者。据不完全统计,从 20 世纪 70 年代初至 80 年代初的 10 年时间内,全世界以信息工作为职业的工作人员已从 1000 万增加到 6000 万。美国从 20 世纪 70 年代初出现了 1900 种新工作,约有 90%属于脑力劳动,需要由"白领"工人去做,而对"蓝领"工人的需求却只有 10%。知识成了改革与制定改革政策的核心因素,技术是控制未来的关键力量,专家与技术人员将成为卓越的社会阶层而发挥重大的历史作用。

4. 信息网络成为社会发展的基础设施

信息技术发展的方向之一就是网络化。美国政府于 1993 年 9 月提出"国家信息高速公路计划"(National Information Infrastructure,NII),在 20 年内投资 4000 亿美元,计划在 1994 年把 100 万户家庭联入高速信息传输网,在 2000 年前将大容量的光纤通信网延伸到全美 9500 万个家庭。1997 年 7 月在瑞士达沃斯召开的第 27 届世界经济论坛上把"建设网络社会"定为会议中心议题。会议认为随着信息时代的到来,世界经济正发生着根本的变化,建设网络社会将成为走向成功的关键因素。会议敦促世界各国为建立网络社会而努力。当今信息社会期望并正在实施的是将电信网、有线电视网和计算机网三网合一,进而建成全光纤交换网。

2.4　我国的信息化建设

最近,十届人大四次会议通过的《国民经济和社会发展第十一个五年规划纲要》提出:积极推进信息化,要坚持以信息化带动工业化,以工业化促进信息化,提高经济社会信息化水平。

我国信息化正式起步于 1993 年,从进程上看大体经历了三个阶段:

第一阶段,是以抓信息化工程为重点的起步阶段,时间为 1993~1995 年。在第一阶段中,党和国家领导人亲自提出信息化建设的任务,启动了金卡、金桥、金关等重大信息化工程,拉开了国民经济信息化的序幕。成立了以国务院副总理为主席的国家经济信息化联席会议,加强统一领导,确立了推进信息化工程实施、以信息化带动产业发展的指导思想。

第二阶段,是国家有组织、有计划的推进阶段,时间从 1996 年起。在第二阶段中,中央和地方都确立了信息化在国民经济和社会发展中的重要地位,信息化在各个领域、各个地区,形成了一股强劲的发展潮流。国务院于 1996 年 1 月成立了以国务院副总理任组长,有 20 多个部委组成的国务院信息化工作领导小组,统一领导和组织协调全国的信息化工作;确立了国家信息化的定义、体系和国家信息化体系 6 要素;提出了信息化建设的 24 字方针;制订了一系列促进信息化建设的具体政策和发展规划;进一步充实和丰富了信息化重大工程的内涵。1997 年 4 月 18 日,在深圳召开了全国信息化工作会议,全面部署信息化工作,标志着我国信息化建设进入新的发展阶段。此后,全国的信息化工作,从解决应急性的热点问题,逐步转到为经济发展和社会全面进步服务的方向上来,走上了既有组织、有计划,又遵循市场规律推进的发展轨道。

第三阶段,从 1998 年起至今。1998 年国务院机构改革,成立信息产业部,担负起推动国民经济和社会信息化的责任。国家信息化建设步入稳步发展的阶段。启动了政府上网工程和企业上网工程,大力推动电子商务。为加强对国家信息化的领导,强化宏观协调和指导,1999 年国务院决定成立国家信息化工作领导小组。

当前我国的信息化建设已取得很大成绩,这里仅举数例。

(1) 通信产业迅猛发展,"八五"期间年平均递增40%以上,"九五"期间仍保持快速增长势头。我国目前已建成"八纵八横"覆盖全国的光纤网、长途光缆总长度达17.3万公里。全国数据通信网络也已开通,主要有中国公用分组交换数据网(CHINAPAC)、中国公用数字数据网(CHINADDN)、中国公用帧中继网(CHINAFRN)。

(2) 计算机产业持续增长、规模不断扩大,"八五"期间的产值平均每年递增69.5%,"九五"以来,一批国内骨干企业,如联想、方正、长城、浪潮等,形成更大的规模,无论在硬件市场、软件市场或信息技术服务方面,都已站稳了脚跟。

(3) 信息化应用迅速扩展,"金字系列"工程先后起步,有的已卓有成效,取得实质性进展。它们是金桥工程(国家公用经济信息网络工程)、金关工程(国家对外贸易信息联网工程)、金卡工程(金融电子化工程)、金税工程(全国增值税专用发票计算机稽查网络系统工程)、金企工程(全国企业生产与流通信息服务系统工程)、金农工程(全国农业综合管理及信息服务系统工程)、金智工程(国家科研教育计算机网络与人才工程)、金宏工程(国家宏观经济决策支持系统工程)、金信工程(国家统计信息网络系统工程)、金卫工程(国家医疗信息网络工程)、金贸工程(国家电子商务应用试点工程)。

(4) 计算机网络应用迅速普及,目前已拥有国际互联网出口5个,分别是中国公用计算机互联网(CHINANET)、中国金桥信息网(CHINAGBN)、中国教育和科研计算机网(CERNET)、中国科技网(CSTNET)、中国联通互联网(UNINET),这些网络都已实现了互联。

(5) 广播电视的基础建设已经形成相当规模。经过20多年的快速发展,中国电视业已经成为中国目前最具影响力的大众传媒。根据2003年的统计,中国内地广播电视人口覆盖率已经分别达到93.34%和94.62%,覆盖人口超过了12亿,全国平均电视机普及率已达到85.88%,电视观众总户数达到3.06亿多户,电视观众总人口达到10.7亿人,有线电视用户已经突破1亿户。

2.5　我国信息化发展的战略重点

我国信息化建设已取得了很大成绩,今后我国信息化发展的战略重点主要有以下几方面。

1. 推进国民经济信息化

推进面向"三农"的信息服务。利用公共网络,采用多种接入手段,以农民普遍能够承受的价格,提高农村网络普及率。整合涉农信息资源,规范和完善公益性信息中介服务,建设城乡统筹的信息服务体系,为农民提供适用的市场、科技、教育、卫生保健等信息服务,支持农村富余劳动力的合理有序流动。

利用信息技术改造和提升传统产业。促进信息技术在能源、交通运输、冶金、机械和化工等行业的普及应用,推进设计研发信息化、生产装备数字化、生产过程智能化和经营管理网络化。充分运用信息技术推动高能耗、高物耗和高污染行业的改造。推动供应链管理和客户关系管理,大力扶持中小企业信息化。

加快服务业信息化。优化政策法规环境,依托信息网络,改造和提升传统服务业。加快发展网络增值服务、电子金融、现代物流、连锁经营、专业信息服务、咨询中介等新型服务业。大力发展电子商务,降低物流成本和交易成本。

鼓励具备条件的地区率先发展知识密集型产业。引导人才密集、信息化基础好的地区率先发展知识密集型产业,推动经济结构战略性调整。充分利用信息技术,加快东部地区知识和技术向中西部地区的扩散,创造区域协调发展的新局面。

2. 推行电子政务

改善公共服务。逐步建立以公民和企业为对象、以互联网为基础、中央与地方相配合、多种技术手段相结合的电子政务公共服务体系。重视推动电子政务公共服务延伸到街道、社区和乡村。逐步增加服务内容,扩大服务范围,提高服务质量,推动服务型政府建设。

加强社会管理。整合资源,形成全面覆盖、高效灵敏的社会管理信息网络,增强社会综合治理能力。协同共建,完善社会预警和应对突发事件的网络运行机制,增强对各种突发性事件的监控、决策和应急处置能力,保障国家安全、公共安全,维护社会稳定。

强化综合监管。满足转变政府职能、提高行政效率、规范监管行为的需求,深化相应业务系统建设。围绕财政、金融、税收、工商、海关、国资监管、质检、食品药品安全等关键业务,统筹规划,分类指导,有序推进相关业务系统之间、中央与地方之间的信息共享,促进部门间业务协同,提高监管能力。建设企业、个人征信系统,规范和维护市场秩序。

完善宏观调控。完善财政、金融等经济运行信息系统,提升国民经济预测、预警和监测水平,增强宏观调控决策的有效性和科学性。

3. 建设先进网络文化

加强社会主义先进文化的网上传播。牢牢把握社会主义先进文化的前进方向,支持健康有益文化,加快推进中华民族优秀文化作品的数字化、网络化,规范网络文化传播秩序,使科学的理论、正确的舆论、高尚的精神、优秀的作品成为网上文化传播的主流。

改善公共文化信息服务。鼓励新闻出版、广播影视、文学艺术等行业加快信息化步伐,提高文化产品质量,增强文化产品供给能力。加快文化信息资源整合,加强公益性文化信息基础设施建设,完善公共文化信息服务体系,将文化产品送到千家万户,丰富基层群众文化生活。

加强互联网对外宣传和文化交流。整合互联网对外宣传资源,完善互联网对外宣传体系建设,不断提高互联网对外宣传工作整体水平,持续提升对外宣传效果,扩大中华民族优秀文化的国际影响力。

建设积极健康的网络文化。倡导网络文明,强化网络道德约束,建立和完善网络行为规范,积极引导广大群众的网络文化创作实践,自觉抵御不良内容的侵蚀,摈弃网络滥用行为和低俗之风,全面建设积极健康的网络文化。

4. 推进社会信息化

加快教育科研信息化步伐。提升基础教育、高等教育和职业教育信息化水平,持续推进农村现代远程教育,实现优质教育资源共享,促进教育均衡发展。构建终身教育体系,发展多层次、交互式网络教育培训体系,方便公民自主学习。建立并完善全国教育与科研基础条件网络平台,提高教育与科研设备网络化利用水平,推动教育与科研资源的共享。

加强医疗卫生信息化建设。建设并完善覆盖全国、快捷高效的公共卫生信息系统,增强防疫监控、应急处置和救治能力。推进医疗服务信息化,改进医院管理,开展远程医疗。统筹规划电子病历,促进医疗、医药和医保机构的信息共享和业务协同,支持医疗体制改革。

完善就业和社会保障信息服务体系。建设多层次、多功能的就业信息服务体系,加强就业信息统计、分析和发布工作,改善技能培训、就业指导和政策咨询服务。加快全国社会保障信息系统建设,提高工作效率,改善服务质量。

推进社区信息化。整合各类信息系统和资源,构建统一的社区信息平台,加强常住人口和流动人口的信息化管理,改善社区服务。

5. 完善综合信息基础设施

推动网络融合,实现向下一代网络的转型。优化网络结构,提高网络性能,推进综合基础信息平台的发展。加快改革,从业务、网络和终端等层面推进"三网融合"。发展多种形式的宽带接入,大力推动互联网的应用普及。推动有线、地面和卫星等各类数字广播电视的发展,完成广播电视从模拟向数字的转换。应用光电传感、射频识别等技术扩展网络功能,发展并完善综合信息基础设施,稳步实现向下一代网络的转型。

建立和完善普遍服务制度。加快制度建设,面向老少边穷地区和社会困难群体,建立和完善以普遍服务基金为基础、相关优惠政策配套的补贴机制,逐步将普遍服务从基础电信和广播电视业务扩展到互联网业务。加强宏观管理,拓宽多种渠道,推动普遍服务市场主体的多元化。

6. 加强信息资源的开发利用

建立和完善信息资源开发利用体系。加快人口、法人单位、地理空间等国家基础信息库的建设,拓展相关应用服务。引导和规范政务信息资源的社会化增值开发利用。鼓励企业、个人和其他社会组织参与信息资源的公益性开发利用。完善知识产权保护制度,大力发展以数字化、网络化为主要特征的现代信息服务业,促进信息资源的开发利用。充分发挥信息资源开发利用对节约资源、能源和提高效益的作用,发挥信息流对人员流、物质流和资金流的引导作用,促进经济增长方式的转变和资源节约型社会的建设。

加强全社会信息资源管理。规范对生产、流通、金融、人口流动以及生态环境等领域的信息采集和标准制定,加强对信息资产的严格管理,促进信息资源的优化配置。实现信息资源的深度开发、及时处理、安全保存、快速流动和有效利用,基本满足经济社会发展优先领域的信息需求。

7. 提高信息产业竞争力

突破核心技术与关键技术。建立以企业为主体的技术创新体系,强化集成创新,突出自主创新,突破关键技术。选择具有高度技术关联性和产业带动性的产品和项目,促进引进消化吸收再创新,产学研用结合,实现信息技术关键领域的自主创新。积聚力量,攻克难关,逐步由外围向核心逼近,推进原始创新,力争跨越核心技术门槛,推进创新型国家建设。

培育有核心竞争能力的信息产业。加强政府引导,突破集成电路、软件、关键电子元器件、关键工艺装备等基础产业的发展瓶颈,提高在全球产业链中的地位,逐步形成技术领先、基础雄厚、自主发展能力强的信息产业。优化环境,引导企业资产重组、跨国并购,推动产业联盟,加快培育和发展具有核心能力的大公司和拥有技术专长的中小企业,建立竞争优势。加快"走出去"步伐,鼓励运营企业和制造企业联手拓展国际市场。

8. 建设国家信息安全保障体系

全面加强国家信息安全保障体系建设。坚持积极防御、综合防范,探索和把握信息化与信息安全的内在规律,主动应对信息安全挑战,实现信息化与信息安全协调发展。坚持立足国情,综合平衡安全成本和风险,确保重点,优化信息安全资源配置。建立和完善信息安全等级保护制度,重点保护基础信息网络和关系国家安全、经济命脉、社会稳定的重要信息系统。加强密码技术的开发利用。建设网络信任体系。加强信息安全风险评估工作。建设和完善信息安全监控体系,提高对网络安全事件应对和防范能力,防止有害信息传播。高度重视信息安全应急处置工作,健全完善信息安全应急指挥和安全通报制度,不断完善信息安全应急处置预案。从实际出发,促进资源共享,重视灾难备份建设,增强信息基础设施和重要信息系统的抗毁能力和灾难恢复能力。

大力增强国家信息安全保障能力。积极跟踪、研究和掌握国际信息安全领域的先进理论、前沿技术和发展动态,抓紧开展对信息技术产品漏洞、后门的发现研究,掌握核心安全技术,提高关键设备装备能力,促进我国信息安全技术和产业的自主发展。加快信息安全人才培养,增强国民信息安全意识。不断提高信息安全的法律保障能力、基础支撑能力、网络舆论宣传的驾驭能力和我国在国际信息安全领域的影响力,建立和完善维护国家信息安全的长效机制。

9. 提高国民信息技术应用能力,造就信息化人才队伍

提高国民信息技术应用能力。强化领导干部的信息化知识培训,普及政府公务人员的信息技术技能培训。配合现代远程教育工程,组织志愿者深入老少边穷地区从事信息化知识和技能服务。普及中小学信息技术教育。开展形式多样的信息化知识和技能普及活动,提高国民受教育水平和信息能力。

培养信息化人才。构建以学校教育为基础,在职培训为重点,基础教育与职业教育相互结合,公益培训与商业培训相互补充的信息化人才培养体系。鼓励各类专业人才掌握信息技术,培养复合型人才。

习题 2

简答题

(1) 什么是信息?

(2) 信息的特征有哪些?

(3) 信息如何分类?

(4) 什么是信息技术?

(5) 信息技术的特点有哪些?

(6) 我国信息化建设的发展经历了哪三个阶段?

第3章
计算机网络与Internet基础

现代计算技术、通信技术和微电子技术的迅速发展,互相渗透和结合,形成信息革命,其中一个重要的方面就是计算机网络技术的产生和发展。从远程网到局域网,从大型网到微型网,从数字网到综合服务网,各种网络技术和产品的出现,揭示了 21 世纪信息社会的基础设施是计算机、通信和网络。

3.1　计算机网络基本知识

3.1.1　计算机网络概述

计算机网络的出现和发展使计算机应用发生了质的变化。下面主要讲解计算机网络的概念、组成和主要特征。

1. 计算机网络的概念

计算机网络是计算机技术、通信技术和微电子技术相结合的产物。所谓计算机网络,就是把地理位置不同的、功能独立的多台计算机及专用外部设备,用通信线路互连,并配以相应的网络软件所构成的系统。它能实现信息传输和信息处理功能的结合,提供远程用户共享网络资源,从而提高网络资源的利用率、可靠性和信息处理的能力。

2. 计算机网络的组成

计算机网络主要由两部分组成,一是通信子网(数据通信网);二是资源子网(数据处理网)。

1) 通信子网

通信子网负担全网传输数据和交换信息工作。

(1) 通信子网中的数据传输介质(亦称通信媒体)经过通信接口装置与资源子网中的各种数据处理设备相连。数据传输介质主要有两类:一类是有线介质,如双绞线、同轴电缆、光缆等,如图 3-1 所示;另一类是无线介质,如短波、微波、卫星信道等无线通信。

(2) 通信子网中通信接口装置处于连接的"节点"位置,实现主机和通信子网的连接。

2) 资源子网

资源子网提供各种资源和数据处理能力,以实现最大限度地共享网络资源。资源子网

图 3-1　双绞线、同轴电缆、光缆

包括网络的数据处理资源和数据储存资源,负责全网数据处理和向网络用户提供资源及网络服务。

3. 计算机网络的主要特征

计算机网络具有以下主要特征:

(1) 计算机网络是计算机及相关外部设备组成的一个群体,计算机是网络中信息处理的主体。

(2) 这些计算机及相关外部设备通过通信媒体互连在一起,彼此之间交换信息。

(3) 网络系统中的每台计算机都是独立的,任何两台计算机之间不存在主从关系。

(4) 在计算机网络系统中,有各种类型的计算机,不同类型计算机之间进行通信必须有共同的约定,这些约定就是通信双方必须遵守的协议,因此说,计算机之间的通信是通过通信协议实现的。

3.1.2　计算机网络的功能和分类

计算机网络有很多功能,不同类型的网络功能又有所不同。下面主要介绍计算机网络的功能和分类。

1. 计算机网络的主要功能

以资源共享为主要目标的计算机网络通常具有以下几方面功能:

(1) 数据通信:该功能用于实现计算机与终端、计算机与计算机之间的数据传输,这是计算机网络最基本的功能,也是实现其他功能的基础。

(2) 资源共享:计算机网络系统中的资源可分成三大类,即数据资源、软件资源和硬件资源。相应地,资源共享也分为数据共享、软件共享和硬件共享。

① 硬件共享:主要是发挥巨型计算机系统及其特殊外围设备的作用。它是共享其他资源的基础。

② 数据共享:主要是网络中设置的各种专门数据库。

③ 软件共享:包括各种语言处理程序、服务程序和各类应用程序。

(3) 分布式处理。

在具有分布处理能力的计算机网络中,可以将一项工作复杂、工作量大的任务分散到多台计算机上进行处理,并由网络操作系统来完成对多台计算机的协调工作。这样,以往需要大型计算机才能完成的复杂问题,现在可由多台微型机或小型机构成的网络协作完成,从而提高效率并降低费用。

2．计算机网络的分类

计算机网络有多种分类方法：

（1）按覆盖范围进行分类，可分为局域网、城域网和广域网。

（2）按数据传输方式分类，可分为交换网和广播网。

（3）按照网络的拓扑结构分类，可分为星状网、总线网、环状网、树状网和混合型网络。

（4）按照通信传输介质分类，可分为双绞线网、同轴电缆网、光纤网和无线网等。

（5）按照信号频带占用的方式分类，可分为基带网和宽带网。

3.1.3　计算机网络协议和体系结构

1．为什么制定计算机网络协议？

在计算机网络中，为使计算机之间或计算机与终端设备之间能准确地传送数据，必须在数据传输顺序、格式和内容等方面制定一组约定或规则，这些约定或规则即是网络协议。例如，TCP/IP 就是一种广泛应用的网络协议。

协议通常由三部分组成：

（1）语义部分：用于规定双方对话的类型。

（2）语法部分：用于规定双方对话的格式。

（3）变换规则：用于规定通信双方的应答关系。

2．协议的层次结构

由于节点之间联系的复杂性，在制定协议时，通常把复杂成分分解成一些简单成分，然后再将它们复合起来。最常用的复合技术就是层次方式。层次结构有如下特征：

（1）结构中的每一层都规定有明确的任务及接口标准。

（2）把用户的应用程序作为最高层。

（3）除了最高层外，中间的每一层都向上一层提供服务，同时又是下一层的用户。

（4）把物理通信线路作为最低层。它使用从高层传送来的参数，是提供服务的基础。

3．协议层次的划分

为使不同计算机厂家生产的计算机能相互通信，以便在更大范围内建立计算机网络，国际标准化组织（ISO）在 1978 年提出"开放系统互连参考模型"，它将计算机网络体系结构的通信协议划分为 7 层，自下而上依次为：

- 物理层（Physics Layer）。
- 数据链路层（Data Link Layer）。
- 网络层（Network Layer）。
- 传送层（Transport Layer）。
- 会话层（Session Layer）。
- 表示层（Presentation Layer）。

- 应用层(Application Layer)。

对于每一层,至少制定两项标准:服务定义和协议规范。前者给出了该层提供的服务之准确定义;后者详细描述了该协议的动作和各有关规程,以保证服务的提供。

4．网络体系结构的概念

计算机网络的层次及其协议的集合,就是网络体系结构。具体来说,网络体系结构是关于计算机网络应设置哪些层次,每一层次又该提供哪些功能服务的精确定义。至于这些功能如何实现,则与网络体系结构无关。所以网络体系结构只是从层次结构及功能上描述计算机网络系统,是抽象的内容,不涉及每一层次中硬件和软件的组成。

3.2　网络连接

3.2.1　网络拓扑结构

网络拓扑结构是指网络中节点互相连接的方法和形式。常用的网络拓扑结构有星状、总线、环状、树状、网状等。目前局域网流行 4 种拓扑结构如图 3-2 所示。

下面分别介绍局域网中常用的 4 种拓扑结构。

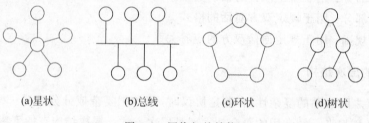

　　(a)星状　　　　　(b)总线　　　　　(c)环状　　　　　(d)树状

图 3-2　网络拓扑结构

1．星状拓扑结构

星状拓扑由中央节点和通过点到点的链路接到中央节点的各站点组成。

1) 工作方式

中央节点执行集中式通信控制策略,相当复杂;而各个站点的通信处理负担很小。

目前流行的电话用户交换机 PBX 就是星状拓扑结构的典型实例。

2) 星状拓扑结构的优点

(1) 中央节点实施集中控制,可方便地提供服务和重新配置。

(2) 每个连接只接入一个设备,当连接点出现故障时不会影响整个网络。

(3) 由于每个站点直接连接到中央节点,因而故障易于检测和隔离,可以很方便地将有故障的站点从系统中拆除。

(4) 访问协议简单。

3) 星状拓扑结构的缺点

(1) 由于每个站点直接和中央节点相连,需要大量的电缆、电缆沟。在电缆的安装和维护方面容易出问题。

（2）过于依赖中央节点。当中央节点发生故障时，整个网络不能工作，所以对中央节点的可靠性要求较高。

2．总线拓扑结构

总线拓扑结构采用单根传输线作为传输介质，所有站点都通过相应的硬件接口直接连接到传输介质（即总线）上。

1）工作方式

任何一个站点发出的数据都可以沿着介质传输。通常，目标地址已编码于报文信息内，于是与报文内地址相符的站点才能接收该信息。

由于所有节点共享一条公用的数据传输链路，所以在任一个时间段，它只能被一个设备占用。为使工作有序，通常采用分布控制策略决定下一次哪个站点可以发送数据。

2）总线拓扑的优点

（1）电缆长度短，易于布线，易于维护，安装费用低。

（2）结构简单，都是无源元件，可靠性高。

（3）易于扩充，在总线的任何位置都可直接接入增加新站点；如需增加网段长度，可通过中继器再加上一个附加段。

3）总线拓扑结构的缺点

故障诊断和隔离困难，总线结构不是集中控制，所以故障检测需在网上各个站点进行。如果故障发生在站点，则需将该站点从总线上去掉，如果传输介质出现故障，则这段总线整个都要切断。它不能像星状结构那样，简单地拆除某个站点连线即可隔离故障。

3．环状拓扑结构

这种网络由点到点的链路组成一个闭合环。

1）工作方式

每个中继器都与两条链路相连。它从一条链路上接收数据，并以同样速度、不经缓冲地传送到另一条链路上。对所有链路都规定相同的收发方向，于是数据便围绕着环循环传输。

由于多个设备共享一个环，因此采用分布控制决定哪个站点在什么时候可以把分组数据放到环上去。

2）环状拓扑结构的优点

（1）电缆长度短：环状拓扑所需电缆长度与总线型相近，比星状拓扑要短得多。

（2）可使用多种传输介质：

① 因为环状网是点到点的连接，可在楼内使用双绞线，而在户外的主干网采用光缆，以解决传输速率和电磁干扰问题。

② 因为环状拓扑在每个环上是单向传输，所以十分适于传输速率高的光纤传输介质。

3）环状拓扑结构的缺点

环路中一个节点发现故障，整个网络将不能正常工作。

4．树状拓扑结构

树状拓扑由总线拓扑演变而来。它有一个带分支的根，还可再延伸出若干子分支。树状拓扑通常采用同轴电缆作为传输介质,而且使用宽带传输技术。

树状拓扑与总线拓扑比较如下:

(1)树状拓扑与带有几个网段的总线拓扑的主要区别在于根的存在。当节点发送报文数据被根接收后,才可以重新广播到全网。

(2)树状拓扑易于故障隔离,这是总线拓扑不能比拟的,其他优点与总线拓扑相同。

(3)树状拓扑的缺点是对根的依赖太大,如果根发生故障,则整个网络不能正常工作。这种网络的可靠性问题和星状拓扑结构相似。

3.2.2 网络连接设备

1. 网络适配器

网络适配器又称为网络接口卡或网卡(Network Interface Card,NIC),是计算机连接通信介质的接口,插在相关的设备中。它的主要功能是实现物理信号转换以及执行网络协议。由于网络的体系结构、传输介质和访问方式等各不相同,使得网卡的种类繁多、功能差异很大。对于文件服务器,因其处理速度直接影响整个网络的性能,所以应该使用尽可能好的网卡。网卡如图3-3所示。

2. 中继器(Repeater)

中继器对信号起放大作用,也就是信号放大器。根据传输介质和网卡的技术规范,总存在一个最大的传输距离,称为网段。当实际长度超过网段规定时,便需在中间加装中继器,把衰减的信号加以放大和整形,使其恢复为标准信号后,再传送到下一个网段。中继器的种类很多。中继器如图3-4所示。

3. 集线器(Hub)

集线器亦称聚线器或Hub。

集线器是一种以星状形式连接多个计算机或其他设备的网络连接设备。在局域网络中,常常使用双绞线连接各个入网设备,而集线器本身则通过双绞线,或同轴电缆,或光缆连接到干线网络上。集线器如图3-5所示。

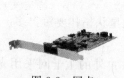

图3-3 网卡　　　　　　　图3-4 中继器　　　　　　　图3-5 集线器

4. 网桥(Bridge)

网桥是数据链路层的互连设备,用于多个局域网之间的数据存储和转发。

5. 路由器(Router)

路由器是网络层的互连设备,提供各种类型、各种速率的链路或通信子网接口。CISCO

2811 路由器如图 3-6 所示。

6. 交换机（Switch）

交换机可作为高性能工作站、服务器、Hub 与主干网实现互连的设备，为每个联网设备提供了独占的连接，因此各用户传输的数据彼此不会发生冲突。交换机如图 3-7 所示。

图 3-6. CISCO 2811 路由器   图 3-7 交换机

7. 网关（Gateway）

网关是网络高层互连设备，主要容纳不同网络间的各种差异，对互联网间的网络协议进行转换；可对数据重新分组，执行报文存储、转发功能，实现网络间的通信；支持互联网之间的网络管理。

8. 调制解调器（Modem）

将计算机与电话网相连，实现计算机之间的远程通信。调制解调器如图 3-8 所示。

① 调制过程：将发送端计算机中的数字信号用调制器变换为能够在电话网上传输的音频信号。

② 解调过程：在接收端将接收到的音频信号用解调器还原为原来的数字信号，供给计算机处理。

图 3-8 调制解调器

3.3 Internet 概述

Internet 含有极丰富的信息资源，是人类巨大的信息宝库。可以将它看作一个全球性博物馆、一个无比神奇的游艺宫、一个发表自己见解的论坛、一个结交朋友的场所。现在，Internet 正广泛应用于全社会的各个方面，正逐渐走进人们的日常生活。这主要是因为 Internet 提供了全方位的良好的服务，同时具有方便的浏览程序和工具。不论是否熟悉计算机，都可以在友好的、基于图形的用户界面下，通过鼠标自如地操作，而且其丰富的信息会使人流连忘返。

3.3.1 Internet Explorer 浏览器

Internet Explorer 是一种灵活方便的网上浏览器，可从各种不同的服务器中获得信息，支持多种类型的网页文件。

双击桌面上的 Internet Explorer 图标，连接成功后，会打开默认网页，出现如图 3-9 所示的窗口。

图 3-9　IE 窗口

1. 打开主页

可以通过在地址栏内输入要访问主页的网址打开网页；对于曾经输入过的网址，单击地址栏右侧的下拉按钮选择该站点的地址重新进入该主页。在地址栏内输入 http://www.baidu.com，打开网页如图 3-10 所示。

2. 超链接

超链接（即超链点）是 Web 页中一些与周围颜色不同的文字或带有下划线的文字，超链接也可以是图形。当光标指向该对象时，若光标变为手形，表明它是超链接。单击这些文字或图形时，可进入与其相关的另一个 Web 页。拖曳滚动条即可浏览打开的网页。

3. 搜索引擎

可以选择不同的搜索引擎来进行搜索。在文本输入框中输入要搜索的关键词，单击"搜索"即可。

4. 文件下载

可以将网络上的一些资源保存在本地的存储器上。

图 3-10 打开的网页

5. 网页、图片、超链接点另存

打开网页后,选择文件菜单中的"另存为"命令,出现"另存为"对话框,设置存放的位置和名称后,单击"保存"按钮实现网页的保存。

将光标指向网页上的某个图片,右击,选择快捷菜单中的"图片另存为"命令,出现"另存为"对话框,设置位置及名称后,单击"保存"按钮即实现"图片"的保存。

将光标指向"超链接点",右击,选择快捷菜单中的"目标另存为"命令,出现"另存为"对话框,设置保存的位置及名称,单击"保存"按钮,则将该"超链接点"链接到的对象(网页、图标、文档等)保存;如果目标是应用程序,就将该应用程序下载。

3.3.2 电子邮件

电子邮件(E-mail)是 Internet 上使用得最广泛的一种服务,改变了人们传统的通信方式,从其种意义上说它也改变了人们关于距离的概念。Outlook Express 是比较常用的电子邮件程序,具有撰写、发送、阅读、回复、转发邮件等功能。

1. Outlook Express 主窗口

在开始菜单的程序下选择 Outlook Express 或双击桌面上 Outlook Express 快捷方式的图标,则打开 Outlook Express 窗口,如图 3-11 所示。在这个邮件编辑环境中,可以完成邮件的全部编辑工作。

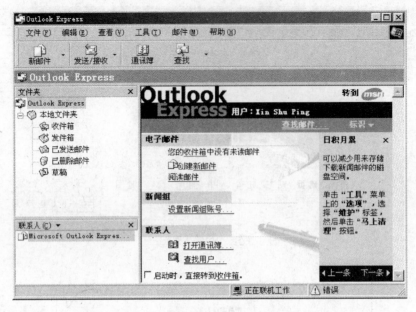

图 3-11　"Outlook Express"窗口

在 Outlook Express 中,为了便于管理,邮件被分放在不同的文件夹中。在 Outlook Express 中有以下几个默认的文件夹:

1) 收件箱

在默认情况下,用户收到的邮件将被放置到收件箱。用户可以打开"收件箱"文件夹阅读收到的邮件,此时右窗口下侧出现的是选中邮件的"预览"界面,如图 3-12 所示,如果想阅读邮件,双击即可,如图 3-13 所示。

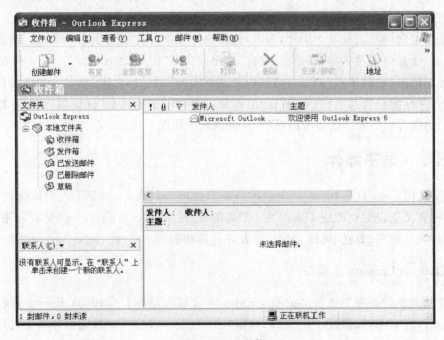

图 3-12　收件箱

图 3-13 阅读邮件

2）发件箱

"发件箱"里存放的是一些已经发送到发件箱,但又没有发送到邮件服务器上的邮件,当用户下一次选择"发送和接收"命令时,"发件箱"中的邮件将被发送到邮件服务器。

3）已发送邮件

"已发送邮件"文件夹中存放的是已发送的邮件的副本。Outlook Express 在发送邮件时,会自动在"已发送邮件"文件夹中保存一个备份,以便用户查阅。

4）已删除邮件

用户可以随时删除 Outlook Express 其他文件夹中的邮件,这些邮件将被放置到"已删除邮件"文件夹中。用户只有在"已删除邮件"文件夹中删除邮件,才能彻底将邮件删除。

5）草稿

在"草稿"文件夹中放置的是用户已编写而又未发送的邮件。

这 5 个文件夹是系统文件夹,既不能删除,也不能重命名。但用户可以通过在"文件"下拉菜单中的"新建"级联菜单中,选择"文件夹"选项,根据需要创建新的文件夹,对电子邮件进行分类存放;对用户创建的文件夹可以移动、重命名和删除。

2. 创建和发送邮件

创建新邮件时需要启动邮件编辑程序,Outlook Express 是 PC 上使用最广泛的一种电子邮件软件。它在桌面上实现了全球范围的联机通讯。借助 Outlook Express 以及所建立的 Internet 连接,可以与 Internet 上的任何人交换电子邮件并加入许多有趣的新闻组。

1）建立一个新邮件

要建立一个新邮件,可单击工具栏上的"新邮件"按钮。这时,将弹出一个"新邮件"窗口,如图 3-14 所示。

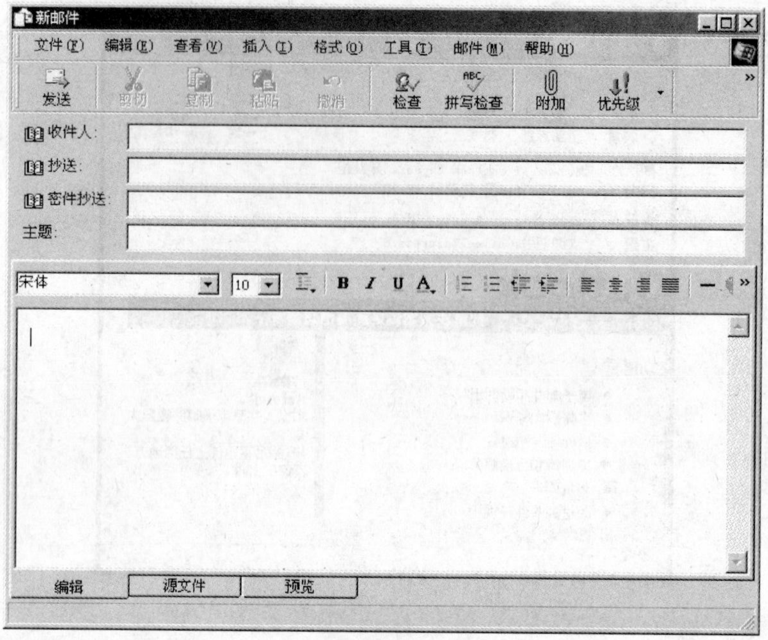

图 3-14 "新邮件"窗口

在"收件人"、"抄送"和"密件抄送"框中,输入每个收件人的电子邮件地址(即 E-mail 地址),若邮件要发到多个地址,各个电子邮件地址之间用逗号或分号隔开。

电子邮件地址(即 E-mail 地址)由字符串组成,字符串被字符@(字符@读作 at)分成两部分,如 hbun@mail. net. cn。其中,前一部分为用户标识,即用户名或账号;后一部分为用户信箱所在的计算机的域名,一般是为用户提供邮件服务的 ISP 的邮件服务器域名。

如果收件人的地址已经在通讯簿中,可以从通讯簿中添加到电子邮件地址栏中。其方法为:在"新邮件"窗口的工具栏中单击"选定收件人"图标,打开"选定收件人"对话框。从对话框中为新邮件选择收件人。

在"主题"框中,输入邮件的标题,然后,窗口的标题会被用户输入的主题取代。

在正文内容区中可输入新邮件的正文内容,并且可使用正文窗口上工具栏中的工具对输入的内容进行编辑排版,编辑的方法与在 Word 中的操作相似。

2) 在邮件中添加一些附件

Outlook Express 提供了在邮件中插入链接、图片或附件的功能,利用这项功能,用户可以将多种格式的文件发送到收件人手中。

(1) 插入链接:首先选定需要链接的文本或其他对象,然后执行"插入"→"超链接"命令,选择类型,然后输入链接的位置或地址。

(2) 插入图片:先在邮件中指定想要放置图片的位置,执行"插入"→"图片"命令,通过"浏览"查找图片文件,然后双击该文件名。

(3) 插入文件附件:执行"插入"→"文件附件"命令,找到相应文件后,双击要夹带发送的文件名。

3) 发送邮件

当邮件编辑完成后,单击"新邮件"窗口工具栏上的"发送"按钮,Outlook Express 将连接邮件服务器,并将此邮件通过邮件服务器发送给收件人。

如果线路不通,所撰写的邮件即保存到"发件箱"中。待线路连通后,单击 Outlook Exepress 窗口工具栏中的"发送与接收"按钮,将"发件箱"中的邮件发送出去。

如果是脱机撰写邮件,可以单击"新邮件"窗口的"文件"→"以后发送"命令,将邮件保存在"发件箱"中。当联机后可以单击 Outlook Exepress 窗口工具栏中的"发送与接收"按钮将邮件发送出去。

3. 接收和阅读电子邮件

Outlook Express 为用户提供了一个集成的电子邮件管理系统,用户可以在 Outlook Express 环境下方便地接收和阅读电子邮件。

1)接收电子邮件

在 Outlook Express 窗口中,单击工具栏中的"发送和接收"按钮。此时,系统自动将"发件箱"中的邮件发送到邮件服务器,同时在邮件服务器中检查自己的邮箱,如果有新的邮件将自动接收。

2)阅读电子邮件

在接收到电子邮件后,用户可以在"收件箱"中看到接收到的邮件的主题。单击要阅读的电子邮件,可以在 Outlook Express 窗口的邮件浏览框中看到该邮件的内容。要想在单独的窗口中查看某邮件,只要在邮件列表中双击该邮件即可。

要查看邮件所夹带的文件附件,双击夹带文件附件的邮件,打开邮件窗口,在邮件窗口底部双击文件附件的图标。或在预览窗口中,单击邮件标题中的文件附件图标,然后单击文件名。

在邮件列表框中,所有带有附件的邮件前面,都有一个曲别针图标。

要查看有关邮件的所有信息,在选定该邮件后,执行"文件"→"属性"命令。

3)转发与回复电子邮件

转发电子邮件指用户将收到的电子邮件转发给其他人。在"收件箱"文件夹中单击选择需要转发的邮件,单击"工具栏"中的"转发"按钮,弹出以 Fw 为标题的转发邮件窗口。填入收件人的电子邮件地址,在正文框中可以在原邮件内容的基础上,添加一些内容,然后按照发送新邮件的方法将邮件发送出去。

回复电子邮件是给电子邮件的发件人复信。在"收件箱"文件夹中选择需要复信的邮件,单击"工具栏"中的"回复作者"按钮,或选择"邮件"→"答复发件人"命令,单击"工具栏"中的"回复作者"按钮,弹出以 Re 为标题的复信窗口。复信窗口中收件人的地址已由系统自动填好,原来信件的内容也都显示出来,用户只需在窗口的正文框中输入回复内容后,按照发送新邮件的方法,将邮件发送出去。

4. 邮件的删除和恢复删除

在 Outlook Express 窗口的邮件列表中,选择要删除的邮件,单击工具栏中的"删除"按钮或按 Del 键,就可以将邮件删除。被删除的邮件被存放到"已删除邮件"文件夹中,如果要彻底删除,可单击"编辑"→"清空'已删除邮件'文件夹"命令。

恢复删除是将存放在"已删除邮件"文件夹中的邮件,移动或复制到指定或新建的文件夹中去。方法是首先在"已删除邮件"文件夹中选择要恢复的邮件,然后执行"编辑"→"移动到文件夹"或"复制到文件夹"命令,在出现的对话框中按提示进行操作,可以实现恢复。

习题 3

1. 选择题

(1) 计算机网络中,哪一部分负担数据传输和通信处理工作?(　　)

　　A. 计算机　　　　　B. 通信子网　　　　　C. 资源子网　　　　　D. 网卡

(2) 计算机网络中,哪一部分负责数据处理和向网络用户提供资源用网络服务?(　　)

　　A. 计算机　　　　　B. 通信子网　　　　　C. 资源子网　　　　　D. 网卡

(3) 计算机网络中,关于计算机之间通信的约定和规则称为什么?(　　)

　　A. 网络适配器　　　　　　　　　　B. 网络协议

　　C. 网络传输介质　　　　　　　　　D. 网络交换设备

(4) IP 地址按节点计算机所在网络规模的大小进行分类,常用的是哪几类?(　　)

　　A. AB 类　　　　　B. ABC 三类　　　　　C. ABCD 四类　　　　　D. ABCDE 五类

(5) 利用 FTP 功能可以在网上实现什么?(　　)

　　A. 只传输文本文件

　　B. 只传输二进制码格式文件

　　C. 可以传输任何类型的文件

　　D. 传输直接从键盘上输入的数据,不是文件

(6) 因特网上用户最多、使用最广的服务是什么?(　　)

　　A. News　　　　　B. WWW　　　　　C. FTP　　　　　D. Telnet

(7) 网络主机的 IP 地址由几位二进制数字组成?(　　)

　　A. 8 位　　　　　B. 16 位　　　　　C. 32 位　　　　　D. 64 位

(8) 主机的 IP 地址和主机的域名是什么关系?(　　)

　　A. 两者完全是一回事　　　　　　　B. 必须一一对应

　　C. 一个 IP 地址可对应多个域名　　　D. 一个域名可对应多个 IP 地址

2. 简答题

(1) 什么是计算机网络?

(2) 计算机网络的功能有哪些?

(3) 计算机网络的拓扑结构有哪些?并画出相应的拓扑结构图。

(4) TCP/IP 协议的含义是什么?

(5) 计算机网络中主要有哪些协议?

第 4 章

Windows XP操作系统

操作系统是计算机软件系统的核心部分。一个友好的操作系统可以帮助用户非常轻松地使用计算机,否则带给用户的则是不便和烦恼。早期的 DOS(Disk Operating System)操作系统曾在 PC 领域风靡一时。自出现基于图形用户界面(Graphical User Interface,GUI)的操作系统后,旧的 DOS 很快被取代了。现在我国 PC 的主流操作系统是 Windows XP、Windows 7 或 Windows Server 2003。

4.1 Windows XP 操作系统概述

4.1.1 Windows 操作系统简介

1. 从 DOS 到 Windows

无论是早期流行的 MS-DOS,还是现在成为 PC 主流操作系统的 Windows,都是美国微软(Microsoft)公司的杰作。下面简单介绍它们的发展历史。

1) MS-DOS

从 1981 年 8 月推出 1.0 版本到 1994 年 5 月公布 6.22 版本,MS-DOS 一直是 PC 的主要操作系统。它是一个 16 位的"单用户、单任务"操作系统。它的结构简单,文件管理功能较强,至今仍有大量成功的应用软件在 DOS 上运行。因此在 Windows XP 中依然保留有 DOS 的模块。

2) Windows 3.X

(1) 1990 年 5 月推出 Windows 3.0 版。

Windows 3.X 提供了全新的图形用户界面,非常方便用户操作;突破了旧 DOS 对于 640KB 常规内存的限制,可以在任何方式下使用扩展内存;具有运行多道程序、处理多任务的能力。

(2) 1992 年 4 月推出 Windows 3.1 版。

这个版本添加了对声音输入输出的基本多媒体的支持和一个 CD 音频播放器,提供有可缩放的 True Type 字体,以及一种共享数据的技术——对象的链接与嵌入(OLE)。此时的 Windows 版本需要在 DOS 支持下运行,所以它还不是一个独立的操作系统。

(3) 1994 年推出 Windows 3.11 版。

这个版本增加了对 32 位文件的支持功能。

3）Windows 95

Windows 95 于 1995 年 8 月推出英文版,1996 年 3 月公布中文版。它是一个准 32 位的真正的操作系统(不需 DOS 支持,但保留有 DOS 模块)。主要部分使用 32 位代码,可以更好地利用硬件资源;另有些部分仍使用 16 位代码,以确保与原有的 16 位应用程序兼容。

Windows 95 特点如下:

- 提供图形用户界面;
- 抢先式多任务处理;
- 支持长文件名;
- 提供 32 位应用程序接口 API(Application Programming Interface),支持多种网络系统的运行;
- 包含有因特网的实用程序;
- 具有强大的多媒体功能;
- 支持外部设备的"即插即用"(Plug And Play);
- 兼容 DOS。

4）Windows NT 4.0

1996 年 8 月,Windows NT 4.0 发布,增加了许多对应管理方面的特性,稳定性也相当不错。Windows NT 4.0 是为各种嵌入式系统和产品设计的一种压缩的、具有高效的、可升级的操作系统。其多线性、多任务、全优先的操作系统环境是专门针对资源有限而设计的。这种模块化设计使嵌入式系统开发者和应用开发者能够定做各种产品,如家用电器、专门的工业控制器和嵌入式通信设备。微软的战线从桌面系统杀到了服务器市场,又转攻到嵌入式行业,到这里,微软帝国的雏形基本已经形成。Windows NT 4.0 初始界面如图 4-1 所示。

5）Windows 98

Windows 98 于 1998 年 6 月推出英文版,1998 年 8 月公布中文版。它是一个全 32 位的操作系统(也保留有 DOS 模块)。它对 Windows 环境的某些部分作了重要修改,支持最新一代硬件技术,改善了通信和网络性能。全面支持 16 位应用程序,并且作为一种 32 位操作系统,可与 Windows NT 替换使用。Windows 98 初始界面如图 4-2 所示。

图 4-1　Windows NT 4.0 初始界面

图 4-2　Windows 98 初始界面

6）Windows Me(Windows Millennium Edition)

Windows Me 是一个 16 位/32 位混合的 Windows 系统,由微软公司发行于 2000 年 9 月 14 日。Windows Me 是最后一个基于 DOS 的混合 16 位/32 位的 Windows 9X 系列的

Windows,其版本号为4.9。在Windows Me中,最重要的修改是系统不再包括实模式的MS-DOS。这就意味着,与Windows 95和Windows 98不同,微软公司在加载Windows图形界面前隐藏了加载DOS的过程,使得启动时间有所减少。它仍然提供DOS模式,可以运行在窗口中,但是一些应用程序(如较早的磁盘工具)需要实模式,而不能运行在DOS窗口中。微软公司把Windows Me的DOS实模式摈弃了,这有助于系统的速度提升,减少了对系统资源的使用。然而这对基于DOS源代码的Windows Me造成了不利影响,即造成了系统比Windows 98更不稳定,甚至造成Windows Me运行得比Windows 98还慢。Windows Me比Windows 98更常有蓝屏死机现象。Windows Me在使用了一段期间后,系统明显地变得很慢。

另外Windows Me引进了"系统还原"日志和还原系统,这意味着简化了故障排查和问题解决工作。在概念上,这是一个大的改进:用户不再需要有神秘的DOS行命令的知识就可以维护和修复系统。实际上,去除了DOS功能对维护来说是一个障碍,而系统还原功能也带来一些麻烦:性能显著地降低;它也被证明并不能有效地胜任一些通常的错误还原。由于系统每次都自动创建一个先前系统状态的备份,使得非专业人员很难实行一些急需的修改,甚至是删除一个不想要的程序或病毒。Windows Me初始界面如图4-3所示。

7) Windows 2000

Windows 2000是由微软公司Windows NT系列的32位视窗操作系统。起初称为Windows NT 5.0。英文版于1999年12月19日上市,中文版于次年二月上市。Windows 2000是一个preemptive、可中断的、图形化的及面向商业环境的操作系统,为单一处理器或对称多处理器的32位Intel x86计算机而设计。它的用户版本在2001年10月被Windows XP所取代;而服务器版本则在2003年4月被Windows Server 2003所取代。一般来说,Windows 2000被划分为一种混合式核心(Hybrid Kernel)的操作系统。

Windows 2000有4个版本:

(1) Windows 2000 Professional即专业版:用于工作站及笔记本计算机。它的原名就是Windows NT 5.0 Workstation。最高可以支持两个均衡的多处理器,最低支持64MB内存,最高支持4GB内存。Windows 2000 Professional初始界面如图4-4所示。

图4-3　Windows Me初始界面

图4-4　Windows 2000 Professional初始界面

(2) Windows 2000 Server即服务器版:面向小型企业。全新安装时最高支持对称2路处理器(SMP),由NT Server升级时最大可支持4路处理器。最大支持4GB内存。支持Internet信息服务(IIS)、动态目录管理(Active Directory)等服务。

（3）Windows 2000 Advanced Server 即高级服务器版：面向大中型企业的服务器领域。它的原名就是 Windows NT 5.0 Server Enterprise Edition。最高可以支持 8 处理器，最低支持 128MB 内存，最高支持 8GB 内存。

（4）Windows 2000 Datacenter Server 即数据中心服务器版：面向最高级别的可伸缩性、可用性与可靠性的大型企业或国家机构的服务器领域。8 路或更高处理能力的服务器（最高可以支持 32 颗处理器），最低支持 256MB 内存，最高支持 64GB 内存。

8）Windows XP

Windows XP 是微软公司发布的一款视窗操作系统。Windows XP 于 2001 年 8 月 24 日正式发布（Release To Manufacturing，RTM）。它的零售版于 2001 年 10 月 25 日上市。Windows XP 原来的代号是 Whistler。字母 XP 表示英文单词的"体验"（Experience）。Windows XP 的外部版本是 2002，内部版本是 5.1（即 Windows NT 5.1），正式版的 Build 是 5.1.2600。微软公司最初发行了两个版本：专业版（Windows XP Professional）和家庭版（Windows XP Home Edition），后来又发行了媒体中心版（Media Center Edition）和平板电脑版（Tablet PC Editon）等。

Windows XP Professional 专业版：除了包含家庭版的一切功能，还添加了新的为面向商业用户而设计的网络认证、双处理器支持等特性。主要用于工作站、高端个人计算机以及笔记本电脑。Windows XP Professional 初始界面如图 4-5 所示。

Windows XP Home Edition 家庭版：消费对象是家庭用户，用于一般个人计算机以及笔记本电脑。只支持单处理器，最低支持 64MB 的内存（在 64MB 的内存条件下会丧失某些功能）。

9）Windows Server 2003

2003 年 4 月，Windows Server 2003 发布。对活动目录、组策略操作和管理、磁盘管理等面向服务器的功能作了较大改进，对. net 技术的完善支持进一步扩展了服务器的应用范围。Windows Server 2003 是目前微软公司最新的服务器操作系统。

Windows Server 2003 有 4 个版本：

（1）Windows Server 2003 标准版：一个可靠的网络操作系统，可迅速方便地提供企业解决方案。这种灵活的服务器是小型企业和部门应用的理想选择。支持文件和打印机共享，提供安全的 Internet 连接，允许集中化的桌面应用程序部署。Windows Server 2003 标准版初始界面如图 4-6 所示。

图 4-5　Windows XP Professional 初始界面　　　图 4-6　Windows Server 2003 标准版初始界面

（2）Windows Server 2003 企业版：为满足各种规模的企业的一般用途而设计的。它是各种应用程序、Web 服务和基础结构的理想平台，它提供高度可靠性、高性能和出色的商业价值。是一种全功能的服务器操作系统，支持多达 8 个处理器，提供企业级功能，如 8 节点群集、支持高达 32GB 内存等，可用于基于 Intel Itanium 系列的计算机。可用于能够支持 8 个处理器和 64GB RAM 的 64 位计算平台。

（3）Windows Server 2003 数据中心版：为运行企业和任务所依赖的应用程序而设计、这些应用程序需要最高的可伸缩性和可用性。是 Microsoft 迄今为止开发的功能最强大的服务器操作系统，支持高达 32 路的 SMP 和 64GB 的 RAM，提供 8 节点群集和负载平衡服务是它的标准功能。将可用于能够支持 64 位处理器和 512GB RAM 的 64 位计算平台。

（4）Windows Server 2003 Web 版：Windows 操作系统系列中的新产品，Windows Server 2003 Web 版用于 Web 服务和托管。用于生成和承载 Web 应用程序、Web 页面以及 XML Web 服务，其主要目的是作为 IIS 6.0 Web 服务器使用，提供一个快速开发和部署 XML Web 服务和应用程序的平台，这些服务和应用程序使用 ASP. NET 技术，该技术是 . NET 框架的关键部分，便于部署和管理。

10）Windows Vista

Windows Vista 是 Microsoft Windows 操作系统的正式名称。它是继 Windows XP 和 Windows Server 2003 之后的又一重要的操作系统。该系统带有许多新的特性和技术。Windows Vista 包含了上百种新功能，其中较特别的是新版的图形用户界面和称为 Windows Aero 的全新界面风格、加强后的搜寻功能（Windows Indexing Service）、新的多媒体创作工具（如 Windows DVD Maker），以及重新设计的网络、音频、输出（打印）和显示子系统。Vista 也使用点对点技术（Peer To Peer）提升了计算机系统在家庭网络中的示通信能力，将让在不同计算机或装置之间分享文件与多媒体内容变得更简单。

11）Windows 7

Windows 7 中文版是由微软公司开发的，具有革命性变化的操作系统。该系统旨在让人们的日常计算机操作更加简单和快捷，为人们提供高效易行的工作环境。

2．Windows XP 中文版的特点

与 Windows 98 相比，下面是一些新的改进和增强。

1）新型的用户界面

Windows XP 启动后显示的屏幕称为“桌面”（Desktop），如图 4-7 所示。

（1）桌面底部的任务栏新增加的快速启动按钮，主要有启动“InternetExplorer”浏览器、我的电脑、显示桌面等，也可以自行设置。

（2）提供两种桌面风格供用户选择。一种是默认的传统风格，与 Windows 98 相同；另一种是自选的 Web 风格，其外观与 Web 浏览器一样。

2）支持新一代的硬件标准

（1）一种新的电源管理方法。当工作结束时，它将计算机转入一种低电压的“睡眠”状态，而不是过去的“关机”，继续工作时，可以快速引导、恢复使用。

（2）通用串行总线 USB：这是一种中低速总线，可使显示器、键盘、打印机、扫描仪、U 盘等外部设备连接到计算机上。

图 4-7　Windows XP 桌面

（3）IEEE 1394 串行总线：这是一种高速总线，支持多种高带宽的设备。例如，打印机、视频相机和视频编辑设备、数码相机以及音频系统等。

（4）AGP 接口：连结 CPU 和图形加速器，是比 PCI 更快的图形总线标准。随着 3D 图形芯片和相应软件的发展，为提高数据吞吐能力，AGP 将最终取代 PCI 总线，并使显示卡 3D 化。

（5）多显示器：在一台计算机上支持多个图形适配器，支持多台显示器。

（6）新型 DVD：这是新一代的光盘存储技术。既可存储视频数据、音频数据，也可存储计算机普通数据。DVD 将最终取代 CD、激光视盘和光盘。

3）增强了网络功能

（1）捆绑了因特网的应用软件。例如，InternetExplorer 6.0、Outlook Express、Netmeeting 等。

（2）改进了拨号网络功能，将互联网与 PC 用户紧密地结合在一起。

（3）支持 IPX/SPX、TCP/IP 等网络协议，以及 Microsoft、Netware 等多种网络。只要用户能够登录到 Novell Netware 4.X 的服务器上，就可访问该网络的文件和打印机资源。

4）其他改进

（1）可动态改变屏幕分辨率和颜色深度。

（2）用更好的内存管理来加速系统的启动和关闭，加快打开窗口和加载程序的速度。

（3）它的文件检查器可以跟踪系统的变化，并在发生冲突的情况下恢复源文件。

（4）一旦出现异常关机，能够自动运行 Scandisk 修复错误，确保恢复系统的正常状态。

3. Windows XP 的运行环境

Windows XP 的最低配置如下：

- 233MHzPentium 或更高的微处理器（或与之相当的处理器）；

- 建议使用 128MB(RAM 最小为 64MB；最大为 4GB)；

- 1.5GB 的可用硬盘空间；

- SVGA 监视器；

- 键盘；

- 鼠标或兼容指针设备；

- CD-ROM 或 DVD 驱动器。

4. Windows XP 的安装

Windows XP 安装程序向导收集各种信息，包括区域设置、名称和密码。然后该向导将相应的文件复制到硬盘上，检测硬件并配置安装。安装完成后，即可登录到 Windows XP Professional。请注意，安装过程中计算机将重新启动几次。

启动 Windows XP 安装向导的方式取决于是进行 Windows 的升级还是全新安装。确定安装方法后按照安装方案的步骤进行操作。

1) 安装新版本(干净安装)

如果计算机具有空白硬盘或当前的操作系统不支持升级安装，则需要使用 Windows XP Professional 光盘启动计算机。一些较新的 CD-ROM 驱动器可以从光盘启动安装并自动运行 Windows XP 安装向导。

(1) 使用光盘安装新版本。

① 通过运行当前的操作系统启动计算机，然后将 Windows XP Professional 光盘插入 CD-ROM 或 DVD 驱动器。

② 如果 Windows 自动检测到光盘，请单击"安装 Microsoft Windows XP"项，这时将出现 Windows XP 安装向导。如果 Windows 未自动检测到光盘，则单击"开始"按钮，然后单击"运行"按钮，输入安装文件所在的路径(请使用实际的 CD-ROM 或 DVD 驱动器号)，如 d:\setup.exe。

③ 按 Enter 键。

④ 提示选择一种安装类型时，请选择"要现在安装 Windows XP，请按 Enter 键"项，然后按 Enter 键，如图 4-8 所示。

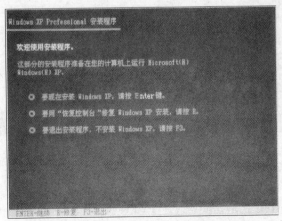

图 4-8　Windows XP 安装过程选择安装类型

⑤ 按照屏幕上的提示进行操作。

在安装过程中，Windows XP 安装向导可以帮助收集有关个人和计算机的信息。尽管这种安装过程的大部分都是自动完成的，也可能需要在下列页面中提供信息或选择设置，这取决于计算机的当前配置：

- 许可协议。如果同意其条件而且希望安装过程继续，请按 F8 键，即"我同意"，如图 4-9 所示。

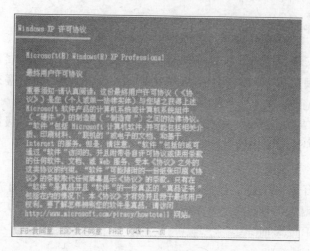

图 4-9　Windows XP 安装过程许可协议

- 选择特殊的选项。自定义 Windows XP 安装，新安装的语言和访问性设置。可将 Windows XP 设置成使用多种语言和区域，设置如图 4-10 所示。

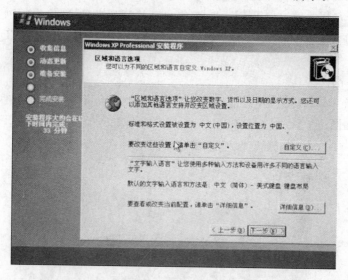

图 4-10　Windows XP 安装过程区域和语言选项设置

- 选择文件系统。Windows XP Professional 可以自动将硬盘上的分区转换为 NTFS，它是推荐用于 Windows XP Professional 的文件系统，也可以选择保留现有的文件系统。如果进行升级安装，安装向导将使用现有的文件系统。

- 区域设置。更改系统和用户的区域设置以满足不同区域和语言的需要。
- 个性化的软件。输入授权使用该版 Windows XP Professional 的个人的完整名称，也可选择性地输入授权使用的组织。
- 计算机名和系统管理员密码。输入一个与网络中其他计算机、工作组或域的名称不同的唯一计算机名。向导将建议一个计算机名，但可以更改该名称。安装期间，向导将自动创建一个管理员账户。使用本账户时，将拥有对计算机设置的所有权利以及在该计算机上创建用户账户的权利。也就是说，安装完 Windows XP Professional 并以管理员身份登录后，系统将赋予登录计算机并对其进行管理的特权。请为管理员账户输入一个密码。由于安全原因，应始终为管理员账户分配密码。注意要谨记并保护好密码，如图 4-11 所示。

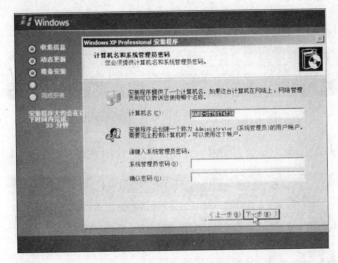

图 4-11　Windows XP 安装过程计算机名和系统管理员密码设置

- 日期和时间设置。验证本地区的日期和时间，选择合适的时区，然后选择是否要 Windows XP Professional 依据夏时制时间自动调整时钟，如图 4-12 所示。

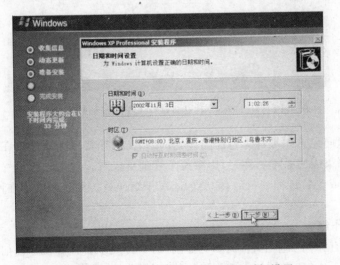

图 4-12　Windows XP 安装过程日期和时间设置

- 网络设置。除非是高级用户，否则请为网络配置选择典型设置选项。若要手工配置
网络客户、服务和协议，请选择自定义设置选项，如图 4-13 所示。

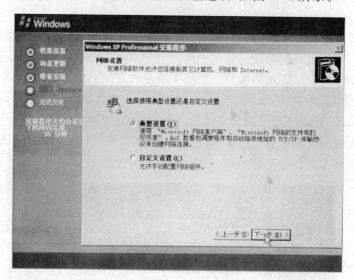

图 4-13　Windows XP 安装过程网络设置

- 工作组或计算机域。安装过程中，必须加入工作组或域，如图 4-14 所示。

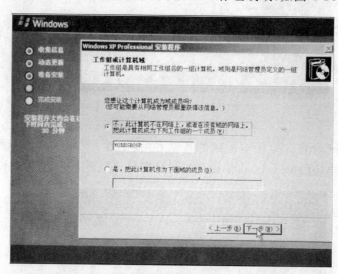

图 4-14　Windows XP 安装过程工作组或计算机域设置

- 网络标识向导。如果计算机已连接到网络，该向导将提示识别正在使用的计算机的
用户。如果表明是唯一用户，则被授予管理员权限。

安装过程中或安装过程完成后，需要加入工作组或域。如果机器不在网络上工作，则选
择加入工作组。

（2）加入工作组。

工作组是具有相同工作组名（例如对等网）的一台或多台计算机。任何用户可以通过指
定工作组名加入工作组，无须加入工作组的特殊权限。必须提供一个现有的或新的工作组

名或使用 Windows XP 安装向导所建议的工作组名。

（3）加入域。

在域中是通过计算机账户区别各个计算机的，而在计算机中是通过用户账户来区别各个用户的。域是由网络管理员定义的一组计算机的集合。加入域与加入工作组不同，加入工作组可以自己完成，而加入域需要从网络管理员那里获得相应的权限。若要在安装过程中加入域，在要加入的域中必须具有自己的计算机账户。如果从 Windows NT 进行升级，Windows XP 安装向导将使用现有的计算机账户。否则，会要求提供一个新的计算机账户。

在启动 Windows XP 安装向导之前，请求网络管理员创建一个计算机账户。或，如果具有适当的权限，也可以在安装过程中创建该账户并加入域。若要在安装过程中加入域，则需要提供用户名和密码。

注意：如果在安装过程中加入域有困难，则先加入工作组，然后在安装完 Windows XP Professional 后加入域。

（4）使用网络连接安装新版本。

① 使用现有的操作系统，建立到包含安装文件的网络共享文件夹的连接。如果磁盘中包含网络客户软件，可以使用 MS-DOS 或网络安装盘连接到网络服务器。网络管理员可提供该路径。

② 如果计算机当前运行 Windows 98、Windows Millennium Edition 或更早版本的 Windows NT，则在命令提示符下输入文件 setup.exe 的路径。

③ 按 Enter 键。

④ 按照屏幕上的指令进行操作。

2）升级

升级过程很简单。Windows XP 安装向导将检测并安装合适的驱动程序，或创建一个无法升级的设备报告列表，从而使确信的硬件和软件与 Windows XP Professional 兼容。

（1）从光盘升级：

① 通过运行当前的操作系统启动计算机，然后将 Windows XP Professional 光盘插入 CD-ROM 驱动器。

② 如果 Windows 自动检测到 CD，则会出现 Windows XP Professional 光盘对话框。若要启动升级，请单击"安装 Microsoft Windows XP"项。如果 Windows 未自动检测到光盘，单击"开始"按钮，然后单击"运行"按钮。输入安装文件所在的路径（请使用实际的 CD-ROM 或 DVD 驱动器号），如 d:\setup.exe。

③ 按 Enter 键。

④ 提示要求选择安装类型时，请选择"升级"项，然后单击"下一步"按钮。

⑤ 按照屏幕上的指令进行操作。

（2）从网络连接升级：

① 使用当前的操作系统，建立到包含安装程序文件的网络共享文件夹的连接。如果具有包含网络客户软件的 MS-DOS 或网络安装磁盘，则可以使用该磁盘连接该共享文件夹。网络管理员可以提供路径。

② 在命令提示符下，输入文件 setup.exe 的路径。

③ 按 Enter 键。

④ 选择"升级"项,然后单击"下一步"按钮。

⑤ 按照屏幕上的指令进行操作。

4.1.2　鼠标操作

鼠标是 Windows 操作必不可少的设备,下面介绍鼠标操作的常用术语。

1.指向

将鼠标指针移到某对象上。通常鼠标指针为指向左上方的箭头,指向操作时不按键。当指向屏幕上某个对象时,鼠标指针的右下角显示该对象的功能或名称。

2.单击

当鼠标指针指向某对象时,按鼠标左键一下并迅速松开。"单击"常用于"选取"某对象,被选取的对象一般呈高亮度或反白显示。

3.双击

当鼠标指针指向某个对象时,连续快速按鼠标左键两次。常用于启动应用程序或打开某对象。

4.右击

当鼠标指针指向某个对象时,按一下鼠标右键,并迅速松开。此操作常用于激活并弹出一个与该对象有关的快捷菜单。

5.拖曳

当鼠标指针指向某个对象时,按下鼠标左键,并移动鼠标指针到某个新的位置,然后松开鼠标左键。此操作常用于在编辑窗口选取文件块,在屏幕上移动、复制某个对象或缩放窗口,还用于 Windows 对文件或文件夹的移动(直接拖曳)、复制(按住 Ctrl 键不放开,再拖曳)操作。

也有用右键拖曳的操作,右键拖曳常用于创建快捷方式等。

4.1.3　Windows XP 的桌面

Windows XP 启动过程结束后所显示屏幕称为"桌面",见图 4-7。"桌面"可以理解为用户与计算机进行"交互"的场所。

桌面包括以下内容:

1.图标(Icon)

启动 Windows 之后,桌面上出现的一些小图案,称为"图标"。例如,"我的电脑"、"我的文档"、"网上邻居"、"回收站"和 Internet Explorer 等。每个图标分别代表一个对象,不同的对象其图标不同,但是每个图标都由两部分构成,即图形部分和文字名称部分。

对图标的操作如下:

(1) 打开图标:双击图标,即可打开。

(2) 移动图标:鼠标指向图标,按住鼠标左键拖曳鼠标,即可移动图标。

(3) 重命名:

方法1:先单击欲改名的图标,使图标高亮度显示,再单击图标的名称部分,名称部分将出现闪动的插入点,此时即可输入新的名称。

方法2:鼠标指向图标,单击鼠标右键,在出现的快捷菜单中选择重命名,名称部分将出现闪动的插入点,此时即可输入新的名称。

输入新的名称后,按回车键或用鼠标单击其他地方确认修改。

2. 任务栏(Taskbar)

任务栏在"桌面"的最下端,包括4部分:"开始"按钮、快速启动区、窗口按钮区、指示区。

1)"开始"按钮

通过"开始"按钮可以打开"开始"菜单,从"开始"菜单可以选择 Windows XP 所有可能的操作。

通常使用鼠标操作,有以下几种方法:

(1) 指向:把光标指向"开始"按钮时,在"开始"按钮的右上方将提示"单击这里开始",如图4-15所示。

(2) 单击:单击"开始"按钮,弹出"开始菜单",且以级联菜单形式提供用户选择需要的操作,如图4-16所示。

图4-15 指向"开始"按钮

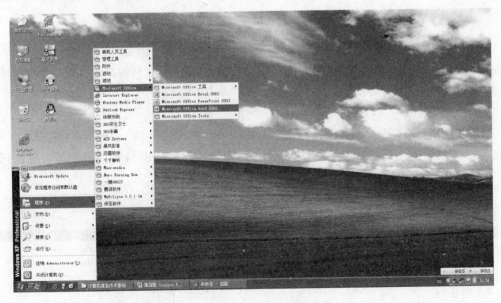

图4-16 "开始"菜单

（3）右击：弹出开始按钮的快捷菜单，由此可直接进入"资源管理器"、"搜索"等操作，如图 4-17 所示。

2）窗口按钮区

用来放置已打开的窗口"按钮"。凡打开一个窗口后，任务栏上便出现这项任务的"按钮"。例如，打开"我的电脑"、"回收站"和"我的文档"，如图 4-18 所示。

任务栏中的窗口按钮有两个状态："按下"和"弹起"。

（1）按下：表示该窗口被激活，称为"当前窗口"，转到前台，可以进行人机对话，如"我的文档"窗口及其按钮。

图 4-17　开始按钮的
快捷菜单

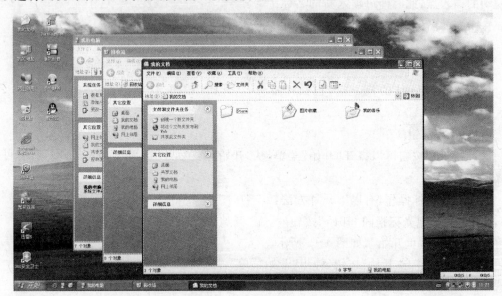

图 4-18　窗口按钮区

（2）弹起：表示该窗口被"最小化"，处于后台，如"我的电脑"和"回收站"窗口按钮。这些窗口按钮为多个任务之间进行前、后台切换提供了方便，用户只需单击这些按钮，该项任务便在前台与后台之间转换。

3）快速启动区

由快速启动按钮组成。主要有 Internet Explorer、"我的电脑"、"显示桌面"等，也可以通过鼠标拖曳某图标到快速启动区，达到自行设置快速启动区的目的。单击其中的按钮便立即执行该项操作，如图 4-19 所示。

快速启动区　　　　　　　　　　　窗口按钮区　　　　　　　　　　　　指示区

图 4-19　快速启动区

4）指示区

指示区通过各种小图标形象地显示一些软、硬件的状态，并可使用鼠标操作这些图标，实现对它们的快速控制和调节，如音量、输入法、日期和时间等。

4.1.4　Windows XP 的窗口和对话框

　　Windows XP 环境下所有资源的管理和使用,都是在"桌面"上划出的一个矩形区域内进行的,这个矩形区域就称为"窗口"。窗口提供给用户多种操作和工具,所以窗口是人机交互的主要方式和界面。

　　对话框也可以看成一种特殊的窗口。它提供用户输入较多的信息或进行某些参数设置。不同对话框的形式和所提供的项目及其选择方式会有较大的差别,但最后都要进行确认。

1. 窗口元素

　　以资源管理器窗口为例介绍窗口中的基本元素,如图 4-20 所示。

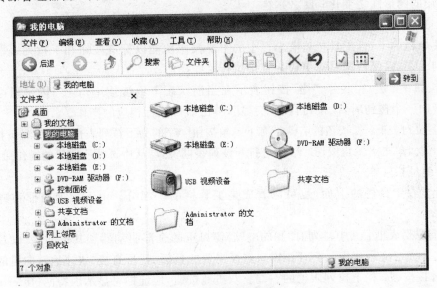

图 4-20　资源管理器窗口

　　(1) 标题栏。位于窗口第一行,显示该窗口名称,如"我的电脑"。对于应用程序窗口,则是正在操作的程序名称。拖曳标题栏可以使窗口移动位置。

　　当桌面上有打开的窗口时,其中有且仅有一个被激活为"活动窗口"。活动窗口的标题栏高亮度显示,处在所有窗口的最前面。

　　(2) 边框。是窗口的边界。拖曳任一个边或任一个角都可以调整窗口的大小。

　　(3) 控制菜单图标。位于窗口的左上角。控制菜单提供有窗口界面的恢复(还原)、移动、大小、最小化、最大化和关闭等命令。

　　① 移动:指改变窗口在桌面上的位置。

　　② 大小:是调整窗口的尺寸。

　　③ 最大化:将窗口扩展到全屏(文档窗口例外,它扩展至整个程序窗口)。

　　④ 恢复(还原):将窗口恢复原状。

　　⑤ 最小化:将窗口转变为任务栏上的按钮。

　　⑥ 关闭:关闭该窗口。

（4）菜单栏。位于标题栏的下一行。其中所列的项目分类集中了该窗口的全部操作功能。每个项目都有一个下拉菜单，给出该项目下的各种操作命令。不同应用程序菜单栏的项目多少不同，如"资源管理器"有 6 个菜单项：文件、编辑、查看、收藏、工具和帮助。

（5）滚动条。

Windows XP 的滚动条为长方形框。纵向滚动条的两端有一个上箭头和一个下箭头，横向滚动条的两端有一个左箭头和一个右箭头，每个滚动条中间都有一个滚动块。

滚动块的位置反映当前显示信息所在的区段，它的长短表示窗口信息占全部信息的比例。无论在纵向还是横向，只要显示信息的长度能被窗口容纳，则该方向的滚动条将自动消失。

（6）最小化按钮、最大化/还原按钮、关闭按钮。

标题栏右端有三个按钮，依次是"最小化"按钮 ▭ 、最大化按钮 ▢ /还原按钮 ▢ 、关闭按钮 ✕ 。最大化按钮与还原按钮共用一个按钮，如果窗口已最大化，则该按钮自动变为还原按钮，按钮的图形随之变化；反之亦然。

（7）工具栏。

在菜单栏的下边，工具栏将菜单栏中的主要操作功能以标准按钮和下拉列表框的形式集中排列出来，以便使用鼠标更快地直接执行这些操作。

① 按钮：有虚、实之分，"虚"按钮表示在当前状态下不能使用；"实"按钮则可执行操作。当指向一个按钮时，该按钮自动"突显"，单击即可执行相应的操作。

② 下拉列表框：在按钮的右侧带有下三角按钮"▼"的为下拉列表框。"▼"是下拉列表框的特别标记。单击下三角按钮"▼"便可打开该列表框，然后从中选择所需要的操作命令。

（8）地址栏。

地址栏在工具栏的下面，也可以看成是工具栏的一部分。由下拉列表框和链接按钮组成。

① 下拉列表框：其中排列有"我的电脑"窗口里的全部驱动器和其他部件，以及桌面上的全部文件夹与应用程序。打开该窗口选择需要的目标，就可直接、快速地转向目的地。

② 链接按钮：在下拉列表框的右端。双击此按钮，地址栏将显示因特网（Internet）的部分网址，方便用户进入因特网，再次双击则复原。

（9）状态栏。

状态栏位于窗口的最下方。状态栏显示一些与操作相关的信息。有时也显示一些解释性语句或状态参数（如文件数量等）。

2．对话框

对话框是 Windows 与用户交流的另一种界面，当 Windows 执行的菜单命令后带有"…"号，它会弹出一个对话框。例如，在 Word 中执行"格式"→"字体"命令，会弹出"字体"对话框，如图 4-21 所示。

对话框的外形与窗口相似，也和窗口一样可以移动。但它与窗口的不同至少有以下两个方面：对话框的大小是固定的，而窗口的大小是可变的；用途不同，窗口中显示的是应用程序或文档，而对话框只是执行命令过程中人机对话的一种界面。

1）标题栏

用于显示该对话框的功能，说明该对话框的名称等。右侧是"帮助"和"关闭"按钮。

图 4-21 "字体"对话框

2) 选项卡

在图 4-21 中有三个选项卡：字体、字符间距、文字效果。

操作：

（1）用鼠标单击标签切换选项卡。

（2）按 Tab 键或 Shift＋Tab 键，移动光标到标签区，再用←、→键进行选择，也可以用 Alt＋字母（标签名后面括号中的字母）切换。

3）单选按钮、复选框

（1）单选按钮：圆形。将一组供选择的项排列在一起，必须从当前单选按钮组的选项中选择一个且只能选择一个。单击某个框，当圆形中出现"·"时，表示该框被选中，同时本组中其他的单选框皆自动变为未选中状态，如图 4-22 所示。

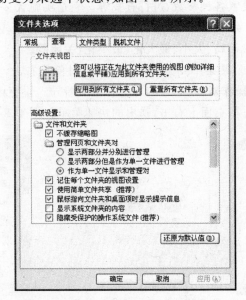

图 4-22 单选按钮、复选框

（2）复选框：方形。将一组供选择的项排列在一起,用户可以选其中的一个或几个,可以全选或全都不选。单击某个框,当方框中出现"√"时,表示该框被选中,再次单击,框中的"√"消失,表示取消该选框。

4）下拉列表框

下拉列表框是一个矩形框,显示当前的选择项,通过单击其右侧的" ⌄ "图标选择列表中的选项。

5）命令按钮

命令按钮是所有对话框都有的元素,用鼠标单击命令按钮可以执行一个操作。

（1）命令按钮上有"…"符号,会弹出一个对话框,以便进一步设置,如"默认"按钮。

（2）带有黑框的按钮是默认命令按钮,如"确定"按钮。

6）帮助按钮

对话框标题栏右边的"?"按钮是帮助按钮。单击该按钮,鼠标就成了带"?"号的箭头,并可任意移动。此后单击某一对象,在该对象旁边便会显示一个信息框,即时帮助用户理解和操作该对象。再单击任意处,则信息框关闭,鼠标也恢复原样。

4.1.5　Window XP 的菜单

菜单实际就是一组"操作名称"的列表框。菜单可以看做是一种操作向导,通过简单的鼠标单击即可完成各种操作。

1. 菜单的种类

在 Windows XP 中将用到的菜单有"开始菜单"、"控制菜单"、"快捷菜单"、"下拉菜单"、"级联菜单"等。

（1）开始菜单：如图 4-23 所示,包含了 Windows XP 的大部分功能,可以选择运行应用程序、建立和打开文档、设置各种参数、进行查找等。它是实施大多数操作的菜单。

（2）控制菜单：如图 4-24 所示,每个窗口都有一个控制菜单,包含有窗口处理的各种功能,如窗口的恢复（还原）、移动、大小、最大化、最小化、关闭等。

（3）快捷菜单：又称公共菜单或关联菜单。在某对象上右击,会弹出快捷菜单,它有很强的针对性,对于不同的操作对象,菜单内容会有很大差异。快捷菜单包含有该操作对象在当前状态下的常用命令。在桌面上右击,弹出的快捷菜单如图 4-25 所示。

图 4-23　开始菜单　　　　图 4-24　控制菜单　　　　图 4-25　快捷菜单

（4）下拉菜单：此处特指菜单栏各个项目所对应的菜单。Word 环境的"文件"下拉菜单如图 4-26 所示。

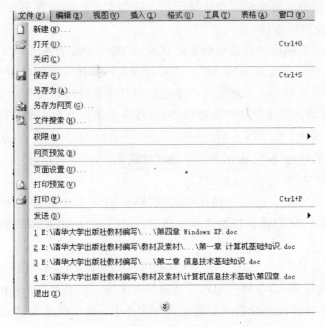

图 4-26　下拉菜单

（5）级联菜单：如图 4-27 所示，开始菜单连接两个子菜单。

图 4-27　级联菜单

级联菜单不是一个独立的菜单，是由菜单中的一个功能选项扩展出来的下一级子菜单，并允许多层嵌套。除了控制菜单之外，其他几种菜单都可能具有级联菜单。

2. 菜单的约定

（1）菜单的分组线：通常将菜单中属于同一功能类型的选项排列在一起，成为一组，中间用横线分隔，方便用户查找。

（2）虚实选项：菜单中功能选项的字体有虚、实之分。实字体代表当前有效；虚字体表示无效，在图 4-24 中控制菜单的"移动"。选项的虚实与操作对象的当前状态有关。

（3）选项后跟省略号"…"：要求进一步输入信息才能执行该命令。在图 4-23 中开始菜单的"运行"命令选项。当选中这类功能项后，屏幕马上就会出现一个对话框，要求进行人机对话。

（4）选项后跟右三角"▶"：表示在它下面有级联菜单，应继续作进一步的选择。在图 4-27 中开始菜单的"程序"引出的"级联菜单"。

（5）选项后跟组合键：表示该选项具有快捷键，用户不必打开菜单，直接按下此组合键，这项操作就可执行。但前提是必须事先熟记。在图 4-24 中，控制菜单的"关闭"，其快捷键为 Alt＋F4 键。

（6）选项前有对号"√"：这是一个选中（激活）标记，表示这项功能已经生效。

① "√"是复选标记，即在同一组选项之间没有关联，可以同时被选中多项。

② 复选项的选择功能是交替进行的。第一次选中；再一次失效，"√"随之消失。

（7）选项前有实心圆点"·"：这也是一种选中标记，表示这项功能已经生效。"·"是单选标记，即在同一组选项之间存在关联，即只能是一个被选中。

（8）选项伴有字母：括号中加下划线的字母是该选项的选项代码。打开菜单后，直接输入该字母即可执行对应操作。

4.2　Windows XP 基本操作

Windows XP 的基本操作主要有 Windows XP 的启动和退出、桌面操作、菜单操作、窗口操作、工具栏操作、对话框操作以及获取帮助的方法。

4.2.1　Windows XP 的启动和退出

1. Windows XP 的启动操作

Windows XP 的启动过程十分简单。打开电源或在开机状态下按 Reset 键便自行启动。在启动过程中屏幕将显示一幅 Windows XP 的画面，然后进行系统自检、初始化各种设备。启动过程结束后，屏幕上出现桌面。

第一次启动时，系统会提示用户登录到 Windows。如果本计算机已经连接到了网络上，还会提示用户登录到网络上，并弹出对话框，要求输入用户名（User Name）和密码（Password）。如果不想使用密码，则在密码文本框中不要输入任何字母，直接单击"确定"按钮，以后再启动 Windows XP 时，就不会出现此对话框了。

如果设置了密码，则每次启动 Windows XP 都要输入该密码才可进入桌面。

2. 退出 Windows XP

操作步骤：

（1）单击桌面上的"开始"按钮，或按 Ctrl＋Esc 键，打开"开始"菜单。

（2）选择"关闭系统"，弹出"关闭计算机"对话框，如图 4-28 所示。

（3）先选择"关闭"选项。如果用户忘记了保存更改后的文件，系统会弹出对话框，提示用户保存。当屏幕显示"Windows 正在关机"画面时，表明计算机开始进行关机前的必要处理。片刻后便自动关掉电源。

图 4-28　"关闭计算机"对话框

注意：一定要先退出 Windows XP，再关闭外部电源。因为 Windows XP 在运行时往往打开了大量的对象，并且使用内存作磁盘的缓冲、用磁盘作内存的交换区，还有其他一些操作。如果用户不通知 Windows XP 就关闭了计算机，那么内存中的数据将因为没有及时存盘而丢失，其他操作的信息也没按正常关机的要求处理。可能导致机器出现问题或所处理的信息丢失。

4.2.2　桌面基本操作

Windows XP 桌面上放置各种类型的图标，工作中通常都要打开多个窗口，为了方便用户操作，并使桌面整洁，Windows XP 提供了许多桌面管理功能，如添加、删除桌面上的对象；排列桌面上的图标；排列桌面上的窗口；任务栏的调整；改变桌面的背景和外观；启动应用程序或打开窗口等。

1. 添加、删除桌面上的对象

- 添加：包括新建的，也可以是用鼠标从别的地方拖曳过来的。
- 对象：包括文件夹、文件、快捷方式等。

1）添加对象操作

（1）使用快捷菜单。

① 右击桌面空白位置，弹出快捷菜单，如图 4-29(a)所示。

② 选择"新建"选项，弹出级联菜单；在级联菜单中进一步选择需要新建的对象。此方法多用于建立新的对象。

（2）使用鼠标拖曳。

在资源管理器中找到该对象（窗口不要最大化），单击该对象的图标，将其选定。拖曳该对象图标到桌面即可。此方法适用于已存在的对象。

2）删除对象操作

使用快捷菜单。

右击待删除对象，弹出快捷菜单，如图 4-29(b)所示。

选择其中的"删除"选项，弹出"确认文件夹删除"对话框，如图 4-30 所示。

选择"是"按钮，将删除的对象放入回收站。若需要，还可以恢复。

如果在选择"删除"时先按下了 Shift 键，则是将对象彻底删除，不能再恢复，如图 4-31 所示。

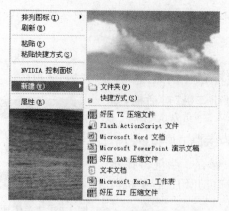

(a) 桌面快捷菜单　　　　　　　　(b) 删除快捷菜单

图 4-29　快捷菜单

图 4-30　将删除对象放入回收站　　　　　　图 4-31　将删除对象彻底删除

2．桌面上的图标操作

桌面上的图标操作包括排列图标和对齐图标两种操作。

1) 排列图标分为自动排列和手动排列两种方法。

* 自动排列：可以选择按名称、类型、大小、日期进行排列。
* 手动排列：在撤销自动排列功能的前提下，可将一个图标拖曳到任意位置。

(1) 自动排列操作

① 右击桌面空白位置，弹出快捷菜单，如图 4-32 所示。

② 选择"排列图标"选项中的"自动排列"。

③ 再次激活快捷菜单，在排列图标级联菜单中进一步选择排列方式，可按名称、类型、大小、日期选择。

(2) 手动排列操作

① 首先撤销"自动排列"功能。

按前述方法打开"排列图标"的级联菜单，检查"自动排列"选项前面是否有"√"标记，没有"√"标记表示"自动排列"功能失效；若有此标记，则再一次选择该项后，"自动排列"功能即被撤销。

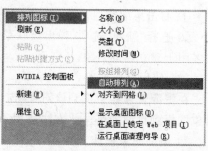

图 4-32　桌面快捷菜单——排列图标

② 再用鼠标将图标拖曳到任意位置。

2) 对齐图标操作

右击桌面空白位置，弹出桌面快捷菜单，从中选择"排列图标"选项中的"对齐到网络"，这样桌面上的图标在拖曳时就不会叠压在一起。

此操作可使桌面上凌乱的图标按固定的行列对齐。其规则是使图标就近排入某行某列，并不填充空位置。

3. 排列桌面上的窗口

排列窗口有自动排列和手动排列两种方法。

- 自动排列：可以选择层叠、横向平铺或纵向平铺。

层叠：从桌面左上角开始依次罗列窗口。后边的窗口仅露出标题栏和左边的部分边框，以便每个窗口都能操作。

平铺：打开的窗口全部可见，平铺排列在桌面上。横向平铺是横向分割桌面，每个窗口占用窗口的数行；纵向平铺是纵向分割桌面，每个窗口占用数列。

- 手动排列：可用鼠标拖曳标题栏，将窗口移动到任意位置。

1) 自动排列窗口

- 用鼠标右击"任务栏"空白处，弹出"任务栏"快捷菜单，如图4-33所示。可在层叠、横向平铺、纵向平铺三种方式中选择。

2) 手动排列窗口

使用鼠标或键盘操作：

- 鼠标：用鼠标拖曳窗口的标题栏，可将窗口移到桌面的任意位置。
- 键盘：按 Alt＋Space 组合键，打开"控制菜单"，选择"移动"选项，按 Enter 键后，使用"光标控制键"进行移动，最后按 Enter 键结束移动操作。

（注意：窗口不能最大化。）

4. 任务栏的操作

1) 任务栏的隐藏和显示

任务栏的隐藏：在隐藏方式下，任务栏不再出现在桌面上，只在屏幕下边沿留下一条线。当将光标指向下边线时，任务栏显示出来，提供用户操作；光标离开后，又自动隐藏起来。

操作如下：

(1) 首先在"任务栏"空白位置右击，弹出"任务栏"快捷菜单，选择"属性"项，弹出"任务栏和「开始」菜单属性"对话框，如图4-34所示。

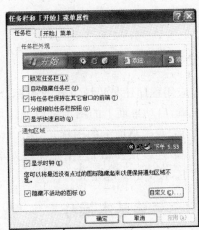

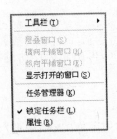

图4-33 "任务栏"快捷菜单　　　　图4-34 "任务栏和「开始」菜单属性"对话框

（2）在"任务栏"选项卡中设置需要的工作模式。

选中"自动隐藏任务栏"复选框,有"√"标记为隐藏模式;反之,为非隐藏模式。

2）指示区内容操作

（1）时间显示:通过"任务栏和「开始」菜单属性"对话框进行设置。

① 首先弹出"任务栏和「开始」菜单属性"对话框。操作同前。

② 在弹出的"任务栏和「开始」菜单属性"对话框中设置需要的工作模式。

选中"显示时钟"复选框,有"√"标记为显示模式;反之,为非显示模式。

（2）时间调整:包括日期和时间。

① 双击任务栏指示区中的时钟,弹出"日期和时间 属性"对话框,如图 4-35 所示。

② 依次调整年、月、日、时、分、秒。

③ 单击"确定"按钮,关闭对话框。

（3）输入法:默认为英文输入方式,可根据个人需要选择其他中文输入法。

① 单击该图标,弹出输入法菜单,如图 4-36(a)所示。

② 从中选择需要的输入法选项。

（4）声音控制:可以调整音量大小等,也可以取消声音(静音)。

① 单击"小喇叭"图标,弹出一个音量调节器,如图 4-36(b)所示。

② 拖曳滑块上下移动,音量随之变化。

③ 单击"静音"复选框,可以取消声音。

图 4-35　"日期和时间 属性"对话框

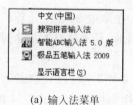

(a) 输入法菜单　　　(b) 音量调节器

图 4-36　输入法菜单和音量调节器

5. 启动桌面上的图标

无论是应用程序还是快捷方式的图标,也不管是文件还是文件夹的图标,一旦启动都会打开一个窗口,启动桌面上的图标可以使用鼠标或键盘。

（1）鼠标:双击桌面上的图标。

（2）键盘:连续按 Tab 键,使光标进入桌面上的图标区,再用光标移动键把光标定位到需要的图标上,按 Enter 键完成。

4.2.3　菜单基本操作

在 Windows XP 中使用到的菜单有"开始菜单"、"控制菜单"、"快捷菜单"、"下拉菜单"、

"级联菜单"等。使用鼠标和键盘均可对菜单进行操作。

对各类菜单的操作步骤,都是先打开菜单,然后再从中选择功能项。

1. 鼠标操作

1) 打开菜单

(1) 开始菜单:单击桌面上的"开始"按钮。

(2) 控制菜单:单击标题栏左上角的"控制菜单图标"或右击"标题栏"。

(3) 快捷菜单:右击所选的对象。

(4) 下拉菜单:单击菜单栏的对应项目。

(5) 级联菜单:单击带有右三角"▶"标记的菜单选项。

2) 选择功能项

有单击或拖曳两种方法,功能相同,使用哪一种均可。

(1) 单击:打开菜单后,释放鼠标,再单击需要的功能项。

(2) 拖曳:打开菜单后,不释放鼠标,继续拖曳到选定的功能后再释放。

2. 键盘操作

1) 打开菜单

(1) 开始菜单:按 Ctrl+Esc 键。

(2) 控制菜单:单一窗口,按 Alt+Space 键。

(3) 下拉菜单:有两种方法。

① 直接打开:按 Alt+"选项字母"键。

② 激活打开:先按 Alt 键激活菜单栏;再用→、←键选择菜单项;然后按 Enter 键。

(4) 级联菜单:有两种方法。

① 直接打开:在上一级菜单打开后,直接按选项字母键。

② 光标打开:在上一级菜单打开后,用↑、↓键选择功能项,然后按 Enter 键。

2) 选择功能项

打开菜单后选择功能项的操作,与级联菜单的操作方法相同。

3. 取消菜单

使用鼠标和键盘都可取消打开的菜单。

(1) 鼠标操作:单击菜单以外的地方。

(2) 键盘操作:按 Esc 键。对级联菜单,可连续按 Esc 键。

4.2.4　窗口、工具栏的基本操作

窗口基本操作主要有打开窗口;调整窗口的尺寸和位置;窗口的最大化、最小化、还原和关闭;窗口显示区的滚动;窗口之间的切换等。

1. 打开窗口

打开窗口的方法要视具体情况而定。

1）有图标置于桌面上

直接从桌面打开该窗口。双击桌面上的各类图标是最快捷的方法，包括应用程序、文档、文件夹都可以使用。

2）打开应用程序窗口（没有图标在桌面上）

单击"开始"按钮，打开"开始菜单"，选择"程序"选项，沿着级联菜单逐级查找，直到选中所需要的应用程序，用鼠标单击或按 Enter 键。

例如，启动 Word 2003。逐级打开菜单的过程如图 4-37 所示。这是最规范的方法，只要是系统内确实存在的应用程序，一定能够找到。

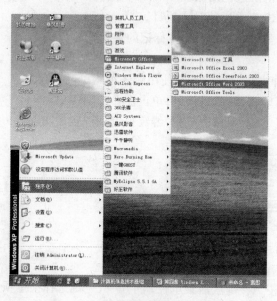

图 4-37　通过"开始菜单"启动程序

3）通过"我的电脑"打开目标窗口（没有图标在桌面上）

首先双击桌面上的"我的电脑"图标，打开其窗口；双击有关的驱动器图标，或其他目标图标，弹出所属窗口；在新的窗口中再双击下一级目标的图标，直到打开最终目标的窗口。

2．窗口尺寸的调整和移动

1）调整尺寸：将鼠标指向窗口的任一边或任一角，指针都会变为双向箭头，沿箭头方向拖曳鼠标，窗口大小则随之变化。

2）移动窗口：用鼠标拖曳窗口的"标题栏"，则窗口跟着移动。

3．窗口的最小化、最大化、还原和关闭

1）分别单击标题栏右端的最小化、最大化/还原、关闭按钮。

2）双击标题栏可以最大化或恢复窗口。

3）单击任务栏的窗口按钮可以恢复最小化之前的窗口。

4）双击标题栏左端的控制菜单图标也可关闭窗口。

4.窗口显示区的滚动

当内容过多,窗口显示区不能全部容纳时,系统会自动添加滚动条,利用滚动条(水平滚动条和垂直滚动条),可以查看窗口的全部内容。

1)逐行滚动

单击滚动条两端的箭头,滚动一行。作用于上箭头,显示区向上滚动;作用于下箭头,显示区向下滚动;按住不放时,逐行连续滚动。

2)逐屏滚动

单击滚动条两端箭头与滚动块之间的空白处。单击一下,滚动一屏;按下不释放,逐屏连续滚动。

3)滚动块操作

将鼠标作用于滚动块。可拖曳滚屏到任意位置。

也可利用键盘上的↑、↓、←、→或 PageUp、PageDown 键调整显示内容。

5.窗口的切换

窗口切换就是选择"活动窗口",针对不同情况,可以采用以下方法:

(1)用鼠标单击任务栏中对应的窗口按钮。这是最简便的方法。

(2)如果窗口在桌面上,而且没被全部遮盖,可单击所选窗口。

6.工具栏基本操作

工具栏由一组图标式的按钮组成,专供鼠标使用,以实现快速操作。

1)工具栏的显示

为了扩大窗口工作区的有效空间,经常将工具栏、状态栏隐藏起来;有时又需要显示。

操作步骤如下:

(1)打开菜单栏"查看"→"工具栏"选项,弹出级联菜单,如图 4-38 所示。

(2)选择"标准按钮"选项,标有"√"标记的,表示已显示的工具栏,否则,隐藏工具栏。

(3)选择"地址栏"选项,标有"√"标记的,表示显示地址栏,否则,隐藏地址栏。

(4)选择"链接"选项,标有"√"标记的,表示可显示链接按钮,否则,隐藏链接按钮。

2)工具栏按钮提示

将鼠标指向其中的按钮时(停在按钮上),便可显示该按钮的名称。

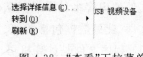

图 4-38 "查看"下拉菜单

3)工具按钮的使用

(1)一般按钮:单击该按钮,立刻执行其功能。

(2)下拉按钮:指按钮右侧有下三角标记"▼"的按钮。如图 4-39 所示,包括"后退"、"前进"、"查看"等。此类按钮有两种操作方法。以"后退"按钮为例说明如下。

图 4-39　工具栏

① 直接单击"后退"按钮,只能返回上一个显示窗口。

② 单击"▼"标记,打开下拉列表,可以从中选择有若干间隔的显示窗口返回。

③ "前进"按钮与此用法相同,指示方向相反。

④ "向上"按钮是返回到上一级文件夹,没有前进、后退的问题。

4.3　Windows 的文件管理

文件管理是任何操作系统的基本功能之一,Windows 当然也不例外。这一节介绍 Windows 的文件管理和各种文件操作。

文件操作是最常用的操作,计算机用户必须对常用的文件操作非常熟悉。由于使用图形用户界面,进行 Windows 文件操作几乎不需要记忆任何文件操作的命令。因此,掌握文件操作并不是很困难的。

为了进一步学习和应用计算机,还应该掌握对于文件的组织和管理的基本知识,掌握关于文件的一些基本概念,如关于文件系统结构的知识、关于文件属性的概念等。这些知识和概念不仅在 Windows 系统中是有用的,对于学习和掌握其他的操作系统也都是有用的。

4.3.1　文件和文件系统

用户在使用计算机时会遇到各种信息,总的来说是两大类:程序和数据。信息的种类很多,主要有数值、文字、声音、图形、图像、动画等。为了便于这些信息在计算机中的存储和使用,就要通过文件和文件系统对它们进行组织。

1. 文件

1) 文件的概念

计算机中的文件是一组按一定格式组织的相关信息的集合。从这个基本的定义可以看出,文件本身至少存在"文件的内容"和"文件的格式"两个方面。

2) 文件的种类

文件的内容多种多样。从计算机的角度来看,文件可以分为程序文件、程序辅助文件和数据文件(此处数据包括数值、文字、声音、图形、图像、动画等)。

(1) 程序文件是计算机可以直接执行的文件,一般就称为程序。

(2) 程序辅助文件是执行程序时必须调用的文件。

(3) 数据文件是在 Windows 支持的应用程序中建立的文件,这类文件称为"文档"。

2. 文件名

为了区别不同内容、不同格式的文件,每个文件都有一个文件名。

Windows 对文件名有以下规定:

1) 支持长文件名

Windows 系统的文件名可以多达 255 个字符,但其中不能包含回车符。Windows 将认为回车符是文件名的结束而放弃回车符以后的字符。

2) 可以使用多种字符

文件名中可以使用数字字符 0~9,英文字母(A~Z,a~z)。还可以使用多种其他的 ASCII 码字符,包括:~、!、$、%、^、&、_、—、'、{,}、+、,、;、[、]。

除了这些字符外,Windows 文件名还允许包含空格,但不能使用字符/、\、:、、*、?、<、>、|。

注意:

在文件名中,英文字母不区分大小写;可以使用汉字;不能使用系统保留的文件名。

3. 扩展名

(1) 扩展名能够直接区别文件的类型或文件的格式。

(2) 扩展名加在文件名的后面,两者之间用“.”连接。

(3) 在 Windows 中扩展名的长度没有限制,一般的扩展名是 3~5 个字符。

(4) 扩展名并不是必需的。

常用文件的扩展名如表 2-1 所示。

文件名和扩展名是两个概念,共同组成文件的名称标识。但在实际使用时,往往将它们合在一起称为文件名。

表 2-1 常用扩展名表

扩展名	文件类型	扩展名	文件类型
.com	系统命令文件	.doc	Word 文件
.exe	可执行文件	.xls	Excel 文件
.sys	系统专用文件	.ppt	PowerPoint 文件
.bat	批处理文件	.rtf	大纲格式文件
.hlp	帮助文件	.bmp	位图文件
.txt	文本文件	.wav	声音文件
.html	超文本文件	.wps	WPS 文件

4. 文件名中的通配符

在 Windows 中,有时会希望有比较简便的方法表示一批文件。例如,查找所有扩展名为.doc 的文件。从而引入通配符“*”和“?”。带有通配符的文件名就可以代表一批具体的文件名。

(1) 通配符“*”代表任意一个任意字符,如 *.doc 表示扩展名为.doc 的全部文件。

(2) 通配符“?”代表一个任意字符,如“a?b.exe”。表示第一个字母为 a,第二个字母任意,第三个字母为 b,扩展名为.exe 的所有文件。

例如,“?b*.doc”表示第二个字符为 b 的扩展名为.doc 的全部文件。

4.3.2　文件系统的层次结构

文件是由文件系统管理的。一个文件系统所管理的文件可以是成千上万的,如果没有良好的管理,文件的使用将是十分困难的。

现在,一般的操作系统都采用层次结构的文件系统来管理文件,Windows 也不例外。

1. 层次型文件系统的特点

从如图 4-40 所示的“资源管理器”可以看出,层次结构文件系统的主要特点如下:

(1) 文件都是按磁盘存放的。文件都是存放在文件夹中的。磁盘可以是物理磁盘,如硬盘上的 C 盘、D 盘等。磁盘用磁盘名加“:”表示。

(2) 每个磁盘都有一个根文件夹。根文件夹用反斜杠“\”表示。C 盘的根文件夹就用“C:\”表示。根文件夹是在磁盘格式化时自动建立的。

(3) 在根文件夹下可以直接存放文件。

(4) 根文件夹下有若干文件夹,这些文件夹可以是系统自动生成的,也可以是用户自己创建的。文件夹的命名规则与文件名的命名规则相同。

(5) 文件是层次结构文件系统的末端,不论存放在哪个层次的文件夹中,都不会再有分支。

(6) 层次结构文件系统有时也称为树形结构文件系统。根文件夹就像树的根,各文件夹就像树的分支,而文件则是树的叶子。

Windows 用文件夹来组织系统的资源,在文件系统中,文件夹是存放文件夹、文档、程序及其他文件的地方。

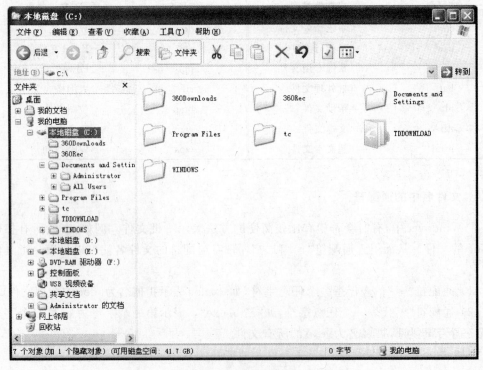

图 4-40　资源管理器窗口

2．层次型文件系统的优点

从用户的角度来说，层次结构文件系统使用户可在磁盘中存放和使用大量的文件。层次结构系统有以下 3 个优点：

（1）磁盘上可以存放任意数目的文件（当然，受磁盘容量的限制）。

（2）用户可以合理地组织和管理自己的文件。层次结构使得用户可以将不同用途、不同类型的文件分别存放在不同的文件夹中，既便于查找，又便于使用。

（3）允许文件重名，即不同文件夹下的文件可以有相同的名字，操作系统仍然会把它们当作两个文件，而不会搞混。另外，采用层次结构便于多个用户使用同一台计算机。

操作系统区分文件不仅仅依靠文件的名字，还要依靠文件的不同的存放位置，这就涉及文件的"标识"。

4.3.3 路径和文件标识

在层次结构的文件系统中，具体表示一个文件要靠 3 个因素：磁盘、文件夹和文件名。

1．磁盘

要说明文件在层次结构中的具体位置，首先要说明它所在的磁盘。

2．路径

定位一个文件，只用盘符和文件名还是不够的，还需要说明文件所在的文件夹。因为文件夹是可以重名的，只说明文件夹的名字还不一定能够准确地定位，因此，引进了"路径"的概念。路径是从根文件夹到所在文件夹所经过的文件夹名的顺序序列。在层次结构文件系统中，具体定位一个文件要有盘符、路径和文件名 3 个要素。

（1）绝对路径：从根文件夹开始所列出的路径。

（2）相对路径：从当前所在的文件夹开始列出的路径。

4.4 资源管理器

各类信息都存放在文件中，文件又隶属于文件夹，它们都存储在磁盘上。所以信息资源管理也就是对文件、文件夹和磁盘的管理。使用的工具主要有"资源管理器"、"我的电脑"以及"回收站"。

4.4.1 资源管理器

资源管理器是 Windows XP 主要的文件浏览管理工具，可以实现文件的移动、复制和删除；可以对文件重命名或更改属性；也可以设置驱动器的卷标等。

1．资源管理器的启动

资源管理器有多种启动方法，常用的几种方法如下：

（1）右击"开始"按钮，在弹出的快捷菜单中选择"资源管理器"命令。

（2）右击"我的电脑"图标，在弹出的快捷菜单中选择"资源管理器"命令。

2．资源管理器窗口的特点

在"资源管理器"窗口中，除了一般窗口具有的标题栏、工具栏、地址栏、状态栏等元素之外，资源管理器还有以下特点。

1）资源管理器窗口结构

该窗口分为两部分：左侧的窗口称为"左窗格"，以文件夹形式显示计算机资源的层次结构；右侧的窗口称为"右窗格"，显示所选对象的内容。

2）文件夹对象的标志

左窗格中具有文件夹特征的这些对象，其左侧都设有标志。

（1）"⊞"：表示该文件夹没有打开，其下层结构没有显示出来。

（2）"⊟"：表示该文件夹已经打开，其下层结构已显示出来。

（3）无标志：表示该文件夹没有下一级文件夹，全部是文档或应用程序。

3．资源管理器的特殊操作

1）打开、关闭结构

（1）鼠标：单击"⊞"标志，打开下层结构；单击"⊟"标志，关闭下层结构。

（2）键盘：按→键，打开下层结构；按←键，关闭下层结构。

2）改变左、右窗格的比例

将鼠标指向两个窗格中间的分隔条，当鼠标指针变为双箭头"←→"后，左右拖曳鼠标便可改变两个窗格的比例。

4．右窗格内容的显示方式

共有 5 种显示方式：缩略图、平铺、图标、列表、详细信息。

（1）使用菜单：在"查看"菜单中选择缩略图、平铺、图标、列表、详细信息等。

（2）使用工具栏上的按钮：单击工具栏上的"查看"按钮，则显示方式在"缩略图、平铺、图标、列表、详细信息"5 种显示方式中循环切换；也可单击"查看"按钮右侧的"▼"选择。图 4-41 为"详细资料"方式下的显示界面。

由图中可知，"详细信息"方式可同时显示文件的"名称、大小、类型、修改日期"。在右窗格的最上方出现了相应的 4 个按钮，通过单击相应的按钮，则可以改变右窗格中文件的排列顺序，每单击一次，排序在"升序和降序"间转换。

- 单击"名称"按钮，则右窗格的内容按文件的"名称"顺序排列。
- 单击"大小"按钮，则右窗格的内容按文件的"大小"顺序排列。
- 单击"类型"按钮，则右窗格的内容按文件的"类型"顺序排列（即按文件的扩展名排列）。

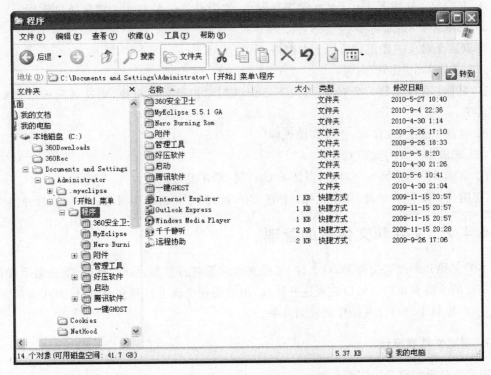

图 4-41　"详细资料"方式下资源管理器

• 单击"修改时间"按钮,则右窗格的内容按文件的最后"修改时间"顺序排列。

说明:有时在"详细资料"显示方式下,右窗格的文件不出现"扩展名"或某些隐含文件不显示,这时就要选择"工具"→"查看"→"文件夹选项",打开"文件夹选项"对话框,如图 4-42 所示。

当选中单选按钮"显示所有文件和文件夹"时,则隐藏文件也能显示出来;当不选择"隐藏已知文件类型的扩展名"时,则文件的扩展名才全部显示出来。

5. 选择资源管理器中的对象

1) 左右窗格切换

(1) 鼠标:单击所需窗格。

(2) 键盘:按 F6 键或 Tab 键,光标将在左窗格、右窗格与地址栏下拉列表框之间切换。按 Shift＋Tab 键则方向相反。

2) 选取单个对象

(1) 鼠标:单击所选对象。

(2) 键盘:使用光标移动键进行选择。

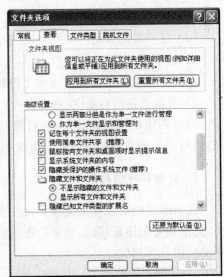

图 4-42　"文件夹选项"对话框

• 左窗格:使用←、→打开/关闭下层结构,使用↑、↓选择对象。

- 右窗格：使用 PgUp、PgDn 键进行翻页，使用←、→、↑、↓4 个键选择对象。

3）选取多个对象

选取多个对象的操作只适用于右窗格。

（1）选取多个"连续"对象：

① 鼠标：先单击第一个对象，再按下 Shift 键，单击最后的对象，则这区间的所有对象都被选中。

② 键盘：按下 Shift 键，连续移动光标。

（2）选取多个"不连续"对象：

① 鼠标：先单击第一个对象，再按下 Ctrl 键，单击其他对象。

② 键盘：按下 Ctrl 键，移动光标；释放 Ctrl 键，用空格键选中对象；重复这两种操作。

4.4.2　文件和文件夹的管理

本节主要介绍浏览文件夹，对文件、文件夹等对象进行复制、移动、删除、重命名等操作。虽然一般的文件夹窗口也可以完成这些操作，但需要在桌面上打开多个窗口，而在资源管理器的左、右窗格中进行这些操作则轻而易举。

1. 浏览文件夹操作

浏览文件夹操作分为三个步骤。

1）浏览文件夹

当左窗格中的文件夹层次大量展开时，左窗格将容纳不下诸多对象，此时自动出现滚动条。为了找到所要浏览的文件夹，可以使用如下方法。

（1）利用滚动条的各种滚屏操作滚动左窗格。

（2）关闭不需查找的文件夹，单击其"□"标志。

（3）打开需要查找的文件夹，单击其"⊞"标志。

2）选中浏览的文件夹

当需要浏览的文件夹出现在左窗格后，单击该对象，右窗格便显示它所属的内容。

3）激活查找的对象（在右窗格内）

双击右窗格所要的对象，该对象即被激活。若是应用程序，则启动应用程序；若是文档，则启动与该文档相关联的应用程序，并打开该文档。

2. 复制和移动对象

这里所指的对象除了文件和文件夹之外，还包括快捷方式。它们可以是一个，也可是多个，无论是复制还是移动，都要首先选定被操作的对象。选定对象的方法如前所述。复制和移动操作非常相似。

1）鼠标直接拖曳

操作步骤如下：

（1）首先准备好接受对象：按照浏览文件夹的操作方法，将接受对象（驱动器或文件夹）展开在左窗格内。

（2）查找被复制或移动的对象：按照浏览文件夹的操作方法，将被复制或移动的对象显示在右窗格内，并且将其选中（在此操作过程中，可能接受对象已滚动出左窗格）。

（3）滚动左窗格，展示接受对象。

（4）执行拖曳操作：将鼠标指向右窗格中的对象，然后向左窗格的接受对象方向拖曳鼠标，当接受对象以颜色变化提示可以接受时，释放鼠标。

说明：

- 拖曳时，鼠标指针右下方带"＋"号标记，表示执行复制操作；鼠标指针右下方无"＋"号标记，表示执行移动操作。
- 为了区分复制和移动操作，除了显示鼠标指针的形态有所差别之外，在操作过程的后期也有不同要求。
- 源对象与目标对象在"不同的驱动器"上：直接拖曳执行"复制"操作；按下 shift 键，则执行"移动"操作。
- 源对象与目标对象在"同一个驱动器上"：直接拖曳执行"移动"操作；按下 Ctrl 键，则执行"复制"操作。
- 多个对象的移动和复制：只要拖曳选中对象中的一个，其他都会跟着一起被拖曳。

2）使用剪贴板

（1）使用说明：

① 剪贴板是用于传递信息而在内存中设立的一个临时存储空间。它不但可以存放文本，还可以存放图像、声音等其他多媒体信息。

② 剪贴板有两种组合操作：

使用"先剪切，再粘贴"组合操作，可以完成对象的移动。

使用"先复制，再粘贴"组合操作，可以完成对象的复制。

（2）启动剪贴板的方法：

① 使用菜单：打开菜单栏"编辑"下拉菜单，从中选择"剪切"、"复制"、"粘贴"选项。

② 使用快捷菜单：右击，在弹出的快捷菜单中选择"剪切"、"复制"、"粘贴"选项。

③ 使用工具栏：鼠标单击工具栏的"剪切"、"复制"、"粘贴"按钮。

④ 使用快捷键：剪切（Ctrl＋X 键）；复制（Ctrl＋C 键）；粘贴（Ctrl＋V 键）。

但以单击工具栏按钮或使用快捷键最为直接、方便。

（3）操作步骤：

① 选定：首先选定被复制或移动的对象。可以是一个，也可以是多个，可以是连续的，也可以是不连续的。

② 复制或剪切：执行"复制"或"剪切"（对应移动）操作。

③ 定位：将光标置于接受对象位置（选定接受对象）。

④ 粘贴：执行"粘贴"操作。

3. 删除对象

选定对象后，有如下两种删除形式：

1）将对象移入回收站

（1）打开菜单栏"文件"下拉菜单；或右击，在弹出的快捷菜单中选择"删除"选项。

（2）选定对象后，直接按 Del 键。

说明：

- 使用此方法删除的文件都被送入回收站，一旦需要还可以恢复。
- 有三类文件是不能恢复的。它们是移动磁盘上的文件；网络上的文件；在 MS-DOS 方式下删除的文件。

2）彻底删除

（1）打开菜单栏"文件"下拉菜单；或右击按 Shift 键，在弹出的快捷菜单中选择"删除"选项。

（2）选定对象后，按 Shift＋Del 键。

说明：使用此方法删除的文件被彻底删除，不可以再恢复。

4．创建新对象

创建的新对象除了文件、文件夹之外，还包括快捷方式。

有两种主要方法：

1）使用菜单栏

（1）首先在左窗格中选定放置新对象的驱动器或文件夹。

（2）打开菜单栏"文件"下拉菜单，从中选择"新建"选项，弹出级联菜单，如图 4-43 所示。

（3）根据需要选择级联菜单中的新建对象选项。

2）使用快捷菜单

（1）用鼠标右击选定的右窗格空白空间，弹出快捷菜单。

（2）在快捷菜单中选择"新建"选项，拉出级联菜单。

（3）根据需要选择级联菜单中的"新建对象"选项。

5．发送对象

1）发送说明

（1）这个操作是将选定的对象以"发送"方式传送到特定的地方，如图 4-44 所示。

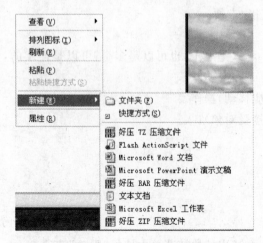

图 4-43　创建新对象

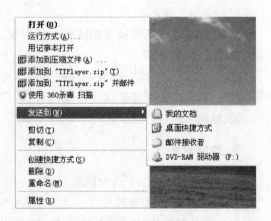

图 4-44　发送对象

（2）被发送的对象可以是文件、文件夹或应用程序。

（3）发送功能因情况不同而有所差异。

- 发送到 U 盘、我的文档：实质就是复制。
- 发送到 Web 发布向导：将 Web 页传递到 Web 服务器。
- 发送到邮件接收者：是作为电子邮件的附件来发送的。
- 发送到桌面快捷方式：只在桌面建立该对象的快捷方式，不是复制。这是在桌面建立快捷方式最简便的方法。

2）操作过程

（1）首先在右窗格中选定发送对象。

（2）打开菜单。

下面两种方法任选其一：

- 打开菜单栏"文件"下拉菜单，从中选择"发送"选项，弹出级联菜单。
- 右击选定的对象，弹出快捷菜单。

（3）根据需要选择级联菜单中的发送去向。

6．重命名对象

有如下两种重命名方式。

1）直接重命名

使用鼠标操作，步骤如下：

（1）首先选定对象。

（2）单击其"名称"。

（3）当出现闪烁光标后，输入新名称。

（4）单击空白处或按 Enter 键确认。

2）使用菜单重命名

（1）首先选定对象。

（2）打开菜单栏"文件"下拉菜单或"右击"弹出快捷菜单，选择"重命名"选项。

（3）在加亮显示的名称上输入新名称，并按 Enter 键确认。

7．创建文件夹

选定要在其中创建新文件夹的对象。

方法一：使用"文件"菜单，选择"文件"→"新建"→"文件夹"选项。

方法二：在右窗格的空白处右击，在出现的快捷菜单中选择"新建"→"文件夹"选项，在右窗格中出现带临时名称"新建文件夹"的文件夹，输入新文件夹的名称，然后按 Enter 键或单击其他任何地方。

8．文件夹中创建快捷方式

1）方法一

用右键将创建快捷方式的对象拖曳到目标文件文件夹上，当目标文件夹高亮度显示时，松开鼠标右键，选择"在当前位置创建快捷方式(S)"项，如图 4-45 所示。

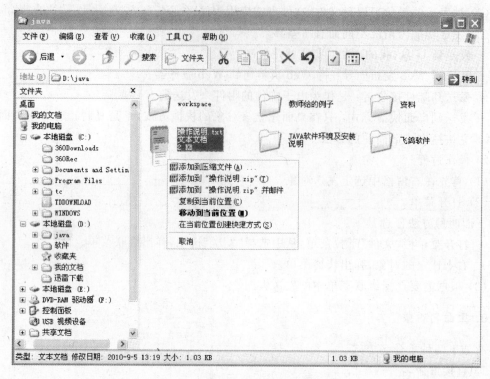

图 4-45　用右键拖曳创建快捷方式

2) 方法二

- 在左窗格中选定要创建快捷方式的文件夹。
- 在"文件"菜单中选择"新建"→"快捷方式"选项或在右窗格的空白处右击,选择"新建"→"快捷方式"选项,出现如图 4-46 所示的对话框。

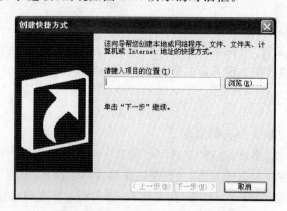

图 4-46　"创建快捷方式"对话框

- 单击"浏览"按钮,查找目标文件所在位置,选中目标文件,如图 4-47 所示。单击"确定"按钮,此时"下一步"按钮变为有效,单击"下一步"按钮,出现如图 4-48 所示的对话框,在"输入该快捷方式的名称"栏内输入所创建快捷方式的名称,单击"完成"按钮。

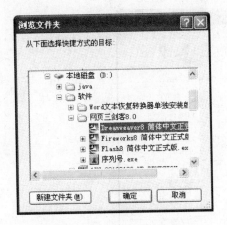

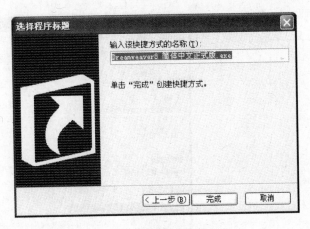

图 4-47 "浏览文件夹"对话框   图 4-48 快捷方式标题窗口

4.4.3 查找

这里重点介绍如何查找文件和文件夹,以及如何查看它们的属性。

1. Windows XP 的查找功能

选择"开始"→"搜索"选项,从弹出的级联菜单中就可知道 Windows XP 所具有的查找功能了,如图 4-49 所示。

1) 查找文件与文件夹

使用文件和文件夹的"名称和位置"进行查找;使用文件和文件夹的"日期"特征进行查找;使用文件和文件夹的"类型、大小"特征进行查找;使用"高级选项"进行查找,如图 4-50 所示。

2) 在 Internet 上进行查找

连接到 Internet,可以查找网上的站点。

图 4-49 "搜索"级联菜单

3) 查找用户

弹出"查找用户"对话框,可以通过通讯簿进行用户查找。

2. 查找步骤

分为如下几个步骤:

(1) 打开"搜索"窗口。

有 4 种方法:

① 打开"开始"菜单,从中选择"搜索"选项,弹出级联菜单。

② 单击"资源管理器"工具栏"搜索"按钮。

③ 右击"开始"按钮,弹出快捷菜单,从中选择"搜索"选项。

④ 右击"资源管理器"中的文件夹图标,弹出快捷菜单,从中选择"搜索"选项。

(2) 选择查找功能。

通常选择"文件或文件夹"选项。

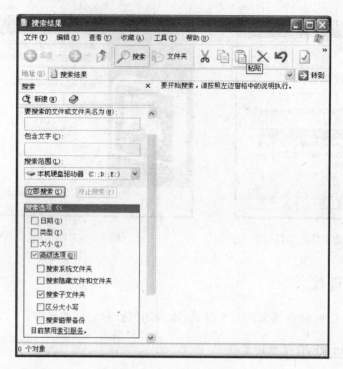

图 4-50　"搜索结果"窗口

（3）选择查找方式。

单击"搜索选项"后，可以选择"日期"、"类型"、"大小"、"高级选项"等方式。

（4）开始查找。

单击"立即搜索"按钮，便可开始查找。在查找过程中，可单击"停止搜索"按钮终止查找。

查找结果窗口出现在"搜索"窗口的右窗格，显示找到的对象及所在位置（路径）。可以像在"资源管理器"中的对象那样选定，然后进行打开、打印、发送、删除、重命名、复制（移动）等操作。

（5）最后关闭查找窗口。

3．查看对象的属性

查看对象的属性功能可供用户进一步了解驱动器、快捷方式、文件、文件夹的当前状态及其他信息。

1）查看驱动器的属性

操作步骤如下：

（1）首先选定目标驱动器图标。

（2）弹出"属性"对话框，如图 4-51（a）所示。有两种方法：

① 打开菜单栏"文件"下拉菜单，从中选择"属性"选项。

② 右击该图标，弹出快捷菜单，从中选择"属性"选项。

2）查看快捷方式的属性

选定目标为快捷方式，弹出"属性"对话框的方法与驱动器相同，如图 4-51（b）所示。

3）查看文件的属性

选定目标为文件，弹出"属性"对话框的方法与驱动器相同，如图 4-51(c)所示。

4）查看文件夹的属性

选定目标为文件夹，弹出"属性"对话框的方法与驱动器相同，如图 4-51(d)所示。

5）文件的属性说明

在文件属性对话框中，文件属性的复选框解释如下：

（1）只读属性：表示该文件不能被修改。

（2）隐藏属性：表示该文件名被隐藏起来。这类文件大多是重要的系统文件。

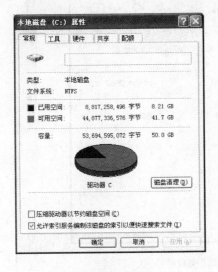

(a) 驱动器属性对话框

(b) 快捷方式属性对话框

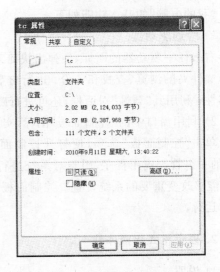

(c) 文件属性对话框

(d) 文件夹属性对话框

图 4-51　各类"属性"对话框

4.4.4　我的电脑和回收站

1. 我的电脑

"我的电脑"实际是系统的一个文件夹,系统安装时自动在桌面上为它创建了一个图标。双击该图标,就可打开"我的电脑"窗口,如图 4-52 所示。

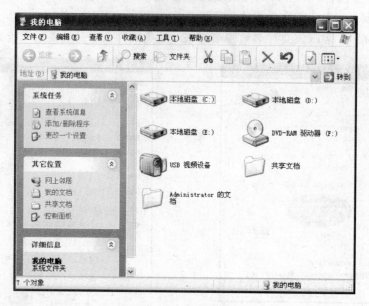

图 4-52　"我的电脑"窗口

"我的电脑"的基本功能如下:

1)管理驱动器

右击任一驱动器的图标,便弹出快捷菜单。选择其中对应选项,便可实现对该磁盘中文件与文件夹的浏览、查找和备份;进行磁盘的格式化和复制;创建快捷方式和查看、设置某些属性;利用其"属性"对话框,还可进行磁盘压缩或整理磁盘碎片等。

2)利用窗口中的"控制面板"图标,实现计算机资源的管理

单击"控制面板"选项,便打开控制面板窗口,如图 4-53 所示。控制面板是 Windows XP 的一组管理应用程序,用于对系统进行维护。通过控制面板可以安装和删除硬件与软件;能够改变重要的系统设置。控制面板窗口中的每一个图标都代表一个应用程序,双击便可运行。

2. 磁盘格式化操作

1)说明

对于第一次使用的新磁盘,必须首先进行"格式化"。格式化处理的内容包括:

(1)按照规定的格式划分磁道和扇区。

(2)检测损坏的磁道和扇区,并给出标记,不再进行分配使用。

(3)分配磁盘空间,哪些由系统占用,哪些作为数据区。

图 4-53 "控制面板"窗口

2）操作

操作步骤如下：

（1）弹出"格式化"对话框有两种方法：

① 右击"我的电脑"窗口中的磁盘驱动器图标。弹出快捷菜单，从中选择"格式化"选项，打开"格式化"对话框，如图 4-54 所示。

② 选定驱动器，打开菜单栏"文件"下拉菜单，从中选择"格式化"选项，打开"格式化"对话框。

（2）选择磁盘容量：打开"容量"下拉列表框，从中选择需要的参数，一般情况是默认的。

（3）确定"文件系统"：可以选择 NTFS、FAT 32 或 exFAT。

（4）选择其他选项：

① 分配单元大小：可以选择每个分配单元的字节数。

② 卷标：在此文本框中，输入磁盘卷标。

（5）单击"开始"按钮，执行"格式化"命令。

单击"关闭"按钮，直接关闭格式化对话框。

图 4-54 "格式化"对话框

3. 显示、修改磁盘卷标

1）磁盘卷标说明

（1）磁盘卷标是为磁盘起的一个名称。

（2）磁盘卷标可以在磁盘格式化时给定；也可以在格式化后通过"磁盘属性"对话框随时添加或进行修改。

2）添加、修改卷标操作

操作步骤如下：

（1）打开"磁盘属性"对话框：借助"我的电脑"或"资源管理器"均可。

① 打开"我的电脑"窗口，选定被操作的磁盘，打开"文件"下拉菜单，或弹出快捷菜单，从中选择"属性"选项，如图 4-51(a)所示。

② 打开"资源管理器"窗口，选定被操作的磁盘，打开"文件"下拉菜单，或弹出快捷菜单，从中选择"属性"选项。

③ 在"卷标"文本框中输入新卷标。

④ 单击"确定"按钮关闭对话框。

4. 回收站

1）回收站的功能

（1）回收站用来临时保存用户删除的文件、文件夹、应用程序以及快捷方式。一旦需要时可以重新恢复到原来的位置。

（2）回收站中暂存的文件等对象，可以再予以删除。可以有选择地单个删除，也可以"清空回收站"。从回收站中删除的对象将是永久的删除，不可恢复。

2）打开回收站

双击桌面上的"回收站"图标，就可打开"回收站"窗口，如图 4-55 所示。

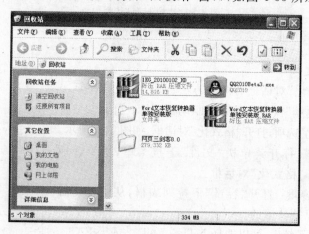

图 4-55　"回收站"窗口

3）利用回收站的删除操作

通常删除文件、文件夹、应用程序、快捷方式的方法已在"资源管理器"中做了介绍。

这里讲解另一种方法。就是利用回收站进行删除操作。

删除操作有两种方法：

（1）清空回收站：单击"清空回收站"选项，会把回收站中的所有内容彻底删除。

（2）单个删除回收站中的文件：右击选中目标，选择"删除"命令，弹出"确认删除文件"对话框，单击"是"按钮。

4）恢复回收站中的文件

操作步骤如下：

（1）首先双击桌面上的"回收站"图标，打开其窗口，如图 4-55 所示。

（2）右击要恢复的目标，弹出快捷菜单，或选中该目标后，打开"文件"下拉菜单。

（3）从菜单中选择"还原"选项。

4.5　控制面板的主要应用

控制面板(Control Panel)是一组系统管理程序,除了用来安装或删除软件、硬件之外,还可以控制重要的系统设置。例如,调整屏幕颜色、设置调制解调器、调整鼠标速度、设置键盘的重复速率、改变打印机类型、更改字体和设置网络等。用控制板面改变一项设置后,该设置就被存储在系统的设置记录中。每次启动,这些设置就会被调用。

4.5.1　显示器管理

Windows XP 是一个图形用户界面的操作系统,屏幕显示非常丰富多彩。它提供有许多显示参数,用户可根据自己爱好进行设定。

操作方法如下:

(1)打开"控制面板"窗口:打开"开始"菜单,从中选择"设置"选项,拉出它的级联菜单,再从中选择"控制面板"选项,则打开该窗口。

(2)打开"显示属性"对话框。

- 在"控制面板"窗口中,双击"显示"图标,弹出"显示属性"对话框,如图 4-56 所示。
- 右击桌面空白位置,弹出快捷菜单,在弹出的菜单中选择"属性"选项。

1. 设置主题

主题是背景加一组声音、图标以及只需单击即可帮您个性化设置您的计算机的元素。例如,主题选择的是 Windows XP 项。

2. 设置桌面

桌面如图 4-57 所示。

(1)背景是任意的图像。除了系统提供的背景外,也可以把自己制作的图像作为背景。背景有 3 种挂贴方法:"居中"、"平铺"和"拉伸"。

(2)在默认状态下,系统没有设置墙纸,此时屏幕为一片蓝色。

图 4-56　"显示属性—主题"对话框

图 4-57　"显示属性—桌面"对话框

3．设置外观

（1）外观如图 4-58 所示。

① 外观涉及的项目有桌面、窗口、菜单、图标、信息、框、三维对象、标题栏、窗口边框、标题按钮、水平图标间隔、垂直图标间隔、调色板标题、滚动条、被选项目、工具提示等。

② 可以设置的参数因项目而异，不外乎大小、颜色、字体、字形等。

③ 项目的颜色参数有两个，第一个设置起始色，第二个指定结束色。例如，将"活动标题栏"的颜色分别选为"蓝"和"绿"，则显示结果是由蓝色过渡到绿色。

（2）操作方法。

设置外观的步骤如下：

① 先弹出"显示属性"对话框，并选择"外观"标签。

② 选择项目：针对不同需求，采用相应的设置。可以选择"窗口和按钮"、"色彩方案"、"字体大小"等。

③ 最后单击"确定"按钮关闭对话框。

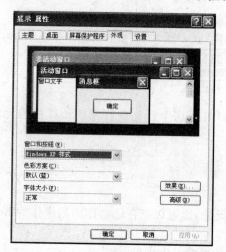

图 4-58 "显示属性—外观"对话框

图 4-59 "显示属性—屏幕保护程序"对话框

4．设置屏幕保护程序

（1）屏幕保护程序，如图 4-59 所示。

① 屏幕保护程序是用户在较长一段时间内没有操作键盘和鼠标，系统自动执行的一个程序。它可以有效防止长时间不变的静止图像对显示屏内部涂层的损坏。

② 屏幕保护程序提供多种覆盖全屏幕的动画供用户选择。用户也可自行设计某些"三维文字"用于屏幕保护。

③ 当用户移动鼠标或按任意一个键，都可使屏幕保护程序停止，恢复原来状态。

④ 启动屏幕保护程序的时间间隔（等待时间），允许用户自行设置。

（2）操作方法。

屏幕保护程序的操作分为如下几个步骤：

① 首先弹出"显示属性"对话框，并选择"屏幕保护程序"标签。操作如前所述。

② 选择程序。

③ 设置等待时间：调整"等待"数字框中的数字。

④ 最后单击"确定"按钮关闭对话框。

5. 设置颜色参数和分辨率

通过"显示属性"对话框，可以设置颜色参数和分辨率。操作步骤如下：

(1) 在"显示属性"对话框中，单击"设置"标签，如图 4-60 所示。

(2) 调整"屏幕分辨率"游标，拖曳或单击两侧均可。

(3) 打开"颜色质量"下拉列表框，从中选择颜色参数。

(4) 最后单击"确定"按钮关闭对话框。

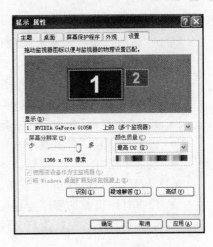

图 4-60 "显示属性—设置"对话框

4.5.2 打印机管理

打印机管理包括安装新打印机、设置默认打印机和调整打印机参数等项工作。

1. 安装新打印机

操作步骤如下：

1) 弹出"打印机"窗口

有两种方法：

(1) 在"控制面板"窗口已打开的情况下，双击"打印机和传真"图标，便可弹出"打印机和传真"窗口，如图 4-61 所示。

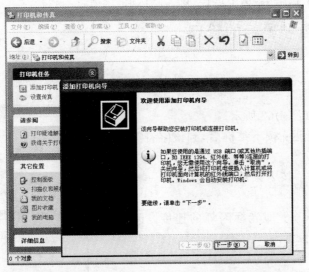

图 4-61 "打印机和传真"窗口及"添加打印机向导"对话框

(2) 从"开始"菜单直接打开"打印机"窗口。

打开"开始"菜单，从中选择"设置"选项，在级联菜单中直接选择"打印机和传真"选项，弹出"打印机和传真"窗口。

2）添加打印机

单击"添加打印机"，弹出"添加打印机向导"对话框，按其指示逐步操作。

3）安装打印机驱动程序

根据要求安装打印机驱动程序。

（1）从系统提供的列表中选择：

- 先在"生产商"列表框中选定生产该打印机的厂家。
- 再在"打印机"列表框中选定对应的型号。
- 最后单击"下一步"按钮，转入后面的操作。

（2）从打印机自带的光盘安装：

- 先将打印机驱动程序光盘插入光盘驱动器。
- 运行光盘中的安装执行文件，如 Setup. exe 或 Install. exe。

2. 设置默认打印机

除非特别加以说明，一般应用程序都在默认打印机上执行打印任务。设置为默认打印机的图标，其左上角有一个"√"标志。

设置默认打印机有两种方法：

1）安装时设置

在安装打印机驱动程序时，当"添加打印机向导"提问"是否希望 Windows 环境中的应用程序将这台打印机设为默认打印机？"，单击"是"按钮，则安装完成后，它就是默认打印机。

2）后期设置

操作步骤如下：

依次操作：弹出"打印机"窗口，选中该打印机的图标，右击该图标，弹出快捷菜单；或打开菜单栏"文件"下拉菜单，从中选择"设为默认值"选项。

4.5.3 键盘和鼠标的管理

1. 键盘的管理

1）键盘管理说明

键盘管理功能如图 4-62 所示。

（1）字符重复延迟：按下某键后，到该字符第一次重复出现的时间差。

（2）字符重复率：按下某键，当该字符第一次重复后，再继续重复的速率。

（3）光标闪烁频率：即光标闪烁的速度。闪烁越快，越容易发现光标位置。

2）操作方法

（1）弹出"键盘属性"对话框。

依次操作：打开"控制面板"窗口，选中其中的"键盘"图标，双击该图标，便弹出"键盘属性"对话框。

（2）选择"速度"标签。

图 4-62 "键盘属性"对话框

选择"速度"标签后，使用鼠标拖曳游标或单击两侧，可以调节"字符重复延迟"、"字符重复率"、"光标闪烁频率"等。

2．鼠标的管理

1）鼠标管理说明

鼠标管理功能如图 4-63 所示。

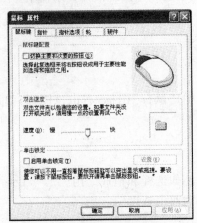

(a) 设置"鼠标键"属性对话框

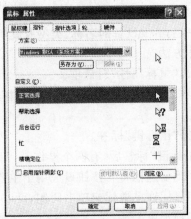

(b) 设置"鼠标指针"属性对话框

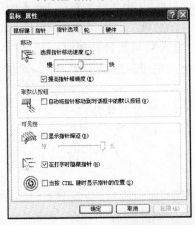

(c) 设置"鼠标指针选项"属性对话框

(d) 设置"鼠标轮"属性对话框

(e) 设置"鼠标硬件"属性对话框

图 4-63 "鼠标属性"对话框

（1）按钮配置：切换主要和次要的按钮。用复选框进行选择。

（2）双击速度：调整"双击"与"两次单击"的时间差别。

（3）指针方案：选择各类鼠标指针的外形。

（4）指针移动速度：调节指针在屏幕上的移动速度。

（5）指针可见性：在指针移动过程中显示其轨迹。多用在液晶显示器中。

（6）鼠标滑轮的滚动：可以设置鼠标滑轮一次滚动多少（行数或整个屏幕）。

（7）硬件：给出设备的名称、类型及其属性。

2）操作方法

（1）弹出"鼠标属性"对话框。

依次操作：打开"控制面板"窗口，选中其中的"鼠标"图标，右击该图标，弹出"鼠标属性"对话框。

（2）选择"鼠标键"标签。

选择"鼠标键"标签后，有两个操作：

① 选择此复选框将右按钮设成用于主要性能如选择和拖放之用。

② 使用鼠标拖曳游标或单击两侧，可以调节"双击速度"。

③ 可以锁定单击。

（3）选择"指针"标签后，可以打开"方案"下拉列表框，从中选择一套自己喜欢的指针形状。

（4）选择"指针选项"标签后，可以选择指针移动速度。设置指针的可见性，是否显示指针踪迹；是否在打字时隐藏指针；当按 Ctrl 键时是否显示指针位置。

（5）选择"轮"标签后，可以设置滚动滑轮一个齿格可以滚动的多少：一次滚动行数；一次滚动一个屏幕。

（6）选择"硬件"标签后，可以查看设备的名称、类型及其属性。

4.5.4　添加和删除应用程序

添加和删除应用程序的操作说明如下：

（1）添加/删除应用程序是通过"更改/删除程序"窗口进行的，如图 4-64（a）所示。其列表框中显示的是已经安装的应用程序。可以选中要删除的应用程序，单击"更改/删除"按钮，弹出删除应用程序的确认对话框，如图 4-64（b）所示，单击"是"按钮，则删除应用程序；单击"否"按钮，则取消删除操作。

(a)"更改或删除程序"窗口　　　　(b) 更改或删除应用程序确认对话框

图 4-64　更改或删除程序

(2)"添加新程序"对话框用来添加新的程序,如图 4-65 所示。可以从 CD-ROM 或软盘安装程序,也可以通过 Internet 添加一个新的 Windows 功能,设备驱动程序和系统更新。

图 4-65 "添加新程序"对话框

(3)"添加/删除 Windows 组件"对话框用于添加/删除 Windows XP 组件程序,如图 4-66 所示,组件列表中复选框带有"√"的表示已经安装,如 Internet Explorer 复选框;复选框没有"√"的,表示没有安装,如"Internet 信息服务(IIS)"复选框。没有安装的 Windows 组件,单击"下一步"按钮,根据提示说明安装即可;已经安装可以通过单击"下一步"按钮,根据提示说明删除。

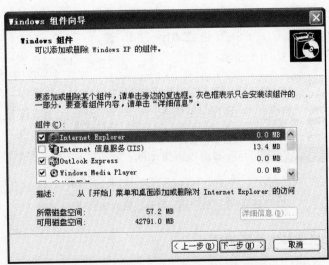

图 4-66 "Windows 组件向导"对话框

(4)"设定程序访问和默认值"对话框用来为程序配置制定某些动作的默认程序,如图 4-67(a)所示。单击"自定义"单选按钮可以随意设置某程序的默认程序,如图 4-67(b)所示。

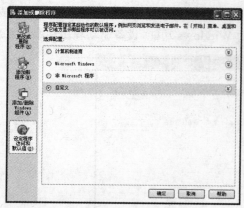
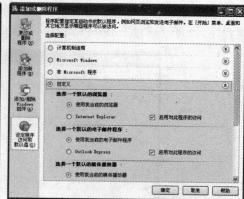

(a)"设定程序访问和默认值"对话框　　　　　(b)"自定义设定程序访问和默认值"对话框

图 4-67　"设定程序访问和默认值"对话框

4.5.5　中文输入法的使用

1. 中文输入法的选择

可以通过任务栏的指示器选择中文输入法。

使用任务栏指示器的操作步骤如下：

(1) 单击任务栏指示器中的"输入法"图标，弹出如图 4-68(a)所示的菜单。菜单中所列项目就是已被安装的输入法。

(2) 从弹出的菜单中选择需要的输入法。

(3) 常用快捷键：

① 中/英文切换：Ctrl＋Space 键或 Shift 键。

② 输入法之间切换：Ctrl＋Shift 键或 Alt＋Shift 键。

③ 全角/半角切换：Shift＋Space 键。

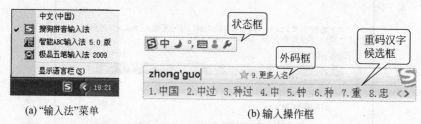

(a)"输入法"菜单　　　　　　(b)输入操作框

图 4-68　"输入法"菜单及输入操作框

2. 输入法状态框及其附件的使用

在选定一种中文输入法后，桌面便可显示对应输入法的操作框，包括状态框、外码框以及重码汉字候选框，如图 4-68(b)所示。它们都可用鼠标随意拖曳改变位置。

现以"搜狗拼音输入法"为例说明这些操作框的使用方法。

(1) 状态框：只供鼠标操作。

① 中/英文切换按钮：单击或按 Shift 键即可切换。该按钮标示"英"时，为英文输入状

态；标示"中"时，为中文输入状态。

② 中/英文标点切换按钮：单击即可操作。按钮标示实心标点时，为英文标点状态；否则，为中文标点状态。

③ 软键盘激活/取消按钮：单击激活/取消软键盘；右击选择软键盘的类型。

（2）外码框：显示输入的汉字外码。

（3）候选框：显示重码汉字，提供用户选择。重码较多时，可以翻页。

① 鼠标翻页：单击右侧两个按钮，前后各翻一页；翻页后，单击哪个汉字，哪个汉字就被选中。

② 键盘翻页："＋"、"－"键为一对，可前、后翻页。翻页后，选取与汉字编号对应的数字键，此汉字即被选中。

3．软键盘的使用

软键盘是显示在屏幕上的"仿真键盘"，供鼠标点击操作。通常可用软键盘输入数字序号、数学符号、单位符号、特殊符号、制表符等；不用它输入汉字。

软键盘的使用方法如下：

（1）首先选择软键盘的类型，右击状态框的软键盘按钮，弹出如图 4-69(a) 所示的软键盘类型菜单，从中选择所需要的软键盘类型。

（2）软键盘的激活/取消。单击状态框的软键盘按钮，弹出如图 4-69(b) 所示的软键盘。单击各键即可实现对应符号、数字的输入。

(a)"软键盘"菜单　　　　　　　　　　(b)软键盘

图 4-69　"软键盘"菜单和软键盘

习题 4

1．选择题

（1）在菜单中，有"▶"标记的命令表示（　　　）。

 A．开关命令 B．单选命令 C．有级联菜单 D．有对话框

（2）在菜单中，后面有"…"标记的命令表示（　　　）。

 A．开关命令 B．单选命令 C．有子菜单 D．有对话框

（3）窗口标题栏最左边的小图标表示（　　）。

    A. 工具按钮　　　　　　　　　　B. 开关按钮

    C. 开始按钮　　　　　　　　　　D. 应用程序控制菜单

（4）快捷方式确切的含义是（　　）。

    A. 特殊文件夹　　　　　　　　　B. 特殊磁盘文件

    C. 各类可执行文件　　　　　　　D. 指向某对象的指针

（5）树形目录结构中的各级目录，对应 Windows 中的（　　）。

    A. 文件　　　　　B. 文件夹　　　　　C. 快捷方式　　　　　D. 快捷菜单

（6）剪贴板是在（　　）开辟的一个特殊存储区域。

    A. 硬盘　　　　　B. 外存　　　　　C. 内存　　　　　D. 窗口

（7）回收站是（　　）。

    A. 硬盘上的一个文件　　　　　　B. 内存中的一个特殊存储区域

    C. 软盘上的一个文件夹　　　　　D. 硬盘上的一个文件夹

（8）控制面板是（　　）。

    A. 硬盘系统区的一个文件　　　　B. 硬盘上的一个文件夹

    C. 内存中的一个存储区域　　　　D. 一组系统管理程序

2. 简答题

（1）在 Windows 中，如果同时运行多个应用程序，可以按什么组合键进行切换？

（2）要把当前窗口中的信息复制到剪贴板，应按什么组合键？

（3）在 Windows 中，快捷方式图标与普通图标有什么区别？

（4）如何修改屏幕分辨率？

（5）如何添加/删除程序？

第5章

Word 2003中文版

Word 2003 中文版是 Microsoft Office 2003 中文版中最主要的组件之一，是一种对文字、表格、图形图像等对象进行编辑和处理的"文字处理程序"。在以后章节中，把 Word 2003 中文版简称为 Word 2003 或 Word。

在学习 Word 2003 之初，用户必须了解 Word 2003 的启动、退出、窗口组成、对话框等基本知识。

5.1 Word 2003 概述

5.1.1 启动 Word 2003

启动 Word 2003 应用程序的方法有多种。这里仅介绍两种最基本的方法：一是通过 Windows"开始"菜单中的"程序"子菜单启动 Word 2003；二是使用 Windows 桌面上的快捷方式启动 Word 2003。

1. 使用"开始"菜单中的"程序"子菜单启动 Word 2003

启动 Word 2003 的过程如下：

选择 Windows 任务栏上的"开始"→"程序"→ Microsoft Office → Microsoft Office Word 2003 命令，打开"程序"子菜单，如图 5-1 所示。

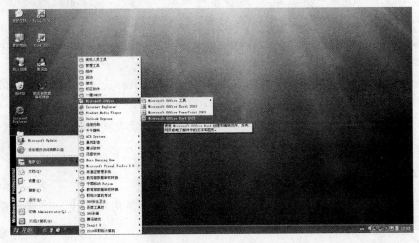

图 5-1 "程序"子菜单

2. 通过 Windows 桌面快捷方式启动 Word 2003

要通过 Windows 桌面快捷方式启动 Word,必须首先在桌面上建立 Microsoft Word 快捷方式,建立方法已在 Windows 中介绍,在此不再赘述。如果桌面上已有 Microsoft Word 快捷方式图标,可直接双击该图标启动 Word 2003。

5.1.2　Word 2003 窗口

启动 Word 2003 之后,就可以看到 Word 2003 的窗口,主要包括标题栏、菜单栏、工具栏、水平标尺、编辑区、滚动滑块和状态栏几部分,如图 5-2 所示。下面分别介绍各部分的主要功能。

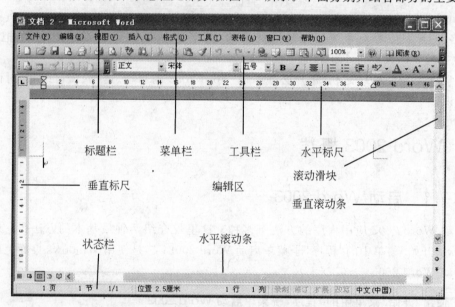

图 5-2　Word 2003 窗口组成

1. 标题栏

标题栏位于 Word 窗口最上方,左边有窗口控制图标[W]、文件名称和应用程序名称。右边有“最小化”按钮、“还原”/“最大化”按钮和“关闭”按钮,其作用是调整窗口大小和关闭窗口。标题栏的主要功能有两项:一是显示应用程序名称和当前正在编辑的文件名;二是调整程序窗口大小、移动窗口和关闭窗口。

利用窗口控制图标也可以调整窗口大小、移动窗口和关闭窗口。具体操作方法和步骤如下:

(1) 单击窗口控制图标,出现“窗口控制”菜单,如图 5-3 所示。

(2) 单击菜单上“还原”、“移动”、“大小”、“最小化”、“最大化”和“关闭”选项,可实现相应功能。

2. 菜单栏

标题栏下方是菜单栏。菜单栏中有多个菜单项,每个菜单项都由一组菜单命令组成。菜单按功能分为 9 类,分别是“文件”、“编辑”、“视图”、“插入”、“格式”、“工具”、“表格”、“窗口”和“帮助”菜单。

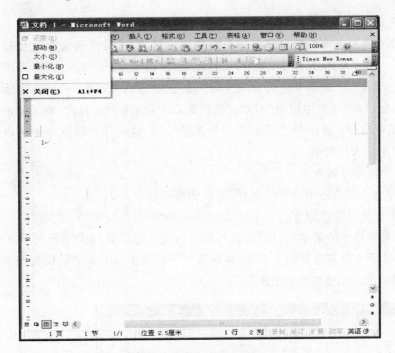

图 5-3　"窗口控制"菜单

1）菜单命令

菜单命令有 5 种不同的显示方式，代表 5 种不同形式的命令。它们是普通命令、灰色命令、子菜单命令、复选项命令和对话框命令。

（1）普通命令是最常见的菜单项，单击它可以执行相应的操作，如图 5-4 中所示。

图 5-4　菜单命令的显示

（2）灰色命令：菜单中的命令为灰色，表示该命令在当前状态下不可用。

（3）子菜单命令：该命令右侧有一个向右的三角箭头，表示该命令将会打开一个子菜单。如图 5-4 中的"工具栏"命令，单击"工具栏"命令，则会打开"工具栏"子菜单。

（4）复选项命令：该命令左边有一个复选框。单击该复选框，可以选中或取消复选项命令。例如，标尺命令，选中该命令，则在文档窗口中显示标尺；反之，则不显示标尺。

（5）对话框命令：该命令之后跟有一个省略号（…），执行对话框命令可以打开一个对话框，在其中实现人机对话。

2）执行菜单命令的方法

执行菜单命令的方法有 3 种：鼠标、键盘和快捷键。

（1）用鼠标执行菜单命令。

① 单击菜单栏中的菜单名，如"编辑"，便会出现下拉菜单，如图 5-5 所示。

② 如果菜单中没有所需的命令，将鼠标置于下拉菜单最下面的扩展按钮上。停留几秒钟或单击鼠标，出现完整菜单，如图 5-6 所示。

图 5-5　下拉菜单

图 5-6　完整菜单

③ 单击菜单上所需要的命令即可执行菜单命令。

（2）用键盘执行菜单命令。

① 按 Alt＋字母键，即按下 Alt 键后再按菜单名右侧括号内带下划线的字母键，如要打开"编辑"下拉菜单，按 Alt＋E 键，即可完成。

② 用 ↑ 或 ↓ 选择命令，然后按 Enter 键即可。

（3）用快捷键执行命令。

快捷键是由 Ctrl 加一个英文字母组成的，如图 5-5 中的 Ctrl＋X（剪切）和 Ctrl＋V（粘贴）等。用户可以从下拉菜单中查到所有命令的快捷键，如撤销、剪切、粘贴、全选、查找和替换等命令。直接按快捷键可迅速执行相应的命令。

3. 工具栏

工具栏在菜单的下方。每个工具栏显示一类工具按钮。启动 Word 时,自动显示"常用"(如图 5-7 所示)和"格式"(如图 5-8 所示)两个工具栏,其上按钮名称及功能分别如表 5-1 和表 5-2 所示。用户可以根据需要显示或隐藏某个工具栏,其方法如下:

(1) 单击"视图"菜单,打开其下拉菜单。

(2) 单击"工具栏"选项,打开其子菜单,见图 5-4。

(3) 单击子菜单中需要隐藏或显示的工具栏名称。工具栏名称左侧出现复选标记"√",则显示该工具栏;再次单击该工具栏名称,取消工具栏名称左侧的复选标记"√",则隐藏该工具栏。

图 5-7 "常用"工具栏

图 5-8 "格式"工具栏

4. 标尺

标尺位于文本编辑区的上边和左边,分别是水平标尺和垂直标尺。标尺上有数字、刻度和各种标记,单位通常是厘米。标尺在排版、制表和定位上起着重要的作用。使用方法将在以后的有关章节中具体介绍。

1) 显示/隐藏标尺的方法

(1) 单击"视图"菜单,打开其下拉菜单。

(2) 单击下拉菜单中的"标尺"命令。"标尺"左边的复选框中有"√",则显示标尺;反之,则隐藏标尺。

表 5-1 "常用"工具栏按钮功能表

按 钮	名 称	功 能
	新建	根据默认的"空白文档"模板创建一个新文档
	打开	打开或查找存在的文档
	保存	以写文件到磁盘的方式保存当前文档
	权限	信息权限管理服务
	电子邮件	使用 Word 发送邮件
	打印	用当前打印设置打印当前文档的全部内容
	打印预览	预览当前文档的内容
	拼写和语法	检查文档中可能存在的拼写和语法错误,并给出修改建议

按　　钮	名　　称	功　　能
	信息检索	从不同的检索资源查找相关资料
	剪切	将选定的内容剪切下来并存放在剪贴板中
	复制	将选定的内容复制到剪贴板中
	粘贴	在当前插入点位置插入剪贴板中的内容
	格式刷	将当前字符格式或所选的文本格式复制到指定的文本
	撤销	取消最后一次操作或某个操作之后的一系列操作
	恢复	恢复已用撤销命令撤销的操作
	插入超链接	插入或编辑指定的超链接
	表格和边框	显示或隐藏"表格和边框"工具栏
	插入表格	在插入点位置插入表格
	插入 Excel 工作表	在插入点位置插入一个 Excel 工作表
	分栏	对所选定的文字随意分栏
	更改文字方向	更改选定文字、文本框中文字或单元格中文字的排列方向
	绘图	显示或隐藏"绘图"工具栏
	文档结构图	在显示结构图与隐藏结构图之间切换
	显示/隐藏	显示或隐藏文档中的非打印字符
100%	显示比例	改变文档视图的显示比例
	Office 助手	提供帮助主题和提示,协助用户完成任务
阅读(R)	阅读	切换到阅读版式,提供多页阅读功能

表 5-2　"格式"工具栏按钮功能表

按　　钮	名　　称	功　　能
	格式窗格	显示"样式和格式"任务窗格
正文	样式	样式是一系列格式的组合,使用样式可快速改变文本的外观
宋体	字体	用来改变所选文本的字体设置
五号	字号	用来改变所选文本的字号设置
B	加粗	对所选文本进行加粗设置
I	倾斜	对所选文本进行倾斜设置
U	下划线	对所选文本添加下划线
A	字符边框	对所选文本添加字符边框
A	字符底纹	对所选文本添加字符底纹
	字符缩放	按百分比扩展或压缩文字,范围在 1%～600%之间

续表

按　钮	名　称	功　能
	两端对齐	将所选段落(除末行外)的左、右两边同时对齐
	居中	段落居中对齐
	右对齐	段落右对齐,左边不齐
	分散对齐	通过调整空格,使所选段落的各行(包括末行)等宽
	行距	调整行间距大小
	编号	添加编号
	项目符号	添加项目符号
	减少缩进量	减少左、右缩进的宽度
	增加缩进量	增加左、右缩进的宽度
	字体颜色	对所选的文本设置字体颜色
	拼音指南	给所选的文字标注拼音
	带圈字符	将所选文本添加上带圈符号
	增大字体	增大所选文本
	缩小字体	缩小所选文本

2) 改变标尺单位的方法

(1) 运行"工具"菜单中的"选项"命令,打开"选项"对话框。

(2) 单击"常规"标签。

(3) 单击"度量单位"框旁边的下三角按钮。

(4) 从单位列表中选取所需单位,如英寸、磅、厘米等。

5. 文档编辑区

文档编辑区位于 Word 窗口中央,是用来输入和编辑文本和图片的区域。在普通视图显示方式下,编辑区有 4 个标记:

(1) 插入点:即一条闪烁的竖线,标记文本或图形的插入位置。用↑、↓、→和←键可以改变插入点的位置。

(2) I 型鼠标指针:在文本编辑区移动鼠标,鼠标指针变成 I 型。当 I 型指针移至希望编辑处,单击,可直接定位插入点的位置。

(3) 段落结束标记:用于标记段落的结尾("视图"菜单中的"显示段落标记"项必须处于选中状态),简称段落标记,是按 Enter 键产生的。

(4) 文档结束标记:在文档末尾的一条横线,用于标记文档的结束。

6. 滚动条

在 Word 窗口的右侧和底部。分别有一个垂直滚动条和一个水平滚动条,它可以使文本快速地上、下或左、右滚动显示。

1）滚动显示文档内容

（1）单击滚动条上的滚动箭头（上、下、左、右），可以使屏幕上、下滚动一行或左、右滚动一列。

（2）拖曳滚动条上的滚动滑块，可迅速到达要显示的位置。

（3）单击滚动条上的"下一页"或"前一页"按钮，则跳转到下一页或上一页。

2）选择浏览对象

（1）单击"选择浏览对象"按钮，出现"选择浏览对象"菜单，如图 5-9 所示，其中有页、节、域、批注、标题、图形和表格等对象。

（2）单击选中某种浏览的对象，如单击"按页浏览"按钮选中"页"对象，则以后单击滚动条上的 ▲ 或 ▼ 按钮时。就会跳转到上一页或下一页。

图 5-9　"选择浏览对象"菜单

7. 状态栏

Word 窗口的最下方是状态栏。用来显示当前页状态（所在的页码、节数、当前页数/总页数）、插入点状态（位置、第几行、第几列）、编辑状态（录制、修订、扩展、改写）、语言状态（中文或其他文）以及拼写和语法状态。双击编辑状态框，可改变编辑状态，如双击"改写"，可改变为"插入"。语言状态框中显示插入点处文本使用的语言状态，如语言状态框中显示"英语（美国）"时，则表示当前插入点正位于英文字符中，语言状态框中显示"中文（中国）"时，则表示当前插入点正位于中文字符中。在拼写和语法状态处右击，在弹出的快捷菜单中选择"选项"命令可以设置拼写和语法状态。

5.1.3　常用的视图方式

在 Word 窗口，文档的显示方式称为视图方式。常用的视图方式有普通视图、页面视图、Web 版式、大纲视图和阅读版式，另外还有全屏显示、打印预览视图和文档结构图。在 Word 2003 中也可以采用全屏显示和拆分屏幕查看文档。

有两种改变视图方式的方法，一种是在"视图"菜单中选择相应的视图方式；另外一种是在 Word 窗口水平滚动条左侧单击"普通视图"按钮、"Web 版式"按钮、"页面视图"按钮、"大纲视图"按钮、和"阅读版式"按钮选择相应的视图方式。

1. 普通视图

"普通视图"是 Word 中最为常用的视图方式之一，适合用于普通文本的输入和编辑工作。"普通视图"能连续显示文档，按实际宽度显示文本。但是，在"普通视图"中不能显示和编辑页眉、页脚。在"普通视图"中自动分页符为一条虚线，人工分页符为一条虚线加"分页符"字样；分节符为含有"分节符"字样的双虚线，如图 5-10 所示。

2. Web 版式视图

Web 版式视图给出文档在浏览器窗口的外观。正文显示得更大，并且永远自动换行以适应浏览器窗口，使用户能够更快捷、更清楚地浏览文档。

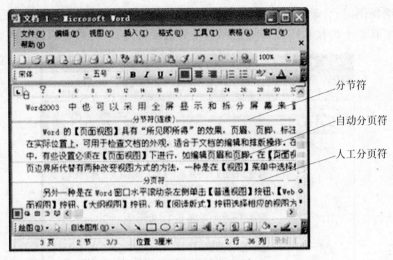

图 5-10　普通视图方式

3．页面视图

Word 的"页面视图"具有"所见即所得"的效果，页眉、页脚、标注、脚注等都显示在实际位置上，可用于检查文档的外观，适合于文档的编辑和排版操作。在编辑和排版过程中，有些设置必须在"页面视图"中进行，如编辑页眉和页脚。在"页面视图"中分页符被页边界所代替，如图 5-11 所示。

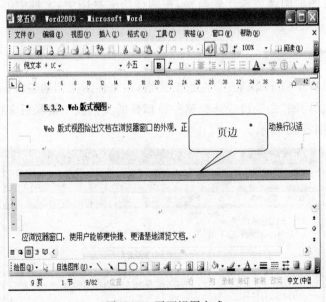

图 5-11　页面视图方式

4．大纲视图

在大纲视图中文档的标题和正文分级显示，按用户要求显示文档内容，如只显示文档的各级标题。大纲视图是查看整个文档框架的有效方式，可以通过拖曳标题实现移动或复制操作调整正文内容。

使用大纲视图时,自动在"格式"工具栏下面增加一个"大纲"工具栏,如图 5-12 所示。利用"大纲"工具栏上的按钮可以将标题和正文升级或降级,也可以设置显示内容。

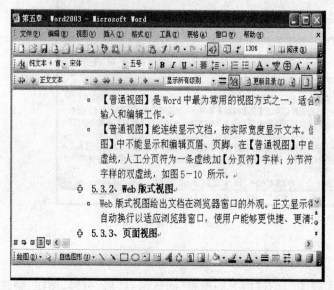

图 5-12 大纲视图

5. 阅读版式

这种 Word 视图的阅读方法比较新颖,在阅读版式视图中,文件中的字号变大了,每一行变得短些,阅读起来比较贴近于自然习惯。

6. 文档结构图

文档结构图是一个位于文档窗口左边的窗格,用来显示文档的各级标题,勾画出文档的结构。使用"文档结构图"命令可快速浏览一篇很长的文档或一篇联机文档。插入点所在的章节反白显示,如图 5-13 所示。

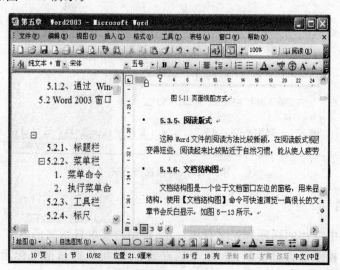

图 5-13 文档结构图

7. 全屏显示

使用全屏显示方式可以使文档充满整个屏幕,能显示最多的内容,有利于文字录入和浏览文档,如图 5-14 所示。若需浏览或移动文档,可利用↑、↓、←、→4 个方向键或 Page Up 和 Page Down 键。要关闭全屏显示则单击"关闭全屏显示"按钮即可。

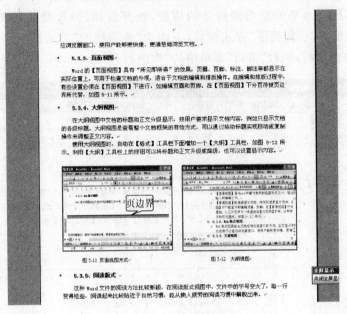

图 5-14 全屏幕显示

8. 显示比例

在任何视图中都可以改变显示比例,以使窗口显示的内容或文字大小符合要求。

1) 设置显示比例

显示比例的设置方法与操作步骤如下:

(1) 执行"视图"菜单中的"显示比例"命令,打开"显示比例"对话框,如图 5-15 所示。

(2) 在"显示比例"栏选择显示比例,或在"百分比"栏内自己设定显示比例。

此外,在"页面视图"方式下用户可以设置"整页"显示和"多页"显示。

2) 设置多页显示

设置方法与操作步骤如下:

(1) 在"显示比例"对话框中,选定"多页"选项。

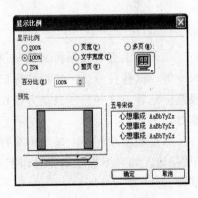

图 5-15 显示比例

(2) 单击图标▣,出现多页选项列表,拖曳鼠标选择需要显示的页数。

9. 拆分屏幕

拆分屏幕就是将文档窗口一分为二,同时显示同一文档。拆分屏幕视图不是一种常用的视图方式,因为拆分屏幕使得两个文档窗口都很小,显示内容有限。但是拆分屏幕可以同时查看同一文档前后相差很远的两部分内容,进行比较和复制。另外,拆分屏幕的两个窗口可以用不同的视图方式显示同一部分内容。这样,用户可以在一个窗口利用"普通视图"录入、编辑文本,在另一个窗口利用"页面视图"查看格式设置的效果。

拆分屏幕的方法和步骤如下:

（1）执行"窗口"菜单中的"拆分"命令,屏幕上出现一条水平线。

（2）用鼠标拖曳水平线至希望拆分的位置,松开鼠标,屏幕就被分成了两个窗口,如图 5-16 所示,上面为"页面视图"方式窗口,下面为"普通视图"方式窗口。若需要将拆分的窗口恢复为一个窗口时,执行"窗口"菜单中的"取消拆分"命令即可。

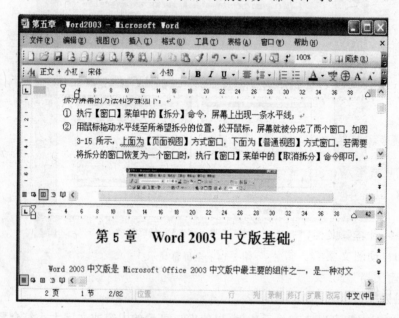

图 5-16　拆分后的两窗口

10. 显示或隐藏非打印字符

在屏幕上查看或编辑文档时,有时会看到一些打印文档中不需要的符号,如圆点●、箭头→等。这些符号是一些特殊标记,圆点●代表空格,箭头→代表制表符,回车符号↵代表段落标记等。这些符号只是方便在屏幕上编辑文档,在打印文档中是不会出现的,所以称为非打印字符。

如果希望在屏幕上显示出非打印字符,可以单击"常用"工具栏中的"显示/隐藏编辑标记"按钮。如果不想显示非打印字符,可以再次单击"显示/隐藏编辑标记"按钮,隐藏非打印字符。

如果希望始终显示段落标记,可以选中"视图"菜单中的"显示段落标记"复选项。

5.2　文档管理

文档管理是 Word 文字处理软件中最基本的功能,主要包含创建文档、打开文档、保存文档和关闭文档等。

5.2.1 创建新文档

创建一个新文档,最常用的方法是建立一个空白文档。但是,如果用户要建立具有某些特殊格式的文档,如传真、信函、备忘录、个人简历等,使用 Word 2003 为用户提供的模板和向导会更加快捷和方便。

1. 创建空白文档

创建空白文档的步骤如下:

(1) 单击"文件"菜单中的"新建"命令,屏幕中出现一个"新建文档"任务窗格,如图 5-17 所示。

(2) 在打开的任务窗格中单击"空白文档"图标,出现一个新的 Word 空白编辑窗口,可在此窗口进行文本录入、文本编辑等操作。

图 5-17 "新建文档"任务窗格

2. 用模板和向导创建新文档

向导就是根据 Word 提出的问题,用户做出适当选择创建特定类型的文档,包括为文档选择模板并完成一些内容的设置,如备忘录向导。

模板是一种特殊文档,为用户提供一些基本内容、版面样式甚至工具栏和自动图文集等。Word 2003 创建了几个向导和多种模板。在"新建文档"任务窗格中选择"本机上的模板…"后,可在弹出的"模板"对话框中进行选择设置。

1) 使用模板创建文档

使用模板创建文档就是利用"文件"菜单中的"新建"命令,在弹出的"新建文档"任务窗格中选择"本机上的模板… ",根据要创建文档的类型在"模板"对话框中单击相应的标签,然后双击所需模板的图标,再根据提示信息建立文档。

【例 5-1】 利用模板创建简历。

创建步骤如下:

(1) 执行"文件"菜单下的"新建"命令,弹出"新建文档"任务窗格,如图 5-17 所示。

(2) 单击"新建文档"任务窗格中的"本机上的模板…"图标。

(3) 在"其他文档"标签中双击"典雅型简历"图标。Word 将自动创建一个"典雅型简历"模板,如图 5-18 所示。

(4) 按照"典雅型简历"模板中的提示,填入相应的内容,如单击"姓名",输入自己的名字;在"电子邮件"项目中填入相应的邮件地址等。

2) 使用向导创建文档

创建步骤如下:

(1) 单击"文件"菜单中的"新建"命令。

(2) 根据需建文档的类型,单击相应的标签,然后双击所需向导的图标。

(3) 按照向导中的提示进行操作。

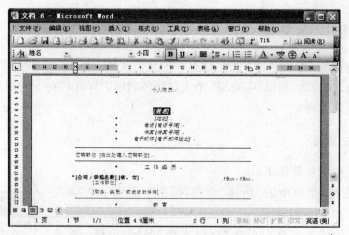

图 5-18　使用模板创建的简历

【例 5-2】　使用向导创建简历。

① 单击"文件"菜单中的"新建"命令。

② 单击"新建文档"任务窗格中的"本机上的模板…"图标,在弹出的对话框中单击"其他文档"标签。

③ 双击"简历向导"图标,出现"简历向导"首页,如图 5-19 所示。

④ 在"简历向导"中共有 6 个步骤:

- 在"样式"中选择要建立简历的样式,如选择"优雅型"的样式。
- 在"类型"中选择要建立简历的类型,如选择"专业型"。
- 在"地址"中输入姓名、电话等信息。
- 在"标准标题"中选择在简历中需要的一些项目,如"教育"、"工作经验"等。
- 在"可选标题"中有一些可选项,根据需要选择,如"政治面貌"、"行政级别"等。
- 在"添加/排序标题"中可以再次添加或删除一些标题。

⑤ 每完成一步操作后,单击"下一步"按钮,进入下一个操作步骤。单击"上一步"按钮,可以修改前面的设置;全部设置完成后,单击"完成"按钮。

⑥ 依据向导提供的步骤首先建立如图 5-20 所示的简历,然后根据需要进行填充和修改即可建立一个简历文档。

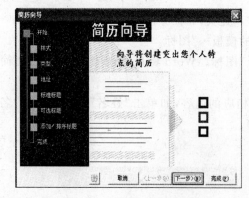

图 5-19　"简历向导"对话

图 5-20　个人简历雏形

5.2.2 公共对话框

Word 2003 中有一些对话框,具有非常相似的结构和使用方法,称为公共对话框,如"打开"、"插入"、"另存为"等对话框。公共对话框由"查找范围"或"保存位置"下拉列表、"位置栏"、"文件夹和文件列表"、"文件名"、"文件类型"和"常用工具栏"等组成,如图 5-21 所示。

"查找范围"或"保存位置"下拉列表位于公共对话框的左上角,在此确定要查找的范围或要保存的位置,如桌面、驱动器名、网上邻居等。

"位置栏"位于公共对话框左侧,包含有"我最近的文档"、"桌面"、My Documents 和"我的电脑"等文件夹的快捷方式。单击这些快捷方式可显示相应文件夹的内容。

"文件夹和文件列表"位于公共对话框的中央,该区域列出了所查找到的文件夹和文件(或要保存位置的文件夹和文件),双击此处的文件夹可以打开它。

"文件名"和"文件类型"位于公共对话框的底部,具体规定了要查找或保存文件的文件名和文件类型。

"常用工具栏"位于公共对话框的右上角,其中主要包括搜索 Web、删除和新建文件夹按钮,视图和工具下拉列表等。

下面介绍在公共对话框中查找文件夹、选择多个文件、改变文件夹列表显示等使用方法,以及在公共对话框中移动、复制、删除、重命名、搜索文件等功能。

1.文件夹操作

在打开、保存或插入文件时,在公共对话框中可以对文件夹进行多种操作。

1)访问常用的文件夹

单击"位置栏"中的常用文件夹快捷方式可以打开相应文件夹。

2)访问任何位置的文件夹

单击"查找范围"或"保存位置"下拉列表框中的驱动器、文件夹或网上邻居等。

3)创建新文件夹

单击"常用工具栏"上的"新建文件夹"按钮可以创建一个新的文件夹。

4)打开文件夹列表中的文件夹

双击"文件夹和文件列表"中的任意文件夹即可打开相应文件夹。

2.搜索文档

如果不清楚要操作的文件在哪个文件夹,可以通过输入搜索条件(如文件名或文件属性等)搜索文件。

下面介绍搜索文件的步骤。以"插入文件"对话框为例:

(1)单击"插入"菜单中的"文件"选项,打开"插入文件"对话框,如图 5-21 所示。

(2)单击其右上角的"工具"按钮打开下拉菜单,执行其中的"查找"命令,打开"文件搜索"对话框,如图 5-22 所示。

图 5-21 "插入文件"对话框

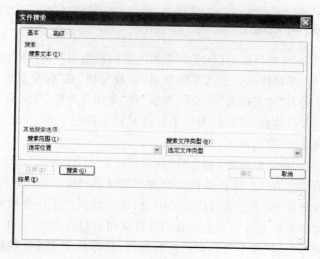

图 5-22 "文件搜索"对话框

（3）在"搜索范围"框内选定要搜索的驱动器或文件夹。如果一次搜索多个驱动器，可以在"搜索范围"框内输入所有要搜索的驱动器名称，各驱动器之间用分号隔开；也可以直接在下拉列表框中直接选择各类搜索位置。

（4）在"搜索文件类型"的下拉列表框中可以选择要搜索的文件类型。

（5）若要设置其他搜索条件可在"高级"选项卡中进行，如在"属性"、"条件"和"值"框中选择或输入所需选项，然后单击"添加"按钮。

（6）单击"搜索"按钮，Word 开始查找满足条件的文件；若要取消搜索，单击"停止"按钮即可。

3. 改变文件夹和文件列表的显示方式

1）文件夹和文件列表的显示方式

在文件夹和文件列表中，其显示方式有 4 种：列表、详细资料、属性和预览，如图 5-23(a)所示。

（1）列表：在此方式下，将文件名以列表方式显示，即只显示文件夹名和文件名。

（2）详细资料：在此方式下，显示文件夹名、文件夹修改时间和文件名、文件大小、文件类型和最后修改时间等详细信息。

（3）属性：在此方式下，文件夹和文件列表分为左右两个窗口，左边以列表方式显示文件夹名和文件名，右边显示选定文件的属性，如标题、作者、使用的模板等信息。

（4）预览：在此方式下，分为左、右两个窗口，左边以列表方式显示文件夹名和文件名，右边显示选定文件的第一页。这样，用户可以在不打开文件的情况下预览文件。

2）改变文件夹和文件列表的显示方式

在"插入文件"对话框中，单击"视图"按钮右侧的下三角按钮，打开下拉菜单，单击下拉菜单中某种显示方式，即可改变文件夹和文件列表的显示方式，如图 5-23(b)所示。

| (a) 列表显示方式 | (b) 详细资料显示方式 |

图 5-23　"插入文件"对话框

4. 选择多个文件

在"打开"对话框中。如果要一次打开、删除或复制多个文件,需要首先选择多个文件(在"打开"对话框中进行)。选择多个文件的方法如下:

(1) 选择多个不相邻的文件:先单击一个文件名,然后按住 Ctrl 键,再分别单击其他要选择的文件名。

(2) 选择多个相邻的文件:先单击第一个文件名,然后按住 Shift 键,再单击最后一个文件名。

5.2.3　打开文档

已经建立的文档有时需要修改和更新,这时就要打开文档。有时为了在不同文档间复制,还需要同时打开几个文档。打开文档一般是通过"打开"对话框,如果要打开的文档是最近使用过的,可以通过"文件"菜单中的文档列表或是 Windows "开始"菜单中的"文档"菜单快速打开。

1. 用"打开"对话框打开文档

操作方法和步骤如下:

(1) 单击"常用"工具栏中的"打开"按钮,弹出"打开"对话框,如图 5-24 所示。

(2) 在"查找范用"下拉列表中查找要打开文档的保存位置。

(3) 找到并选中要打开的文档。

(4) 执行以下操作之一可以打开选中的文档。

- 双击要打开文档的文件名若要以只读方式打开,单击"打开"按钮旁边的下拉箭头,弹出如图 5-25 所示的下拉菜单,然后单击其中的"以只读方式打开"命令;以只读方式打开文档时,若要保存对文档的修改,必须使用"文件"菜单中的"另存为"命令,将其用新文件名保存。

- 若要以副本方式打开,单击"打开"按钮旁边的下三角按钮,弹出如图 5-25 所示的下拉菜单,然后单击其中的"以副本方式打开"命令;以副本方式打开文档时,会在存放原文档的文件夹中新建该文档的副本。

- 若要打开并修复损坏的文档,单击"打开"按钮旁边的下三角按钮,弹出如图 5-25 所示的下拉菜单,然后单击其中的"打开并修复"命令;Word 首先对已经损坏的 Word 文挡进行修复,成功修复后将打开 Word 文档。

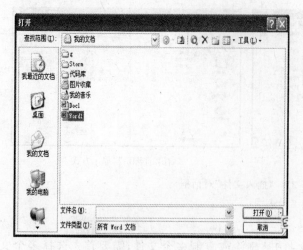

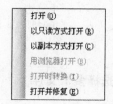

图 5-24 "打开"对话框　　　　　　　　　图 5-25 "打开"下拉菜单

2. 利用"文件"菜单底部的 Word 文件列表打开最近使用过的文档

打开最近使用过的文档的方法有多种，常用的方法是使用"文件"菜单底部的最近使用过的文件列表。

1）通过"文件"菜单中的文件列表打开最近使用过的文档

操作方法与步骤如下：

（1）单击 Word 窗口中的"文件"菜单，在菜单底部有一个最近使用过的 Word 文件列表，如图 5-26 所示。

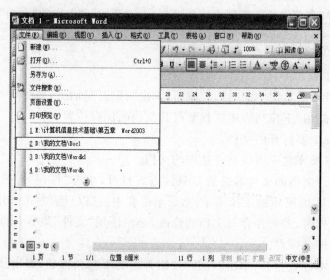

图 5-26 Word 文件列表

（2）单击文件列表中要打开的 Word 文件名即可打开相应的文档。

2）改变 Word 文件列表中的文件数目

要想改变 Word 文件列表中的文件数目，可以使用"工具"菜单中的"选项"命令。

操作步骤如下：

（1）执行"工具"菜单中的"选项"命令，打开"选项"对话框，单击其中的"常规"选项卡，如图5-27所示。

（2）选中"列出最近所用文件"复选框，并在其右边的方框内选定或直接输入想要显示的文件数。

（3）单击"确定"按钮完成设置。

3. 通过"历史"文件夹来查找和打开最近使用过的文件

操作步骤如下：

（1）单击"打开"按钮，弹出"打开"对话框。

（2）单击"位置栏"中的"我最近的文档"图标，在文件夹列表中显示最近使用过的文件和文件夹的快捷方式，如图5-28所示。

（3）单击要打开的文件名，然后单击"打开"按钮，或双击文件名即可打开文档。

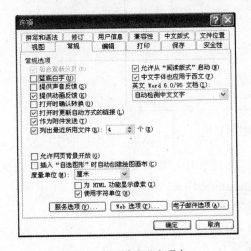

图5-27　"常规"选项卡

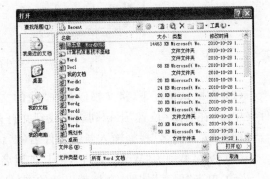

图5-28　"历史"文件夹

4. 同时打开多个文档

Word中允许同时打开多个文档。多个文档可以逐个打开，也可以一次同时打开。

操作步骤如下：

① 单击"打开"按钮，弹出"打开"对话框。

② 找到存放要打开文档的文件夹。

③ 选中要打开的多个文档。

④ 单击"打开"按钮，即可同时打开多个文档。

多个文档被同时打开后，每个文档在任务栏中拥有一个独立的窗口图标。可以通过单击任务栏中相应的窗口图标切换活动窗口，也可以通过"窗口"菜单下的文档列表切换。

5.2.4　保存和关闭文档

当创建了一个新文档或是对旧文档进行了修改后，就需要保存文档。此外，也可以用

"另存为"命令将现有文档用其他文件名保存在磁盘或网络的其他位置；还可以使用"版本"保存文档副本。

1．保存新文档

新创建的文档，Word通常会给它一个类似于"文档1"这样的临时文件名，当用户第一次保存新文档时，Word会提醒用户给文档一个形象易记的名称。

保存新文档的方法和操作步骤：

（1）执行"文件"菜单中的"保存"命令，或单击"常用"工具栏中的"保存"按钮，将弹出"另存为"对话框，如图5-29所示。

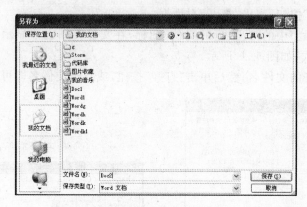

图 5-29 "另存为"对话框

（2）在默认情况下，将文档保存在"我的文档"文件夹中；如果要将文档保存在其他文件夹中，请在"保存位置"下拉列表中找到并打开相应的文件夹。

（3）在"文件名"栏框输入新的文件名（默认文件名为第一行文本）。

（4）保存类型为"Word文档"，则其扩展名为doc。

（5）单击"保存"按钮，文档就以新的文件名被保存了。

2．保存已有的文档

保存已有文档修改内容的方法如下：

单击"常用"工具栏中的"保存"按钮，或执行"文件"菜单下的"保存"命令。

3．另存文档

如果要将文档保存为其他的文件格式（如纯文本、Web页、文档模板）或用其他的文件名在另外的文件夹保存文档副本，可以通过"另存为"命令实现。

另存文档的方法和操作步骤如下：

（1）单击"文件"菜单中的"另存为"命令，打开"另存为"对话框，如图5-29所示。

（2）如果要将文档保存在其他文件夹中，请在"保存位置"下拉列表中找到并打开相应文件夹。

（3）在"文件名"栏中输入该文档的新文件名。

（4）在"保存类型"栏中，选择所需的文档保存类型。

（5）单击"保存"按钮，文档就以新的文件名被保存在了新的位置。

4．多版本保存

通过 Word 2003 的"版本"命令，可以将相同文档保存成多个版本，可记录对文档更改时的备注信息。又因为它只保存版本之间的区别，而不是每个版本的整个副本，这样可以节省磁盘空间。当保存文档的各版本之后，根据需要可以打开、打印和删除早期版本。

1）使用"版本"命令保存文档

使用"版本"命令保存文档的操作步骤如下：

（1）执行"文件"菜单中的"版本"命令，弹出"×××中的版本"对话框，如图 5-30 所示。

（2）单击"×××中的版本"对话框中的"现在保存"按钮，弹出"保存版本"对话框，如图 5-31 所示。

（3）在"保存版本"对话框中的"版本备注"框中，输入关于保存版本的说明信息，如"最新版"等。

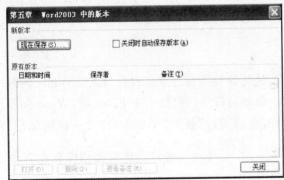

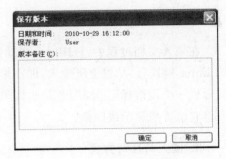

图 5-30　"×××中的版本"对话框　　　　　图 5-31　"保存版本"对话框

（4）单击"确定"按钮，结束版本保存。

2）打开文档中的某个版本，将其保存为一个独立文件

通过"版本"命令保存的文档旧版本不能进行修改。若要在旧版本的基础上进行修改，必须先打开旧版本，并使用"另存为"命令将其保存为一个独立文件，然后进行修改。

保存独立文档的操作步骤如下：

（1）执行"文件"菜单中的"版本"命令，弹出"××× 中的版本"对话框。

（2）单击"原有版本"框内需要保存为独立文件的文档版本。

（3）单击"打开"按钮，打开旧版本文档并进行修改。

（4）执行"文件"菜单中的"另存为"命令，打开"另存为"对话框。

（5）在"文件名"框中输入一个名称，然后单击"保存"按钮。

5．关闭文档

执行"文件"菜单中的"关闭"命令，即可关闭当前文档。如果该文档中有修改的内容没有保存，Word 会提醒用户是否保存对文档的修改，根据需要做出相应的回答。

按下 Shift 键并单击"文件"菜单中的"全部关闭"命令，将关闭所有打开的文档而不退出 Word 应用程序。

5.3 文档的录入与编辑

用户新建一个 Word 文档后，Word 应用程序窗口的编辑区是空白的。在编辑区的左上方有一个闪烁的光标，表示插入点位置。这时，可以从插入点位置开始输入新的文档内容。

5.3.1 文档的录入

文档内容主要是文字和符号，还可以是图片、表格、图形和公式等。

1. 自动换行功能

输入的字符从左到右排列，插入点从左向右移动，指示下一个字符出现的位置。当一行内容到达右边界时，插入点会自动移动到下一行的最左端，这就是 Word 的自动换行功能。

2. 段落及段落标记

在录入文档过程中，行满时会自动换行，光标跳到下行行首。只有当需要另起一段时才按 Enter 键换行，结束上段输入，即产生了一个新的段落。每按一次 Enter 键，Word 在段尾就形成一个段落标记"↵"，它是非打印字符，可以通过"视图"菜单中的"显示段落标记"命令将它设置成显示或隐藏。

3. 插入与改写方式

插入与改写是文本输入的两种基本方式。

Word 的默认状态是插入方式。这时，状态栏右侧的"改写"按钮呈灰色，输入的字符将插入到插入点处，插入点和插入点后的文本向右移动。

双击状态栏右侧的"改写"按钮，可进入改写方式。这时"改写"按钮呈黑色，此时输入的每一个字符都将取代插入点后边的字符，其他字符位置不变。如果再次双击状态栏中的"改写"按钮，可重新切换到插入方式。

4. 输入中英文文字和符号

1) 输入英文字母和数字

英文字母和数字可以直接从键盘输入。如果当前处于中文输入状态，此时需要切换到英文输入状态，然后再输入。

在录入或编辑过程中，用 Backspace 键删除插入点左边的一个字符，用 Del 键删除插入点右边的一个字符。

2) 输入汉字

常用的汉字输入方法在前面章节中已经介绍过了。单击屏幕右下方的输入法切换按钮或 Ctrl+Shift 键选择一种中文输入法，然后再进行汉字输入。

3）输入符号

利用键盘可以输入常用的标点符号、货币符号和数字符号等。中文输入状态框中的第4个按钮是中文符号和西文符号切换按钮。在中文符号方式下，输入的标点符号为中文标点符号，它们是全角符号（双字节），占一个汉字位置，但硬键盘上可供选择的符号不多。中文 Windows 的输入法提供了十几种不同的软键盘，每种软键盘安排有一类符号，可供选择的符号较多，如数学符号软键盘、特殊符号软键盘等，如图 5-32 所示。

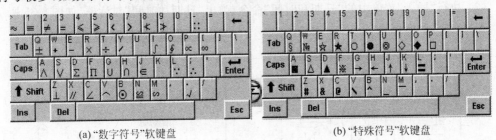

(a)"数字符号"软键盘　　　　　　　　　(b)"特殊符号"软键盘

图 5-32　软键盘

5. 插入对象

1）插入符号

执行"插入"菜单中的"符号"命令，或在插入点右击并从弹出的快捷菜单中选择"符号"命令，均可打开"符号"对话框，如图 5-33 所示。

在"符号"对话框中有两种标签，其中"符号"标签包含按不同"字体"和"子集"分类的符号表。单击表中的某个符号，它将被放大显示，如图 5-33（a）所示。这时，双击该符号或单击"插入"按钮，就可把它插入到当前光标处。如想继续插入，则重复上面的操作，否则单击"关闭"按钮结束符号插入。

2）插入特殊字符

使用"符号"对话框"特殊字符"选项卡中可以插入长划线、短划线、不间断空格、版权符、注册符、商标符和段落标记等特殊字符。

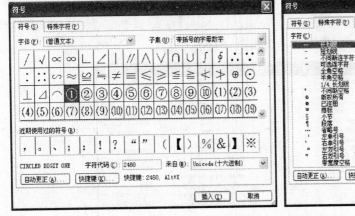

(a)"符号"选项卡　　　　　　　　　　　(a)"特殊符号"选项卡

图 5-33　"符号"对话框

另外,执行"插入"菜单中的"特殊符号"命令,可以打开"插入特殊符号"对话框,如图 5-34 所示,它为用户提供了 6 类较为常见的特殊符号。单击某种特殊符号,然后单击"确定"按钮即可把选中的特殊符号插入到光标处。

3) 插入日期和时间

插入日期和时间的步骤如下:

(1) 单击要插入日期和时间的位置。

(2) 执行"插入"菜单中的"日期和时间"命令,弹出"日期和时间"对话框,如图 5-35 所示。

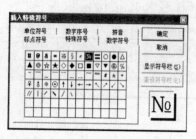

图 5-34 "插入特殊符号"对话框

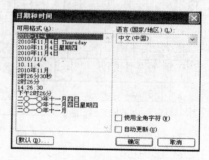

图 5-35 "日期和时间"对话框

(3) 在"语言"栏中,选择"中文(中国)"(如果要插入英语习惯的时间和日期,则选择"英语(美国)")。

(4) 单击对话框中"可用格式"栏中的一种格式以指定日期或时间格式。

(5) 如果需要自动更新日期和时间,选中"自动更新"复选框。

(6) 单击"确定"按钮,完成日期和时间的插入。

4) 插入文件

在一个文档中插入另一个文件的步骤如下:

(1) 执行"插入"菜单中的"文件"命令,打开"插入文件"对话框,如图 5-36 所示。

(2) 找到并打开包含要插入文件所在的文件夹。

(3) 执行以下操作之一。

① 若要将文件以链接方式插入,单击"插入"按钮 插入(S) 右侧的下三角按钮,选定"插入为链接"选项。

② 若要将文件内容直接插入,单击插入按钮 插入(S) 。

图 5-36 "插入文件"对话框

5.3.2 编辑文档

Word 具有很强的编辑功能,可以对文档中的单个字符、整个段落或文本的某一部分进行修改、删除、复制、移动等编辑操作。

1. 定位插入点

在进行编辑工作之前,首先应对插入点进行定位,定位插入点的方法有以下几种:

1) 使用鼠标定位插入点

移动指针到文本中的某一位置再单击,插入点就定位到该处。通常还要和滚动条配合使用。

2) 使用键盘定位插入点

可用键盘上的↑、↓、←、→等光标移动控制键定位插入点;如果目标插入点不在当前页,可用 PageUp、PageDown 键进行翻页,然后再用光标移动键定位插入点。表 5-3 所示为快速定位插入点的一些常用组合键。

表 5-3 快速定位插入点的常用组合键

组合键	功 能
Home	把插入点移动到当前行的最前面
End	把插入点移动到当前行的最后面
Ctrl＋Home	把插入点移动到当前文档的开始处
Ctrl＋End	把插入点移动到当前文档的末尾处
Ctrl＋↑	把插入点移动到当前段落的开始,如果插入点已在段落的开始位置,则移动到前一段落的开始
Ctrl＋↓	把插入点移动到下一段的开始
Ctrl＋←	把插入点左移一个单词
Ctrl＋→	把插入点右移一个单词
PgUp	把插入点上移一屏
PgDn	把插入点下移一屏
Ctrl＋PgUp	把插入点移动到上一页的第一个字符
Ctrl＋PgDn	把插入点移动到下一页的第一个字符

3) 使用"文档结构图"快速定位插入点

执行"视图"菜单中的"文档结构图"命令,在文档窗口的左边出现一个窗格,列出了文档中的各级标题,如图 5-37 所示。用鼠标单击某个标题时,插入点立即定位到文档中相应标题的位置。

再次执行"视图"菜单中的"文档结构图"命令,可隐藏"文档结构图"。

2. 选定文本

1) 利用键盘选定文本

将插入点移动到要选定文本的起始位置,按住 Shift 键,再将插入点移到要选定文本的

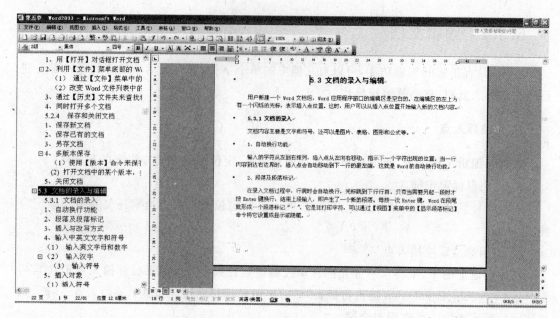

图 5-37　"文档结构图"的快速定位

结尾处，松开 Shift 键，插入点移动时经过的字符、行、段落文本反白显示，表示该文本区域已被选中。

2）利用鼠标选定文本

在 Word 编辑区的左边界空白处是文本选择区，如图 5-38 所示，指针在该区域中会变成一个向右倾斜的箭头。

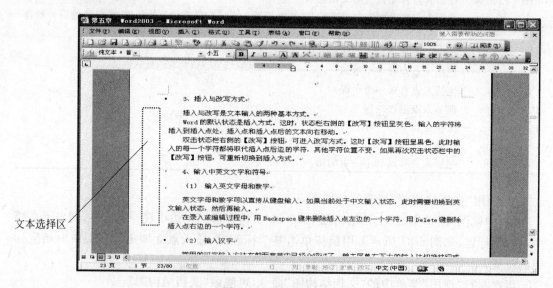

图 5-38　文本选择区

表 5-4 所示为几种利用鼠标选定文本的方法，灵活掌握这些方法会很方便地选择文本。在编辑区的任何位置单击即可解除以前的选定。

表 5-4　鼠标选定文本的方法

选　　定	操　　作	备　　注
一个单词	双击要选定的单词	如"计算机"
一个句子	按住 Ctrl 键,单击名中任意位置	汉字文本中句号表示一个句子的结束
一行	在文本选择区中单击该行	
多行	在文本选择区单击第一行并拖曳到最后一行	
一个段落	在段落中三击或双击该段对应的文本选择区	
任意文本	直接用鼠标从要选定的文本开始位置拖曳到结尾处	
整个文本	在文本选择区的任意位置三击或按住 Ctrl 键在文本选择区任意位置单击	
矩形文本区	按住 Alt 键,用鼠标从选定区域的左上角拖曳到右下角	
任意几行	选中第一行后按住 Shift 键单击最后一行	

3. 复制、移动和删除文本

灵活地利用复制、移动和删除功能,可以减少重复输入,也便于文档内容的调整和修改。

复制和移动都可以通过鼠标、菜单命令和快捷键 3 种方法实现。其中执行菜单命令是指执行"复制"或"剪切"命令,将选定的对象暂时存放到"剪贴板"中,然后利用"粘贴"命令将其粘贴到另一位置。由于"剪贴板"是 Windows 系统提供的,因此通过它不仅能实现同一文档中对象的复制和移动,还能在不同的 Windows 应用程序之间实现复制和移动。

执行复制、剪切和粘贴功能共有 3 种方法:

- 使用"编辑"菜单中的对应命令。
- 单击"常用"工具栏中的对应按钮。
- 用快捷键进行相应的操作:

    剪切——Ctrl+X 键;复制——Ctrl+C 键;粘贴——Ctrl+V 键。

1) 复制文本

复制文本是指将所选的文本在一个或多个位置复制出来,原始文本并不改变。

(1) 用鼠标复制文本。

按住 Ctrl 键,用鼠标拖曳已选定的文本到要复制的目标位置上。注意,要先松开鼠标左键,再松开 Ctrl 键。

(2) 用菜单命令或快捷键复制文本。

将选定的文本内容用"复制"命令把它复制到剪贴板中,然后在新的位置用"粘贴"命令插入到文档中。由于剪贴板中的内容可多次使用,所以同一文本内容可复制到多个新的位置。

2) 移动文本

移动文本是指将选定的文本从当前位置移到新的位置。

(1) 用鼠标移动文本。

用鼠标将已选定的文本拖曳到新的位置即可。

(2) 用菜单命令或快捷键移动文本。

先将选定的文本内容用"剪切"命令剪切到剪切板中,然后用"粘贴"命令粘贴到新的位置。由于剪贴板中的内容可多次使用,所以同一文本内容可移到多个新的位置。

3) 删除文本

首先选定要删除的文本,执行下列操作之一均可删除文本:

- 执行"编辑"菜单中的"清除"命令。
- 按 Del 键或 Backspace 键。
- 执行"编辑"菜单中的"剪切"命令,选定的文本内容被送到剪贴板中,必要时,还可以利用"粘贴"命令恢复。
- 直接输入新的内容代替选定的文本。

4) 剪贴板多对象功能

Office 2003 新增了剪贴板多对象功能(最多 24 个)。当用户连续向剪贴板存放同一信息超过两次时,屏幕上将显示如图 5-39 所示的"剪贴板"任务窗格(或在"视图"菜单中的选择"任务窗格"选项,在弹出的"任务窗格"的下拉菜单中选择"剪贴板")。剪切或复制的对象以 Word 图标的形式依次排列在"剪贴板"任务窗格上。此时,将指针移到某个图标上,稍停片刻,该图标的内容将被显示。先确定插入点位置,再单击"剪贴板"任务窗格中相应的图标即可实现粘贴功能。

如果要将剪贴板中的所有内容全部粘贴到某个文档,可在插入点定位后再单击"剪贴板"工具处的"全部粘贴"按钮。如果要将剪贴板中的所有内容清空,可以单击"全部清空"按钮。

4. 撤销与恢复

1) 撤销误操作

在编辑过程中有时会出现误操作,Word 提供的"撤销"功能可以撤销已经发生的误操作(包括撤销已出现的一连串误操作)。

🔄▾ 按钮是"撤销"按钮,每单击 🔄 一次就可以撤销此前发生的一次操作。单击 ▾ 按钮,可打开一个操作顺序的列表框,如图 5-40 所示,依次列出最近进行的各项操作。单击某一项操作,则该项操作及发生在它后面的其他操作都将被取消。

图 5-39 "剪贴板"工具栏

图 5-40 撤销列表框

2) 恢复操作

"恢复"操作是"撤销"操作的逆操作,🔁▾ 按钮是"恢复"按钮,如果在执行完"撤销"操作后再单击 🔁 按钮,表示放弃这次"撤销"操作,恢复到原来的状态。如果在执行"撤销"

操作之后已进行了其他操作，"恢复"按钮不再起作用。

5. 中文简繁体转换

中文简繁体之间互相转换的步骤如下：

（1）选定要进行转换的文本。

（2）单击"工具"菜单中的"语言"子菜单。

（3）选择"中文简繁转换"命令，打开"中文简繁转换"对话框，如图5-41所示。

（4）在"转换方向"区域选择转换方向。

（5）选中"转换时包括词汇"复选框，这样在简繁体转换的过程中Word会根据海峡两岸不同的语言习惯，将用词自动转换。如Word在将简体中文转换为繁体中文的过程中会将"窗口"转换成"视窗"。

图5-41 "中文简繁转换"对话框

（6）单击"确定"按钮，完成转换。

5.3.3 查找与替换

利用Word中的"查找和替换"功能，不但可以在当前文档中快速查找或替换符合条件的文档内容，而且可以快速查找或替换指定格式的文档内容和特殊字符。在"查找和替换"中可以使用通配符。

1. 查找

执行"编辑"菜单中的"查找"命令，打开"查找和替换"对话框，如图5-42所示，该对话框可以查找一般文字、指定格式的文字以及特殊字符，设置方法如下：

图5-42 "查找和替换"对话框

（1）查找一般文字。在图5-42"查找内容"框中输入查找的文字。

（2）查找指定格式的文字。单击"高级"按钮，屏幕显示如图5-43所示。单击"格式"按钮，弹出一个格式项目列表，用户可从中选择某一格式，而后在相应的对话框中设置查找文本的格式。如选择"字体"格式，而后选择黑体、二号字。

（3）查找特殊字符。在图5-43中单击"特殊字符"按钮，从弹出的列表中选择要查找的特殊字符，如段落标记、制表符和手动分页符等。

（4）在"搜索选项"栏可以设置一些其他查找条件，其中在"搜索"下拉列表框中提供了3种选择：向下、向上或全部。

设置完成后，单击"查找下一处"按钮，光标将移动到文档中第一个符合条件的文本处，以后每单击一次，光标就移到下一个符合条件的文本处，直到查找完毕。如果文档中没有符合条件的查找项，系统将给出提示信息。

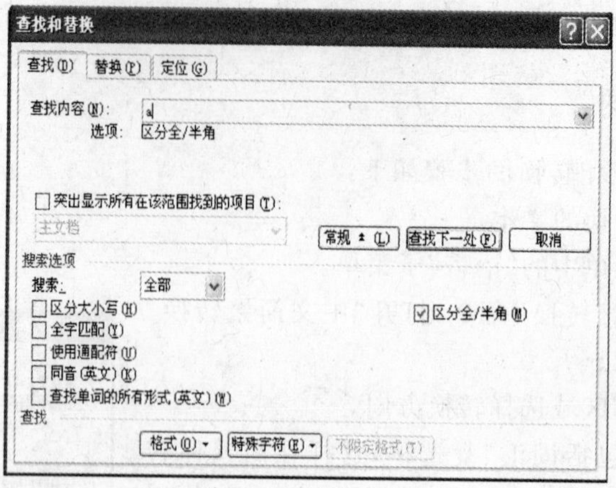

图 5-43　"查找"选项卡

2. 替换

要替换查找到的文字或特殊字符,需要在"查找和替换"对话框中单击"替换"标签,如图 5-44 所示。用户像在"查找"操作中一样可以在"查找内容"框中输入将要被替换的内容,在"替换为"框中输入要替换的新内容。在"查找内容"和"替换为"框中均可单击"格式"按钮和"特殊字符"等按钮进行格式和特殊字符等条件的设置。单击"替换"按钮,将替换第一个查找到的内容;单击"全部替换"按钮,则替换查找到的全部内容;单击"查找下一处"按钮,则不替换。

3. 定位

利用"查找和替换"对话框中的"定位"标签,可以很方便地把插入点定位在指定的位置,如图 5-45 所示。定位目标可以是页、节、行、域、表格和图形等。

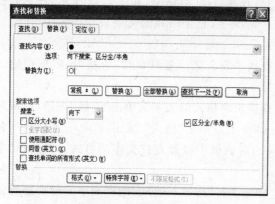

图 5-44　"替换"选项卡

图 5-45　"定位"选项卡

5.3.4　多窗口操作

Word 允许利用多个窗口同时打开多个文档,并可在各窗口中对某一文档进行编辑。

1. 在多个窗口分别处理多个文档

首先利用"打开"命令或按钮打开多个窗口,此时在 Windows 窗口任务栏中可以看到已

打开所有文档的文件名，或单击"窗口"菜单，也可以看到
已打开所有文档的文件名，如图 5-46 所示，其中有"√"
号的为当前文档。用户要对某文档进行编辑，必须在"窗
口"菜单或 Windows 窗口任务栏中单击该文档的文件
名，使其成为当前文档。

图 5-46 "窗口"菜单

2. 同一屏幕处理多个文档

执行"窗口"菜单中的"全部重排"命令时，所有已被
打开的文档窗口将在同一屏幕上排列显示，但只有一个窗口是活动窗口，如图 5-47 所示。
需要对某个文档进行编辑时，可用鼠标单击该文档窗口，使其成为活动窗口。

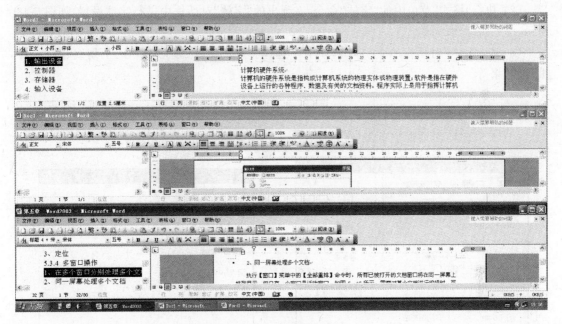

图 5-47 同一屏幕显示多个文档

3. 多个文档之间的内容移动和复制

多个文档之间的内容移动和复制与在同一文档中的内容移动和复制操作是相似的，可利
用"剪切"、"复制"和"粘贴"命令完成。不同的是，要在参与操作的文档窗口之间进行切换。

5.4 文档格式与排版

在文档的录入和编辑工作完成后，下一步便是文档的格式设置了。Word 文档的格式
分为 3 类：字符格式、段落格式和页面格式。

5.4.1 字符格式设置

在 Word 提供的空白文档模板中，正文默认的中文字符是五号宋体、英文字符格式是五

号 Times New Roman 字体。

　　设置字符格式一般用"格式工具栏"上的工具按钮完成,如果需要更详细地设置字符格式,就得用"格式"菜单中的"字体"命令。无论用哪种方法,都要遵循"先选定、后操作"的原则,所做的格式设置对"选定"的文本有效。

　　字符格式主要包括字体、字号、字形、下划线、着重号、字体颜色、效果、字符间距和动态效果等几方面的格式。

1. 利用"字体"对话框设置字符格式

1)设置字符格式

(1)选定需要进行格式设置的文本。

(2)执行"格式"菜单中的"字体"命令,在弹出的"字体"对话框中进行字体设置,如图 5-48 所示。

(3)在"字体"对话框的"字体"选项卡中选择相应的字体、字形、字号、下划线、颜色、着重号、效果等。

2)调整字符间距

(1)选定需要进行格式设置的文本。

(2)在"字体"对话框中单击"字符间距"标签,对话框如图 5-49 所示。

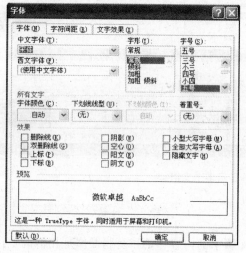

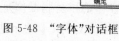

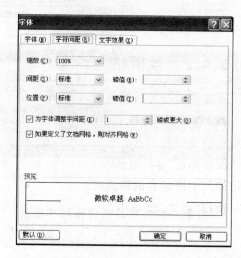

图 5-48　"字体"对话框　　　　　　图 5-49　"字符间距"选项卡

- 缩放:在"缩放"下拉列表中可以输入一个比值设置字符缩放的比例。
- 间距:用来调整字符之间的距离,有"标准"、"加宽"和"紧缩"3 种选项。当选择了"加宽"或"紧缩"后,可在其右边的"磅值"框中输入数值,对字符间距做精确调整。
- 位置:设置文字相对基准线的上、下位置,有"标准"、"提升"和"降低"3 种选项。如果选择了"提升"或"降低",可在其右边的"磅值"框中输入数值,对文字的位置进行精确调整。

3)动态效果

(1)选定需要进行格式设置的文本。

（2）在"字体"对话框中，利用"文字效果"选项卡可以设置文字的动态效果。设置完毕后，单击"确定"按钮，则该设置对所选择的文字有效。

2. 利用"格式"工具栏设置字符格式

利用"格式"工具栏设置字符格式更加简单、方便。一般情况下，"格式"工具栏显示当前光标处的字符格式设置情况。如果所选定的文本包括多种字体和字号，"格式"工具栏中的字体和字号框将显示为空白。利用"格式"工具栏设置字符格式的方法是，先选定文本，然后在字体、字号下拉列表框中进行设置；直接单击"加粗"按钮 **B**、"倾斜"按钮 _I_ 和"下划线" **U** 按钮，可设置字形和添加下划线。

3. 格式复制

录入文本时，在段落的最后位置按 Enter 键，新开始的段落将继续沿用前一段落已设置的格式。

对于连续的段落或字符，为保证格式的一致或加快格式设置的速度，可以使用"常用"工具栏中的"格式刷"按钮进行格式复制。方法是，选定要被复制格式的段落、字符或将光标插入到要被复制格式的段落中，单击"格式刷"按钮，鼠标指针变为刷子形，然后选定要复制格式的字符、段落或段落标记即可实现格式复制。

双击"格式刷"按钮可实现多次格式复制，要取消"格式刷"状态，可按 Esc 键或单击"格式刷"按钮。

5.4.2　段落格式设置

段落格式设置以段落为单位，包括设置对齐方式、缩进方式、段间距、行间距等内容。

在 Word 2003 中，以段落标记"↵"标识一个段落的结束。段落标记还保留着有关该段的所有格式设置信息。所以，在移动或复制一个段落时，若要保留该段落的格式，就一定要将该段落标记"↵"包括进去。当按下 Enter 键新段落开始时，Word 将复制前一段的段落标记和其中所包含的格式信息。

执行"格式"菜单中的"段落"命令可打开如图 5-50 所示的"段落"对话框。设置的效果可在"预览"框中看到。

1. 段落格式设置

在"段落"对话框的"缩进和间距"选项卡上，可以设置段落的缩进、间距、特殊格式、行距、对齐等。

段落格式设置的具体步骤操作如下：

（1）选定某一段落或将光标插入到某一段落中。

（2）执行"格式"菜单中的"段落"命令，打开"段落"对话框。

（3）在"缩进和间距"选项卡的"缩进"框中，设定左、

图 5-50　"段落"对话框

右缩进量,如图 5-51 所示。

(4) 在"间距"框中选择"段前"、"段后"距。

(5) 从"特殊格式"下拉列表中选择"首行缩进"、"悬挂缩进"或"无"。

(6) 从"行距"下拉列表中选择"最小值"、"固定值"、多倍行距等。

(7) 在"对齐方式"下拉列表中选择"两端对齐"、"居中对齐"、"右对齐"、"分散对齐"等。

(8) 单击"确定"按钮,完成设置。

段落缩进还可以通过"格式"工具栏上的"减少缩进量"按钮 和"增加缩进技"按钮 设置。

2. 段落换行和分页

用户在输入文本时,Word 2003 自动产生分页符,用户可以按这些分页符为基准,对如何安排各个段落进行控制。如果要控制换行和分页,就需要选择"段落"对话框的"换行和分页"标签,如图 5-52 所示。

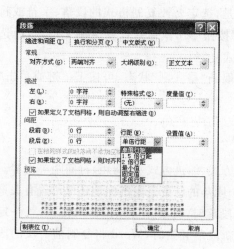

图 5-51　"缩进和间距"选项卡

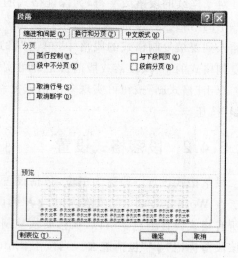

图 5-52　"换行和分页"选项卡

- 孤行控制:防止段落只有一行出现在一页的顶部或底部。选中该复选框,Word 将把上一页的最后一行移到下一页。
- 段中不分页:在一段中不分页,让 Word 不要把一个段落分开置于不同的页上。
- 与下段同页:禁止在选定段落和下一段之间分页。
- 段前分页:保证段落总是从一个新页的顶部开始。
- 取消行号:取消选定段落中有行号的行旁边的行号。
- 取消断字:取消选定段落的自动断字。

5.4.3　美化文档及排版

文档中对一部分内容进行修饰,如首字下沉、加边框和底纹、分档等,可使文档起到美化的作用。

1．首字下沉

在书籍和报刊中经常采用把段落的第一个字放大数倍的方法引起读者注意。

设置"首字下沉"的操作步骤如下：

（1）将插入点放到段落中。

（2）执行"格式"菜单中的"首字下沉"命令，打开"首字下沉"对话框，如图 5-53 所示。

（3）在"首字下沉"对话框中的"位置"栏中选择"下沉"方式。

（4）在"字体"下拉列表中设定首字的字体。

（5）在"下沉行数"文本框中输入首字占据的行数，默认值为 3，可单击增量按钮进行调节或直接输入下沉的行数。

（6）在"距正文"文本框中设置首字与正文的距离，默认值为 0，可单击增量按钮进行调节或直接输入数值。

图 5-53　"首字下沉"对话框

（7）单击"确定"按钮，完成设置，设置效果如图 5-54 所示。

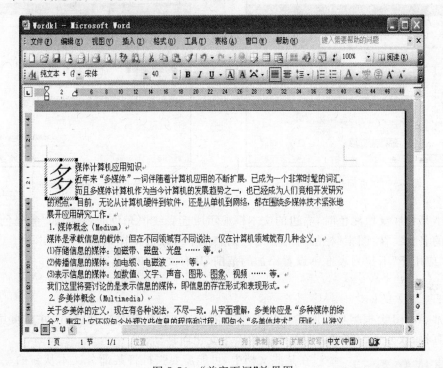

图 5-54　"首字下沉"效果图

2．边框和底纹

边框指围在对象四周的一个或多个边上的线条。底纹指用某种背景填充对象。边框和底纹可以添加在某一段落中，也可以添加在选定的字符或整个页面。

1）文本边框

添加边框和底纹用"格式"菜单中的"边框和底纹"命令，打开"边框和底纹"对话框，如

图 5-55 所示，在其"边框"标签中设置边框。

在给段落设置边框时，欲取消某一边线，只需在"预览"框中单击对应的边线即可（这时边框的"设置"栏将变为"自定义"），再次单击可重新设定边线。如果要为各边框线设置不同的线型，应首先选择线型，再在"预览"框中单击对应的边框线。

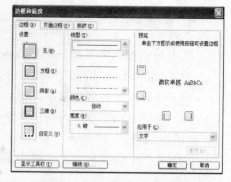

图 5-55　"边框和底纹"对话框

2）页面边框

除了可以给文本添加边框以外，还可以为整个文档添加页面边框。添加页面边框时，首先执行"格式"菜单中的"边框和底纹"命令，打开"边框和底纹"对话框，如图 5-56 所示。在"页面边框"选项卡中可以设置页面边框。

"页面边框"选项卡中的内容与"边框"选项卡中的内容大体类似，所不同的是多了"艺术型"下拉列表框，在"应用于"下拉列表框中可选范围也发生了变化。

3）底纹

在"底纹"选项卡中设置底纹，如图 5-57 所示。

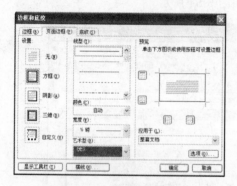

图 5-56　"页面边框"选项卡

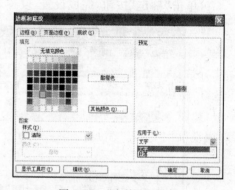

图 5-57　"底纹"选项卡

单击某种底纹填充色时，右边的文本框显示所选底纹填充色的名称，如"酸橙色"即为所选颜色的名称。在"图案"栏的"样式"下拉列表框中可以选择样式。

在"应用于"下拉列表框中设置添加的范围，只有文字和段落两个选项。

3. 分页

通常，Word 会根据页边距参数以及纸张的大小，在页满时自动分页，并在页尾插入一个软分页符，软分页符随页边距及纸张的大小变化而移动。

图 5-58　"分隔符"对话框

在某些文档中，可能需要强行将某部分文本从新的一页开始，这就要插入硬分页符。

将光标定位到要分页的位置，执行"插入"菜单中的"分隔符"命令，在弹出的"分隔符"对话框中选中"分页符"选项，如图 5-58 所示，单击"确定"按钮。此时，在光标处插入了一个硬分页符，并将光标后的所有文本自动调到下一页。

按 Ctrl＋Enter 键，也可以在当前光标处插入一个硬分页符。

在普通视图下,把光标移动到硬分页符处,按 Del 键可将它删除,此时下一页的文本自动补充到本页。

4．分节符

节是一个非常重要的概念。整个文档可以是一个节或分成几个节。当在一个文档中需要不同的页面设置、页眉和页脚、页码格式以及分栏时,通常要分节。"分节符"可以在"分隔符"对话框中设置,其中:

- "下一页"插入一个分节符,新节从下一页开始。
- "连续"插入一个分节符,新节从当前行的下一行开始。
- "奇数页"或"偶数页"插入一个分节符,新节从下一个奇数页或偶数页开始。

分节符在普通视图中可以看到它用双虚线标识,此后其他操作的应用范围中就可以设定为"本节"。

5．分栏

分栏排版在报纸和杂志中经常使用。执行分栏命令时,Word 将自动在分栏的文本内容上下各插入一个分节符,以便与其他文本区分。分栏的实际效果只能在页面视图方式或打印预览中才能看到。

执行"格式"菜单中的"分栏"命令,打开"分栏"对话框,如图 5-59 所示。在"分栏"对话框中可以设置"预设"、"栏数"、"宽度和间距"以及"应用范围"等。

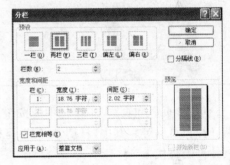

图 5-59 "分栏"对话框

- "预设"栏可以选择"一栏"、"两栏"、"三栏"、"偏左"和"偏右"。
- 如果栏数不够,可以在"栏数"框中设定所需的栏数,最多为 11 栏。
- 在"宽度和间距"中的栏宽和间距根据纸张大小自动调整;当取消"栏宽相等"复选框时,可以设置每栏的宽度和栏间距。
- 在"应用于"下拉列表框中可以设置分栏的范围。
- 如果选中"分隔线"复选框,可以在各分栏之间加上分隔符,将各栏隔开。

如果想取消分栏,只需将其中的栏数设置为"一栏"即可。

6．添加页眉、页脚和页码

在一般的书籍或较高级的文档中,经常会出现精致的页眉、页脚,这样可以起到美化页面的作用。

1) 页眉与页脚

页眉页脚是指每页顶端或底部的特定内容。例如,章节、日期、作者姓名以及页码等。

在"视图"菜单中执行"页眉和页脚"命令,打开如图 5-60 所示的"页眉和页脚"工具栏和如图 5-61 所示的"页眉编辑框",正文以灰色显示。这时,用户可以像编辑正文一样对页眉进行插入、修改、删除以及其他编辑操作。"页眉和页脚"工具栏各按钮功能如表 5-5 所示。

图 5-60 "页眉和页脚"工具栏

表 5-5 "页眉和页脚"工具栏按钮功能

按　钮	功　能
插入"自动图文集"(S)▾	插入自动图文集
#	插入页码
	插入页数
	插入格式
	插入日期
	插入时间
	页面设置
	显示或隐藏文档正文
	与上一节相同
	在页眉和页脚之间切换
	显示上一个
	显示下一个
关闭(C)	关闭页眉和页脚工具栏

单击"页眉和页脚"工具栏中的按钮，可对页眉、页脚中插入特定内容，如自动图文集、日期、时间、页码等。其中，日期、时间总是被当前的最新日期、时间所替代，页码则是由各页的具体页码替代。

单击"在页眉和页脚间切换"按钮，可进入页脚框中进行设置。

单击"页眉和页脚"工具栏上的"页面设置"按钮，从弹出的"页面设置"对话框中选择"版式"标签。在该对话框的"页眉和页脚"栏中选中"奇偶页不同"或"首页不同"复选框，可为文档的首页或者奇偶页分别设置不同的页眉和页脚。

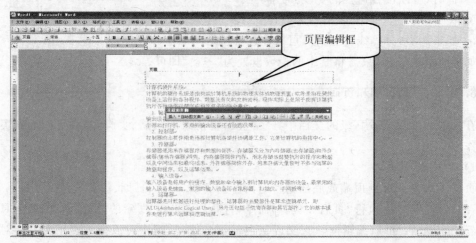

图 5-61 页眉编辑框

2）插入页码

执行"插入"菜单中的"页码"命令,弹出如图 5-62 所示的"页码"对话框。利用该对话框可设置页码的位置及对齐方式。单击其中的"格式"按钮,弹出"页码格式"对话框,如图 5-63 所示,可设置页码的显示格式以及起始页码。

图 5-62 "页码"对话框　　　　　图 5-63 "页码格式"对话框

3）删除页码

(1) 执行"视图"菜单中的"页眉和页脚"命令。

(2) 如果已将页码置于页面底部,则单击"页眉和页脚"工具栏上的"在页眉和页脚之间切换"按钮。

(3) 选定一个页码,如果页码是使用"插入"菜单中的"页码"命令插入的,则应同时选定页码周围的图文框,按 Del 键即可删除页码。

5.4.4 页面设置

执行"文件"菜单中的"页面设置"命令,可打开如图 5-64 所示的"页面设置"对话框,它包含 4 个标签,可分别用于设置页边距、纸张、版式和文档网格。

1. 设置页边距

在"页边距"选项卡中可进行以下设置:

- 上、下、左、右页边距。在相应的文本框中输入页边距的数值,或单击文本框右边的增量按钮修改页边距数值。
- 装订线。如果在"装订线"文本框中输入了某个数值,将在页面的边上或顶部(由装订线位置决定)出现一条装订线,方便用户装订文档。
- 装订线位置。有上端和左侧两种选择。
- 方向。有纵向和横向两种选择。
- 页码范围。多页包括"对称页边距"为双面文档(如书刊或杂志)设置对称页面,在这种情况下,左边页面的页边距是右页边距的镜像(即内侧页边距等宽,外侧页边距等宽);"拼页"将文档的首页与第二页打印在同一张纸上,则可选中此复选框以及"普通"等设置。
- 应用于。确定以上设置所适用的范围。用户可根据实际需要选择"整篇文档"、"插入点之后"或"本节"等。

2. 设置纸张和来源

利用"纸张"选项卡可设置所用打印纸的大小,如图 5-65 所示。

图 5-64　"页面设置"对话框　　　　　　　图 5-65　"纸张"选项卡

- 单击"纸张大小"框右侧的下拉按钮,打开其下拉列表,用户可以在下拉列表中选择打印纸的大小,默认的纸型是 A4。
- 利用"纸张来源"栏,可以设置打印纸张的来源,如默认纸盒等。

3. 设置版式

"版式"选项卡如图 5-66 所示,在该选项卡中,可对"节的起始位置"、"页眉和页脚"、"垂直对齐方式"、"行号"和"边框"等进行设置。

4. 设置文档网格

"文档网格"选项卡如图 5-67 所示,在该选项卡中,可对每页中的行数。每行中的字符数和文字排列方向等进行设置。

图 5-66　"版式"选项卡　　　　　　　　图 5-67　"文档网格"选项卡

5.4.5 打印及打印预览

文档完全设置后，就可以打印预览及打印了。一般情况下，先进行打印预览，预览一下成稿效果，若满意此设置，则可以打印，否则，返回设置页面进行设置。

1．打印预览

在正式打印之前，往往需要对文本进行预览。预览按一定的比例显示文档页面内容或多页的布局情况。单击"常用"工具栏中的"打印预览"按钮，或执行"文件"菜单中的"打印预览"命令，屏幕显示如图 5-68 所示的文档预览窗口，其中有一个"打印预览"工具栏，利用它们可以设置预览方式。另外，使用水平标尺还可以更改页边距的大小。

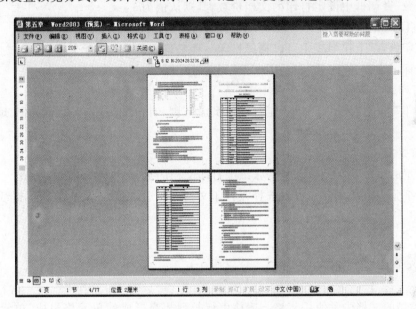

图 5-68 打印预览窗口

2．打印文档

打印文档有多种方式，可以单独打印某一页，也可以只打印文档中的某部分内容（如图片、表格或一段文本）或将一篇文档打印多份等。

注：在打印文档之前最好先保存文档，以免打印出错。

1）默认方式打印

单击"常用"工具栏中的打印按钮，文档将直接以默认方式进行全文打印。

2）指定方式打印

执行"文件"菜单中的"打印"命令，会弹出如图 5-69 所示的"打印"对话框，用户可以在此对话框中设置打印机、指定打印范围和打印份数等。

图 5-69 "打印"对话框

（1）打印机。

在"名称"下拉列表框中列出了已安装的全部打印机，用户可从中选择一台。单击"属性"按钮，可以设置已选打印机的属性。

（2）页面范围。

指定打印的文本范围，各项含义如下：

- 全部：打印整个文档。
- 当前页：打印插入点所在的页。
- 页码范围：打印指定的页。如果打印文档中连续的几页，如从第 5～12 页，可在"页码范围"栏中输入 5-12。

（3）副本。

在"份数"微调框中设定打印的文档份数，其默认值为 1。

（4）打印内容。

在"打印内容"下拉列表中可以选择打印一些特殊内容，其中有文档、文档属性、显示标记的文档、标记列表、样式和"自动图文集"词条等，默认的是文档。

（5）打印。

在"打印"下拉列表中，可以指定打印的页面范围，有范围中所有页面、奇数页和偶数页 3 个选项。

（6）缩放。

在"每页的版数"中，可以选择一张纸上打印文档的页数。

在"按纸张大小缩放"中，可以选择在打印文档时所选用的纸张大小，并根据纸张大小进行缩放打印。

5.5　表格

各种类型的文档中常使用表格。表格由行与列相交形成的单元格组成，单元格是表格的基本单元，可以在单元格中填写文字和插入图片等信息，还可以嵌套表格。Word 2003 默认的表格边线为 0.5 磅的黑色单实线。

5.5.1　创建表格

1. 使用"插入表格"对话框创建表格

创建表格的操作步骤如下：

（1）将光标定位于文档中要插入表格的位置。

（2）顺序执行"表格"→"插入"→"表格"命令，打开"插入表格"对话框，如图 5-70 所示。在"列数"和"行数"文本框中分别输入 3 和 3，"固定列宽"栏设置为自动。

（3）单击"确定"按钮，在文档中插入点位置就插入了一个 3 行 3 列的表格。

2. 使用"插入表格"按钮创建表格

操作步骤如下：

（1）将光标定位于文档中要插入表格的位置。

（2）单击"常用"工具栏的"插入表格"按钮 ；在弹出的网格框上拖曳鼠标，选择所需的行数和列数，如图 5-71 所示选择了 3 行 3 列。

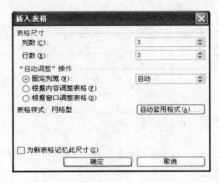

图 5-70 "插入表格"对话框   图 5-71 "插入表格"按钮

（3）单击，即可在插入点位置插入一个 3 行 3 列的表格。

3. 利用"表格和边框"工具栏绘制表格

Word 2003 提供了一个"表格和边框"工具栏，利用它可以任意地绘制表格。

（1）如果"表格和边框"工具栏没有打开，单击"常用"工具栏中的"表格和边框"按钮 ，即打开"表格和边框"工具栏，如图 5-72 所示。

图 5-72 "表格和边框"工具栏

（2）单击"表格和边框"工具栏中的"绘制表格"按钮 ，或者执行"表格"菜单中的"绘制表格"命令（此时，自动弹出"表格和边框"工具栏），指针变成笔形。

（3）在文本区单击并拖曳笔形鼠标，以确定表格的外框，然后在内框中绘制横线、竖线或斜线，这些线条的组合将形成表格。

（4）单击"表格和边框"工具栏中的"擦除"按钮 ，指针将变为橡皮形状，在表格中拖曳橡皮形状的鼠标，光标所到之处即可擦除相应的表格线。

4. 绘制斜线表头

在 Word 2003 中新增了绘制斜线表头功能。利用该功能可以轻松地绘制 5 种样式的斜线表头，其中最多可以包括两个行标题和两个列标题。

绘制斜线表头的步骤如下：

（1）单击要绘制斜线表头的单元格。

（2）执行"表格"菜单中的"绘制斜线表头"命令，弹出"插入斜线表头"对话框，如图 5-73 所示。

（3）在"表头样式"中，单击下拉箭头，打开"表头样式"列表，在其中选择一种表头样式，如图 5-73 中的"样式三"。

（4）选择表头的字体大小；输入行标题和列标题。

（5）单击"确定"按钮，即可在单元格中插入斜线表头，效果如图 5-74 所示。

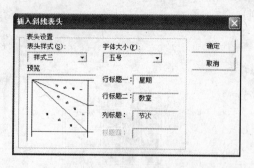

图 5-73 "插入斜线表头"对话框

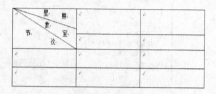

图 5-74 "插入斜线表头"示例

5.5.2 数据输入与表格选定

当把表格创建好后，就可以进行数据输入了。要对表格进行编辑，必须将表格选定。

1. 数据输入

创建表格后，插入点自动定位在首行首列的单元格内，此时可以向表格输入数据，Word 中的数据包括文字、数字、图片和嵌入表格等。数据的输入方式、编辑和格式设置方法均与普通文本的操作相同。当数据到达单元格右边界时，自动换行，单元格的行高将随之增加。

按 Tab 键可将插入点下移一个单元格，按 Shift+Tab 键可将插入点上移一个单元格，用鼠标单击某个单元格可将插入点定位到该单元格。

2. 表格选定

根据"先选定后操作"的原则，编辑表格之前，也要先选定表格或表格的一部分，被选定的区域反白显示。

1）选定单元格

* 将指针移到某个单元格的左侧并使其变为粗黑右斜箭头，这时单击即可选定该单元格。
* 如果要选定连续的多个单元格，当光标移到第一个单元格的左侧并使其变为粗黑右斜箭头时，拖曳鼠标到最后一个单元格后松开左键即可。
* 将光标放入单元格中，按 Shift+→键即可选定单元格。

2）选定行和列

* 将光标移到表格上方，并使其变成一个粗黑向下的箭头，单击即可选中该列。向右或向左拖曳鼠标，可选择多列。
* 将光标移到表格左侧，光标变成一个空白的右斜箭头，单击即可选中该行。向下或向上拖曳鼠标，可选择多行。

3）选定整个表格

将光标移到任一单元格内，顺序执行"表格"→"选择"→"表格"命令，则整个表格被选定。或者将光标移到表格左上角,出现"表格控制"按钮 ⊞,单击该按钮即可选定整个表格。

5.5.3 编辑表格

表格的编辑操作包括插入单元格、行和列,删除单元格、行和列,移动或复制单元格、行和列,调整行高与列宽,拆分/合并单元格和表格,缩放表格等。

1. 插入单元格、行和列

1) 利用"表格"菜单插入单元格、行和列

(1) 插入单元格。

将光标定位在某一单元格,执行"表格"→"插入"命令。弹出如图 5-75 所示的"插入"子菜单,单击其中的"单元格"命令,弹出如图 5-76 所示的"插入单元格"对话框,该对话框列出了插入单元格的方式,选定任意一种方式,单击"确定"即可。

如果需要一次插入多个单元格,可以先选中多个单元格,再进行插入。插入的新单元格数目与选定的单元格数目相同。

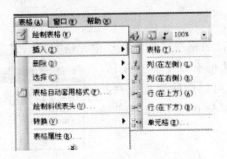

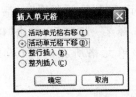

图 5-75 "插入"子菜单　　　　　　　图 5-76 "插入单元格"对话框

(2) 插入行。

将光标定位在表格中的任意位置,执行"表格"→"插入"命令,弹出"插入"子菜单,其中有"行(在上方)"和"行(在下方)"两个菜单命令,如选择"行(在上方)"命令,将在光标所在行的上方插入一个空行;如选择"行(在下方)"命令,将在光标所在行的下方插入一个空行。

如果需要一次插入多行,可以先选中多行,再进行插入,插入的行数将与所选定的行数相同。

(3) 插入列。

将光标定位在表格中的任意位置,执行"表格"菜单中的"插入"命令,弹出"插入"子菜单,其中有"列(在左侧)"和"列(在右侧)"两个菜单命令,如选择"列(在右侧)"命令,将在光标所在列的右侧插入一个空列;如选择"列(在左侧)"命令,将在光标所在列的左侧插入一个空列。

如果需要一次插入多列,可以先选中多列,再进行插入,插入的列数将与所选定的列数相同。

2) 利用"常用"工具栏插入单元格、行和列

"常用"工具栏的"插入表格"按钮 ⊞ 会随着当前选定表格的内容不同(如选定单元格、

行或列)而相应地变化。当选定行时变为"插入行"按钮 ⊟ ；当选定列时变为"插入列"按钮 ⊟ ,当选定单元格时变为"插入单元格"按钮 ⊟ 。

(1) 插入单元格。

先选定某个单元格或单元格区域,单击"插入单元格"按钮 ⊟ ,将会弹出"插入单元格"对话框,此对话框中列出了插入单元格的 4 种方式,选定任意一种,单击"确定"按钮即可完成插入单元格操作。

(2) 插入行。

先选定一行或多行,单击"插入行"按钮 ⊟ ,会在选定行的上方插入空行,插入的行数与所选定的行数相同。

(3) 插入列。

先选定一列或多列,单击"插入列"按钮 ⊟ ,会在选定列的左侧插入空列,插入的列数与所选定的列数相同。

如果要在表格最右边插入列,要先选中行结束符再进行插入。

2. 删除单元格、行和列

1) 删除单元格

把光标定位在要删除的单元格,顺序执行"表格"→"删除"→"单元格"命令,将会弹出如图 5-77 所示的"删除单元格"对话框。该对话框有 4 个单选按钮,根据需要选择某一选项后,单击"确定"按钮,可以删除光标所在的单元格或该单元格所在的行(或列),同时其他单元格作相应的移动。

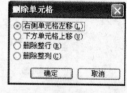

图 5-77 "删除单元格"
对话框

2) 删除行、列

将光标定位在要删除行(或列)的任意单元格,顺序执行"表格"→"删除"→"行"(或"列")命令,可以删除光标所在的行(或列)。

3) 删除表格

将光标定位在表格的任意单元格,顺序执行"表格"→"删除"→"表格"命令,将删除整个表格。

3. 调整列宽与行高

1) 使用鼠标拖曳的方法

将光标移到列的边线上,当指针形状变为"左右"双箭头时,拖曳鼠标调整列宽。将鼠标指针放在行的边线上,当鼠标指针形状变为"上下"双箭头时,拖曳鼠标可调整行高。

2) 使用"表格"菜单

选定要设置的行(或列),顺序执行"表格"菜单中的"表格属性"命令,显示图 5-78 所示的对话框,共有 4 个选项卡。

- 表格:可以设置表格的总宽度、对齐方式、文字环绕、定位等;单击"边框和底纹"可以设置表格的边框和底纹。
- 行:设置当前行行高。单击"上一行"或"下一行"设置其他行的行高,如图 5-79 所示。

图 5-78　"表格属性"对话框

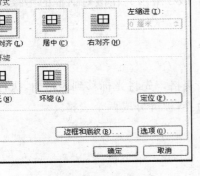

图 5-79　"行"选项卡

最小值：指定一个最小行高，当单元格内容超出时，自动转换为自动方式，表格行高由单元格的内容自动调整。

固定值：行高总是保持所设置的高度不变，当内容超出时，超出部分不显示。

- 列：设置当前列的列宽。单击"上一列"或"下一列"设置其他列的列宽，如图5-80 所示。
- 单元格：设置单元格的尺寸和垂直对齐方式，如图5-81 所示。

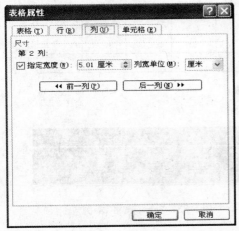

图 5-80　"列"选项卡

图 5-81　"单元格"选项卡

3）平均分布各行（或列）

选定要设置的行（或列），顺序执行"表格"菜单中的"自动调整"→"平均分布各行"（或"平均分布各列"）命令，则自动将所选多行（或多列）的行高（或列宽）均匀分布。

4．拆分、合并单元格和表格

1）拆分单元格

拆分单元格指将一个单元格拆分成多个单元格。

拆分单元格的操作步骤如下：

（1）选定要拆分的单元格。

（2）执行"表格"菜单中的"拆分单元格"命令，或单击"表格和边框"工具栏中的"拆分单元格"按钮 █ ，弹出"拆分单元格"对话框，如图 5-82 所示。在该对话框的"列数"和"行数"文本框中指定要拆分的列数和行数。

（3）单击"确定"按钮即可拆分单元格。

2）拆分表格

拆分表格是指将一个表格拆分为上、下两个表格。先将光标移到表格中，执行"表格"菜单中的"拆分表格"命令，表格将以光标所在行为界，被拆分成两个表格。

3）合并单元格

合并单元格步骤如下：

（1）选定要合并的多个单元格。

（2）执行"表格"菜单中的"合并单元格"命令，则所选定的单元格合并成一个单元格。

4）合并表格

- 独立建立的表格或拆分后的表格，若从未进行过移动操作，可利用 Del 键删除两个表格中间的回车符实现表格的合并。
- 选定第二个表格，将指针放到选定区边框，指针呈左上角指向，按下鼠标左键拖曳鼠标，将拖曳过程中出现的竖虚线放在第一个表格的表格结束符处，如图 5-83 所示，松开鼠标，第二个表格即合并到第一个表格的后面。

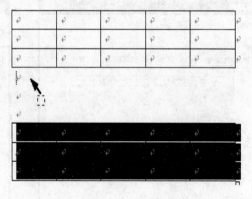

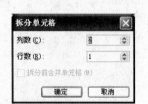

图 5-82　"拆分单元格"对话框　　　　图 5-83　"合并表格"实例

5.5.4　设置表格格式

设置表格格式包括设置表格属性、设置边框和底纹以及使用自动套用格式等。

1. 设置表格属性

选定表格或把光标定位在表格中的任意单元格，执行"表格"菜单中的"表格属性"命令，打开"表格属性"对话框，见图 5-78，它可以设置如下内容：

- 在"表格"选项卡可以设置表格的总宽度、对齐方式、文字环绕、定位以及边框和底纹等。

- 在“行”选项卡可以比较精确地设置每一行的高度。
- 在“列”选项卡可以精确地设置每一列的宽度。
- 在“单元格”选项卡可以设置选定单元格的宽度、单元格中数据的垂直对齐方式等。

2. 表格自动套用格式

Word 2003 提供了 42 种预定义的表格格式供选择，选用这些格式可大大简化表格格式的设计。具体操作步骤如下：

(1) 将光标置于表格的任一单元格中。

(2) 执行“表格”菜单中的“表格自动套用格式”命令，弹出如图 5-84 所示的“表格自动套用格式”对话框。

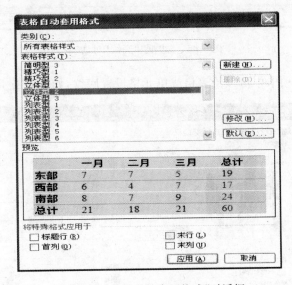

图 5-84 “表格自动套用格式”对话框

(3) 在“格式”列表框中用鼠标单击系统预定义的格式名称，如“立体型 2”。在“预览”框中可以看到所选格式的效果：根据需要在“修改”对话框和“将特殊格式应用于”栏中对所选预定义格式做进一步的调整，可以选择使用该预定义格式的全部内容、部分内容，或不使用这些内容。

(4) 单击“确定”按钮，表格自动套用格式设置完成，效果如图 5-85 所示。

姓名	高等数学	大学英语	计算机
张唯一	75	62	73
李招娣	86	83	84
陈娴娴	88	68	95
李玉华	74	64	71
刘得胜	25	67	76

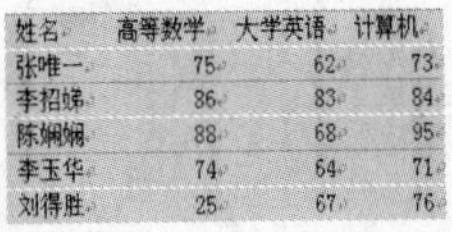

图 5-85 “表格自动套用格式”示例

3. 添加边框和底纹

可以利用“格式”菜单中的“边框和底纹”命令，在弹出的对话框中为表格设置边框和底纹，具体操作步骤如下：

(1) 选定整个表格或把光标置于某个单元格中。

(2) 执行“格式”菜单中的“边框和底纹”命令，打开如图 5-86 所示的“边框和底纹”对话框，在“边框”选项卡中可以设置表格线的“线型”、“颜色”、“宽度”以及“边框”的类型。另外，可以通过单击“预览”框中的边框线，定义所选单元格边框线的应用范围。

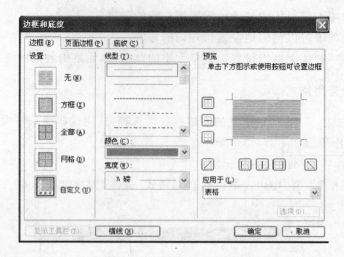

图 5-86　"边框和底纹"对话框

（3）在"底纹"选项卡中可以给表格或单元格设置底纹，如图 5-87 所示。

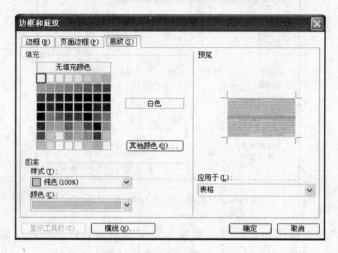

图 5-87　"底纹"选项卡

（4）在"应用于"下拉列表中选择相应的选项（表格或单元格）。

（5）单击"确定"按钮完成设置。

4. 使用"表格和边框"工具栏设置表格格式

使用"表格和边框"工具栏，也可以方便地对表格进行格式设置。在"表格和边框"工具栏中有多个常用的按钮，其功能如表 5-6 所示。

（1）选定需要添加边框的单元格。

（2）单击"⬚⬚⬚⬚⬚⬚⬚⬚⬚⬚"下拉列表选择线型。

（3）单击"½ 磅-"下拉列表选择粗细。

（4）单击"⬚-"下拉列表选择颜色。

（5）单击"⬚-"下拉列表选择适用范围，如图 5-88 所示。

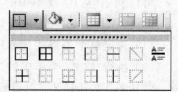

图 5-88　"边框类型"选项

所选定的单元格相应范围添加所设置的边框类型。

表 5-6 “表格和边框”工具栏

按 钮	功 能	按 钮	功 能
	绘制表格		拆分单元格
	擦除表格线		设置数据对齐方式
	设置线型		平均分布各行
½ 磅	设置线条粗细		平均分布各列
	设置边框颜色		表格自动套用格式
	设置边框类型		显示/隐藏虚框
	设置底纹颜色		以升序排列
	插入表格		以降序排列
	合并单元格	Σ	自动求和

5. 表格内容的对齐

表格内容的对齐分水平方向和垂直方向。

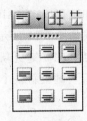

- 水平对齐：选定需要设置的单元格，单击“格式工具栏”上的 按钮，可以分别实现水平方向的“两端对齐”、“居中对齐”、“右对齐”和“分散对齐”。
- 垂直对齐：选定需要设置的单元格，单击“表格和边框”工具栏上的 按钮，弹出如图 5-89 所示“垂直对齐”选项，选择垂直方向上的对齐方式。

图 5-89 “垂直对齐”选项

5.5.5 表格计算与排序

在 Word 表格中还能进行一些简单的计算和排序。

1. 表格计算

1）表格计算操作步骤如下：

（1）将光标置于存放计算结果的单元格中，如图 5-90 所示。

（2）执行“表格”菜单中的“公式”命令，弹出“公式”对话框，如图 5-91 所示。

姓名	基本工资	奖金	补助	实发工资
高国平	1000	0	100	
唐家巍	1500	400	100	
李民	1200	800	100	
平均值				

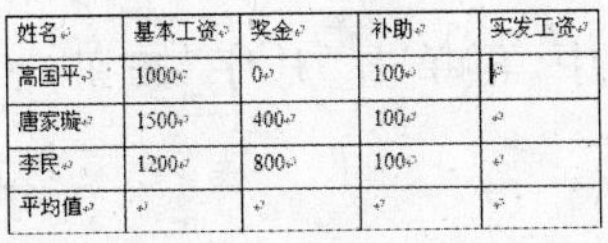

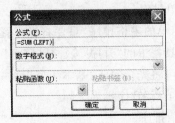

图 5-90 光标定位在单元格

图 5-91 “公式”对话框

（3）在"公式"栏中输入公式，如 SUM(left)，或从"粘贴函数"下拉列表框中选择 SUM 函数，然后在函数名右边的括号内输入计算范围，如 left。如果公式的计算范围为上方的单元格，则输入 above。

（4）单击"确定"按钮，光标所在的单元格显示左边（或上方）所有单元格中数字数据之和。

（5）用同样方法，利用 AVERAGE 函数可求平均值，计算结果如图 5-92 所示。

如果计算的行或列中含有空单元格，则无法计算行或列的值。只有在空单元格中输入零值后才能计算整行或整列的结果。

2）要快速地对一行或一列数值求和，操作步骤如下：

（1）先将光标置于存放求和结果的单元格中。

（2）然后单击"表格和边框"工具栏中的"自动求和"按钮。

如果参与计算的单元格不在同一行或同一列上，可以借用 Excel 中单元格的表示方法：

- "列"从左到右用 A，B，C，…表示。
- "行"从上至下用 1，2，3，…表示。
- 单元格用"列标"+"行号"表示，如 A3 表示第 1 列第 3 行的单元格。
- 单元格区域用"左上角单元格：右下角单元格"来表示。例如，要计算图 5-90 中第 2 行（高国平）的"实发工资"值，就在"公式"栏中输入公式"SUM(B2：D2)"。

Word 是将计算结果作为一个域填入到存放结果的单元格中。域有两种显示方式：域结果和域代码，按 Alt＋F9 键可以实现相互切换。通常显示域结果，见图 5-92，其域代码显示方式如图 5-93 所示。如果表格中原参与计算的单元格数据发生变化，可以单击计算结果，而后按 F9 键更新计算结果。如果表格中多个单元格数据发生了变化，则选定整个表格后，按 F9 键更新整个表格的计算结果。

姓名	基本工资	奖金	补助	实发工资
高国平	1000	0	100	1100
唐家璇	1500	400	100	2000
李民	1200	800	100	2100
平均值	1233.33	400	100	1733.33

图 5-92　表格的计算结果

姓名	基本工资	奖金	补助	实发工资
高国平	1000	0	100	{ =SUM(LEFT) }
唐家璇	1500	400	100	{ =SUM(left) }
李民	1200	800	100	{ =SUM(left) }
平均值	{ =AVERAGE(ABOVE) }	{ =AVERAGE(c2:c4) }	{ =AVERAGE(d2:d4) }	{ =AVERAGE(e2:e4) }

图 5-93　域代码显示

2．表格排序

在 Word 2003 中，可以按照笔画、数字、拼音或日期等形式对表格内容以升序或降序方式重新排列。

1）简单排序

对于简单的表格排序，只要将光标置于排序依据所在列的任一单元格中，再单击"表格和边框"工具栏中的"升序" 或"降序" 按钮即可。例如在图 5-92 中，要按"基本工资"升序排列，可将光标置于"基本工资"这一列的单元格中，再单击"升序"按钮，表格中的数据即按"基本工资"升序排列。

2）复杂排序

要进行较复杂的排序，必须使用"表格"菜单中的"排序"命令完成。

(1) 选定要进行排序的范围(否则认为是整个表格范围),如选择 B1：B4 区域。

(2) 执行"表格"菜单中的"排序"命令,弹出"排序"对话框,如图 5-94 所示。在"主要关键字"下拉列表中选中"基本工资"选项,在"类型"下拉列表中选择"数字"选项,同时选中"升序"单选按钮。

(3) 单击"确定"按钮,数据按升序排列。

在"排序"对话框的"次要关键字"栏中,可以选择第 2 排序依据和第 3 排序依据,这样,在按第 1 排序依据进行排序出现相同数值时,再由第 2 排序依据加以区分,如果还出现数值相同的情况,就要使用第 3 排序依据。

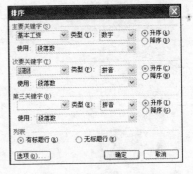

图 5-94 "排序"对话框

5.6 图形处理

Word 中可以使用图形、图片和剪贴画等图形对象来增强文档的效果,图形对象均可放在文档的任何位置。

5.6.1 绘制与编辑自选图形

在 Word 2003 程序窗口中单击"常用"工具栏上的"绘图"按钮 ,即可打开"绘图"工具栏,如图 5-95 所示。"绘图"工具栏中各按钮功能如表 5-7 所示。

图 5-95 "绘图"工具栏

表 5-7 "绘图"工具栏中各按钮的功能

按　钮	功　能
绘图(D) ▾	打开编辑图形的命令菜单
▴	将鼠标指针改为箭头,以便选择图形对象
自选图形(U) ▾	打开制作自选图形的菜单
＼	绘制直线
↘	绘制带箭头的线条
▭	绘制矩形
○	绘制椭圆
▣	插入一个横排文本框
▨	插入一个竖排文本框
◢	插入艺术字
♻	插入组织结构图或其他图示

续表

按　　钮	功　　能
	插入艺术剪辑库中的剪贴画
	插入图片
	为选中对象添加、更改或清除填充颜色或填充效果
	添加、更改或清除选中对象的线条颜色
	更改选中文字的颜色
	更改选中线条的粗细
	更改选中线条的线型
	选择带箭头线条的样式
	为选中的对象添加阴影效果
	为选中的对象添加三维立体效果

1. 绘制自选图形

Office 2003 提供了多种自选图形,利用这一功能几乎能绘制所有用户需要的图形。

1) 绘制自选图形的步骤

(1) 选择自选绘图工具,即单击"绘图"工具栏中的自选图形按钮(直线、箭头、矩形或椭圆),然后,把光标移到文档中,这时鼠标指针变成了"＋"形光标。

(2) 把"＋"形光标移到需要绘制图形的位置,拖曳鼠标到适当的位置松开,可以绘制直线、矩形、箭头和椭圆等自选图形。

2) 绘制自选图形的技巧

(1) 拖曳鼠标绘图的同时,按下键盘上的 Shift 键,可分别绘制特殊角度的直线(水平、垂直及 30°、45°和 60°角的直线和箭头)、正方形和圆。

(2) 拖曳鼠标的同时,按下 Ctrl 键,可以画出以鼠标按下时的位置为中心的图形。

(3) 双击"绘图"工具栏中自选图形按钮(直线、箭头、矩形和椭圆),然后在文档中每单击一次鼠标,在单击过的位置上会出现一个自选图形。用这种方法可以绘制多个相同的自选图形。

注意:拖曳鼠标绘制图形的同时,按下 Ctrl 键和 Shift 键,可以绘制以鼠标按下时的位置为中心的圆、正方形和各种特殊角度(垂直、水平和45°角)的直线。

2. 使用"自选图形"工具绘制图形

Office 2003 提供了多种预设的自选图形。可以直接利用这些自选图形命令绘制所需的各种图形。

单击"绘图"工具栏中的"自选图形"按钮 **自选图形 (U)▾**,弹出"自选图形"菜单,如图 5-96 所示。它包括 8 组基本的

图 5-96　"自选图形"菜单

类别,每一类别中又有多种不同的形状。选择所需的类别,单击,把"＋"形光标移至文档中,拖曳鼠标到合适位置,释放鼠标,则绘制所选的图形。如果想绘制更多的自选图形,选择其中的"其他自选图形"命令。

3. 图形的编辑

1) 选中图形

单击某一图形,即可选中该图形。图形被选中后,在其周围将出现8个控制点,如图5-97所示。若要对多个图形进行同一种编辑操作,应同时选中多个需要编辑的图形。方法是:先选定第一个图形,然后,在按下 Shift 键的同时,再依次单击第 2 个,第 3 个,…,第 N 个图形。

单击"绘图"工具栏的"选择对象"工具 ，在图形所在范围内拖曳鼠标,拖过的区域从左上角至右下角会出现一个矩形选区,则选区内的图形都被选中,如图 5-98 所示。

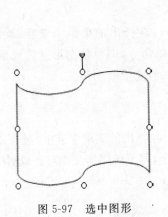

图 5-97 选中图形   图 5-98 用"选择对象"工具选中图形

2) 删除图形

选中图形以后,按键盘上的 Del 键即可把图形删除。

3) 改变图形的位置

改变图形的位置的操作方法和步骤如下:

(1) 选中图形。

(2) 将鼠标指针放至图形上,当鼠标指针变成"十字箭头"形状时,拖曳鼠标,将图形移到合适的位置。如果需要让图形在水平或垂直方向移动,在拖曳图形的同时,按下 Shift 键。按键盘上的↑、↓、→、←键,可以使图形在水平或垂直方向移动。

(3) 在图形外的任意位置单击,即可释放选中的图形。

4) 改变图形的大小

改变图形的大小的操作方法和步骤如下:

(1) 选中图形。

(2) 移动鼠标到控制点,拖曳鼠标更改大小。

① 把鼠标指针移到"四个边框"上的某一控制点,当鼠标指针形状变为双向箭头时,如

图 5-99 所示。拖曳鼠标可在水平或垂直方向上改变图形的
大小。

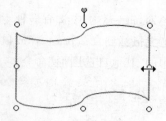

图 5-99　改变图形的大小

　　② 把光标移到图形"四个角上"的控制点上,当光标形状
变为双向箭头时,拖曳鼠标可同时在水平和垂直两个方向改变
图形的大小。

　　③ 按下键盘上的 Shift 键,用以上方法拖曳鼠标时可以在
水平和垂直两个方向按比例改变图形的大小。

　　④ 按下键盘上的 Ctrl 键,用以上方法拖曳鼠标时可使图形相对它的中心在水平和垂直
两个方向改变其大小。

　　⑤ 同时按下 Ctrl 键和 Shift 键,用以上方法拖曳鼠标时可使图形相对它的中心在水平
和垂直两个方向按比例改变其大小。

　　(3) 操作完成后,在图形以外的任意位置单击鼠标可以释放选中的图形。

　　5) 旋转和翻转图形

　　旋转和翻转图形的操作方法和步骤如下:

　　(1) 选中图形。

　　(2) 单击"绘图"工具栏中的"绘图"按钮 **绘图(D)▼** ,在弹出的菜单中选择"旋转或翻
转"命令,弹出如图 5-100 所示的子菜单。单击其中的菜单命令,即可使图形旋转或翻转。

　　(3) 操作完成后,在图形以外的任意位置单击可以取消选中的图形。

　　6) 互相对齐或居中

　　(1) 选中两个或两个以上图形。

　　(2) 单击"绘图"工具栏中的"绘图"按钮 **绘图(D)▼** ,在弹出的菜单中选中"对齐或分布"
命令,弹出如图 5-101 所示的子菜单。单击其中的菜单命令,即可使图形互相对齐或居中。

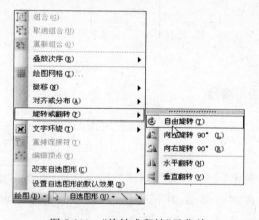

图 5-100　"旋转或翻转"子菜单

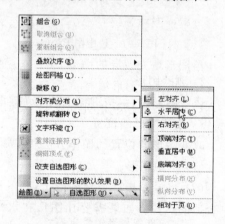

图 5-101　"对齐或分布"子菜单

　　(3) 当选中"相对于页"复选框后,指图形相对于页面的位置,此时可以选择一个或多个
图形。

　　7) 叠放次序

　　(1) 选中图形。

　　(2) 单击"绘图"工具栏中的"绘图"按钮 **绘图(D)▼** ,在弹出的菜单中选中"叠放次序"

命令。选择图形的前后次序,可以调整图形的叠放次序。

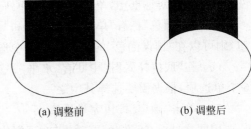

(a) 调整前　　　　(b) 调整后

图 5-102 "叠放次序"调整效果图

(3) 也可以在选中图形后,当鼠标为"十字箭头"时右击,在快捷菜单中选择叠放次序。叠放前后的变化如图 5-102 所示。

8) 图形的组合

图形的组合的操作方法和步骤如下:

(1) 同时选中需要组合在一起的多个图形。

(2) 单击绘图工具栏中的"绘图"按钮 **绘图(D)▼** ,在弹出的菜单中选择"组合"命令;或当鼠标在图形区变为"十字箭头"时,右击,在快捷菜单中选择组合。

(3) 结束操作后,原来分散的图形就被组合成了一个整体。

9) 组合图形的拆分

组合图形的拆分的操作方法和步骤如下:

(1) 选中经过组合的图形。

(2) 单击绘图工具栏中的"绘图"按钮 **绘图(D)▼** ,在弹出的菜单中选择"取消组合"命令;或当鼠标在图形区变为"十字箭头"时,右击,在快捷菜单中选择取消组合。

(3) 单击结束操作后,图形又可以单独编辑了。

10) 给图形填充颜色

给图形填充颜色的操作方法和步骤如下:

(1) 选中图形。

(2) 单击"绘图"工具栏中的"填充颜色"按钮 右侧的下拉箭头,弹出如图 5-103 所示的"填充颜色"对话框,单击所需的颜色,即可改变图形的填充颜色。如果选择"无填充颜色",可取消图形的填充颜色。

11) 给图形填充效果

给图形填充效果的操作方法和步骤如下:

(1) 重复给图形填充颜色的操作步骤(1)和(2)。

(2) 在图 5-103 中,单击"填充效果"项,弹出如图 5-104 所示的"填充效果"对话框。

图 5-103 "填充颜色"对话框

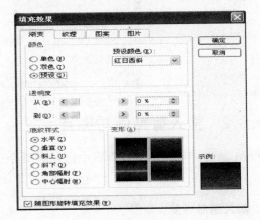

图 5-104 "填充效果"对话框

（3）在该对话框中，单击"渐变"选项卡。

（4）在"颜色"栏有"单色"、"双色"和"预设"3个单选项供选择。若选中"预设"单选按钮，则可以在"预设颜色"的下拉列表框中选择自己喜欢的渐变色效果。

（5）在"底纹样式"框中共有"水平"、"垂直"、"斜上"、"斜下"、"角部辐射"和"中心辐射"6个单选项，根据需要选择其中之一。

（6）单击"确定"按钮完成设置。

用同样的方法，在"填充效果"对话框中，利用"纹理"选项卡给图形填充纹理效果；利用"图案"选项卡给图形填充图案效果；利用"图片"选项卡给图形填充图片效果。

12）添加文字

添加文字的操作方法和步骤如下：

（1）选中图形。

（2）鼠标变成"十字箭头"时，右击，在快捷菜单中选择"添加文字"命令，则插入点放入图形中可以输入文字。

（3）文字格式的设置同其他文本一样，需要"先选定"，再进行相应的格式设置。

自选图形添加文字后，再选定时，就有两种状态。图5-105（a）所示为文字编辑状态，此时右击将出现有关文字的快捷菜单；图5-105（b）所示为选择图形状态，右击将出现关于图形的快捷菜单。两者可以通过鼠标的形状、边框形状、是否有插入点判断。

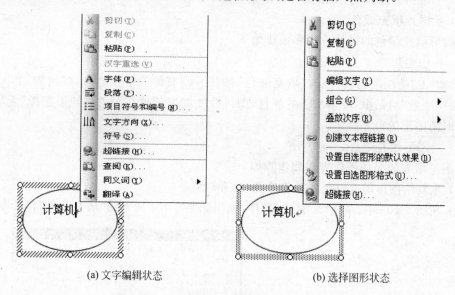

(a) 文字编辑状态　　　　　　　　　　(b) 选择图形状态

图5-105　"文字编辑"菜单和"图形编辑"菜单

5.6.2　插入剪贴画与图片

Word 2003能够直接将计算机中已有的图形文件插入到文档中间，可以接受多种格式的图形。

1. 插入图形对象

通常情况下文档中所插入的图形文件的主要来源有：从图片剪辑库中插入剪贴画或图

片；通过扫描仪获取的图片；通过网上下载的图片；通过数码相机获取的图片。

1）插入剪贴画

按如下方法和步骤操作可以在文档中插入剪贴画：

（1）选择"插入"→"图片"→"剪贴画"命令或单击"绘图"工具栏中的"插入剪贴画"按钮，则弹出"剪贴画"任务窗格，如图5-106所示。

（2）在"剪贴画"窗格中"搜索文字"栏中输入相应关键词，可在下面的列表中显示相应类型的所有剪贴画，如"动物"类型。

（3）在"动物"类型的剪贴画中，选择需要的剪贴画，如白兔图片。

（4）选中剪贴画后单击，则弹出如图5-106所示的菜单，第一个是"插入"功能菜单项，单击则实现将选中剪贴画插入到当前位置，插入的剪贴画为"嵌入式"。

（5）如果单击"剪贴画"任务窗格下方的"管理剪辑"按钮，将弹出"剪辑管理器"窗口，如图5-107所示，可在左窗格的"收藏集列表"中选择某类图片，在右窗格选择具体图片后也可直接插入剪贴画。

图5-106 "剪贴画"窗格

图5-107 剪辑管理器

2）插入图片——来自文件

在Word文档中，允许插入多种不同格式的图片文件。最常用的有Windows位图图片和经扫描仪扫描的图片等。按如下操作，可以将图片插入到Word文档中。

（1）顺序执行"插入"→"图片"→"来自文件"命令，弹出"插入图片"对话框，如图5-108所示。

（2）在"查找范围"列表中，找到图片文件所在的文件夹。

（3）在文件列表中选中图片文件，单击"插入"按钮，图片即可插入到当前文档中，如图5-109所示。如果让图片链接到文档中，单击"插入"按钮右侧的下三角按钮，在下拉列表中选择"链接文件"命令。

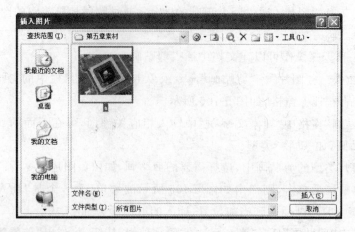

图 5-108　"插入图片"对话框

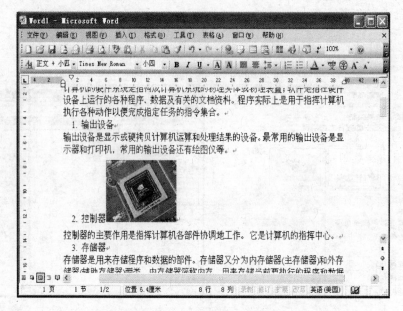

图 5-109　"插入图片"示例

2．剪贴画和图片的编辑

将剪贴画或图片插入文档后，可以对这些剪贴画或图片进行诸如大小、位置、颜色以及背景等多种编辑操作，从而得到满意的效果。

1）"图片"工具栏

顺序执行"视图"→"工具栏"→"图片"命令，可以打开"图片"工具栏，如图 5-110 所示。另外，选中"剪贴画"时，"图片"工具栏一般情况下也自动出现在操作窗口内。

"图片"工具栏中各按钮的名称与功能如表 5-8 所示。

图 5-110　"图片"工具栏

表 5-8 "图片"工具栏中各按钮的功能

按　　钮	功　　能
	插入图片文件
	设置图片的自动、灰度、黑白或冲蚀效果
	增加图片的对比度
	降低图片的对比度
	增加图片的亮度
	降低图片的亮度
	裁剪图片
	设置图片向左旋转90度
	设置或更改图片边框的线型
	设置压缩图片
	设置文字环绕方式
	设置图片的大小、版式、线条及填充颜色等格式
	给图片设置透明色
	取消对图片的编辑操作,使图片恢复原始状态

2) 使用快捷菜单

鼠标指向图片,当鼠标变成"十字箭头"时右击,在弹出快捷菜单中选择"设置图片格式"选项,则弹出图 5-111 所示的"设置图片格式"对话框;或单击"图片"工具栏的  按钮,也可以弹出图 5-111 所示的"设置图片格式"对话框。其中有 6 个选项卡:"颜色与线条"、"大小"、"版式"、"图片"、"文本框"、"网站"。

(1) 颜色和线条。

选择"颜色与线条"标签,如图 5-111 所示。

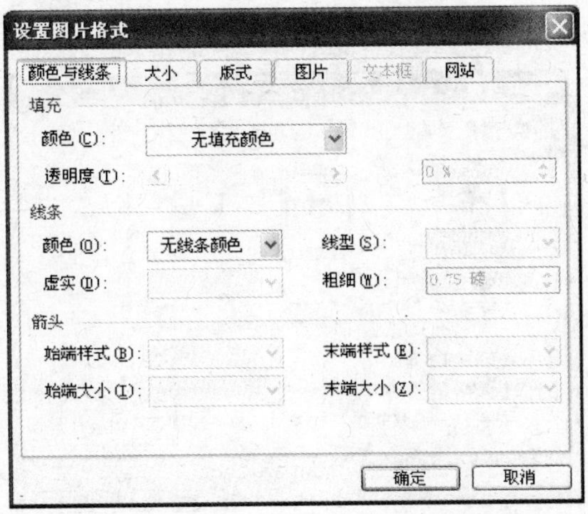

图 5-111 "设置图片格式"对话框

① 打开"填充"栏中的"颜色"下拉按钮：

- "剪贴画"填充剪贴画或图片的背景颜色，效果如图 5-112(a)所示。
- "自选图形"填充的自选图形内部区域，效果如图 5-112 (b)所示。

② 打开"线条"栏中的"颜色"下拉按钮：

- "剪贴画"线型为剪贴画或图片的矩形边框，效果如图 5-112(c)所示。

"自选图形"线型为自选图形的图形框线，效果如图 5-112 (d)所示。

（2）大小。

选择"大小"标签，如图 5-113 所示。

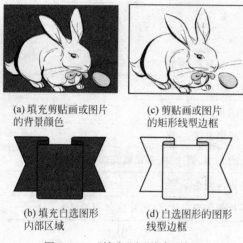

(a) 填充剪贴画或图片
的背景颜色

(c) 剪贴画或图片
的矩形线型边框

(b) 填充自选图形
内部区域

(d) 自选图形的图形
线型边框

图 5-112　"填充"和"线条"效果

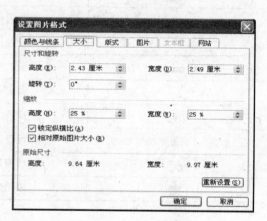

图 5-113　"大小"选项卡

① 尺寸和旋转：可以选择图形的高度和宽度的精确尺寸。

- 当"锁定纵横比"复制框选中时，宽度和高度一个发生变化时，另一个会自动调整。
- 如果分别设宽度和高度值时，需取消"锁定纵横比"复选框。
- "自选图形"还可以设置旋转角度。

② 缩放：可以根据图形的原始尺寸按比例缩放来调整图形的大小。

（3）版式。

选择"版式"标签，如图 5-114 所示。

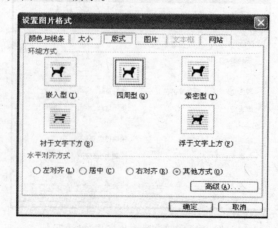

图 5-114　"版式"选项卡

环绕方式:

- 嵌入型:选中时图形四周出现实线框线和实心控制点,嵌入式图片处于文本层,它与普通文本相同,不存在环绕问题,如图 5-115(a)所示。
- 浮动型:图形处于图形层,此时可以拖曳图片到任意位置,选中时图形四周出现空心控制点,并且没有四周框线,如图 5-115(b)所示。

(a)"嵌入型"图形　　　　　　　(b)"浮动型"图形

图 5-115　"嵌入型"图形和"浮动型"图形

- 浮动型图形可以设置文字环绕方式,如"四周型"、"紧密型"、"衬于文字下方"、"浮于文字上方"等环绕方式。

详细设置需要单击图 5-114"版式"选项卡上的"高级"按钮,弹出如图 5-116 所示"高级版式"对话框。

- "图片位置"选项卡:设置图片的位置,包括水平、垂直的对齐方式,书籍版式,绝对位置等,如图 5-116 所示。
- "文字环绕"选项卡:设置图片的环绕方式和距正文的距离,如图 5-117 所示。

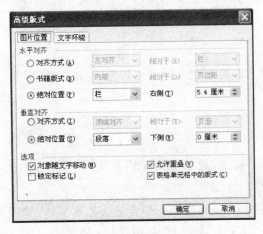
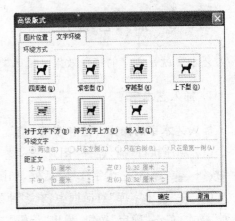

图 5-116　"阁层位置"选项卡　　　　图 5-117　"文字环绕"选项卡

四周型:文字在所选图形对象的矩形边界四周环绕。

紧密型:文字紧密环绕于实际图形对象的边界。

穿越型:类似于紧密环绕,但可在开放式图形对象的内部环绕。

上下型:文字仅出现在图片的上方或下方。

衬于文字下方：取消文字环绕，将图形对象置于文字后面。

浮于文字上方：取消文字环绕，将图形对象置于文字前面。

（4）图片。

选择"图片"标签，如图 5-118 所示。

- 裁剪：在上、下、左、右四个方向输入数值，可以剪掉图片的相应部分。
- 图像控制：包括颜色、亮度、对比度等，通过单击相应的下拉列表选择。

（5）文本框。

选择"文本框"标签，如图 5-119 所示。

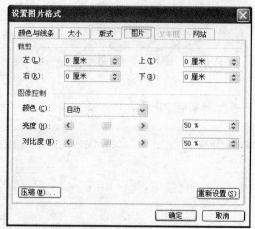

图 5-118　"图片"选项卡

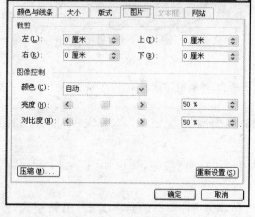

图 5-119　"文本框"选项卡

只有图形对象是文本框，此选项卡才可选。用以设置文本框内文字相对于边框的距离。

5.6.3　插入艺术字

艺术字就是文字的特殊效果。插入"艺术字"后，可使文档增加特色，表现生动、形象。

1. 插入艺术字

插入艺术字的操作方法和步骤如下：

（1）顺序执行"插入"→"图片"→"艺术字"命令，或单击"绘图"工具栏中的"插入艺术字"按钮 ，弹出"艺术字库"对话框，如图 5-120 所示。

（2）在"艺术字库"对话框中，有多种效果的艺术字，选择一种合适的艺术字体，如"3 行 3 列"格式，单击"确定"按钮，弹出"编辑'艺术字'文字"对话框，如图 5-121 所示。

（3）在"文字"框中输入文字。例如，输入"计算机"。

（4）单击"字体"框的下拉按钮，在弹出的列表中选择一种字体，如"隶书"；单击"字号"框的下三角按钮，选择需要的字号如 60。

（5）单击"确定"按钮，将艺术字插入到文档中。

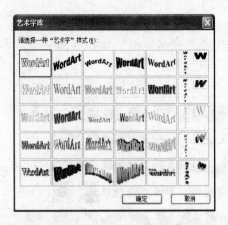

图 5-120　"艺术字库"对话框

图 5-121　"编辑'艺术字'文字"对话框

2．编辑艺术字

单击文档中的艺术字，此时，出现一个"艺术字"工具栏，如图 5-122 所示。或顺序单击"视图"→"工具栏"→"艺术字"命令，即可在窗口中显示"艺术字"工具栏。使用"艺术字"工具栏，可完成对艺术字的多种编辑，其中各按钮的名称与功能如表 5-9 所示。

图 5-122　"艺术字"工具栏

表 5-9　"艺术字"工具栏中各按钮的功能

按　　钮	功　　能
	在文档中插入艺术字
编辑文字(X)...	编辑艺术字的内容、字体和字号等
	进入艺术字库，更改艺术字的样式
	设置艺术字的大小、位置和颜色等
	更改艺术字的形状
	设置艺术字的文字环绕方式
	所有艺术字中的文字字符高度相同
	竖直方向排列艺术字
	设置艺术字的对齐方式
	调整艺术字字符间的距离

1）改变艺术字的大小

选中艺术字，将光标移至艺术字四周的控制点上，用鼠标拖曳控制点，即可改变艺术字的大小。

2）改变艺术字的内容、字体和字号

单击"艺术字"工具栏中的"编辑文字"按钮 **编辑文字(X)...**，或右击艺术字，在弹出的快捷菜单如图 5-123 所示，选择"编辑文字"命令，弹出"编辑'艺术字'文字"对话框，在该对话框中，可以重新输入艺术字的内容，改变艺术字的字体、字号、加粗以及倾斜等操作。

3）更改艺术字的形状

单击"艺术字"工具栏中的"艺术字形状"按钮 ▲，弹出如图 5-124 所示的"艺术形状"
列表，在其中选择一种合适的形状，即可更改艺术字的形状。

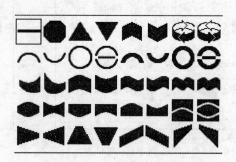

图 5-123　艺术字快捷菜单　　　　　图 5-124　"艺术形状"列表

4）文字环绕

单击"艺术字"工具栏中的"文字环绕"按钮 ，弹出如图 5-125 所示的"文字环绕"列
表，在其中选择一种合适的文字环绕方式即可。

5）改变艺术字的颜色

（1）单击"艺术字"工具栏中的"设置艺术字格式"按钮 ，弹出"设置艺术字格式"对话
框，如图 5-126 所示。

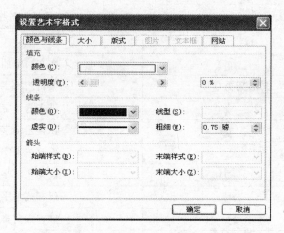

图 5-125　"文字环绕"列表　　　　　图 5-126　"设置艺术字格式"对话框

（2）切换至"颜色与线条"选项卡，在"填充"栏单击"颜色"的下三角按钮，在下拉列表中
选择一种合适的颜色。

（3）在"线条"栏单击"颜色"的下三角按钮，在下拉列表中选择一种合适的颜色（有些样
式的艺术字不能设置线条颜色）。

（4）单击"确定"按钮完成艺术字颜色设置。

5.6.4　插入文本框

文本框作为存放文本的容器，可以放置在页面上并可调整其大小。文本框提供了更便

捷、更容易的方法来处理文本,并能更好地利用其图形效果。

1. 插入文本框

插入文本框的操作方法和步骤如下:

(1)顺序执行"插入"→"文本框"→"横排"(或"竖排")命令,或单击"绘图"工具栏中的"文本框"按钮 或"竖排文本框"按钮 。

(2)在文档任意处单击,插入系统默认尺寸的文本框或在文档中拖曳鼠标,插入所需尺寸的文本框,当文本框插入完毕后,可以在其中插入文本、图形和表格等对象。

2. 设置文本框的格式

(1)选定需要设置格式的文本框。

(2)执行"格式"→"文本框"命令,或在右键快捷菜单中选择"设置文本框格式"命令,打开"设置文本框格式"对话框,如图 5-127 所示。

(3)切换至"颜色与线条"选项卡,设置文本框的填充颜色以及边框的线条颜色、线型、粗细等。

(4)切换至"大小"选项卡,设置文本框的大小。

(5)切换至"版式"选项卡,设置文本框的环绕方式。

(6)切换至"文本框"选项卡,设置文本框的内部边距,如图 5-128 所示。

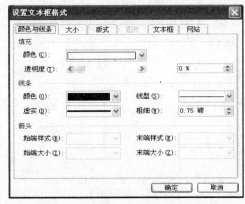

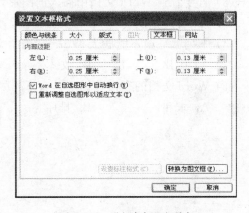

图 5-127 "设置文本框格式"对话框   图 5-128 "文本框"选项卡

(7)单击"确定"按钮,完成设置。

3. 在文本框之间创建链接

在 Word 2003 中,可以利用文本框的链接功能,将第一个文本框中放不下的文字自动移至与之相链接的另一个文本框中。当某个文本框内容改变时,其链接的文本框内容相应发生变化。链接的文本框位置可以在文档任意位置。

操作步骤如下:

(1)创建两个文本框,选中其中的一个文本框,称为主动文本框;另一个文本框称为被动文本框。

（2）右击主动文本框边线，在弹出的快捷菜单中选择"创建文本格链接"命令；或顺序执行"视图"→"工具栏"→"文本框"命令，弹出"文本框"工具栏，单击其上的"创建文本框链接"按钮 。此时，光标变成一个直立的杯子，将此杯子移到被动文本框（此文本框内必须无任何文本和其他信息），直立的杯子将倾斜。

（3）单击被动文本框，则两个文本框之间便建立起了链接关系。此后，主动文本框中显示不下的内容将自动转入被动文本框中。

可断开任意两个文本框之间的链接。断开方法是，选中设置链接的主动文本框，单击"文本框"工具栏上的"断开前向链接"按钮 即可。

习题 5

选择题

（1）Word 属于哪一项？（　　　）

  A. 操作系统　　　　　　　　　　B. 数据库管理系统

  C. 文字处理软件　　　　　　　　D. 通信软件

（2）Word 生成的文件扩展名是什么？（　　　）

  A. DOC　　　　　B. WOD　　　　　C. TXT　　　　　D. WPS

（3）若要看到 Word 文档中插入的图形，需要选择哪一种视图方式？（　　　）

  A. 普通视图　　　　B. 页面视图　　　　C. 大纲视图　　　　D. 主控文档

（4）下列哪一项不能插入 Word 文档的文本框内？（　　　）

  A. 图片　　　　　B. 文本　　　　　C. 表格　　　　　D. 页码

（5）Word 文档的表格数据不具有下列哪一项？（　　　）

  A. 求和　　　　　B. 排序　　　　　C. 筛选　　　　　D. 求平均值

第 6 章

Excel 2003中文版

Excel 2003 是 Microsoft Office 2003 中文版中最重要的组件之一,是一种"电子表格程序",可以用来记录、分析以及处理数据信息。使用 Excel 2003 可以跟踪和分析商品销售额、规划财务、创建预算表等多种商务工作,所花费的时间要比用纸和笔工作少得多。

在学习 Excel 2003 之前,用户必须了解 Excel 2003 的启动、退出、窗口组成、工作簿、工作表和单元格等基本知识。

6.1 启动与退出 Excel 2003

6.1.1 启动 Excel 2003

启动 Excel 2003 常用方法有以下两种。

1. 通过"开始"菜单启动 Excel 2003

通过"开始"菜单启动 Excel 2003 的方法与通过"开始"菜单启动 Word 2003 的方法相似,即顺序执行"开始"→"程序"→Microsoft Office Excel 2003 命令。

2. 通过桌面快捷方式图标启动 Excel 2003

通过桌面快捷方式图标启动 Excel 2003 的操作方法是,在 Windows 桌面上,双击 Excel 2003 快捷方式图标。

6.1.2 退出 Excel 2003

用户可以使用如下方法之一退出 Excel 2003。
- 执行"文件"→"退出"命令。
- 单击 Excel 2003 窗口右上角的关闭按钮。
- 按 Alt+F4 组合键。
- 双击 Excel 2003 窗口左上角的应用程序图标。
- 单击应用程序图标,打开控制菜单,然后单击其中的"关闭"命令。

6.2　Excel 2003 工作窗口

Excel 2003 工作窗口包括应用程序窗口和工作簿窗口，如图 6-1 所示。工作簿窗口在应用程序窗口编辑栏的下面。

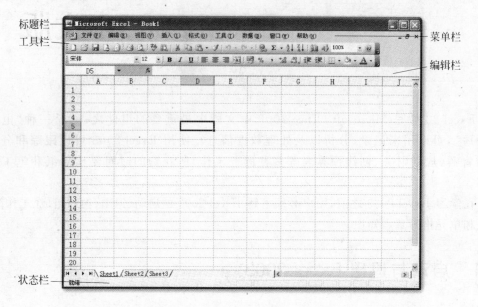

图 6-1　Excel 2003 窗口

6.2.1　应用程序窗口

应用程序窗口主要包括标题栏、菜单栏、工具栏、编辑栏和状态栏。

1．标题栏

标题栏在应用程序窗口的最上边。标题栏的主要功能有两项：一是显示应用程序名称和当前正在编辑的文件名；二是调整程序窗口大小、移动窗口和关闭窗口。

标题栏左边有应用程序图标、应用程序名称和文件名。右边有"最小化"按钮、"还原"/"最大化"按钮和"关闭"按钮。单击应用程序图标，出现应用程序窗口控制菜单，单击其中的"还原"、"移动"、"最小化"、"最大化"、"关闭"等选项，可实现其相应的功能。

2．菜单栏

标题栏下方是菜单栏，其中共有 9 个菜单，每个菜单都由一组菜单命令组成。单击菜单栏上的任意菜单，就会显示其下拉菜单。在 Excel 2003 中，有些菜单的内容会随着工作环境的改变而变化。在下拉菜单底部有菜单命令扩展符 ，单击扩展符或将鼠标指针指向它停留几秒钟后，可以扩展该菜单命令，即显示该菜单下的所有菜单命令。

3．工具栏

工具栏是工具按钮的组合。工具栏提供了一些常用菜单命令的快捷方式按钮，即工具按钮,单击这些按钮与单击相应的菜单命令所实现的功能相同。

启动 Excel 2003 时,系统自动显示"常用"和"格式"两个工具栏。可以在"视图"菜单中设置显示或隐藏某个工具栏,其设置方法与 Word 2003 相同。

"常用"工具栏如图 6-2 所示,其中的按钮名称和功能如表 6-1 所示。

图 6-2 "常用"工具栏

表 6-1 "常用"工具栏工具按钮名称和功能(上图从左至右依次介绍)

按 钮	名 称	功 能
	新建	根据默认的"工作簿"模板建立一个新工作簿
	打开	打开已存在的工作簿
	保存	以写文件到磁盘的形式保存当前工作簿
	权限	管理权限(一般很少使用)
	电子邮件	以当前工作簿作为电子邮件的正文发送
	打印	按照当前的打印设置打印当前工作簿的所有内容
	打印预览	进入打印预览模式显示工作簿的打印效果
	拼写检查	检查工作簿中可能存在的拼写和语法错误
	信息检索	可以完成相关信息检索,获取 Web 支持
	剪切	将选定的内容剪下来存放到剪贴板中
	复制	将选定的内容复制下来存放到剪贴板中
	粘贴	在选定的单元格中插入剪贴板中的内容
	格式刷	将当前单元格的格式复制到指定的单元格中
	撤销	取消最后一次操作或某个操作之后的一系列操作
	恢复	恢复已用撤销命令撤销的操作
	插入超级链接	插入或编辑指定的超级链接
Σ	自动求和及其他函数	对活动单元格以上或以左的数值数据进行求和及调用"其他函数"对话框中的函数
	升序排序	对所选区域升序进行排序
	降序排序	对所选区域降序进行排序
	图表向导	给出插入图表的步骤
	绘图	显示或隐藏"绘图工具栏"
100%	显示比例	改变工作簿视图的显示比例
	Office 助手	提供帮助主题和提示

"格式"工具栏如图 6-3 所示,其中的按钮名称和功能如表 6-2 所示。

图 6-3 "格式"工具栏

表 6-2 "格式"工具栏工具按钮名称和功能

按　钮	名　称	功　能
宋体	字体	用来改变所选单元格中数据的字体
12	字号	用来改变所选单元格中数据的字号
B	加粗	对选定单元格中的数据进行加粗设置
I	倾斜	对选定单元格中的数据进行倾斜设置
U	下划线	对选定单元格的数据添加下划线
≡	左对齐	对选定单元格中的数据设置左对齐
≡	居中对齐	对选定单元格中的数据设置居中
≡	右对齐	对选定单元格中的数据设置右对齐
↹	合并及居中	将多个单元格合并后数据居中
￥	货币样式	对数值数据添加货币符号
%	百分比样式	对数值数据设置百分比
,	千位分隔样式	对数值数据设置千位分隔符
.00	增加小数位数	对数值数据增加小数位数
.00	减少小数位数	对数值数据减少小数位数
镶	减少缩进量	减少单元格中数据缩进的宽度
镶	增加缩进量	增加单元格中数据缩进的宽度
▦	边框	对所选的单元格添加边框
◇	填充颜色	对所选的单元格添加底纹
A	字体颜色	对所选单元格中的数据设置字体颜色

4. 编辑栏

"编辑栏"是用来输入或修改工作数据的。Excel 2003 提供了两种向单元格中输入内容的方法：一种是直接在单元格中输入；另一种是在编辑栏中输入。活动单元格中已有的内容通常显示在编辑栏中。编辑栏左边是名称框,右边是编辑区。当用户输入或修改活动单元格内容时,在编辑栏中间出现 3 个按钮,如图 6-4 所示。

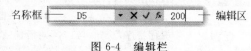

图 6-4　编辑栏

- 名称框：显示活动单元格地址或单元格区域的名称。
- 编辑区：显示活动单元格中的内容。向活动单元格中输入数据、公式或函数时,输入的内容会在编辑区中同时出现。
- 取消按钮(×)：单击此按钮,可取消此次对该单元格的输入,相当于按 Esc 键。
- 确认按钮(√)：单击此按钮,可确认此次输入或修改的内容,相当于按 Enter 键。
- 插入函数按钮(f_x)：单击此按钮,将显示插入函数对话框,帮助用户使用工作表函数建立公式。

5. 状态栏

"状态栏"位于应用程序窗口的底部,显示当前操作的状态信息。在大多数情况下,状态栏的左下角显示"就绪",表明可以输入数据或执行新命令。在单元格中输入数据时,状态栏的左下角将显示"输入"字样。

Excel 2003 在默认的情况下显示状态栏。如果用户想要隐藏状态栏,单击"视图"菜单下的"状态栏",取消其上边的复选标记"√"即可。

6.2.2 工作簿窗口

每一个工作簿由若干个工作表组成,一个工作簿就是一个 Excel 文件,其扩展名为 XLS。显示工作簿内容的窗口称之为工作簿窗口。工作簿窗口的组成如图 6-5 所示。

- 标题栏:位于工作簿窗口的顶部。在标题栏左边显示该工作簿的名称,右边是"最小化"、"最大化/还原"和"关闭"按钮。
- "全选"按钮:单击该按钮,可以选中当前工作表的所有单元格。
- 滚动条:分为垂直滚动条和水平滚动条。单击滚动条上的上、下、左、右箭头,可以使工作表内容在窗口内上、下、左、右移动。用鼠标拖曳滚动条滑块,可以快速移动工作表中的内容。
- 工作表标签:位于工作簿窗口的底部,默认的工作表标签名是 Sheetl、Sheet2……

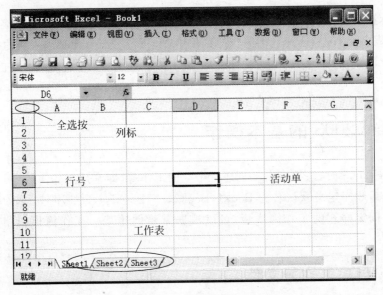

图 6-5 工作簿窗口

1. 工作表

工作表也称电子表格,是 Excel 用来存储和处理数据的地方。每个工作表都是由若干行和若干列组成的一个二维表格,列标用字母 A,B,…,Ⅳ 表示,共有 256 列;行号用数字 1,2,…,65 536 表示,共 65 536 行。

2. 工作表数目

在一个工作簿中默认的工作表数目是 3 个,最多为 255 个。用户可以根据需要增减工作表的数目。利用"工具"菜单"选项"命令,弹出"选项"对话框,在"常规"选项卡中进行设置。当打开某一个工作簿时,它包含的所有工作表也同时被打开。

3. 单元格和单元格区域

行和列交叉形成单元格,单元格是存储数据的基本单位,一个工作表有 256×65 536 个单元格。每个单元格都有唯一的地址,它由"列标"和"行号"组成,如 C5 表示第 C 列第 5 行相交处单元格的地址。

鼠标指针在 Excel 工作表中显示为一个空心的"十"字形。单击任意一个单元格,此单元格即成为活动单元格,并由黑框包围,且其行号和列标处在突出显示状态。

从选定的某个单元格开始拖曳鼠标可形成一个由多个单元格组成的区域,它被黑框包围,此区域称为单元格区域。每个单元格区域仅有一个反白的单元格是活动单元格。

输入数据只能在活动单元格中进行,许多编辑操作也只对活动单元格或选定的单元格区域起作用。单元格区域是由左上角和右下角的单元格地址表示的,如单元格区域 A1:B3 表示包含 A1～A3 和 B1～B3 等 6 个单元格。

4. 工作表标签

工作表标签名就是工作表名,可以对其重命名,方法是双击工作表标签名使其变为黑色,或在工作表名上右击,选择弹出的快捷菜单中"重命名"命令,此时输入新的标签名即可。单击某一工作表标签,相应的工作表就成为活动工作表。活动工作表标签是白色,其余工作表标签呈灰色。

6.3　Excel 2003 的基本操作

启动 Excel 2003 时,系统会自动创建一个空的工作簿,即常用工作簿。Excel 2003 按工作簿创建的先后顺序定义默认名为 Book1,Book2,…,Book$i$,i 为顺序号。Excel 2003 还提供了基于某一固定样式的工作簿模板,可以根据需要创建某一工作簿模板指定样式的工作簿。

6.3.1　创建工作簿文件

工作簿是计算和储存数据的文件,每一个 Excel 文件都叫做一个工作簿,其扩展名为 XLS。在数据录入、管理前必须创建工作簿。

1. 创建常用工作簿

创建常用工作簿的方法最简单,单击"常用"工具栏上的"新建"按钮即可。

2. 创建指定样式的工作簿

创建指定样式工作簿的步骤如下:

(1) 执行"文件"菜单中的"新建"命令,打开"新建工作簿"面板,如图 6-6 所示。

（2）选择"本机上的模板"选项，会弹出"模板"对话框，切换至"电子方案表格"选项卡，如图 6-7 所示。

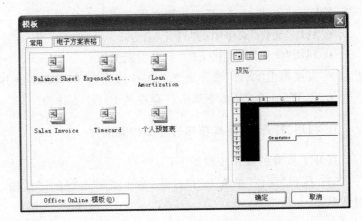

图 6-6 "新建工作簿"面板 　　　　　　图 6-7 "模板"对话框

（3）单击所需的新工作簿，如 Balance Sheet。

（4）单击"确定"按钮，就创建了模板样式的工作簿，如图 6-8 所示的 Balance Sheet 工作簿。

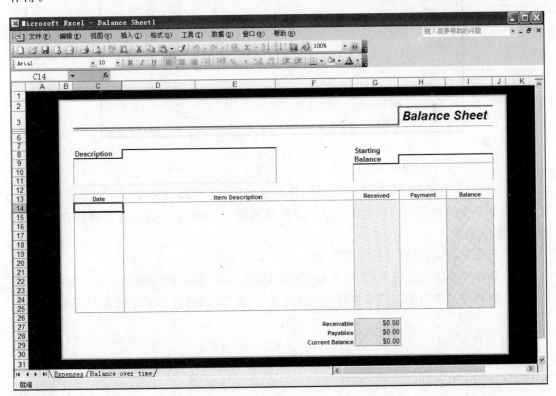

图 6-8 Balance Sheet 样式工作簿

6.3.2 打开工作簿文件

在 Excel 2003 中,打开工作簿文件常用的方法有:
- 利用"文件"菜单中的"打开"命令。
- 利用"常用"工具栏上的"打开"按钮。
- 直接单击"文件"菜单底部的工作簿列表,打开最近使用的某一文件。
- 在 Windows 环境下双击已存在的 Excel 工作簿。

1. 利用"打开"命令或按钮打开工作簿文件

打开工作簿的操作步骤如下:

(1)执行"文件"菜单中的"打开"命令或单击"打开"按钮,弹出如图 6-9 所示的"打开"对话框。

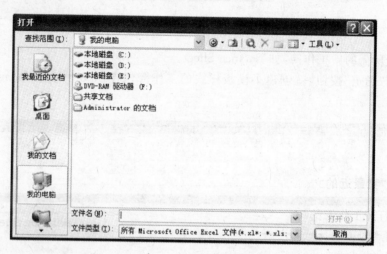

图 6-9 "打开"对话框

(2)单击"位置栏"中的任意一个图标,将快速打开经常使用的文件。

(3)如果文件存放在别的文件夹中,在"查找范围"下拉列表中选择存放所要打开文件的驱动器、文件夹。

(4)根据需要,选择打开的文件类型。

(5)选定工作簿文件或在"文件名"框中直接输入一个完整的文件名。

(6)根据需要单击"打开"按钮打开文件或在"打开"按钮右边的下拉列表中选择一种打开方式打开文件。

打开方式如下:
- "以只读方式打开":只能浏览打开的文件,对其进行的编辑修改无效。
- "以副本方式打开":以副本方式打开文档时,会在存放原文档的文件夹中新建该文档的副本。
- "用浏览器打开":当选择了用浏览器可以打开的文件时,此选项可用,其他文件此项处于灰色不可用状态。例如,选择了网页文件,此项高亮显示。

- "打开并修复"：当 Excel 文件根本不能使用常规方法打开时，可以尝试用此种方法打开文件，该功能可以检查并修复 Excel 工作簿中的错误。

2. 利用"文件"菜单底部的工作簿列表打开工作簿文件

如果需要打开一个最近使用过的工作簿文件，可以在"文件"菜单底部直接单击此工作簿文件名。若要改变"文件"菜单底部所列工作簿文件的数目，可以执行"工具"菜单中的"选项"命令，打开"选项"对话框，如图 6-10 所示。单击其中的"常规"标签，选中"最近使用的文件列表"复选框，并指定列出的文件数目，如 4。

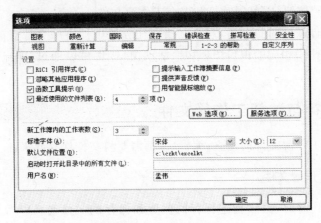

图 6-10　"选项"对话框

3. 通过"我最近的文档"文件夹来查找和打开工作簿文件

查找和打开工作簿的操作步骤如下：

（1）单击"打开"按钮，弹出"打开"对话框，如图 6-11 所示。

（2）单击"位置栏"中的"我最近的文档"图标，会显示最近使用过的工作簿文件和文件夹的快捷方式。

（3）单击选定要打开的工作簿文件，然后单击"打开"按钮，或在"打开"按钮右边的下拉列表中选择一种打开方式打开工作簿文件。

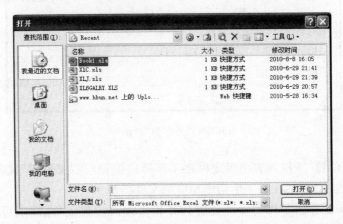

图 6-11　"我最近的文档"文件夹

4．同时打开多个工作簿文件

Excel 允许同时打开多个工作簿文件。多个工作簿文件可以逐一地打开，也可以一次同时打开。

打开多个工作簿的操作步骤如下：

（1）单击"打开"按钮，弹出"打开"对话框。

（2）找到存放要打开工作簿文件的文件夹。

（3）选中要打开的多个工作簿文件。

（4）单击"打开"按钮，即可同时打开多个工作簿文件。

多个工作簿文件被同时打开后，每个文档在任务栏中拥有一个独立的窗口图标。用户可以通过单击任务栏中相应的窗口图标切换活动窗口，也可以通过"窗口"菜单下的工作簿文件列表切换。

6.3.3　保存与关闭工作簿文件

当完成对一个工作簿文件的建立、编辑后，都需要将文件保存起来。

1．保存新建工作簿文件

第一次保存工作簿时，必须指定保存的位置和保存的文件名。以后再保存工作簿时，Excel 将以更改后的内容来更新工作簿文件。工作簿文件的默认扩展名为 XLS。

保存新建工作簿文件的步骤如下：

（1）执行"文件"菜单下的"保存"命令，或单击"常用"工具栏上的"保存"按钮，打开"另存为"对话框，如图 6-12 所示。

图 6-12　"另存为"对话框

（2）在"保存位置"下拉列表中指定保存工作簿的位置，在"文件名"文本框中输入工作簿文件名，在"保存类型"下拉列表中指定相应的文件类型。

（3）如果要为保存的工作簿文件设置打开和修改的权限或生成备份文件，单击"另存为"对话框上的"工具"按钮右侧的下三角按钮，将打开下拉菜单，如图 6-13 所示。

（4）选择"常规选项"将打开"保存选项"对话框，如图 6-14 所示。可以根据需要自行设置保存选项。

图 6-13 "工具"下拉菜单

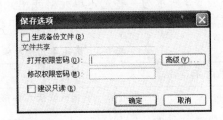

图 6-14 "保存选项"对话框

（5）单击"确定"按钮，并且再次确认保存选项后，返回"另存为"对话框，单击其中的"保存"按钮，即可完成新建工作簿文件的保存。

以后再次保存时，只需单击"常用"工具栏中的保存按钮即可。若另存为新的文件，则执行"文件"菜单中的"另存为"命令，操作方法同初次保存相同。

2. 关闭工作簿文件

当完成工作簿的编辑之后，应该将其关闭，以释放工作簿所占用的内存空间。

关闭工作簿文件有如下几种常用的方法：

- 执行"文件"菜单中的"关闭"命令。
- 单击工作簿窗口右上角的"关闭"按钮
- 按组合键 Ctrl＋F4。
- 按组合键 Ctrl＋W。

如果在关闭工作簿之前没有对修改过的工作簿进行保存，那么在关闭此工作簿时，Excel 将弹出如图 6-15 所示的对话框，询问是否保存。单击"是"按钮，保存对此工作簿所做的修改；如果不想保存，则单击"否"按钮；单击"取消"按钮，则不关闭此工作簿，并重新返回到工作簿编辑状态。

图 6-15 Microsoft Excel 消息框

如果需要关闭所有工作簿但不退出 Excel 应用程序，按下 Shift 键，然后执行"文件"菜单中的"关闭所有文件"命令。只有先按住 Shift 键，"文件"菜单中才会出现"关闭所有文件"命令，且"关闭所有文件"命令代替了原来的"关闭"命令。

6.4 工作表的建立与编辑

本节将介绍有关工作表的一些基本操作，包括选定单元格、输入数据和编辑数据、单元格插入和删除、工作表的插入和重命名等。

6.4.1　选定单元格

对工作表进行操作时,需要先选定单元格或单元格区域。区域可以是连续的,也可以是不连续的。表 6-3 所示为一些选定单元格或单元格区域的多种方法。

要取消一个选定区域,可以单击工作表的任意位置。

表 6-3　选定单元格及单元格区域的方法

选　定　内　容	操　作　方　法
单个单元格	单击某一单元格或按光标移动键移动到某一单元格
整行	单击行号
整列	单击列标
连续单元格区域	单击选定单元格区域的第一个单元格,并拖曳鼠标到最后一个单元格或按住 Shift 键单击最后一个单元格
不连续的单元格或单元格区域	先选定第一个单元格或单元格区域,按下 Ctrl 键再选择其他单元格或单元格区域
相邻的多行或多列	从第一行或第一列开始拖曳鼠标到最后一行或最后一列;或者先选定第一行或第一列,然后按下 Shift 键,再选定最后一行或最后一列
不相邻的多行或多列	选定第一行或第一列,然后按下 Ctrl 键再选定其他行或列
工作表的所有单元格	单击工作表上的全选按钮
更改当前选定的单元格区域	按下 Shift 键,单击某一单元格,原选定区域的活动单元格与该单元格之间构成的长方形区域将成为新的选定区域

6.4.2　数据输入

数据是数值、文字、日期、时间、公式和符号等的总称。数据输入是 Excel 中最基本的操作。

1．定位单元格

在输入数据时,用户需要先选定输入数据的某个单元格,即定位单元格。定位单元格最简单的方法就是"单击"选定相应的单元格。

1) 使用鼠标定位单元格

将鼠标指针指向要选定的单元格,然后单击。

2) 使用名称框定位单元格

单击编辑栏左侧的"名称框",从键盘输入要选定的单元格地址,如输入 D5,按 Enter 键定位结束。

2．数据输入方法

1) 在编辑栏中输入数据

在编辑栏中输入数据的操作步骤如下:

(1) 选定要输入数据的单元格,把光标定位在编辑栏后再输入数据,这时输入的数据内容会同时出现在编辑栏和单元格中。

（2）要确认数据输入，单击编辑栏上的"输入"按钮或按 Enter 键；否则单击编辑栏上的"取消"按钮或按 Esc 键取消刚才的数据输入。

2）在单元格中直接输入数据

在单元格中直接输入数据的操作步骤如下：

（1）单击或双击要输入数据的单元格，而后直接输入数据，这时输入的数据内容会同时出现在单元格和编辑栏中。

（2）要确认数据输入，按 Enter 键或单击其他单元格，否则单击编辑栏上的"取消"按钮或按 Esc 键取消刚才的数据输入。

3. 单元格数据规则

在工作表输入的数据可分为两大类：常量和公式。每种数据都需要遵守一定的输入规则，在此仅介绍常量（文本数据和数值数据）的输入规则，公式的使用方法将在以后章节中介绍。

1）文本数据

文本数据包含汉字、英文字母、数字、空格及其他可以从键盘输入的符号，即字符数据。默认情况下，文本数据沿单元格左边对齐。如果与活动单元格右相邻的单元格中无数据，输入文本数据超出的部分会延伸到该相邻单元格；如果右相邻单元格已有数据，则超出部分不显示，在改变单元格列宽或将单元格设置成"自动换行"方式后，可以看到输入的全部文本数据。

如果在输入的数字前面加一个半角单引号"'"，则它将以左对齐方式显示并被视为文本。如要输入邮政编码 067000，必须输入"'067000"。

Excel 2003 在按列录入文本时具有记忆式填充功能，同一列的各个单元格录入的内容会被自动记忆下来，因此选定某单元格后，按 Alt＋↓组合键，将显示同列已录入的内容列表。此时用户可以单击所需的单元格内容把其填充到所选的单元格中，原单元格中的内容被覆盖。

输入文本时，如果需要在单元格中换行，可按 Alt＋Enter 组合键。

2）数值数据

数值数据有多种类型，不同类型的数值数据输入方法不同，下面主要讲述不同类型数值数据的输入方法。

（1）Excel 的数值数据只能含有以下字符：0～9、＋、－、()、/、$ 、%、E、e。默认情况下，数值数据在单元格中会自动右对齐。可以省略数字前面的正号"＋"。

（2）如果要输入分数，如 1/2，应先输入一个 0 及一个空格，然后再输入 1/2，以避免系统将输入的分数作为日期数据处理。

（3）如果要输入一个负数，需要在数值前加上一个减号或将数值置于括号()中，如(200)表示－200。

（4）当输入一个超过列宽的数字时，Excel 会自动采用科学计数法表示（如 1.23E＋18）或者只给出"＃＃＃"标记。但是，系统"记忆"了该单元格的全部内容，当选中该单元格时，在编辑栏中会显示其全部内容。

（5）日期和时间是一种特殊的数值数据。

- 在默认状态下,日期和时间项都在单元格内右对齐。在输入了 Excel 可以识别的日期或时间数据后,单元格格式会从"常规"数字格式改为某种内置的日期或时间格式。如果输入了 Excel 不能识别的日期或时间格式,输入的内容将被视为文本。在 Windows"控制面板"的"区域设置"选项中,可以设置当前日期和时间的默认格式。
- 如果用户要输入当前日期,按"Ctrl+;"组合键;如果要输入当前时间,按"Ctrl+:"组合键。如果要在同一单元格内输入日期和时间,需要在日期和时间之间用空格分离。
- 如果要按 12 小时制输入时间,则在时间后输入一个空格,并输入 AM 或 PM(或 A、P),分别表示上午和下午。例如,下午 8 点用 8:00 P 表示,如果只输入了 8:00,Excel 将按上午处理。
- 日期和时间可以进行加减运算,并可以放到其他运算当中。如果要在公式中使用日期或时间,用带引号的文本形式输入日期或时间值,如公式"="2010-10-16"-"2010-3-11""将显示出结果为"219"(两个日期相差的天数)。

4. 数据填充

在工作表中输入单元格数据时,对有一定规律的数据序列或有固定顺序的名称等(如"第一、第二、第三……"或"2,4,6,8,…")可以利用序列填充功能减少重复输入。

在工作表中,活动单元格或单元格区域右下角的小方块,称为填充柄。鼠标指针移到填充柄时变为"+"形状,这时,拖曳鼠标可以实现数据序列的填充。

1) 序列类型

Excel 能识别的序列类型有等差序列、等比序列、日期序列和自动填充序列。

2) 填充数据序列

填充数据序列的方法主要有两种。

(1) 用"序列"对话框填充数据序列。

例如,在单元格区域 D2:D9 建立一个等比序列 4,12,36,108,操作步骤如下:

① 单击起始单元格 D2,使其成为活动单元格,并输入初始值 4,按 Enter 键。

② 选定要填充数据序列的单元格区域 D2:D9。

③ 执行"编辑"→"填充"→"序列"命令,打开如图 6-16 所示的"序列"对话框。

④ 在"序列"对话框的"类型"栏中选择"等比序列",并在"步长值"文本框中输入步长 3。

注意:除非在产生序列前已选定了序列产生的区域,否则终值必须输入。

⑤ 单击"确定"按钮,则 D2:D9 区域自动按要求填充了数据序列。

图 6-16 "序列"对话框

(2) 用快捷方式填充数据序列。

① 建立等差序列数据最简单的方法是先在单元格区域的第一、第二个单元格分别输入初始值和第二个数值,然后选定这两个单元格并拖曳填充柄到单元格区域的最后一个单元格,Excel 将自动用第二个值与初始值之差作为步长值进行等差序列数据填充。

② 对于 Excel 自设的自动填充序列。通过"工具"→"选项"→"自定义序列"命令,如图 6-17 所示。可以直接在起始单元格中输入初始值,再拖曳填充柄到整个单元格区域,则区域内的各单元格依次填充相应的数据,其特点是文本内容不变但数字递增。例如,在单元格 B1 中输入一月,选定单元格 B1 并拖曳填充柄到 B2,B3,B4,…,这些单元格依次填充的数据为二月,三月,四月,…。

③ 当单元格是数字格式时,直接拖曳填充柄,数据不变;按住 Ctrl 键拖曳,生成步长为 1 的等差序列。

④ 当单元格是字符格式时,直接拖曳填充柄,生成步长为 1 的等差序列;按住 Ctrl 键拖曳,数据不变。

⑤ 当单元格有公式时,直接拖曳,可填充与第一单元格相应的公式。

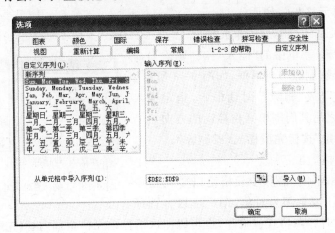

图 6-17 "自定义序列"选项窗口

6.4.3 工作表的编辑

工作表的编辑工作主要包括单元格数据的修改,单元格的插入、删除及内容的清除、复制、移动、行列的插入、删除等。

1. 修改单元格数据

修改单元格数据与输入单元格数据类似,修改单元格数据有两种基本方法:单元格中直接修改数据和在编辑栏中修改数据。

1) 在单元格中直接修改数据

在单元格中直接修改数据的步骤如下:

(1) 双击要编辑的单元格。

(2) 对其中的数据进行修改。

(3) 如果要确认所作的修改,按 Enter 键;如果要取消所作的修改,按 Esc 键。

2) 在编辑栏中修改单元格数据

在编辑栏中修改单元格数据的步骤如下:

(1) 单击要编辑的单元格。

（2）在编辑栏中对单元格数据进行修改。

（3）如果要确认所作的修改，按 Enter 键；如果要取消所作的修改，按 Esc 键。

2．插入、删除与清除单元格

在 Excel 2003 中，删除与清除是两个完全不同的概念。删除是以整个单元格为对象，如果对某个单元格执行了删除操作，那么该单元格将从工作表中删除，而其周围的单元格将自动地填充被删除的单元格，即删除单元格将影响工作表中其他单元格的布局。清除单元格只能清除该单元格中的内容，如数据、数据格式，而该单元格本身不会被删除，所以也不会影响工作表中其他单元格的布局。

1）插入/删除单元格

插入/删除单元格步骤如下：

（1）选定需要插入（删除）的单元格。

（2）执行"编辑"菜单中的"插入"（或"删除"）命令，弹出"插入"（或"删除"）对话框，如图 6-18 所示。

（3）在"插入"（或"删除"）对话框中，指定插入（或删除）单元格之后其周围单元格移动的方向。

（4）单击"确定"按钮完成插入（或删除）。

2）清除单元格

与删除单元格不同，清除单元格是以单元格中的内容、格式、批注或全部为对象，用户可以有选择地清除单元格中的内容、格式或批注，也可以一次清除单元格全部内容。

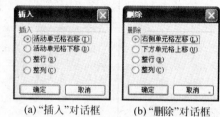

(a)"插入"对话框　　(b)"删除"对话框

图 6-18　"插入"对话框和"删除"对话框

（1）选定要清除的单元格。

（2）执行"编辑"菜单中的"清除"命令，显示其级联菜单。

（3）如果要清除单元格全部内容，单击"全部"选项；如果只清除单元格内容，而不清除单元格批注和格式，单击"内容"选项（与按 Del 键的效果相同）；如果只清除单元格格式而使用系统的默认格式，单击"格式"选项；如果只清除单元格批注，单击"批注"选项。

3．复制和移动单元格

在一般情况下，复制或移动的对象指单元格中的全部内容。

1）鼠标拖曳操作

鼠标拖曳实现单元格的复制和移动步骤如下：

（1）选定要移动的单元格，将鼠标指针指向该单元格边框，鼠标指针变为箭头状。

（2）拖曳选定单元格到目标单元格，松开鼠标后，如果目标单元格内有数据，系统会弹出提示框"是否要替换目标单元格内容"；如目标单元格中无数据，则直接完成单元格的移动，不会弹出替换提示框。

（3）单击"确定"按钮，即可完成单元格的替换移动。在拖曳鼠标时，如果按住 Ctrl 键，则执行的复制操作。

2）使用剪贴板

使用剪贴板实现单元格的复制和移动步骤如下：

（1）选定要移动（或复制）的单元格。

（2）利用"编辑"菜单中的"剪切"或"复制"命令或工具栏上的"剪切"或"复制"按钮（移动时选"剪切"，复制时选"复制"）。

（3）选择目标区域。通常情况下，选取该区域左上角的第一个单元格。

（4）单击"编辑"菜单中的"粘贴"命令或工具栏上的"粘贴"按钮。

3）选择性粘贴

在进行复制操作时，除了复制单元格全部内容以外，还可以有选择地复制单元格中的特定内容，如单元格中的有效数据、公式、公式计算结果或格式等。

选择性粘贴的操作步骤如下：

（1）选定需要复制的单元格，单击"常用"工具栏上的"复制"按钮或"编辑"菜单中的"复制"命令。

（2）选定目标单元格。

（3）执行"编辑"菜单中的"选择性粘贴"命令，打开"选择性粘贴"对话框，如图6-19所示。

（4）单击"粘贴"栏下的所需选项，如"数值"。

（5）单击"确定"按钮完成选择性粘贴。

注意：在单击"确定"按钮后，不能再按Enter键，否则活动选定框中的全部单元格将复制到目标区域。用户可以按Esc键取消源区域中的活动选定框。

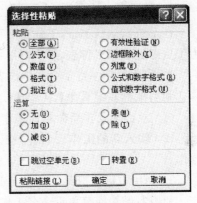

图6-19　"选择性粘贴"对话框

4. 插入和删除行、列

在对数据进行管理中，有时需要增加行或列，有时需要删除行或列。

1）插入行

插入行的步骤如下：

（1）选定插入位置的行号或该行中的某个单元格。

（2）执行"插入"菜单中的"行"命令，就可以插入一个空行，已有的行向下移一行。如果插入行操作之前选定的是多行，则插入与所选行数相同的空行。

2）插入列

插入列的步骤如下：

（1）选定插入位置的列标或列中的某个单元格。

（2）执行"插入"菜单中的"列"命令，就可以插入一个空列，已有的列向右移一列。如果插入列操作之前选定的是多列，则插入与所选定列数相同的空列。

3）删除行

删除行的步骤如下：

（1）选定需要删除行的行号。

（2）执行"编辑"菜单中的"删除"命令，则该行被删除，其下行向上移动一行。

4. 删除列

删除列的步骤如下：

（1）单击需要删除列的列标。

（2）执行"编辑"菜单中的"删除"命令，则该列被删除，其右边的列向左移一列。

注意：如果选定多行或多列，再进行删除，则一次可以删除多行或多列。Del 键只能清除单元格的内容，不能删除单元格、行、列。

6.4.4 工作表的操作

工作簿由若干个工作表组成，对工作簿的操作基本上是在工作表中进行的。在工作簿中，将工作表看成独立的单元，可以对其执行复制、移动、删除、重命名等操作。

1．重命名工作表

在系统默认状态下，工作表名称就是工作表标签名，分别为 Sheet1、Sheet2、Sheet3 等。为了更好地标识工作表，用户可以重新为工作表命名。

1）利用鼠标左键重命名工作表

利用鼠标左键重命名工作表步骤如下：

（1）双击想要重新命名的工作表标签，标签名变为黑色。

（2）输入新的工作表名称，按 Enter 键或单击工作表中的任意单元格，可完成重命名操作。

2）利用右键快捷菜单重命名工作表

利用右键快捷菜单重命名工作表步骤如下：

（1）将鼠标指针指向想要重命名的工作表标签，右击，弹出工作表快捷菜单，选择"重命名"命令，该工作表标签名变为黑色。

（2）输入新的工作表名称，按 Enter 键或单击工作表中的任意单元格，可完成重命名操作。

2．插入工作表

1）利用"插入"菜单插入工作表

利用"插入"菜单插入工作表步骤如下：

（1）单击某工作表标签。

（2）执行"插入"菜单中的"工作表"命令，可在当前工作表的左边插入一个新的工作表。

2）利用右键快捷菜单插入工作表

利用右键快捷菜单插入工作表步骤如下：

（1）将鼠标指向工作表标签。

（2）右击，弹出如图 6-20 所示的快捷菜单。

（3）选择"插入"命令，打开"插入"对话框。

（4）双击要插入的工作表模板即可完成插入工作表操作。

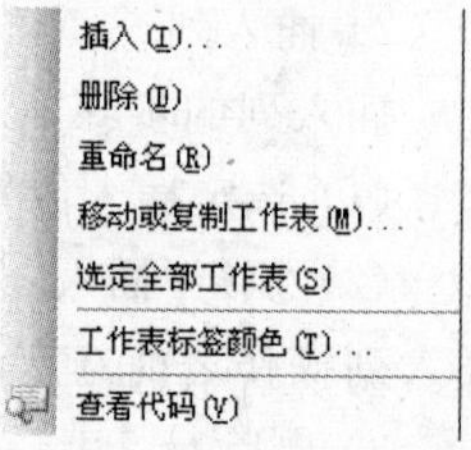

插入(I)…
删除(D)
重命名(R)
移动或复制工作表(M)…
选定全部工作表(S)
工作表标签颜色(T)…
查看代码(V)

图 6-20　右键快捷菜单

3．删除工作表

1）利用"编辑"菜单删除工作表

利用"编辑"菜单删除工作表步骤如下：

（1）选定要删除的工作表。

（2）执行"编辑"菜单中的"删除工作表"命令，系统将弹出"将永久性删除工作表"提示框，用户做出肯定回答后，工作表被删除。

2）利用右键快捷菜单删除工作表

利用右键快捷菜单删除工作表步骤如下：

（1）将鼠标指针指向要删除的工作表标签。

（2）右击，弹出工作表快捷菜单。

（3）执行"删除"命令，系统将弹出"将永久性删除选定工作表"提示框，用户做出肯定回答后，工作表被删除。

4．移动或复制工作表

在工作簿中，可以把工作表看成一个完整的单元进行移动或复制。移动或复制可以在同一个工作簿中进行，也可以在不同的工作簿中进行。

1）利用"编辑"菜单移动或复制工作表

如果要在同一个工作簿进行工作表的移动或复制，则打开该工作簿；如果是在不同的工作簿之间进行移动或复制，则要同时打开源工作簿和目标工作簿。

（1）在同一个工作簿中移动或复制时，只需选定源工作表标签；而在不同的工作簿中移动或复制时，首先打开源工作簿和目标工作簿，然后选择源工作簿中需要进行移动或复制的工作表标签。

（2）执行"编辑"菜单中的"移动或复制工作表"命令，打开"移动或复制工作表"对话框，如图 6-21 所示。

（3）在"工作簿"栏选定目标工作簿，在"下列选定工作表之前"列表中，选定任意一个工作表，那么源工作表就会移动到该工作表之前。

（4）如果要进行复制操作，则必须选中"建立副本"复选项。

（5）单击"确定"按钮，完成移动或复制操作。

2）用鼠标拖曳完成移动或复制

图 6-21　"移动或复制工作表"对话框

基本操作方法：选定被复制的工作表标签，然后按住 Ctrl 键，同时拖曳该工作表标签到合适位置后松开鼠标；再松开 Ctrl 键，即可完成对工作表的复制；如果在拖曳工作表标签时不按 Ctrl 键，则实现工作表的移动。

如果是在不同的工作簿之间进行移动或复制，则需要在同一窗口同时打开源工作簿和目标工作簿，然后按照上述方法完成移动或复制操作。

5．隐藏工作表、行或列

为避免屏幕上工作表太多，并防止不必要的修改，可以隐藏整个工作表、行或列。隐藏的工作表仍然是打开的，其他文档可以使用其中的信息。

1) 隐藏工作表

隐藏工作表的步骤如下：

（1）选定要隐藏的工作表。

（2）执行"格式"→"工作表"→"隐藏"命令。

2) 取消隐藏工作表

取消隐藏工作表的步骤如下：

（1）执行"格式"→"工作表"→"取消隐藏"命令，打开"取消隐藏"对话框。

（2）在"重新显示隐藏的工作表"列表中，选择要重新显示的工作表，单击"确定"按钮或双击想要取消隐藏的工作表。

3) 隐藏行或列

隐藏行或列的步骤如下：

（1）选定需要隐藏的行或列。

（2）执行"格式"→"行"（或"列"）→"隐藏"命令。

4) 显示隐藏的行或列

显示隐藏的行或列的步骤如下：

（1）如果需要显示被隐藏的行，请同时选定被隐藏行上方和下方的行；如果要显示被隐藏的列，请同时选定被隐藏列左侧和右侧的列；或选择整个工作表。

（2）执行"格式"→"行"（或"列"）→"取消隐藏"命令。

（3）如果隐藏了工作表的首行或首列，首先在"编辑栏"的"名称框"中输入 A1，并按 Enter 键，然后顺序执行"格式"→"行"（或"列"）→"取消隐藏"命令即可。

6.5 工作表中数值计算

公式和函数是 Excel 的重要组成部分，有着非常强大的计算功能，为用户分析和处理工作表中数据提供了很大的方便。

6.5.1 使用公式

利用公式可以对工作表中的数据进行算术和逻辑等运算。在公式中可以引用任意工作簿的任意工作表中的单元格。

Excel 允许在单元格中直接输入公式来处理数据，结果显示在单元格中。当选中该单元格时，编辑栏中显示该公式的表达式，这时，可在编辑栏中对公式进行编辑。

1. 创建公式

要在工作表中使用公式，首先必须创建公式。公式必须以等号（＝）开始，并且在公式中不能包含空格。用运算符表示公式操作类型，用单元格地址表示参与计算的数据位置，也可以直接输入数据进行计算。当公式中引用的单元格数据发生变化时，Excel 将自动重新计算公式的结果。

（1）打开 6-1. xls 文件，单击选中存放公式结果的单元格 G2，如图 6-22 所示。

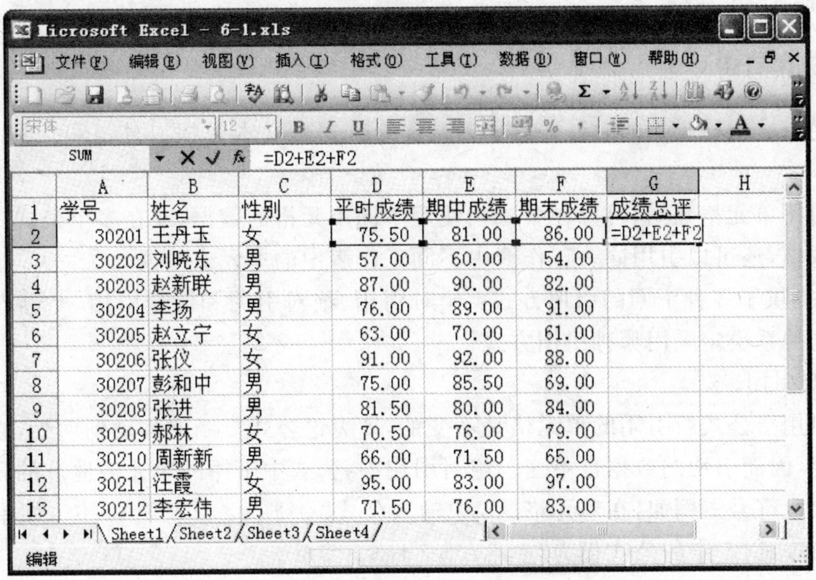

图 6-22 效果图

（2）在编辑区中，输入＝（等号）或单击编辑栏上的"编辑公式"等号按钮，Excel 将插入一个等号。

（3）输入公式内容：按 Enter 键、单击编辑栏中的"√"确认公式，这时在选定的单元格中显示公式计算的结果，在编辑区中显示公式内容，如图 6-23 所示，G2 单元格的值是242.50，编辑区中显示"＝D2＋E2＋F2"。

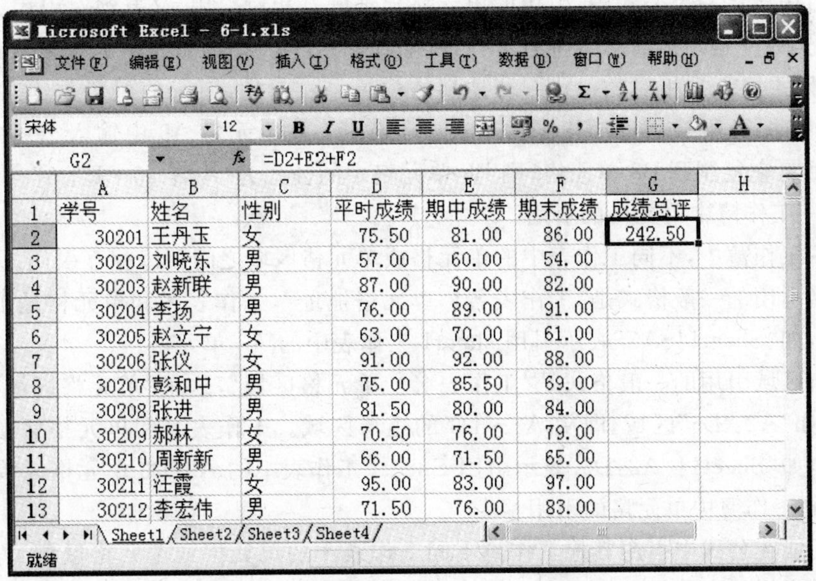

图 6-23 计算结果

在输入公式过程中，按 Esc 键或单击编辑栏中的"×"，取消输入的公式。

输入公式时，运算符号、括号、常数项需要通过键盘输入，而单元格地址一般通过"单击单元格"选取。

2. 单元格引用

在使用公式进行计算时,除了直接使用数值数据和文本数据以外,还可以引用单元格数据。

通过引用单元格数据,可以在公式中使用不同单元格的数据,或在多个公式中使用同一单元格的数值,还可以引用同一工作簿中不同工作表中的单元格数据。

Excel 提供了 3 种不同的引用方式:相对引用、绝对引用和混合引用。实际工作中,应根据数据的关系决定采用哪种引用方式。

1) 绝对引用

绝对引用指公式所引用的单元格是不变的,即无论公式复制或移动到何处,它所引用的单元格不变,因而引用的数据也不变。绝对引用中,公式中引用的单元格地址的列标和行号前都必须加 $ 符号。例如,在单元格 A5 中输入公式"=＄A＄2＋＄A＄6",如果将它复制到单元格 B8,则 B8 中的公式仍为"=＄A＄2＋＄A＄6"。

2) 相对引用

相对引用就是建立公式的单元格和被公式引用的单元格之间的相对位置关系始终保持不变,即移动或复制公式时,公式所在单元格地址会随着改变,这时被公式引用的单元格地址也做相应调整以满足相对位置关系不变的要求。在相对引用中,公式中引用的单元格地址的列标和行号前无须要加 $ 符号。例如,在单元格 A5 中输入公式"=A2＋A6",如果将它复制到单元格 B8 中,则 B8 中的公式为"=B5＋B9"。

3) 混合引用

混合引用指在一个公式中,引用的单元格地址既有相对引用,又有绝对引用。混合引用有两种情况,一种是列标前有 $ 符号,而行号前没有 $ 符号,此时被引用的单元格其列位置是绝对的,而行的位置是相对的;另一种是列的位置是相对的,而行的位置是绝对的。例如,＄C1 列是绝对、行相对,而 C＄1 是列相对、行绝对。在单元格 A5 中输入公式"=＄A2＋A＄6",然后将它复制到 B8 单元格,则 B8 单元格中的公式为"=＄A5＋B＄6"。

4) 同一工作簿中单元格的引用

在同一工作簿中,不同工作表中的单元格或单元格区域之间可以相互引用。

单元格引用的一般格式是"工作表名! 单元格地址",工作表名和单元格地址之间是用"!"分隔的,如"Sheet1! A3"表示引用 sheet1 工作表中的 A3 单元格。

单元格区域引用的一般格式是"工作表名! 单元格区域",这里"单元格区域"由冒号运算符定义,如"A2:D6"区域,即从 A2～D6 的矩形区域。工作表名和单元格区域之间仍然用"!"分隔,如"Sheet1! A2:D6"表示引用 Sheet1 工作表中的 A2:D6 单元格区域。

5) 不同工作簿中单元格的引用

用户还能在公式中引用其他工作簿不同工作表中的单元格或单元格区域,方法与同一工作簿中单元格的引用相似,只是在工作表名前加上了路径和工作簿文件名,路径名由单引号"'"引起来,工作簿文件名必须用[]括起来。例如,"C:\Test"文件夹下有工作簿 Book1. xls,如在当前工作簿 Sheet1 工作表的 A3 单元格中输入公式"=SUM('C:\Test\[book1. xls]Sheet1:Sheet3'! B7)",则表示将"C:\Test"文件夹下的 Book1. xls 工作簿文件中的

Sheet1、Sheet2、Sheet3 三个工作表中相同单元格 B7 的数值进行求和计算,并将结果放置在当前工作簿 Sheet1 工作表的 A3 单元格中。如果被引用的工作簿文件已经打开,则可以省略路径,则公式变为"=SUM([Book1.xls]Sheet1:Sheet3! B7)"。

如果以上例子中的单元格是单元格区域,则公式变成如下格式:

" = Sum('C:\Test\[book1.xls]Sheet1:Sheet3'!B2:C5)"

或

" = Sum([Book1.xls]Sheet1: Sheet3!B2:C5)"

3. 复制公式

在利用 Excel 处理工作表数据时,经常会遇到在同一行或同一列使用相同计算公式的情况,利用复制公式功能可大大简化输入过程。

例如,在 A5 单元格中建立公式"=A3+A6",将此公式复制到 B5 和 C5 单元格中,可采用以下方法:

1)用鼠标拖曳的步骤如下:

(1) 单击被复制公式所在的单元格,使之成为活动单元格,本例是 A5。

(2) 移动鼠标指针到该单元格的填充柄上,指针形状变为"+"字形。

(3) 从 A5 开始拖曳鼠标到单元格 C5,这时,A5 的公式被填充到 B5 和 C5 单元格中。

由于在公式中使用的是相对引用,所以从编辑栏中可以看到 B5 单元格中的公式为"=B3+B6"；C5 单元格中的公式为"=C3+C6"。

2) 使用"复制"按钮的步骤如下:

(1) 单击 A5 单元格,使之成为活动单元格。

(2) 单击"复制"按钮。

(3) 单击选中 B5 单元格,然后单击"粘贴"按钮,在编辑栏就会显示公式"=B3+B6"。

(4) 重复以上操作,可将公式复制到 C5 单元格中。

6.5.2　使用函数

Excel 提供了大量的函数,这些函数都是 Excel 预定义的公式。例如,求和函数(SUM)、求平均值函数(AVERAGE)等。函数处理数据的方式与公式处理数据的方式是相同的,使用函数可以使公式变得更加简单。

函数由等号、函数名和参数组成。函数名通常用大写字母表示,用来描述函数的功能。函数的基本形式为"=函数名(参数 1,参数 2,…)",参数可以是数字、单元格引用或函数所需要的其他信息。参数要用圆括号括起来,当参数多于一个时,要用","分隔开。函数本身也可以作为参数,形成所谓的函数嵌套。Excel 最多允许嵌套七级函数。

Excel 提供给用户的函数包括数据库函数、日期与时间函数、数学与三角函数、统计函数、财务函数、查找与引用函数、文本函数、逻辑函数和信息函数等。

常用函数有求和(SUM)、求平均值(AVERAGE)、求最大值(MAX)、求最小值(MIN)等。

可以按照输入公式的方法输入函数,输入函数的另一种方法是使用粘贴函数。

1. 使用"插入函数"对话框选择函数

使用"插入函数"对话框,可以正确快速地建立函数,而不需记忆大量的函数参数。

插入函数的操作步骤如下:

(1) 选定要建立公式的单元格,执行"插入"菜单中的"插入函数"命令,打开"插入函数"对话框,如图 6-24 所示。在"选择类别"列表中列出了所有函数的类型,在"选择函数"列表中列出了某种类型的所有函数名。选择插入的函数类型,如"常用函数";单击函数名选中要插入的函数,如"SUM"。

(2) 单击"确定"按钮,弹出如图 6-25 所示所选函数的函数参数对话框,要求用户输入函数的参数。在 Number1 文本框中可以输入数值、单元格地址、单元格区域地址或名称,如输入单元格区域"A8:C8"。

(3) 单击"确定"按钮,在建立公式的单元格中显示计算结果。所使用的计算公式显示在编辑栏中,如"=SUM(A8:C8)"。

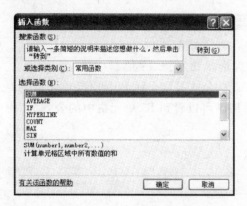

图 6-24　"插入函数"对话框

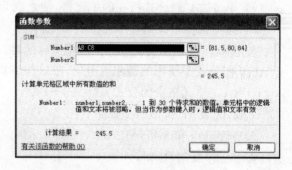

图 6-25　"函数参数"对话框

当输入参数时,可以直接输入单元格地址或单元格区域地址,但更有效的方法是单击折叠按钮选择数据区。

单击参数栏右边的"折叠按钮对话框"按钮(如图 6-26 所示)暂时折叠对话框,然后在工作表上选定单元格或单元格区域,这时所选定的单元格或单元格区域将被一个虚框包围(如图 6-27 所示),再单击"展开对话框"按钮返回到原来的对话框,选定的单元格或单元格区域地址会自动填入到对话框中的参数栏中。

图 6-26　"折叠按钮"对话框

如果输入的参数是多个不相邻的单元格或单元格区域,可以在选择时按住 Ctrl 键分别选取,或在 Number1、Number2、Number3······中输入各个单元格或单元格区域地址。

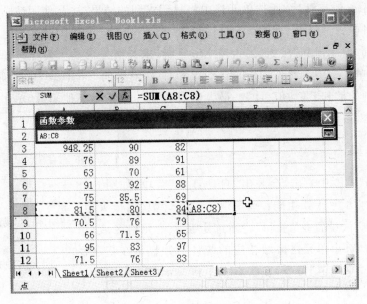

图 6-27　选定单元格

2．使用"函数框"选择函数

选定某个单元格后单击公式编辑栏中的"编辑公式"（f_x）按钮，同样可以打开"插入函数"对话框。

3．编辑函数

当函数所在单元格为活动单元格时，函数表达式出现在公式编辑栏的编辑区中，可以像编辑文本一样对函数进行编辑修改，也可以使用插入函数进行修改。

利用"插入函数"只能修改参数，不能更改函数名。要更改函数名最好先删除该函数，然后再重新执行"插入函数"命令。

6.5.3　自动求和与自动计算

Excel 将最常用的计算功能，以"按钮"的形式放到了常用工具栏中，这样可以快速地实现计算。

1．自动求和

"常用"工具栏中有一个"自动求和"按钮（$\sum$），利用它可以实现任意指定单元格区域的自动求和操作。它实际上是一个求和函数 SUM。

（1）单击保存自动求和结果的单元格，使其成为活动单元格。

（2）单击"常用"工具栏中的"自动求和"按钮，系统会自动将活动单元格左侧或上边的数据作为数据区。

（3）拖曳鼠标选定参与计算的单元格区域，如 A1:B10，被选定的区域将出现一个虚框。这时，活动单元格中出现一个求和函数"＝SUM(A1:B10)"。

（4）按 Enter 键确认后，所选单元格中将显示求和的结果。

如果要对同一行或同一列的单元格区域求和，可先选定求和的单元格区域，再单击"常用"工具栏中的"自动求和"按钮（∑），按 Enter 键，求和结果自动出现在该单元格区域后面的第一个空白单元格中。此外，打开"自动求和"按钮右侧的下拉列表，这里面提供了几种常用的函数，分别为求和、平均值、计数、最大值、最小值；最后是其他函数，单击它，则打开"插入函数"对话框，可以选择其他函数。

2．自动计算

在 Excel 状态栏中右击，会弹出"自动计算"菜单，如图 6-28 所示。它提供了 6 种计算功能：平均值、计数、计数值、最大值、最小值、求和，默认设置是"求和"。当选定某个单元格区域后，则系统会自动计算出单元格区域相应的统计值并显示在状态栏中。例如，选择"平均值"命令，在状态栏中将显示所选区域的平均值，如图 6-29 所示。

图 6-28　"自动计算"菜单

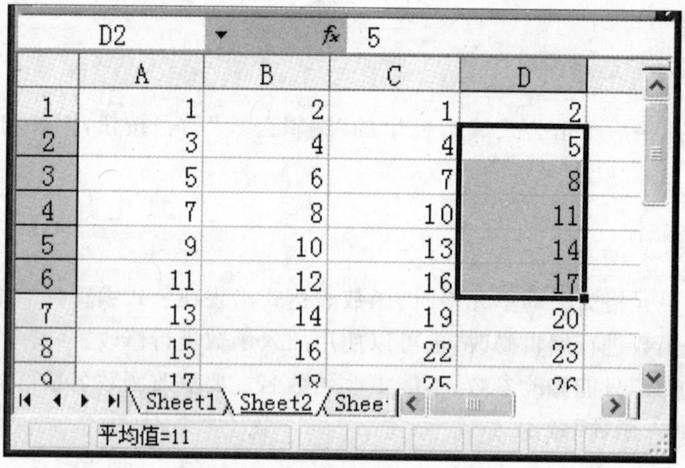

图 6-29　求平均值结果

6.6　工作表的格式设置

格式设置可以分为工作表格式设置和页面设置。工作表格式设置可分为数据格式设置和单元格格式设置。数据格式设置包括设置字体、字号、字形、字体颜色、特殊效果、数字格式和对齐方式等；单元格格式设置包括调整行高和列宽、设置边框与底纹等。

1．单元格格式设置

对工作表中的数据格式进行设置，需要打开"单元格格式"对话框，选定要设置的单元格，选择"格式"菜单中的"单元格"命令，或使用右键菜单中的"设置单元格格式"命令，打开

"单元格格式"对话框,如图6-30所示。

1)"数字"选项卡

在"数字"选项卡中,左边的"分类"列表框分类列出数字格式的类型,右边显示该类型的格式。不同的类型其对话框不一样,所以必须先在左边"分类"列表框中选择数字格式类型,再在右边的类型框中进行设置。

2)"对齐"选项卡

"对齐"选项卡主要进行下面一些设置,如图6-31所示。

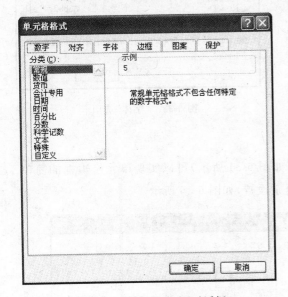 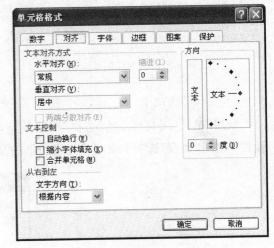

图6-30 "单元格格式"对话框 　　　　　图6-31 "对齐"选项卡

- "水平对齐"包括常规、左缩进、居中、靠左、填充、两端对齐、跨列居中、分散对齐。
- "垂直对齐"包括靠上、居中、靠下、两端对齐、分散对齐。
- "方向"用来改变单元格中文本旋转角度,通过鼠标拖曳文本框中的红色亮点调整,或在下面的文本框内输入所需角度。
- "自动换行":对输入的文本根据单元格的列宽自动换行。
- 缩小字体填充:减小单元格中的字符大小,使数据的宽度与列宽相同。
- 合并单元格:将多个单元格合并为一个单元格,与"水平对齐"列表框中的"居中"按钮结合,一般用于标题的对齐显示,用法是首先选中要合并的单元格,然后将"合并单元格"前的复选框选中即可(如图6-32所示)。在"格式"工具栏中的"合并及居中"按钮 直接提供了该功能。

注意:在Excel 2003中没有拆分单元格命令,如果想取消合并的单元格,只需将图6-31中"合并单元格"前选中的复选框取消选中即可。

3)"字体"选项卡

字体的设置方法同Word一样,同样遵循"先选定、后操作"的原则,如图6-33所示。

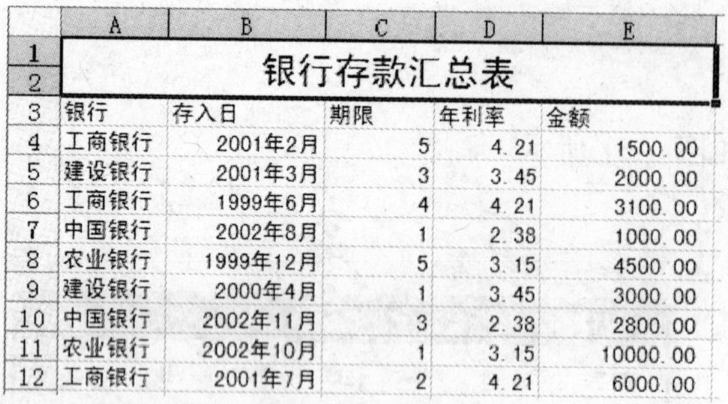

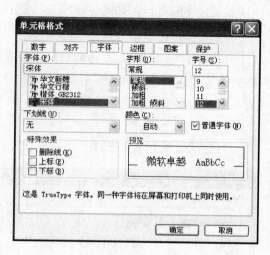

图 6-32　合并后的单元格

图 6-33　"字体"选项卡

4)"边框"选项卡

利用"格式"工具栏上的"边框"按钮 ▦ ▾（如图 6-34 所示）可以实现单元格边框的简单设置；利用"边框"选项卡完成单元格边框的复杂设置，如图 6-35 所示。

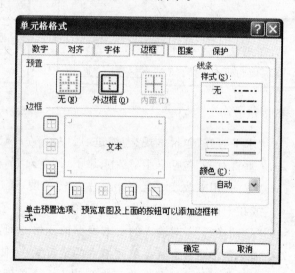

图 6-34　"边框"按钮下拉框

图 6-35　"边框"选项卡

5)"图案"选项卡

图案指区域的颜色和阴影，也叫"底纹"，通过对"图案"选项卡进行设置，可以为单元格添加颜色背景或底纹，如图 6-36 所示。

6)"保护"选项卡

为使输入的数据不被修改、移动或删除，可利用工作表的单元格数据保护功能，如图 6-37所示。

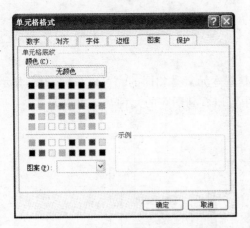

图 6-36 "图案"选项卡

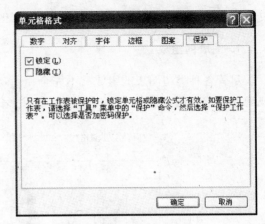

图 6-37 "保护"选项卡

2．设置行高和列宽

工作表中的行高与列宽均有一个默认值，用户可以更改工作表中默认的行高与列宽，同时也可以根据需要调整行高和列宽。

调整行高、列宽有两种方法：

1）用鼠标直接拖曳

将鼠标移向行号或列号边线，鼠标指针变为双向指针，拖曳鼠标即可。

2）使用菜单命令

选定该行或列中的任意一个单元格：顺序执行"格式"菜单中的"行"→"行高"（或"列"）→"列宽"命令，打开"行高"（或"列宽"）对话框，如图 6-38 和图 6-39 所示。输入新的值，单击"确定"按钮。

图 6-38 "行高"对话框

图 6-39 "列宽"对话框

6.7 数据图表化

在 Excel 2003 中常用图表表示工作表数据。当工作表数据变化时，图表也会相应随之自动更新。用图表表示工作表数据直观、简洁，更便于进行数据分析以及比较数据之间的差异。

6.7.1 创建图表

图表位置：可以单独创建为一个 Excel 工作表（即独立式），也可以嵌入到 Excel 工作表中作为其中的一部分（即嵌入式）。

图表类型：标准类型和自定义类型。标准类型中有条形图、折线图、饼图、面积图等14 种图表。自定义类型中有彩色堆积图、彩色折线图、自然条形图等 20 种图表。每种类型又有多种格式,常用图表类型有折线图、柱形图、条形图和饼图等。

1. 图表的组成

尽管各种类型图表的组成并不完全相同,但其基本元素是相同的。可以根据需要,显示或隐藏部分组成元素。从图 6-40 所示的柱形图中可以看到图表的几种基本组成元素。

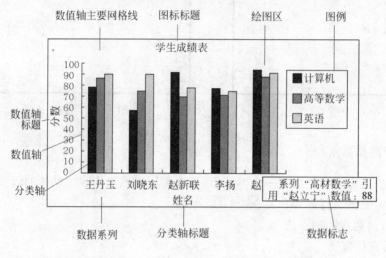

图 6-40　柱形图

(1) 图表区:整个图表,包括全部图表对象。

(2) 图表标题:位于图表区域顶端的文字部分,如"学生成绩表"。

(3) 分类轴:水平坐标轴下方显示的数据,如"王丹玉、刘晓东、赵新联⋯⋯"。

(4) 分类轴标题:水平坐标轴下方的名称,如"姓名及学号"。

(5) 数值轴:垂直坐标轴左侧显示的数据,如"0、10、20⋯"。

(6) 数值轴标题:垂直坐标轴左侧的名称,如"分数"。

(7) 数值轴主要网格线:图表中的水平刻度线。另外还可以设置次要网格线。

(8) 数据系列:图形中具有相同颜色的图形块,其名称显示在图例中。

(9) 数据标志:当鼠标指针放在数据系列上方时,显示的数据。如"数值:88"。

(10) 图例:标示图表中不同数据系列的颜色块及其说明。

2. 创建图表

利用"常用"工具栏中的"图表向导"按钮或执行"插入"菜单中的"图表"命令,根据选定的数据区域建立图表。

(1) 建立工作表并输入数据,如图 6-41 所示。

(2) 选定数据区域 A1:D6,如果要建立图表的区域是一组不连续的区域,可利用 Ctrl 键和左

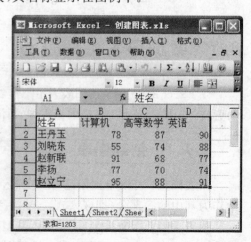

图 6-41　输入数据

键选择。

（3）单击"常用"工具栏上的"图表向导"按钮，或执行"插入"菜单中的"图表"命令，打开"图表向导"对话框。

（4）在"标准类型"或"自定义类型"选项卡中，选择图表类型，这里选择标准类型中的第一个簇状柱形图，如图 6-42 所示。

（5）单击"下一步"按钮，弹出图表向导"图表源数据"页面，如图 6-43 所示。已选定的数据自动填入"数据区域"框中，可以单击该框右边的"折叠对话框"按钮，折叠该对话框，然后在工作表中拖曳鼠标重新选择数据区域，确定后再单击"展开对话框"按钮，恢复显示"图表源数据"对话框。

图 6-42　"图表向导"对话框

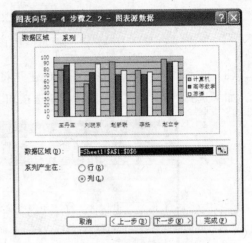

图 6-43　"图表源数据"页面

对话框中"系列产生在"栏中有两个单选项：

① 选中"行"单选按钮。表示数据按行组织，每行是一个序列，在图中以不同颜色表示，数据区域最左列的每一项作为图表序列标志放到图例中。

② 选中"列"单选按钮。表示数据按列组织，每列是一个序列，在图中以不同颜色表示，数据区域最上面一行的每一项作为图表序列标志放到图例中。本例中选择"行"单选按钮。

（6）单击"下一步"按钮，弹出"图表选项"页面，如图 6-44 所示。在其中可以输入图表标题、分类（X）轴和数值（Y）轴；选择不同的选项卡，可以设置图表的不同元素。

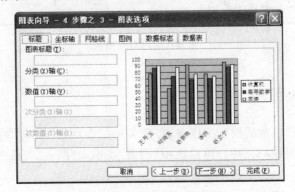

图 6-44　"图表选项"页面

（7）单击"下一步"按钮，弹出"图表位置"页面，如图 6-45 所示。设定图表是嵌入到工作表中（嵌入式）还是新建图表工作表（独立式）。本例选择"作为其中的对象插入"单选按钮。默认的情况是插入到当前工作表，如果需要插入到别的工作表中，可单击右边的下三角按钮，从弹出的列表中选择要插入到的工作表。

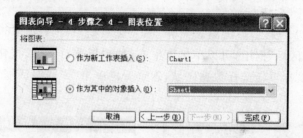

图 6-45　"图表位置"页面

（8）单击"完成"按钮，完成图表创建并将其插入到当前工作表 Sheet1 中，如图 6-46 所示。如果选择"作为新工作表插入"单选按钮，则插入图表的结果如图 6-47 所示。

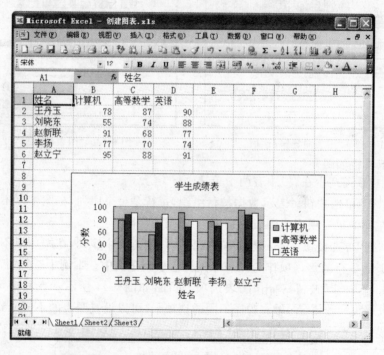

图 6-46　作为其中的对象插入后的结果

6.7.2　编辑图表

选定插入的图表，或激活图表工作表，将在菜单栏中出现"图表"菜单，同时在屏幕上显示"图表"工具栏，见图 6-48。用户可以使用"图表"菜单或"图表"工具栏编辑图表。

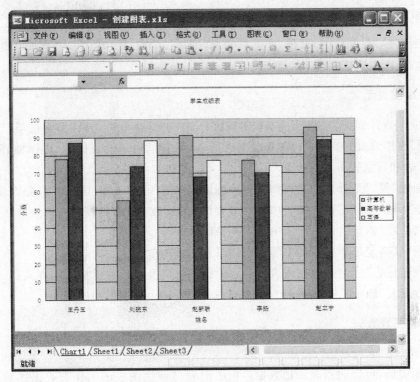

图 6-47 作为新建工作表插入的结果

1."图表"工具栏

"图表"工具栏如图 6-48 所示,各按钮功能如表 6-4 所示。

图 6-48 "图表"工具栏

表 6-4 "图表"工具栏按钮功能

按　　钮	按钮名称	功　　能
图表区	图表对象	选择图表中要修改的图表元素
	图表对象格式	设置所选图表对象的格式
	图表类型	改变图表类型
	图例	用于设置显示或隐藏图例
	数据表	用于设置在图表底部显示或隐藏每个数值序列的值
	按行	表示数据按行组织,每列是一个序列
	按列	表示数据按列组织,每行是一个序列
	向下斜排文字	可将所选文字向下旋转 45 度
	向上斜排文字	可将所选文字向上旋转 45 度

2. "图表"菜单

选中图表后,菜单栏中原"数据"菜单变为"图表"菜单。利用"图表"菜单可以设置数据类型、数据源、图表选项和图表位置等。

3. 修改图表元素

移动鼠标指针到图表的绘图区,右击,从弹出的快捷菜单中选择"图表选项"选项,打开"图表选项"页面,见图 6-44。它包含 6 个选项卡,可分别用于设置标题、坐标轴、网格线、图例、数据标志和数据表等。

- "标题"确定是否在图表中添加图表标题、分类(X)轴标题和数值(Y 或 Z)轴的标题。
- "坐标轴"确定是否在图表中显示分类(X)轴和数值(Y)轴。
- "网格线"确定是否在图表中显示网格线。
- "图例"确定是否在图表中显示图例以及图例的位置。
- "数据标志"确定是否在图表中显示数据标志以及显示数据标志的方式。
- "数据表"确定是否在图表下面的网格中显示每个数据系列的值。

4. 更改图表数据

1) 在图表中添加数据

建立图表后,可以向图表添加数据。由于图表与创建图表的工作表数据区域之间已建立了链接关系,所以在修改工作表数据时,图表会自动更新。但当在工作表中增加新的数据列或数据行时,需要将其添加到图表中。

(1) 使用菜单命令。

使用菜单命令在图表中添加数据步骤如下:

① 选定插入的工作表或激活图表工作表。

② 执行"图表"菜单中的"添加数据"命令,打开"添加数据"对话框,如图 6-49 所示,要求用户选定要添加到图表中的数据。

③ 选定新增加的区域,如 E1:E6,该数据区域便出现在"添加数据"对话框的"选定区域"文本框中。

④ 单击"确定"按钮,新增加的数据即被添加到图表中,如图 6-50 所示。图中的"数学"数据系列即为添加结果。

图 6-49 "添加数据"对话框

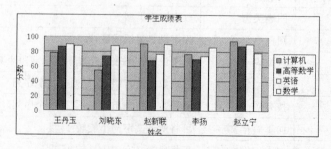

图 6-50 添加数据后的图表

（2）使用鼠标。

使用鼠标拖曳在图表中添加数据步骤如下：

① 在工作表中选择要添加的数据区域。

② 将鼠标指针指向数据区域的下边线位置，鼠标指针变为十字双向箭头。

③ 拖曳选定数据区域到要添加数据的图表中即可。

2）在图表中删除数据

若删除工作表中的数据。图表将自动删除这些数据。若只删除图表中的某个图例，而仍保留工作表中的数据系列时，可用以下方法操作：

（1）双击图表，使图表处于编辑状态。

（2）单击图表中要删除的数据系列，该数据序列中的所有数据均出现一个控制点，如图 6-51 所示。

（3）按 Del 键，就可以从图表中删除该数据系列，但并不改变与其建立链接关系的工作表数据。

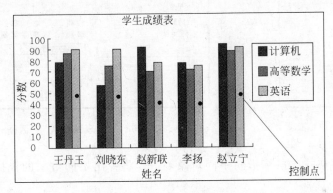

图 6-51 带控制点的数据系列

5．更改图表类型

图表建立后，如果所用的图表类型不能很好地表达工作表中的数据，可以采用以下方法来更改图表类型。

（1）选定要更改类型的图表。

（2）执行"图表"菜单中的"图表类型"命令，弹出"图表类型"对话框。

（3）在"图表类型"列表框中选择图表类型，再从"子图表类型."列表框中选择子类型。

（4）单击"确定"按钮，完成图表类型的更改。

6．图表位置的更改

图表建立后，如果需要更改图表位置，即嵌入图表（嵌入式）和图表工作表（独立式）间的更改，可以采用以下方法来更改图表位置：

（1）选定要更改类型的图表。

（2）执行"图表"菜单中的"位置"命令，弹出"图表位置"对话框。

（3）在"图表位置"对话框中选择图表位置。

（4）单击"确定"按钮，完成图表位置的更改。

7．图表中文字的编辑

图表中文字包括图表标题、分类轴、分类轴标题、数值轴、数值轴标题、数据系列标志、图例等，不同的文字对象可以有不同的格式。

（1）图表区格式。右击图表区的"空白"处，会弹出如图 6-52 所示的快捷菜单，选择"图表区格式"选项，弹出如图 6-53 所示的"图表区格式"对话框。可以设置图表边框、区域底纹等。选择"字体"标签设置的字体，将应用于图表中的所有文字。

图 6-52　快捷菜单

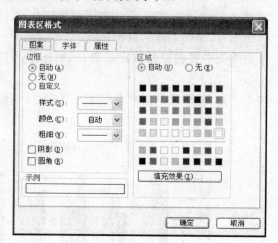

图 6-53　"图表区格式"对话框

（2）某一区域格式。鼠标指向不同对象，右击，将弹出不同对象的快捷菜单，不同的对象有不同的格式对话框。

6.8　数据管理

Excel 2003 具有较强的数据管理能力，可以对大量数据快速地进行排序、筛选、分类汇总、查询与统计等操作。

6.8.1　数据清单的建立与编辑

数据清单在工作表中，是按一定的结构组成的数据区域。建立一个有条理的数据清单，能更有效地管理数据。

1．数据和数据清单

数据库是以一定的组织形式存储在存储介质上的相互关联的数据集合。数据库按数据模型可分为层次型数据库、网状型数据库和关系型数据库。其中，关系型数据库是以二维表为基础的数据库。

具有二维表格式的数据存储到计算机中便形成所谓的数据库文件。数据库文件由若干条记录和若干个字段组成。每一行表示一条记录，记录用记录号 1，2，3，…标识；字段用字段名标识。

Excel 2003 中的工作表具有二维表的基本格式特征。在工作表中,按记录和字段的结构组成的数据区域称为数据清单。一张数据清单可以看作是一个数据库文件,Excel 2003 可以对它进行查询、排序、筛选以及分类汇总等数据库基本操作。数据清单中的列相当于数据库的字段,列标题被认为是数据库的字段名;数据清单中的每一行对应于数据库文件的一条记录。图 6-54 所示的数据区域 B4:F11 是一个简单的数据清单。

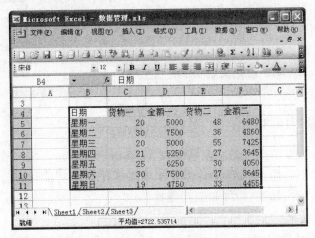

图 6-54 数据清单

2.定义名称

为了便于对数据清单进行操作,可以对数据清单及其各列定义名称。定义的名称可在公式中直接使用。

1)为数据清单定义名称

为数据清单定义名称的步骤如下:

(1)顺序执行"插入"→"名称"→"定义"命令,打开"定义名称"对话框,如图 6-55 所示。

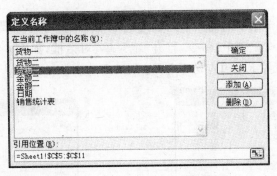

图 6-55 "定义名称"对话框

(2)在"在当前工作簿的名称"文本框中输入一个名称,如"销售统计表"。

(3)在"引用位置"文本框中输入数据清单所包含的区域,或单击该栏右侧的"折叠对话框"按钮,暂时折叠对话框,然后在工作表中选择数据区域,再单击"展开对话框"按钮,返回"定义名称"对话框,所选区域显示在"引用位置"文本框中。

（4）单击"添加"按钮,将定义的名称添加到名称列表中。

（5）单击"确定"按钮,完成数据清单名称的定义。

在"定义名称"对话框中还可以查阅、修改、删除已定义的名称。

2）为各列定义名称

为各列定义名称的步骤如下：

（1）选定整个数据清单,顺序执行"插入"→"名称"→"指定"命令,打开"指定名称"对话框,如图 6-56 所示。

（2）在"名称创建于"栏中选中"首行"复选框,单击"确定"按钮。这时,系统自动将各字段名定义为各列的标题。例如,在图 6-54 中,B5:B11 被定义为"日期"；C5:C11 被定义为"货物一"。

图 6-56 "指定名称"对话框

3. 使用"记录单"对话框

在实际应用中,数据清单中的字段可能较多,有时一屏显示不完。在输入、查看或修改时要左右移动,非常不方便。利用 Excel 2003 提供的记录单功能可以方便、快捷地对数据清单中的记录进行查看、修改、添加和删除等操作。

1）"记录单"对话框

单击工作表数据清单内的任一单元格,Excel 2003 会自动选定此数据清单。这时,执行"数据"菜单中的"记录单"命令,打开如图 6-57 所示的记录单对话框,开始显示数据清单中第一条记录的字段名和数据。单击"下一条"按钮显示下一条记录,单击"上一条"按钮显示上一条记录。

2）添加记录

有两种方法可以为数据清单添加记录：一种是直接在数据清单中插入一空行,然后在相应的单元格中输入数据；另一种是使用"记录单"对话框添加记录。

【例 6-1】 在 Sheet4 数据清单中增加 4 条记录,然后将该数据清单重新命名为"学生成绩表"。

操作步骤如下：

单击 Sheet4 数据清单中的任一单元格,选中该数据清单。

（1）选择"数据"→"记录单"命令,打开"记录单"对话框,如图 6-58 所示。单击"新建"按钮,"记录单"对话框各字段内容均为空白。

图 6-57 记录单对话框

图 6-58 空白的记录单对话框

（2）输入新增记录各字段的内容。每输入一个字段值可按 Tab 键将光标移到下一个字段文本框中。一条记录的内容输入完成后，按 Enter 键后，该记录添加到原数据清单最后一条记录的后面，屏幕上继续给出空白的对话框以便输入下一条记录的内容。

（3）添加 4 条记录后，单击"关闭"按钮，完成添加记录。

（4）顺序执行"插入"→"名称"→"定义…"命令，打开"定义名称"对话框，如图 6-59 所示。在"在当前工作簿的名称"文本框中输入名称为"学生成绩表"，在"引用位置"文本框中输入数据清单所包含的区域为"＝Sheet4！＄A＄1：＄E＄16"。

（5）单击"添加"按钮，名称"学生成绩表"被添加到名称列表中，最后单击"确定"按钮，完成定义名称。

3）记录查询

在记录单对话框中单击"条件"按钮，然后在对话框的空白字段内输入查找条件，之后单击"记录单"按钮，可以实现快速查找和显示记录。

【例 6-2】 如查询"学生成绩表"数据清单中的高等数学成绩大于 85 的记录。

（1）选定数据清单，执行"数据"菜单中的"记录单"命令，打开记录单对话框，见图 6-57。

（2）单击记录单对话框中的"条件"按钮，对话框中各字段的内容变为空白，可输入查找条件。在"高等数学"字段文本框中输入"＞85"，如图 6-60 所示。

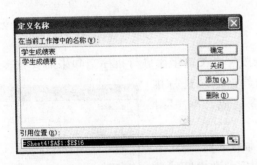

图 6-59 "定义名称"对话框

图 6-60 "记录单"中输入查询条件

（3）单击"下一条"按钮，向下查找满足条件的记录；或单击"上一条"按钮，向上查找满足条件的记录。如果数据清单中的多条记录都满足查找条件，就要多次单击"下一条"或"上一条"按钮，才能看到全部符合条件的记录。

（4）单击"关闭"按钮，记录查询完毕。

4）删除记录

（1）利用记录单对话框删除记录。

打开记录单对话框，选定要删除的记录，再单击"删除"按钮，这时弹出如图 6-61 所示的提示框，单击"确定"按钮即可删除选定的记录，其余的记录将顺延上移，用记录单对话框删除记录时，删除操作仅限于数据清单中该记录的所有单元格，数据清单之外的单元格不受影响。但是这种方法一次

图 6-61 删除记录提示框

只能删除一条记录,而且删除记录不能通过"撤销"操作进行恢复。

(2) 直接在工作表中使用删除行的方法删除记录。

利用前面介绍的删除工作表行或多行的方法可以一次删除一条或多条记录,是以整行为单位进行删除操作的,因此有可能删除某些不能删除的数据。用此方法删除的记录能通过"撤销"操作进行恢复。

6.8.2　数据排序

数据排序是将数据清单中的记录按关键字段(某一字段)的数据值由小到大(升序或递增)或由大到小(降序或递减)进行重新排列。

对数值型字段,按数值大小进行升序或降序排序。对字符型字段,按第一个字母(汉字以拼音的第一个字母)从 A～Z 次序排序称为升序;反之,从 Z～A 次序排序称为降序。

1. 使用"常用"工具栏排序

在"常用"工具栏中有两个排序按钮 ![升序] (升序)和 ![降序] (降序),利用它们可以迅速地对数据清单中的记录按某一关键字段进行排序。

【例 6-3】　将"学生成绩表"数据清单中的"英语成绩"按升序排列。

(1) 在"学生成绩表"数据清单中单击"英语成绩"关键字段所在列的任意单元格。

(2) 单击"常用"工具栏上的升序按钮 ![升序] ,数据清单中的记录就按"英语成绩"中的数值升序排列。

2. 使用菜单命令排序

使用"常用"工具栏中的排序按钮,只能按一个关键字段进行排序。如果需要按多个关键字段进行排序,或只对数据清单的部分数据区域进行排序,则需要利用"数据"菜单中的"排序"命令完成,"排序"对话框如图 6-62 所示。

- 如果在执行"数据"菜单中的"排序"命令之前,选定了数据清单的部分数据区域,则只对选定的数据区域进行排序,其他未选中部分的数据区域保持原有的排列不变。

- 当有多个排序关键字时,首先按"主要关键字"进行排列,当两条以上记录的主要关键字段值相同时,再根据"次要关键字"进行排列,当它们的次要关键字段值

图 6-62　"排序"对话框

又相同时,再根据"第三关键字"进行排列。若所有关键字段值都相同时,则原来行号小的记录排列在前面。

- 若数据区有字段名,通常在"排序"对话框的"当前数据清单"栏选中"有标题行"单选按钮,表示第一行为标题行,不参加排序;否则,标题行将参加排序。

- 单击"排序"对话框中的"选项"按钮,可打开"排序选项"对话框。其中,可指定自定义的排序次序;在排列时是否区分大小写;按行排序或按列排序;对汉字是按拼音字母还是笔画多少进行排序。

【例6-4】　将"学生成绩表"数据清单中的各记录按"英语"成绩的降序和"高等数学"成绩的升序重新排列。

（1）单击"学生成绩表"数据清单中的任一单元格,选中该数据清单。

（2）执行"数据"菜单中的"排序"命令,打开"排序"对话框。在该对话框中可指定排序的主要关键字和次要关键字,并设定按升序或是降序排列。

（3）单击"主要关键字"框右边的下拉箭头,从下拉列表中选择字段名"英语"作为主要关键字,并选中"递减"选项。

（4）单击"次要关键字"框右边的下拉箭头,从下拉列表中选择字段名"高等数学"作为次要关键字,并选中"递增"选项。

（5）单击"确定"按钮,完成排序。

6.8.3　数据筛选

使用记录单对话框一次只能显示一个符合条件的记录。要在一个较大的数据清单中一次查找多条符合条件的记录并把结果显示出来,必须使用 Excel 2003 的数据筛选功能。数据筛选指在工作表上只显示数据清单中符合条件的记录,其他记录则被隐藏起来。

1．自动筛选功能

单击数据清单中的任一单元格,顺序执行"数据"→"筛选"→"自动筛选"命令。这时,数据清单的每一个字段名右边都出现一个筛选箭头,如图 6-63 所示。单击某一个字段名的筛选箭头,会弹出一个下拉列表,它列出该字段中的所有项目,可用于选择作为筛选的条件。图 6-63 给出了对"学生成绩表"数据清单按"计算机"筛选的条件。单击其中的一个条件,即可自动筛选出满足条件的所有记录,并且把结果显示在屏幕上,如图 6-64 所示的三条记录就是选择"计算机"筛选条件中的 80 后所列出的记录,即计算机成绩为 80 的记录。

图 6-63　自动筛选

图 6-64 自动筛选结果

自动筛选下拉列表中除字段内容的选项外，还有"全部"、"前 10 个⋯"和"自定义⋯"等选项。

- "全部"选项：用于恢复显示数据清单的全部记录。
- "前 10 个⋯"选项：用于筛选某字段数据值最大或最小的若干条记录。
- "自定义⋯"选项：用于筛选符合用户自定义条件的记录。

1）筛选前几条记录

自动筛选"前 10 个⋯"功能适用于在大型数据清单中快速查找某个字段数据值最大或最小的若干条记录。这里不能把"前 10 个"理解成固定的前 10 个，用户可以根据需要自己设定前几个，如前 5 个、前 15 个等。

【例 6-5】 从"学生成绩表"数据清单中筛选出英语成绩排在前 5 名的 5 条记录。

（1）单击"学生成绩表"数据清单中的任一单元格。

（2）顺序执行"数据"→"筛选"→"自动筛选"命令。

（3）单击"英语"字段名右边的筛选箭头，在弹出的下拉列表中选择"（前 10 个）"选项，弹出如图 6-65 所示的"自动筛选前 10 个"对话框。

（4）在对话框左边的下拉列表框中，如果选择"最大"选项，表示查找字段数据值最大的若干条记录；如果选择"最小"选项，表示查找字段数据值最小的若干条记录，本例选择"最大"选项。

图 6-65 "自动筛选前 10 个"对话框

（5）单击对话框中间的增值按钮，设定查找记录的个数，本例设定 5。

（6）在对话框右边的下拉按钮中有两个选项：项和百分比。如果选择"项"，表示按中间文本框设定的数字显示记录个数；如果选择"百分比"，则表示中间文本框的数字为百分数比例，本例选择"项"。

（7）单击"确定"按钮，屏幕显示出数据清单中英语成绩排在前 5 名的 5 条记录。

2）自定义筛选

用户可以使用"自定义…"选项进行诸如查找高等数学成绩小于等于 70 的记录这样一类包含复合查找条件的操作。

【例 6-6】 在"学生成绩表"数据清单中，把高等数学成绩小于等于 70 的记录筛选出来。

（1）打开"学生成绩表"文件，单击"英语"字段名右边的筛选箭头，在弹出的下拉列表中选择"全部"选项；恢复显示"学生成绩表"数据清单的全部记录。

（2）单击"高等数学"字段名右边的筛选箭头，在弹出的下拉列表中选择"自定义…"选项；弹出如图 6-66 所示的对话框。

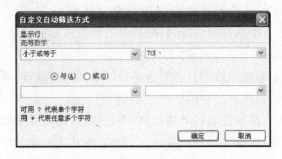

图 6-66 "自定义自动筛选方式"对话框

（3）单击第一个比较操作符的下拉箭头，从下拉列表中选择合适的操作符，本例选择"小于或等于"选项，并在它右边的文本框中输入 70。

（4）利用"与"、"或"逻辑关系可以构成复合查找条件，其中"与"表示两个条件需要同时满足，"或"表示两个条件只需满足其中之一即可，本例选择"与"选项。

（5）单击"确定"按钮，即可筛选出满足条件的记录。

3）关闭自动筛选功能

执行"数据"菜单中的"筛选"命令，从级联菜单中可以看到"自动筛选"命令前"√"标记，表示自动筛选功能有效。单击"自动筛选"选项，它前面的"√"消失，自动筛选功能被关闭，数据清单上的筛选箭头同时消失，全部记录均显示在工作表上。

2．高级筛选

自动筛选对数据进行筛选的条件相对简单，要进行更加复杂的筛选，就要使用"高级筛选"了，下面讲述进行高级筛选的主要步骤。

1）设置条件区

高级筛选是对数据清单进行筛选，它的筛选条件设定在工作表的条件区域。高级筛选可以设定比较复杂的筛选条件，并且可以直接将符合条件的记录复制到当前工作表的其他空白位置上。

执行高级筛选操作前,要先设定条件区域,该区域应在工作表中远离数据清单的位置上设置。条件区域至少为两行,第一行为字段名,第二行及以下各行为查找条件。用户可以定义一个或多个条件。如果在两个字段下面的同一行输入条件,系统将按"与"条件处理;如果在不同行中输入条件,则按"或"条件处理。

2)筛选过程

选定数据清单,顺序执行"数据"→"筛选"→"高级筛选"命令,打开"高级筛选"对话框,如图 6-67 所示。

图 6-67　"高级筛选"对话框

- 在"方式"栏中有两个选项:如果选择"在原有区域显示筛选结果"单选按钮,筛选结果将显示在原数据清单位置,不符合条件的记录被隐藏;如果选择"将筛选结果复制到其他位置"单选按钮,则将筛选的结果复制到另一个工作表或当前工作表的其他区域。

- 在"列表区域"文本框中给出了数据清单的范围,在此栏中可直接修改,或单击该栏右侧的折叠对话框按钮,然后在工作表中选择数据区域,然后单击展开对话框按钮,返回"高级筛选"对话框,所选区域显示在"列表区域"文本框中。

- 在"条件区域"文本框中指定包含筛选条件的单元格区域,选择单元格区域的方法与"数据区域"中的选择方法相同。

- 如果选中"将筛选结果复制到其他位置"单选按钮,还需要在"复制到"文本框中指定复制筛选结果的目标区域,只能是当前工作表的其他区域。

- 如果选中"选择不重复的记录"复选框,则在显示满足条件的筛选结果时,不包含内容相同的记录。

【例 6-7】　在"销售统计表"数据清单中,将货物一销售量大于 25 或货物二销售量大于 35 的记录筛选出来。则条件区域为图 6-68(a)所示;若将货物一销售量大于 25 且货物二销售量大于 35 的记录筛选出来则条件区域为图 6-68(b)所示。

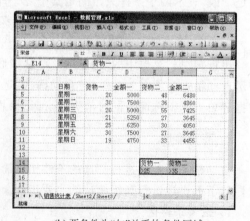

(a) 两条件为"或"关系的条件区域　　　　(b) 两条件为"与"关系的条件区域

图 6-68　筛选的条件区域

3）操作步骤

（1）在工作表中选定目标单元格区域（如 E14:F16）并输入筛选条件。

（2）确定筛选范围，即选定"销售统计表"数据清单。

（3）顺序执行"数据"→"筛选"→"高级筛选"命令，打开"高级筛选"对话框。

（4）在对话框的"列表区域"文本框中自动显示要执行筛选操作的数据清单范围为＄B＄4：＄F＄11；在"条件区域"文本框中指定筛选条件所在的单元格区域为＄E＄14：＄F＄16；在"方式"文本框中选中"在原有区域显示筛选结果"单选按钮。

（5）单击"确定"按钮，完成高级筛选操作。

如果要取消高级筛选的结果，显示原数据清单的所有记录，可以顺序执行"数据"→"筛选"→"全部显示"命令。

注意：

使用高级筛选时，首先要在工作表中输入筛选条件。输入的筛选条件应遵循以下规则：

- 条件区域的第一行为条件标志行，其中为数据清单的各字段名。
- 条件标志行下至少有一行用来定义搜索条件。
- 如果某个字段具有两个以上筛选条件，可在条件区域中对应的条件标志下的单元格中依次输入各个条件，各条件之间的逻辑关系为"或"。
- 要筛选同时满足两个条件以上字段条件的记录，可在条件区域的同一行中的对应的条件标志下输入各个条件，各个条件之间逻辑关系为"与"。
- 要筛选满足两个或多个字段条件之一的记录，可在条件区域中的不同行输入各个条件，各条件之间的逻辑关系为"或"。
- 要筛选满足多组条件（每一组条件都包含针对多个字段的条件）之一的记录，可将各组条件输入在条件区域中的不同行中。

图 6-69 所示的高级筛选条件分别如下：

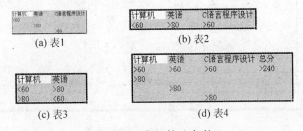

图 6-69 高级筛选条件

- 表1："计算机"字段成绩小于 60 或"英语"字段成绩大于 80 或"C 语言程序设计"字段成绩大于 60 的记录。
- 表2："计算机"字段成绩小于 60、"英语"字段成绩大于 80 且"C 语言程序设计"字段成绩大于 60 的记录。
- 表3："计算机"字段成绩小于 60 且"英语"字段成绩大于 80 或"计算机"字段成绩大于 80 且"英语"字段成绩小于 60 的记录。
- 表4："总分"字段成绩大于 240 且"计算机"、"英语"、"C 语言程序设计"都大于 60 的记录，"计算机"、"英语"、"C 语言程序设计"某一项成绩大于 80 的记录。

6.8.4　数据分类汇总与合并计算

分类汇总是根据一定类别将数据清单进行归类,汇总,以便对数据清单的整体数据进行分析总结。有时还会用到"合并计算",合并计算是将多个数据报表合并成一个完整的数据汇总报表。

1. 数据分类汇总

分类汇总就是将经过排序后已具有一定规律的数据进行汇总,生成各种类型的汇总报表。

进行分类汇总前,首先要对数据清单按照要汇总的关键字段进行排序,以使同类型的记录集中在一起,然后执行"数据"菜单中的"分类汇总"命令进行汇总。

【例 6-8】　建立"销售额"数据清单,并且以"类型"为关键字段进行排序,如图 6-70 所示。要求按类型分类汇总各月的销售额和总销售额。

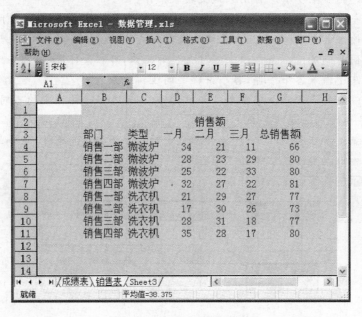

图 6-70　"销售额"数据清单

(1) 执行"数据"菜单中的"分类汇总"命令,打开"分类汇总"对话框,如图 6-71 所示,本例要在该对话框中完成以下设置:

- 在"分类字段"下拉列表中选择用来分类汇总的关键字段为"类型"。
- 在"汇总方式"下拉列表中选择要使用的函数名为"求和"。
- 在"选定汇总项"列表中选定要进行汇总计算的数据列为"一月","二月","三月"和"总销售额"。
- 选中"替换当前分类汇总"和"汇总结果显示在数据下方"复选项。

(2) 单击"确定"按钮,显示分类汇总结果,如图 6-72 所示。

按钮1 按钮2 按钮3

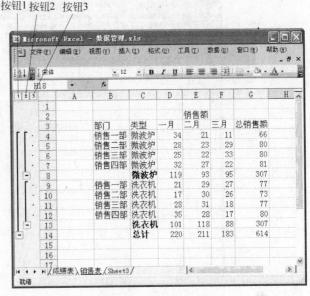

图 6-71 "分类汇总"对话框   图 6-72 分类汇总结果

在分类汇总结果工作表的左侧,有一组控制按钮:

- 单击 1 按钮,只显示总汇总结果,如本例中只显示"总计"一行,其余均被隐藏起来,如图 6-73 所示。

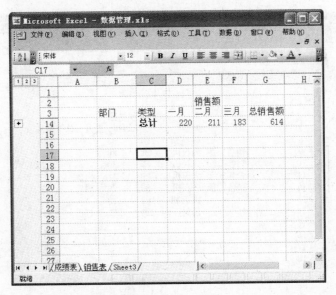

图 6-73 单击 1 按钮

- 单击 2 按钮,显示分类汇总结果和总汇总结果,如本例中显示"微波炉汇总、洗衣机汇总"和"总计"汇总行;其余数据被隐藏起来,如图 6-74 所示。
- 单击 3 按钮,可以看到全部数据和汇总结果,见图 6-72。
- 单击"-"按钮,可以隐藏相应分类汇总的数据。如单击"微波炉 汇总"行左边的"-"按钮,则隐藏与"微波炉"相关的各种数据,只显示"微波炉 汇总"行,如图 6-75 所示。

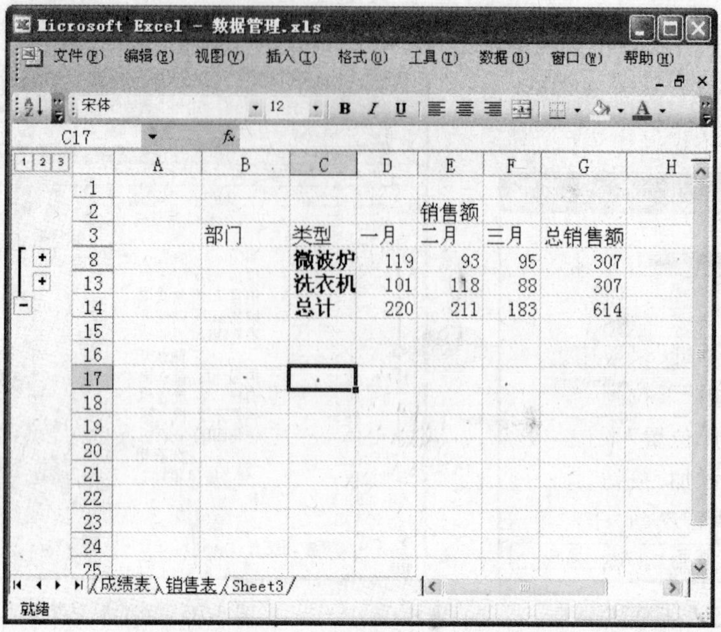

图 6-74　单击 2 按钮

- 隐藏了的数据，用户可以单击"＋"按钮使其重新显示出来，如再次单击"微波炉汇总"行左边的"＋"按钮，则隐藏的数据恢复显示。

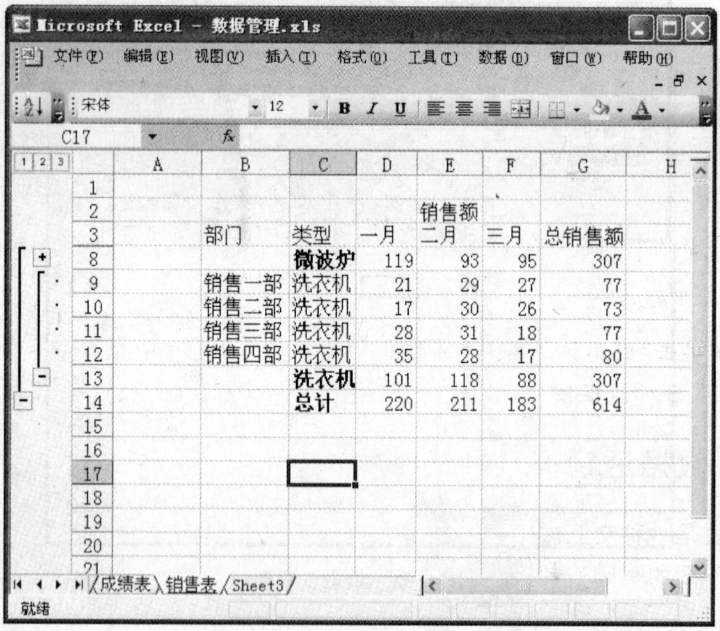

图 6-75　单击"－"按钮

当用户对数据清单进行分类汇总之后，如果希望回到数据清单分类汇总前的初始状态，只需再次执行"数据"菜单中的"分类汇总"命令，并在弹出的"分类汇总"对话框中，单击"全部删除"按钮即可。

2．合并计算

在日常工作中，经常将各部门的数据报表合并成一份完整的数据汇总报表。手工汇总这些数据报表，不仅操作烦琐，而且准确性也很难保证。Excel 2003 提供的合并计算功能，可方便快捷地完成数据汇总报表工作。合并计算是对几个不同的工作表的数据进行汇总，得到一个数据汇总工作表。

进行合并计算的步骤如下：

（1）单击合并计算结果存放区域左上角的单元格。

（2）执行"数据"菜单中的"合并计算"命令，打开"合并计算"对话框，如图 6-76 所示。

（3）在"函数"下拉列表框中，选择所需的汇总函数，如求和。

（4）在"引用位置"下拉列表中，确定需要进行合并计算的第一个源数据区域。

（5）单击"添加"按钮，第一个选定的源数据区域进入"所有引用位置"栏中。

（6）重复执行第（4）步和第（5）步，逐个确定需要进行合并计算的源数据区域。

（7）单击"确定"按钮，合并计算的结果会显示在第（1）步所确定的结果存放区域中。

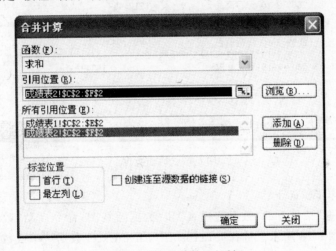

图 6-76　"合并计算"对话框

注意：可以单击"引用位置"下拉列表中的折叠对话框按钮，然后在工作表中选择源数据区域，再单击展开对话框按钮，返回"合并计算"对话框。

6.8.5　数据透视表

数据透视表是一种交互式汇总表格，可以旋转其行或列以查看对源数据的不同汇总，还可以通过显示不同的页筛选数据。

1．创建数据透视表

数据透视表的功能很强大，但其实创建过程非常简单，只需在"数据透视表和数据透视图向导"中指定用于创建的原始数据区域、数据透视表的存放位置，并指定页字段、行字段、列字段和数据字段即可。

【**例 6-9**】 如图 6-77 所示为一个原始财务凭证表,其中记录了一笔原始的财务数据,根据这些数据生成数据透视表,计算每天按总账科目分类的借贷方汇总情况。

	A	B	C	D	E	F	G	H
1	凭证号	日期	总账科目	明细科目	借方	贷方		
2	1	2009-8-10	库存商品		767.89			
3	1	2009-8-10	应交税金	应交增值税	126.41			
4	1	2009-8-10	预付账款			894.3		
5	1	2009-8-10	库存商品		788.65			
6	1	2009-8-10	应交税金	应交增值税	135.62			
7	1	2009-8-10	预付账款			924.27		
8	2	2009-8-10	库存商品		14335.46			
9	2	2009-8-10	应交税金	应交增值税	2456.78			
10	2	2009-8-10	预付账款			16792.24		
11	2	2009-8-10	库存商品		1213.68			
12	2	2009-8-10	应交税金	应交增值税	304.13			
13	2	2009-8-10	预付账款			1517.81		
14	3	2009-8-10	库存商品		1212.45			
15	3	2009-8-10	应交税金	应交增值税	156.78			
16	3	2009-8-10	预付账款			1369.23		
17	3	2009-8-10	库存商品		14035.26			
18	3	2009-8-10	应交税金	应交增值税	2314.65			
19	3	2009-8-10	预付账款			16349.91		
20								
21								
22								

图 6-77 原始数据

本例具体操作步骤如下:

(1) 单击"数据"菜单下的"数据透视表"和"数据透视图"命令启动"数据透视表和数据透视图向导",如图 6-78 所示。选择"Microsoft Office Excel 数据清单或数据库"单选按钮,将 Excel 2003 工作中的数据作为生成数据透视表的数据源。

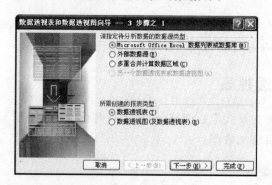

图 6-78 数据透视表创建过程

(2) 选择"数据透视表"单选框,确定创建的是数据透视表,然后单击"下一步"按钮,启动选择数据源对话框,如图 6-79 所示。

图 6-79 选择"数据源"对话框

（3）选择数据源后，单击"下一步"按钮，启动数据透视表显示位置对话框，如图 6-80 所示。

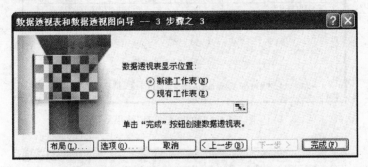

图 6-80 选择"数据透视表位置"对话框

（4）单击"布局"按钮，进入"布局"页面，如图 6-81 所示。

① 将右侧的"日期"按钮拖入"行（R）"字段区域中。

② 将"总账科目"拖入"列（C）"字段区域中。

③ 将"借方"、"贷方"拖入"数据（D）"字段区域中，如图 6-82 所示。

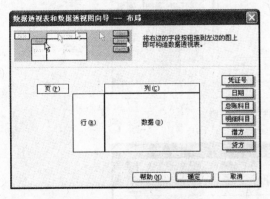

图 6-81 "布局"页面

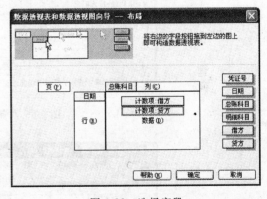

图 6-82 选择字段

④ 双击"数据（D）"中的"计数项借方"，出现"数据透视表字段"对话框，如图 6-83 所示，汇总方式选择"求和"；同样修改"计数项贷方"的汇总方式，单击"确定"按钮，回到"布局"对话框，见图 6-81。

（5）选择"数据透视表显示位置"，单击"完成"按钮。结果如图 6-84 所示。

（6）单击"筛选"按钮，如图 6-85 所示，取消"应交税金"和"预付账款"复选框，则相应的选项隐藏，如图 6-86 所示。

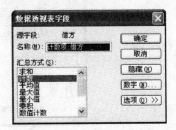

图 6-83 "数据透视表字段"对话框

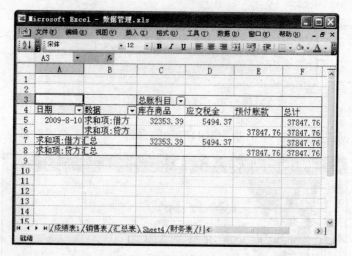

图 6-84 "数据透视表"结果

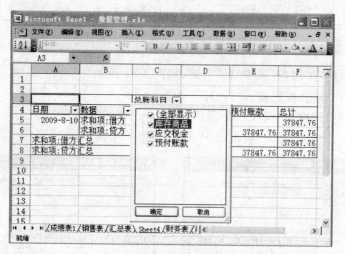

图 6-85 "筛选"显示字段

图 6-86 "筛选"结果

2．调整数据透视表布局

创建了数据透视表之后，可以通过拖曳的方法调整数据透视表的布局，包括添加字段、删除字段以及移动字段等。

- 要在数据透视表中添加某字段时，只需用鼠标将字段名从"数据透视表字段列表"栏中拖曳到表中的相应位置即可。
- 删除字段的方法是将要删除字段的字段名单元格拖曳到数据透视表以外的区域。
- 在数据透视表中拖曳某个字段名单元格可移动相应的字段。

6.8.6 页面设置及打印工作表

工作表创建好后，为了提交或者查阅方便，常常需要把它打印出来。下面讲述如何根据需要打印工作表。

1．页面设置

页面设置包括纸张大小和方向的设置、页边距设置、页眉/页脚设置和工作表设置等。

选定工作表后，执行"文件"菜单中的"页面设置"命令，打开"页面设置"对话框，如图 6-87所示。

（1）切换至"页面"选项卡，选择打印方向、放大或缩小等参数。

（2）切换至"页边距"选项卡，如图 6-88 所示，设置页边距。

（3）切换至"页眉/页脚"选项卡，如图 6-89所示。单击"自定义页眉"按钮，打开如图 6-90所示的"页眉"对话框。根据页眉在页面上的位置，分别单击"左"、"中"、"右"编辑框，然后

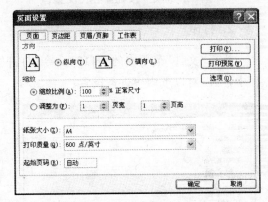

图 6-87 "页面设置"对话框

在其中输入页眉，页眉可以是自己输入的文字，也可以单击图中给出的按钮选择。

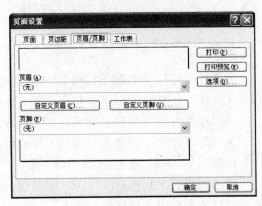

图 6-88 "页边距"选项卡 　　　　图 6-89 "页眉页脚"选项卡

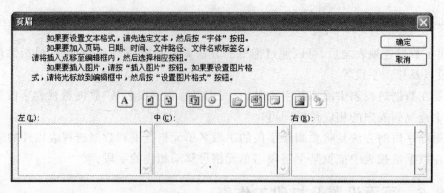

图 6-90　"页眉"对话框

(4) 切换至"工作表"选项卡,如图 6-91 所示。若使每一页都打印相同的"行"或"列"标题,则需设置此项。在"顶端标题行"文本框中输入或选定要打印的标题行所在单元格的地址。在"左端标题列"文本框中输入或选定要打印的标题列所在单元格的地址。当一页中的打印数据超过页边距时,应选打印顺序选项。

(5) 单击"确定"按钮,完成设置。

2. 打印

执行"文件"菜单中的"打印"命令,打开"打印"对话框,如图 6-92 所示。在"打印"对话框中,可以对以下内容进行设置:

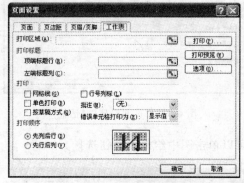

图 6-91　"工作表"选项卡

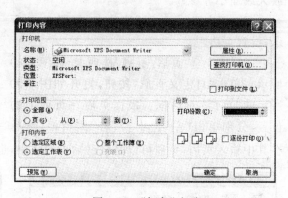

图 6-92　"打印"选项

- "打印机":在名称下拉列表中选择执行打印任务的打印机。
- "打印范围":可以选择打印全部工作表或工作表中的几页。
- "打印内容":可以自定义打印的内容。
- "打印份数":设置要打印的工作表的份数。

设置完后,单击"确定"按钮开始打印。

单击"常用"工具栏上的"打印" 按钮,也可以启动打印操作,但不进入"打印"对话框,直接按已有的设置进行打印。

习题 6

选择题

（1）Excel 中处理并存储数据的文件叫什么？（　　）

    A. 工作簿　　　　　　B. 工作表　　　　　　C. 单元格　　　　　　D. 活动单元格

（2）Excel 中处理并存储数据的基本工作单位是哪一个？（　　）

    A. 工作簿　　　　　　B. 工作表　　　　　　C. 单元格　　　　　　D. 活动单元格

（3）关于创建图表，下列说法中哪一个是错误的？（　　）

    A. 创建图表除了嵌入式图表、图形图表之外，还可手工绘制

    B. 嵌入式图表是将图表与数据同时置于一个工作表内

    C. 图形图表与数据分别安排在两个工作表中，故又称为图表工作表

    D. 图表生成之后，可以对图表类型、图表元素等进行编辑

（4）关于 Excel 的数据库应用，下列说法中哪一个是错误的？（　　）

    A. 工作簿中每一个填入数据的工作表都可作为一个数据库进行相应的数据处理

    B. 数据库工作表又称为"数据清单"

    C. 数据库工作表属于关系型数据库，也就是二维表的形式

    D. 数据库工作表的每个列称为"字段"，每个行称为"记录"

第7章

PowerPoint 2003中文版

PowerPoint 2003 中文版是 Microsoft Office 2003 中文版中最重要的组件之一，是简便易用的演示文稿制作软件。它可以把用户的意图、方案和其他需要展示的内容，变成类似幻灯片的图片一幅幅地演示给大家。如果设计得当，幻灯片演示文稿可以拥有文字、数据、图表、图形图像、声音以及视频等，达到生动的演示效果。

7.1 PowerPoint 2003 基础

7.1.1 启动 PowerPoint 2003

启动 PowerPoint 2003 的方法很多，这里仅介绍两种常用的启动方法。

1. 从"开始"菜单启动 PowerPoint 2003

操作步骤如下：

单击"开始"按钮，选择"程序"项，如图 7-1 所示。单击子菜单中的 Microsoft PowerPoint2003 选项，即可启动 PowerPoint 2003。

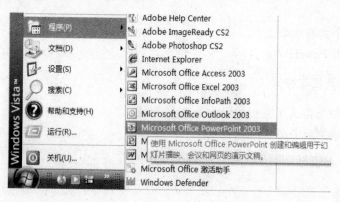

图 7-1　启动 PowerPoint 2003

2. 用快捷方式图标启动 PowerPoint 2003

这是一种最简单的启动方法，直接双击桌面上的 PowerPoint 2003 快捷方式图标，便可启动 PowerPoint 2003。

7.1.2 PowerPoint 2003 工作窗口

启动 PowerPoint 后，就可以打开工作窗口，如图 7-2 所示。

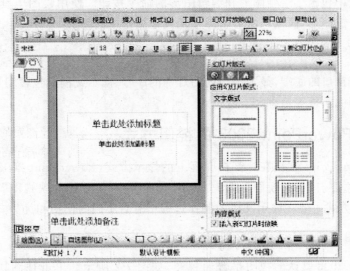

图 7-2 普通视图

工作窗口最上面是标题栏。从标题栏向下依次是菜单栏、常用工具栏、格式工具栏、幻灯片编辑区、大纲编辑窗格、任务窗格、绘图工具栏和状态栏。

1. 标题栏

标题栏位于窗口的顶端，显示出当前应用程序名和当前的文件名。在标题栏的右端有最小化、最大化（还原）、关闭按钮。

2. 菜单栏

在菜单栏中共有 9 个菜单，包括了 PowerPoint 2003 的全部命令，可以使用这些菜单中的命令创建和编辑 PowerPoint 演示文稿，进行输入文字、插入图形以及设置动画等全部操作。

3. 常用工具栏与格式工具栏

常用工具栏与格式工具栏中的命令一般是菜单栏中一些最常用的命令。使用工具栏中的按钮可以快速完成各种常用的操作。

4. 幻灯片编辑区

幻灯片编辑区是编辑幻灯片的区域，在此区域可输入文本、绘制图形、插入剪贴画和图片等。

5. 任务窗格

利用任务窗格可以完成编辑幻灯片的一些主要任务。

6. 大纲编辑窗格

使用大纲编辑窗格可组织和开发演示文稿中的内容，可以输入演示文稿中的所有文本，然后重新排列项目符号点、段落和幻灯片。

7. 绘图工具栏

绘图工具栏中包括了绘制图形和编辑图形的命令按钮。使用绘图工具栏，可以绘制各种基本图形和自选图形，插入艺术剪辑库中及其他文件中的图形。

8. 状态栏

状态栏位于窗口的底端，显示出当前幻灯片的序号、演示文稿所包含幻灯片的页数以及演示文稿所使用的模板等信息。

7.1.3　PowerPoint 2003 的视图方式

视图是 PowerPoint 文档在计算机屏幕上的显示方式，Powerpoint 2003 提供了 4 种不同的视图方式，主要有"普通视图"、"幻灯片浏览视图"、"幻灯片放映视图"和"备注视图"。4 种不同的视图方式主要在演示文稿的制作过程中有着不同的作用和优势。

1. 普通视图

PowerPoint 2003 默认的视图是普通视图，如图 7-2 所示。单击视图切换工具栏中的"普通视图"按钮 田 或执行视图菜单中的普通命令，就可以切换到普通视图，普通视图主要有 4 个部分：大纲编辑窗格、幻灯片编辑区、任务窗格和备注窗格。在该视图中可以同时利用大纲、幻灯片和备注页 3 种视图的优点，制作和编辑幻灯片。

2. 幻灯片浏览视图

单击视图切换工具栏中的"幻灯片浏览视图"按钮 品 ，便切换到幻灯片浏览视图，如图 7-3 所示。在"幻灯片浏览视图"中可以显示同一演示文稿中的所有幻灯片。在这个视图中，可以方便地浏览所有幻灯片，并且可移动、剪切、复制或删除任意一张幻灯片。

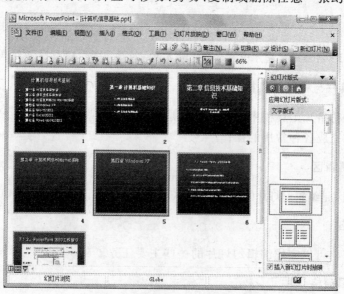

图 7-3　幻灯片浏览视图

3. 幻灯片放映视图

单击视图切换工具栏中的"幻灯片放映"按钮 ，便切换到幻灯片放映视图，如图 7-4 所示。在此视图窗口中能够展示幻灯片的全貌，浏览整个演示文稿的演示效果。

4. 备注页视图

单击"视图"菜单中的"备注页"命令，可切换到如图 7-5 所示的备注页视图。该视图分为上、下两部分，上面是一个缩小了的幻灯片，在下面的方框中可以输入幻灯片的备注信息，供演示幻灯片的过程中使用。备注信息在幻灯片放映时不被一起放映。

图 7-4 幻灯片放映视图

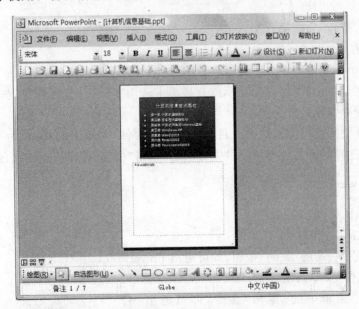

图 7-5 备注页视图

7.1.4 保存文件及退出 PowerPoint 2003

将整个文档制作完毕，需要保存文件，以便保留及以后打开使用。

1. 保存 PowerPoint 文件

保存文件的方法主要有两种：

1）新创建文件的保存

若 PowerPoint 文件是新创建的，操作如下：

执行"文件"菜单中的"保存"命令或直接单击常用工具栏中的"保存"按钮，弹出如图 7-6 所示的"另存为"对话框。

在"文件名"文本框中输入文件的名称，可以不输入文件的扩展名，PowerPoint 默认的文件扩展名为.PPT。在"保存位置"框中为目标文件选择一个驱动器和文件夹。

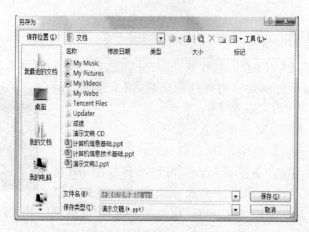

图 7-6 "另存为"对话框

单击"保存"按钮,完成第一次保存。

2) 再次保存

若 PowerPoint 文件是一个已经保存过的文件,按如下方法操作:

执行"文件"菜单中的"保存"命令,或直接单击常用工具栏中的"保存"按钮以将当前文件用原文件名保存在原文件夹中。

当需要重新更换文件夹或更改文件名时,执行"文件"菜单中的"另存为"命令,弹出"另存为"对话框。选择新的文件夹或新的文件名后,单击"保存"按钮完成再次保存。

2. 退出 PowerPoint

退出 PowerPoint 的方法如下:

1) 利用"关闭"按钮退出

单击"标题栏"右端的"关闭"按钮,即可退出 PowerPoint 2003。

2) 利用"文件"菜单退出

执行"文件"菜单中的"退出"命令,即可退出
PowerPoint 2003。

退出 PowerPoint 时,若当前文件已被修改且尚
未保存,出现如图 7-7 所示的退出 PowerPoint 提示
框,根据需要单击"是"或"否"按钮,即可退出中文
PowerPoint 2003。

图 7-7 退出 PowerPoint 提示框

7.2 创建演示文稿

一个演示文稿由若干个幻灯片组成,创建演示文稿实际上就是创建若干个幻灯片。

7.2.1 创建幻灯片初步

当启动 PowerPoint 2003 后,程序自动建立一个文件名为"演示文稿一"的空演示文稿。如果打开 PowerPoint 2003 文件后,还想建立新的演示文稿可以单击"常用"工具栏上

的"新建"按钮。

还有一种方式是,单击打开"文件"菜单,选择"新建"命令,弹出"新建演示文稿"任务窗格在"新建"区单击"空演示文稿"。

需要添加新幻灯片时,在 PowerPoint 工作窗口中,单击"格式"工具栏中的"新幻灯片"按钮,或执行"插入"菜单中的"新幻灯片"命令都可在当前幻灯片后面插入一张新的幻灯片。每张幻灯片创建后,可以在幻灯片版式任务窗格中选择一种幻灯片版式,以确认幻灯片上的文字或其他对象的位置。一张幻灯片主要包括两大部分内容:幻灯片标题和幻灯片正文。

1. 选择幻灯片版式

当插入新幻灯片时,在"幻灯片版式"任务窗格中的"应用幻灯片版式"选项组中单击选中的版式,如图 7-8 所示。

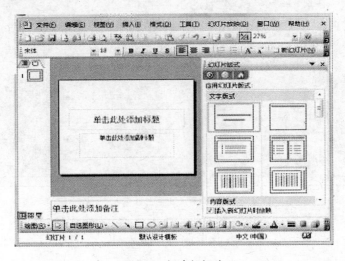

图 7-8　新建幻灯片

2. 添加标题

在"新建幻灯片"中,单击"单击此处添加标题"处,然后输入标题文字,如图 7-9 所示的"计算机信息技术基础"。

3. 编辑幻灯片

正文可包含文字、图形、剪贴画、图片、图表、表格、组织结构图、艺术字、声音和视频等,它们的输入或插入、编辑都是在幻灯片编辑区完成的。

1)添加文本

添加文本有如下几种情况:

(1)如果幻灯片上有"单击此处添加标题"或"单击此处添加文本"等信息的"占位符"(实际上

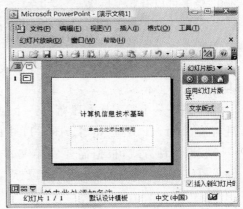

图 7-9　添加标题

是文本框），则单击占位符可以输入文本，如图7-10所示的"信息与信息技术"等。

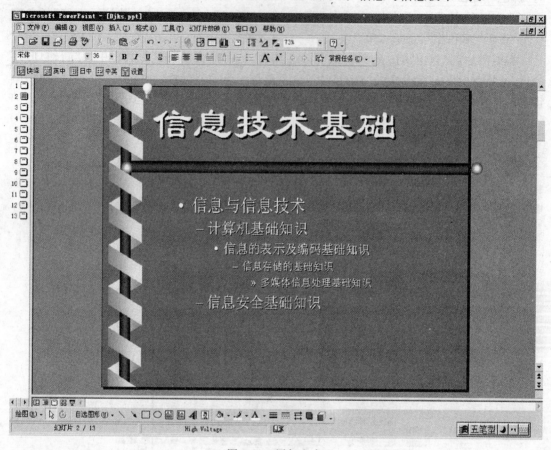

图7-10　添加文本

（2）当某个占位符不理想时，可在选中后移动或删除它。

如果幻灯片上没有占位符而又需要添加文本时，则需要先添加占位符，即插入一个文本框，然后输入文本。

（3）正文部分的段落是有层次的，根据需要可以进行不同层次的输入。PowerPoint 2003最多可以有5个层次。

① 输入一个段落后，若下一个段落和本段落是同一层次，按 Enter 键，然后，输入第二段文本。

② 若下一个段落比本段落低一个层次，按 Enter 键后再按 Tab 键（相当于图7-11中的 ➡），再开始输入文本。

③ 若下一个段落比本段落高一个层次，按 Enter 键后再按 Shift＋Tab 键（相当于图7-11中的 ⬅）。

按照这种方式，根据需要安排文本的段落及层次。输入后，在正文框外任意位置单击鼠标，文本框边框便会消失。

④ 调整正文框中各段落的层次（利用大纲工具栏或使用快捷键实现）。

从左到右依次为：升级、降级、上移、下移、折叠、展开、全部折叠、全部展开

图7-11　"大纲"工具栏

调出大纲工具栏：

- 将光标放到项目符号和文字之间。
- 按 Tab 键，可使该段文字下降一个层次（ 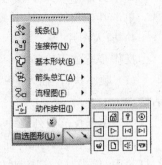 ）。
- 按 Shift＋Tab 键，可使该段文字上升一个层次（ ）。

2）绘制图形

操作步骤如下：

顺序执行"视图"→"工具栏"→"绘图"命令，弹出"绘图"工具栏，它与 Word 相比只是在"自选图形"菜单中增加了"动作按钮"自选图形，如图 7-12 所示。"绘图"工具栏上的按钮功能和使用方法完全与 Word 中相同。

单击"绘图"工具栏中的工具按钮，如"椭圆"按钮，将指针移至幻灯片编辑区，此时指针变为十字形状。

拖曳鼠标，在屏幕上出现一个图形，当图形大小合适时松开鼠标，就在幻灯片编辑区绘制出了一个图形，如图 7-13 所示的椭圆。

图 7-12 自选图形菜单

如果图形的大小、位置和格式不合适，可以像在 Word 中一样对它进行编辑。

单击其他位置，结束图形编辑。

3）插入剪贴画

操作步骤如下：

顺序执行"插入"→"图片"→"剪贴画"命令，或在"绘图"工具栏中单击"插入剪贴画"按钮，打开"剪贴画"任务窗格，如图 7-14 所示。

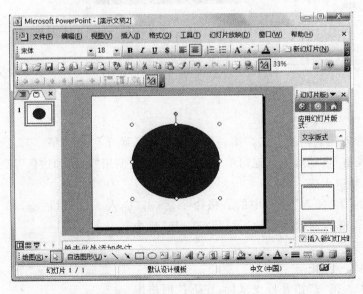

图 7-13 绘制图形

图 7-14 "剪贴画"任务窗格

在"搜索文字"文本框中输入剪贴画的关键字,如"人物"、"动物"、"运输"等,在"搜索范围"下拉列表中选择搜索范围,在"结果类型"下拉列表中选择剪贴画文件类型,单击"搜索"按钮,在结果下拉列表框中显示主题中包含该关键字的剪贴画。

单击选中需要插入的剪贴画,所选择的剪贴画就插入到幻灯片中。同时"图片"工具栏也自动出现在窗口中,方便编辑剪贴画。

如果剪贴画的大小、位置和格式不合适,可以像在 Word 中一样对它进行编辑。

单击其他位置,结束剪贴画编辑。

4) 插入图片

操作步骤如下:

(1) 顺序执行"插入"→"图片"→"来自文件"命令,打开如图 7-15 所示的"插入图片"对话框。

(2) 在查找范围列表中,找到图片文件所在的文件夹。

选择某个图片,单击"插入"按钮,即可把图片插入到当前幻灯片中。如果让图片链接到幻灯片中,单击"插入"按钮右侧的下拉按钮,在下拉列表中选择"链接文件"命令。

图 7-15　插入图片

5) 插入表格

PowerPoint 2003 提供多种创建表格的方法。第一种是利用插入菜单创建表格。第二种是利用"插入表格"按钮或"表格"自动版式创建简单表格。第三种是使用"表格和边框"工具栏中的"绘制表格"按钮创建复杂表格。

(1) 利用菜单创建表格,选择"插入"菜单中的表格命令,弹出"插入表格"对话框,如图 7-16 所示,在其中设置插入表格的列数和行数,就可以在幻灯片中插入一个表格。

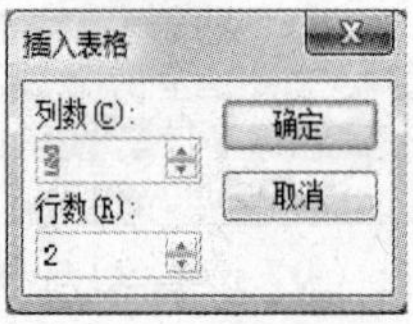

(2) 利用"插入表格"按钮插入表格:

单击常用工具栏中的"插入表格"按钮并拖曳鼠标,在下拉网格中选择行数、列数,如图 7-17 所示。松开左键并单击其他位置,在幻灯片插入一个二维表。

图 7-16　插入表格

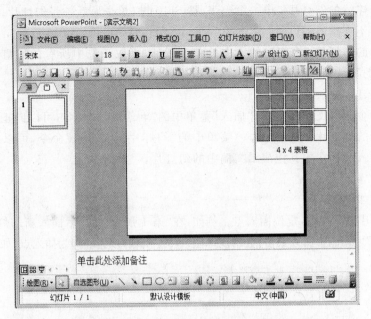

图 7-17　插入表格按钮

在表格中输入数据，插入表格效果如图 7-18 所示。可以根据需要对所插入的表格进行格式设置。

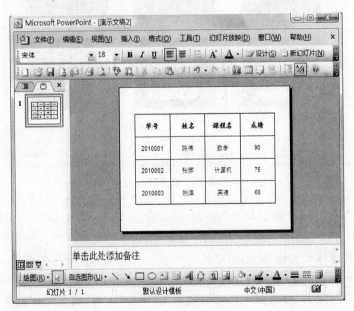

图 7-18　表格效果图

6）选择、插入、复制、移动、删除幻灯片

（1）选择幻灯片：

选择幻灯片在幻灯片浏览视图方式下进行。

选择单个幻灯片：用鼠标单击要选择的幻灯片。

选择多个连续的幻灯片：单击第一张，按 Shift 键，单击最后一张幻灯片。

选择多个不连续的幻灯片：单击第一张，按 Ctrl 键单击每一张幻灯片。

取消选中的幻灯片：在窗口的空白处单击鼠标，则取消选中所有的幻灯片。若按 Ctrl 键，单击选中的某一张幻灯片，则取消该张幻灯片的选中。

（2）插入幻灯片：

在编辑一个演示文稿时，选择"插入"菜单中的"新幻灯片"命令，可以向正在编辑的演示文稿中插入新的幻灯片。选择"插入"菜单中的"幻灯片（从文件）"命令，可以向正在编辑的演示文稿中插入已存在的其他演示文稿中的幻灯片。

（3）插入"新幻灯片"：

操作步骤如下。

选择幻灯片浏览视图，定位插入点。例如，在"第 4 张"幻灯片后插入新幻灯片，应在"第 4 张"与"第 5 张"之间的空白处单击，会出现一条"竖线"出现，该竖线即为插入点，如图 7-19 所示。

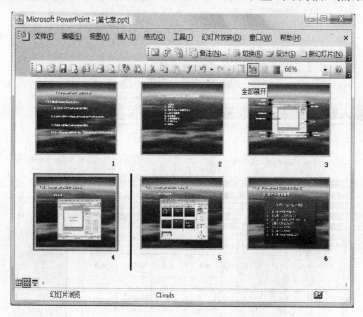

图 7-19　插入点定位

选择"插入"菜单中的"新幻灯片"命令，插入点插入一张新幻灯片。如图 7-20 所示，在幻灯片版式任务窗口中选择所需版式，则一张新的幻灯片插入。

（4）插入"其他演示文稿"中的幻灯片：

选择幻灯片浏览视图，定位插入点。例如，在"第 4 张"幻灯片后插入新幻灯片，应在"第 4 张"与"第 5 张"之间的空白处单击，会出现一条"竖线"出现，该竖线即为插入点。

选择"插入"菜单中的"幻灯片（从文件）"命令，单击"浏览"按钮，选择已存在的目标演示文稿，如图 7-21 对话框。

该对话框的下面有三个按钮：插入、全部插入、关闭。

插入：将所选演示文稿的部分（一张或多张）幻灯片插入当前编辑的演示文稿中。当单击选择需要插入的演示文稿后，插入按钮由灰色变为可用，如图 7-22 所示。单击"插入"按钮，则所选的幻灯片插入到当前插入点之后。

图 7-20　插入新幻灯片

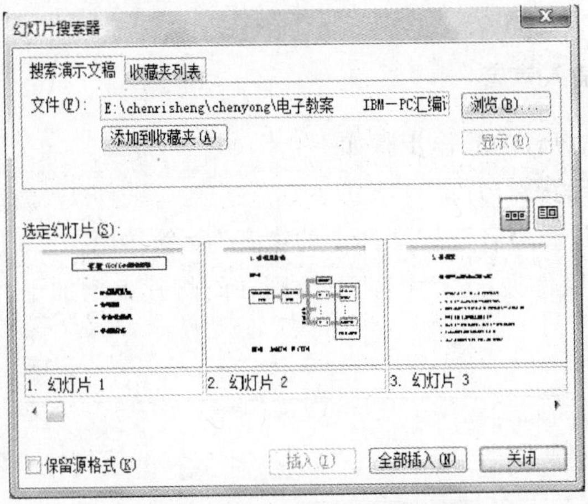

图 7-21　"幻灯片搜索器"对话框

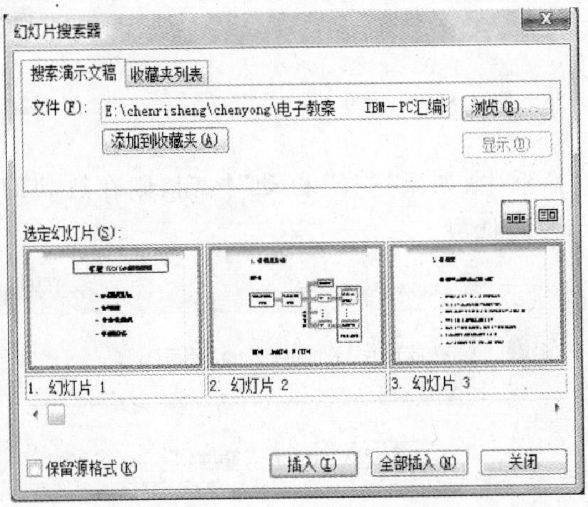

图 7-22　插入部分幻灯片

全部插入：将所选择的演示文稿中的全部幻灯片插入到当前编辑的演示文稿的插入点之后。

关闭：停止操作，退出插入窗口。

（5）复制、移动幻灯片：

已经制作好的幻灯片可以复制、移动到其他位置，幻灯片的复制有两种方法：

选择要复制的幻灯片以后，单击"复制"按钮，然后在复制的目标位置上单击鼠标定位，最后单击"粘贴"按钮，即可完成操作。

幻灯片的移动操作复制的操作相同，只不过是单击"剪切"，而不是单击"复制"。另外移动幻灯片，还可以在幻灯片浏览窗口中将要移动的幻灯片拖曳到目标位置。

（6）删除幻灯片：

在幻灯片浏览窗口中，选择幻灯片以后，按 Del 键，便可以删除被选中的幻灯片。

7.2.2　在幻灯片中添加多媒体信息

要制作一份表现力较强的演示文稿，仅靠文字对象和图形对象是不够的，还要添加一些多媒体信息，如声音等。

1. 在演示文稿中插入声音

在演示文稿中插入声音的操作步骤如下：

显示需要添加声音的幻灯片。

选择"插入"→"影片和声音"→"文件中的声音"命令，如图 7-23 所示。

浏览声音文件所在文件夹，选择声音文件，则在幻灯片上增加了一个声音图标，如图 7-24 所示。

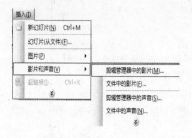

图 7-23　影片和声音菜单　　　　　　　　图 7-24　声音图标

在图 7-25 所示的对话框中，如果选择"自动"按钮，则在放映幻灯片时自动播放声音。否则需要单击声音图标，才能播放。

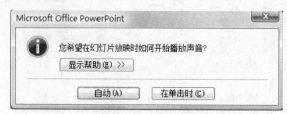

图 7-25　Microsoft Office PowerPoint 对话框

用同样的方法可以在幻灯片上插入剪辑库中的声音、影片、CD 乐曲等。

2. 录制旁白

1）给演示文稿录制旁白

如果希望在幻灯片放映时，自动讲解每张幻灯片的内容，可以通过给演示文稿录制旁白的方法，把声音加进幻灯片中。

方法如下：

（1）检查计算机中声卡和麦克风的安装是否正确。

（2）打开录制旁白的演示文稿后，执行"幻灯片放映"菜单中的"录制旁白"命令，弹出如图 7-26 所示的"录制旁白"对话框。

如果希望作为嵌入对象在幻灯片中插入旁白，直接单击"确定"按钮。如果希望作为链接对象插入旁白，选中对话框左下角的"链接旁白"复选项，然后，单击"确定"按钮，开始幻灯片放映。

（3）在幻灯片放映过程中，用麦克风给每张幻灯片录制旁白。

（4）放映完最后一张幻灯片后，弹出如图 7-27 所示的对话框。如果希望保存时间和旁白，单击"保存"按钮，返回到幻灯片浏览视图。如果只希望保存旁白而不保存排练时间，单击"不保存"按钮。

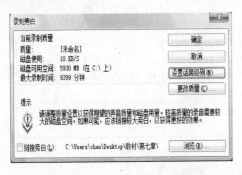

图 7-26 "录制旁白"对话框

图 7-27 提示信息对话框

录制旁白以后，在每张幻灯片的右下角出现一个声音目标。在放映幻灯片时，所录制的旁白会自动播放。

2）删除或隐藏幻灯片的旁白

删除幻灯片的旁白：

在幻灯片视图中，选中幻灯片右下角的声音图标，然后按 Del 键即可删除幻灯片的旁白。

隐藏幻灯片的旁白：

如果希望在幻灯片放映过程中不播放旁白，而又不想删除所录制的旁白。可以执行"幻灯片放映"菜单中的"设置放映方式"命令，在弹出如图 7-28 所示的"设置放映方式"对话框中选中"放映时不加旁白"复选项。

3）给单张幻灯片录制声音

如果需要给演示文稿中的单张幻灯片录制声音，方法如下：

在文本框外任意位置单击，文本框边框便会消失，显示需要录制声音的幻灯片。

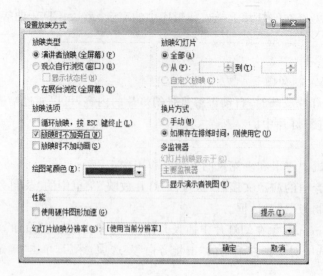

图 7-28　设置放映方式对话框

顺序执行"插入"→"影片和声音"→"录制声音"命令，弹出如图 7-29 所示的"录音"对话框。

检查声卡和麦克风安装正确后，单击"录音"开关，开始录音。完成后单击"停止"开关。

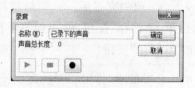

图 7-29　"录音"对话框

单击"播放"开关，开始播放所录制的内容。检查声音无误后，输入声音的名称。然后，单击"确定"按钮，返回幻灯片视图。此时，在幻灯片中出现了一个声音图标，表明录制声音已经完成。

7.3　设计演示文稿的外观

控制幻灯片外观的方法有 3 种：模板、母版和配色方案。

7.3.1　使用模板

使用 PowerPoint 2003 提供的"模板"。可以方便快捷地创建出具有统一格式和统一风格的演示文稿。PowerPoint 2003 提供了两种模板："设计模板"和"演示文稿模板"。使用"设计模板"可以将设计模板所定义的幻灯片外观应用到用户自己所创建的演示文稿中。"演示文稿模板"是在设计模板的基础上增加了建议内容的一种模板，用这种模板，在有提示的地方输入文字，可以快捷地创建非常专业化的演示文稿。

1. 使用"设计模板"

设计模板的使用有如下几种方式：

1）在演示文稿中使用"设计模板"

操作步骤如下：

打开需要使用设计模板的演示文稿。

执行"格式"菜单中的"幻灯片设置"命令或单击常用工具栏上的"设计"按钮 设计(S)，弹出"幻灯片设计"任务窗格，单击"设计模板"，如图 7-30 所示。

在"应用设计模板"列表中，在此列表中有多种设计模板文件，单击所需模板右侧的按钮，弹出的快捷菜单，当应用于所选幻灯片时选择"应用于选定幻灯片"，当应用于所有幻灯片时选择"应用于所有幻灯片"。

2）使用"设计模板"新建演示文稿

若希望在新建幻灯片时，便开始使用设计模板，操作步骤如下：

执行"文件"菜单中的"新建"命令，弹出"新建演示文稿"任务窗格，如图 7-31 所示。有两种方法可以在新建演示文稿时使用 PowerPonit 2003 提供的设计模板。

图 7-30　幻灯片设计任务窗格　　　　图 7-31　"新建演示文稿"任务窗格

（1）第一种方法：

单击任务窗格中的"根据设计模板"，弹出"幻灯片设计"任务窗格，在模板列表中选择需要的模板。这样就应用到新建的演示文稿中。

（2）第二种方法：

单击"新建演示文稿"任务窗格中的"本机上的模板"弹出"新建演示文稿"对话框。如图 7-32 所示。

在"新建演示文稿"对话框中单击"设计模板"标签，在模板列表中选择需要的模板。这样就应用到新建的演示文稿中。

2. 使用"演示文稿模板"

操作步骤如下：

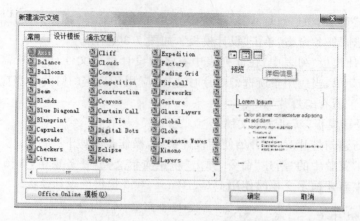

图 7-32 "新建演示文稿"对话框

（1）执行"文件"菜单中的"新建"命令，弹出"新建演示文稿"任务窗格单击"新建演示文稿"任务窗格中的"本机上的模板"弹出"新建演示文稿"对话框。

（2）单击对话框中的"演示文稿"选项卡，在其列表中选择一种模板，如选择"项目总览"模板。然后单击"确定"按钮，进入普通视图，如图 7-33 所示。

在普通视图中，选中某张幻灯片，用自己的文本代替原有的文本，直至把所有的幻灯片编辑完毕。

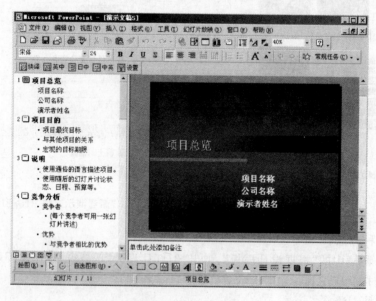

图 7-33 幻灯片视图

7.3.2 使用幻灯片母版

整个演示文稿的格式要在幻灯片母版中定义，其中包括标题、页眉/页脚和文本等。

1. 进入幻灯片母版编辑状态

进入幻灯片母版编辑状态的方法有两种，一是顺序执行"视图"→"母版"→"幻灯片母版"命令,进入幻灯片母版编辑状态;二是按下键盘上 Shift 键的同时,单击"普通视图"按钮。幻灯片母版编辑状态如图 7-34 所示。

图 7-34 幻灯片母版编辑状态

2. 设置和编辑幻灯片母版

幻灯片母版可以设置文本格式、页眉/页脚、编制日期和时间、设置幻灯片编号等操作。

1) 设置标题区和正文区文本的格式

设置文本格式的操作步骤如下:

(1) 在幻灯片母版编辑状态,单击"单击此处编辑母版标题样式"或"单击此处编辑母版文本样式"区域,选中标题区或正文区。

(2) 用"格式"工具栏中的工具按钮,可以设置选中文字的字体、字号、加粗、倾斜、下划线以及对齐方式等。

2) 设置幻灯片的页眉/页脚

设置页眉/页脚的操作步骤如下:

(1) 打开需要编辑的演示文稿,并进入幻灯片母版编辑状态。

(2) 将光标置于"页脚区"中的<页脚>上,当光标变成文字输入光标时单击鼠标,然后输入文字,如图 7-35 所示的"计算机信息技术基础"。

(3) 将光标置于"页脚区"中,当光标变成双十字形时,按下并拖曳鼠标,可移动"页脚区"的位置。

3) 设置幻灯片的编制日期和时间

设置幻灯片的编制日期和时间操作步骤如下:

(1) 打开需要编辑的演示文稿,并进入幻灯片母版编辑状态。

(2) 选中"日期区",与在"页脚区"中输入文字的方法一样输入编制的日期和时间。与"页脚区"一样可移动"日期区"到需要的位置。

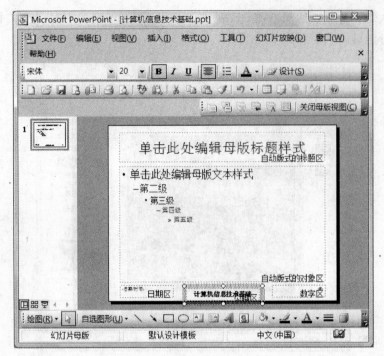

图 7-35　页脚区输入文字

4）设置幻灯片的编号

设置幻灯片的编号的操作步骤如下：

（1）打开需要编辑的演示文稿，并进入幻灯片母版编辑状态。

（2）执行"视图"菜单中的"页眉和页脚"命令，弹出"页眉和页脚"对话框，如图 7-36 所示。

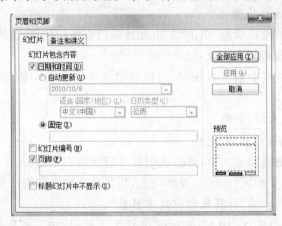

图 7-36　"页眉和页脚"对话框

（3）单击对话框中的"幻灯片"标签，选中"幻灯片编号"复选项，然后单击"全部应用"按钮，此时幻灯片将按阿拉伯数字的次序 1、2、3……编号。

（4）在幻灯片母版的"数字区"中，增加＜＃＞。将光标移至＜＃＞的左侧，输入"01-"，幻灯片将按 01-1、01-2、01-3…… 编号。

（5）与"页脚区"一样，"数字区"也可以移至幻灯片中的任意位置。

（6）当页眉/页脚、日期、时间和编号设置完成以后，在"幻灯片母版视图"工具栏中单击"关闭母版视图"按钮，返回到幻灯片视图中，此时在演示文稿的所有幻灯片中已加入了编制日期和时间、页眉/页脚和幻灯片编号等。

5）给幻灯片添加其他对象

在制作演示文稿的过程中，经常需要在所有幻灯片中加入同样的对象，如学校的校徽、会议的会徽、工厂的厂标等。通过幻灯片母版可以方便地给演示文稿的所有幻灯片添加同样的对象，如插入剪贴画和图片等对象，插入方法同前面讲述的方法一样，在此不再赘述。

7.3.3 设置 PowerPoint 配色方案

配色方案是预设幻灯片中的背景、文本、填充、阴影等的色彩组合。每个设计模板都有一个或多个配色方案，一个配色方案中共有八种颜色，即背景颜色、文本和线条颜色、阴影颜色、标题文本颜色、填充颜色、强调颜色、强调文字和超链接颜色、强调文字和已连接的超链接颜色等。

1．选择演示文稿的配色方案

选择演示文稿配色方案的操作步骤如下：

（1）打开需要设置配色方案的演示文稿。

（2）执行"格式"菜单中的"幻灯片设计"命令，打开"幻灯片设计"任务窗格，单击"配色方案"按钮，如图 7-37 所示。

（3）在打开的"幻灯片设计"应用配色方案列表中列出了 12 种配色方案，单击需要的配色方案。

（4）如果只改变当前幻灯片的配色方案，单击所需配色方案右侧的 ▼ 按钮，弹出的快捷菜单选择"应用于选定幻灯片"。如果需要改变演示文稿中所有幻灯片的配色方案，单击所需配色方案右侧的 ▼ 按钮，弹出的快捷菜单选择"应用于所有幻灯片"。

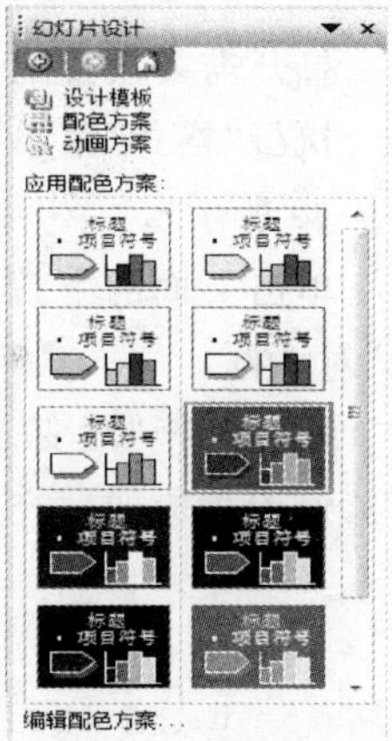

图 7-37 配色方案

2．编辑配色方案

可以创建自定义的配色方案，然后将其添加到配色方案中，利用这种方法可以定义演示文稿中的不同组件的颜色。

操作步骤如下：

（1）单击"配色方案"中的"编辑配色方案"按钮，打开"编辑配色方案"对话框，如图 7-38 所示。

（2）在"配色方案颜色"栏中，单击需要更改的颜色框。例如，选中"背景"项，然后单击"更改颜色"按钮，弹出"颜色"对话框，如图 7-39 所示。

（3）切换至"标准"选项卡，选择一种合适的颜色，单击"确定"按钮，返回"编辑配色方案"对话框。

（4）如果继续更改其他项的颜色，重复以上步骤即可。

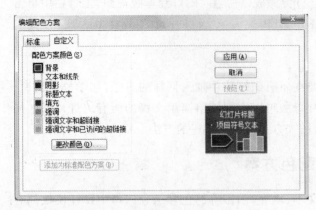

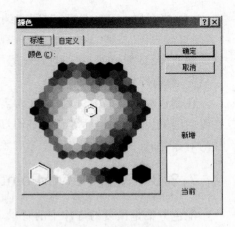

图 7-38 "编辑配色方案"对话框   图 7-39 "颜色"对话框

完成配色方案中颜色的更改后,如果希望将更改后的配色方案应用于幻灯片,单击"应用"按钮。如果希望更改后的配色方案为标推配色方案,以供改变其他幻灯片的配色方案使用,单击"添加为标准配色方案"按钮,然后再单击"应用"或"全部应用"按钮。

3. 填充效果

打开需要设置配色方案的演示文稿。

执行"格式"菜单中的"背景"命令,弹出"背景"对话框,如图 7-40 所示。

单击下面的下拉按钮,选择"填充效果"项,弹出"填充效果"对话框。

通过切换"渐变"、"纹理"、"图案"、"图片"等选项卡,将幻灯片设置相应的填充效果,如图 7-41 和图 7-42 所示。

图 7-40 "背景"对话框

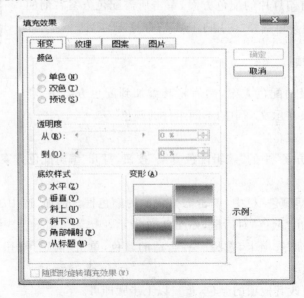

图 7-41 "渐变"选项卡

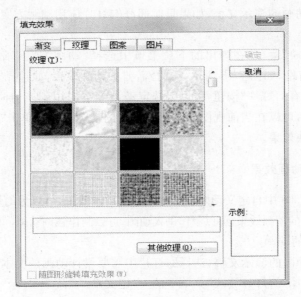

图 7-42 "纹理"选项卡

4. 用"格式刷"改变幻灯片的配色方案

操作步骤如下：

打开需要编辑配色方案的演示文稿。

单击"幻灯片浏览视图"按钮，将幻灯片切换到幻灯片浏览视图。

在幻灯片浏览视图中，选中一张幻灯片，然后单击格式工具栏中的"格式刷"按钮。

将鼠标移到需要修改配色方案的幻灯片上，单击。该幻灯片将被新的配色方案所代替，其结果与选中的一张幻灯片配色方案相同。

如果需要修改多张幻灯片的配色方案，那么选中一张幻灯片后，双击格式工具栏中的"格式刷"按钮，然后分别单击所需改变配色方案的幻灯片，设置完成后，按键盘上的 Esc 键或单击"格式刷"按钮结束格式复制。

7.4 演示文稿放映与打包

制作演示文稿的全部幻灯片以后，下一步便是如何进行幻灯片的放映设置及文件的打包了。

7.4.1 幻灯片放映设置

为了使幻灯片的放映更加生动和更具吸引力，可以给幻灯片中的标题、正文和图片等各种对象设置动画效果以及设置幻灯片的切换效果等。

1. 设置预设动画效果

设置幻灯片预设动画效果的步骤如下：

打开需要添加动画的演示文稿，如果只对部分幻灯片应用动画方案，首先选取所需的幻灯片。

单击"幻灯片放映"菜单，在弹出的下拉菜单中选择"动画方案"命令，弹出"幻灯片设计-动画方案"任务窗格，如图7-43所示。选择需要的动画效果，如选择"温和型"效果。

单击"应用于所有幻灯片"按钮，可以将选定动画方案应用到当前演示文稿的所有幻灯片，单击"播放"按钮，可以在当前视图下观看所设置的动画效果。单击"幻灯片放映"按钮可以在全屏幕观看放映效果。

2．设置自定义动画效果

在PowerPoint 2003中自定义动画有4种不同的动画效果，可以为幻灯片中的文本、图形、表格等对象设置不同的动画效果，可以制作进入动画，可以制作强调动画，可以制作退出动画等。

1）制作进入式的动画

打开需要设计动画的演示文稿，选择幻灯片中需要设计动画的文本、图形、表格等对象。

选中对象后，选择"幻灯片放映"菜单下的"自定义动画"命令，显示"自定义动画"任务窗格，如图7-44所示。

图7-43　动画方案　　　　　图7-44　"自定义动画"任务窗格

单击任务窗格的"添加效果"按钮，从打开的菜单中单击"进入"命令，如图7-45所示，从弹出的菜单中选择动画效果。如果需要其他动画效果，可以单击菜单中的"其他效果"按钮，弹出"添加进入效果"对话框，将有更多的效果可供选择。

2）制作强调式的动画

强调动画是让幻灯片中的文本或对象具有突出的效果而设计的特殊动画。强调式动画步骤和添加进入式动画步骤基本相同。

首先选择需要添加强调效果的对象，然后选择"幻灯片放映"菜单下的"自定义动画"命令，显示"自定义动画"任务窗格。

单击任务窗格的"添加效果"按钮，从打开的菜单中单击"强调"命令，从弹出的菜单中选

图 7-45　自定义动画

择强调动画效果。如果需要其他强调动画效果，可以单击菜单中的"其他效果"按钮，弹出"添加强调效果"对话框，将有更多的效果可供选择。

3）制作退出式的动画

幻灯片中对象退出屏幕时可以添加退出动画效果。

首先选择需要添加退出效果的对象，然后选择"幻灯片放映"菜单下的"自定义动画"命令，显示"自定义动画"任务窗格。

单击任务窗格的"添加效果"按钮，从打开的菜单中单击"退出"命令，从弹出的菜单中选择退出动画效果。如果需要其他退出动画效果，可以单击菜单中的"其他效果"按钮，弹出"添加退出效果"对话框，将有更多的退出效果可供选择。

4）制作路径动画

路径动画顾名思义就是幻灯片中的各种对象沿着路径运动，在幻灯片中可以使用预设路径，也可以使用自定义路径。

使用预设路径制作动画步骤，首先选择需要添加动画效果的对象，然后单击打开"幻灯片放映"菜单选择"自定义动画"命令，显示"自定义动画"任务窗格。

单击任务窗格的"添加效果"按钮，从打开的菜单中单击"动作路径"命令，从弹出的菜单中选择预设的路径。如果需要其他预设路径，可以单击菜单中的"其他动作路径"按钮，弹出"添加动作路径"对话框，将有更多的路径可供选择，如图 7-46 所示。

选择路径后，幻灯片上将显示所选对象的运动轨迹。

使用自定义路径制作动画的优点是根据幻灯片对象的特点使用不同路径。制作步骤和预设路径制作动画基本相同，依次单击"动作路径"、"绘制自定义路径"命令，从弹出的菜单中选择绘制路径时使用的工具，如图 7-47 所示。

下面主要讲述绘制不同路径的方法：

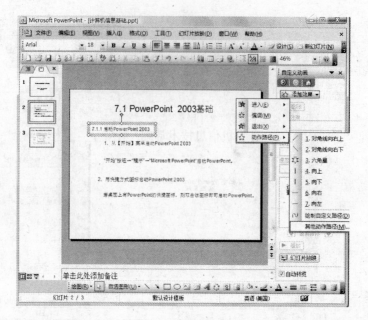

图 7-46　动作路径

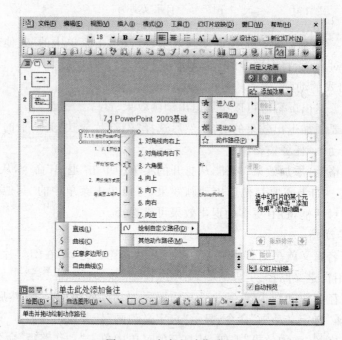

图 7-47　自定义动作路径

（1）绘制直线路径。单击选择直线命令，在幻灯本片中拖曳鼠标绘制直线，动作路径体现在所选对象上。

（2）绘制曲线路径。单击选择曲线命令，在幻灯片上单击确定起点，在拐点处单击鼠标绘制曲线，结束时双击，如图 7-48 所示。

（3）绘制任意多边形路径。单击选择任意多边形命令，在幻灯片上单击确定起点，在顶点处单击鼠标绘制多边形，结束时双击鼠标，如图 7-49 所示。

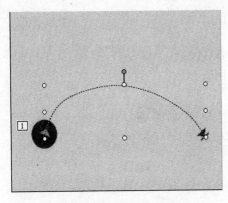

图 7-48 曲线命令绘制路径

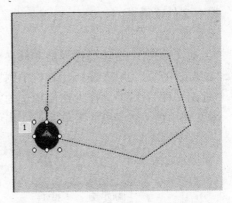

图 7-49 任意多边形命令绘制路径

（4）绘制自由曲线。单击选择自由曲线命令，在幻灯本片中拖曳画笔绘制出曲线，播放动画时，所选对象出现在开始出播放。

绘制路径后开始点显示绿色标志，结束点显示红色的标志，两点间路径以虚线显示。绘制闭合路径时可以在路径的开始点和结束点重合时双击鼠标，绘制完只有一个绿色标志，也可以在绘制的路径上右击，在弹出的快捷菜单中选择"关闭路径"命令。

路径需要调整时，单击选中路径，拖曳可以改变路径位置。拖曳路径周围的控制点，可以改变路径的大小。

3. 插入超链接

在演示文稿中添加超链接以便跳转到某个特定的地方，如跳转到某张幻灯片、另一个演示文稿、或某个 Internet 地址。超链接只在幻灯片放映时有效，当鼠标移动到超链接对象时，鼠标指针变为手指形状，单击鼠标跳转到指定位置。

操作步骤如下：

（1）在幻灯片视图中，选中要建立超链接的图形、文字或其他对象。

（2）执行"插入"菜单中的"超链接"命令或单击"常用"工具栏中的"插入超链接"按钮，弹出"插入超链接"对话框，如图 7-50 所示。其中"链接到"栏下有 4 个链接目标，其含义如下：

图 7-50 "插入超链接"对话框

原有文件或网页。

该页面上有三个按钮：

"当前文件夹"：用于选择当前文件夹中的文件。

"浏览过的页"：用于选择计算机中浏览过的网页。

"近期文件"：用于选择近期使用过的文档。

本文档中的位置：指向当前演示文稿中的某个位置，如图 7-51 所示。

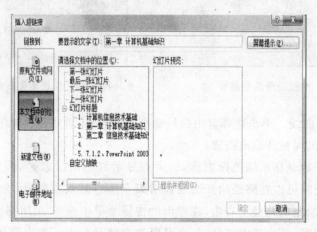

图 7-51   "本文档中的位置"按钮对话框

新建文档：链接到新建的文档，如图 7-52 所示。

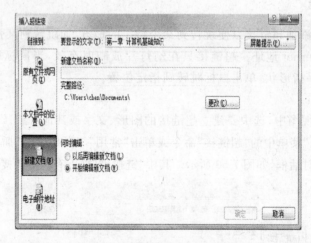

图 7-52   "新建文档"按钮对话框

电子邮件地址：链接到指定的电子邮件地址，如图 7-53 所示。

选中一个链接到的目标，单击"确定"按钮结束超链接设置。

7.4.2   幻灯片的放映

演示文稿的幻灯片制作完成，并设置了放映动画及声音效果，就要对幻灯片进行放映。下面主要讲述幻灯片放映的方法。

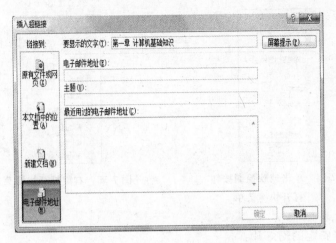

图 7-53 "电子邮件地址"按钮对话框

1. 基本放映控制

基本放映控制主要有以下几方面。

1) 幻灯片放映视图

进入幻灯片放映视图有如下 3 种方法：

- 单击"从当前幻灯片开始幻灯片放映"按钮 ，进入幻灯片放映视图。
- 执行"幻灯片放映"菜单中的"观看放映"命令，进入幻灯片放映视图。
- 执行"视图"菜单中的"幻灯片放映"命令，进入幻灯片放映视图。

2) 播放幻灯片

当进入幻灯片放映视图以后，可以采用如下几种方法播放幻灯片。

- 每单击一次，播放下一张幻灯片。
- 按一次键盘上的↑键，播放上一张幻灯片。按一次↓键，播放下一张幻灯片。
- 也可以按键盘上的其他键播放幻灯片，如按→键或空格键可以播放下一张幻灯片；按←键或退格键可以播放上一张幻灯片。
- 单击屏幕左下角放映控制按钮 播放上一张幻灯片， 按钮播放下一张幻灯片。

要了解更多有关幻灯片放映的信息，当进入幻灯片放映视图后。按键盘上的 F1 键，弹出一个"幻灯片放映帮助"信息框，在此信息框中详细列出了放映幻灯片的方式。

3) 控制幻灯片的放映

(1) 使用快捷菜单：

在幻灯片的放映过程中采用如下两种方法可以弹出一个快捷菜单，用快捷菜单中的命令控制幻灯片的放映。

- 在幻灯片放映过程中，在屏幕左下角有放映控制按钮，单击这个按钮将弹出快捷菜单，如图 7-54 所示。
- 在窗口内右击，弹出快捷菜单，如图 7-55 所示。

图 7-54　单击放映控制按钮　　　　　图 7-55　右键打开快捷菜单
　　　　　　打开快捷菜单

（2）放映一张特定的幻灯片：

打开图 7-55 所示的右键快捷菜单以后，单击"下一张"命令，将向后播放一张幻灯片。单击"上一张"命令，将向前播放一张幻灯片。单击"定位至幻灯片"命令，将弹出一个子菜单。在该菜单中显示所有幻灯片标题，选择所需幻灯片标题，可定位到该幻灯片。

4）用绘图笔添加手画线

在给观众展示演示文稿的过程中，有时需要对幻灯片中的内容给以强调说明。此时可以对需要强调的对象（文字、图形或剪贴画等）添加手画线。

用绘图笔添加手画线操作步骤如下：

在幻灯片放映过程中，右击，弹出快捷菜单。

选择快捷菜单中的"指针选项"命令，在弹出的子菜单中选择所需的绘图笔命令，如选择"圆珠笔"命令，如图 7-56 所示。

在使用绘图笔时要更改绘图笔颜色，选择"指针选项"快捷菜单中"墨迹颜色"命令弹出如图 7-57 所示颜色列表框，选择一种颜色，如选择红色。

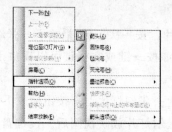

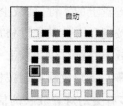

图 7-56　绘图笔　　　　　　　　　图 7-57　颜色列表框

把圆珠笔状的光标移到幻灯片中需要添加手画线的地方，拖曳鼠标。"计算机基础知识"下面的线是用"圆珠笔"添加的手画线，如图 7-58 所示。按下 Shift 键时，拖曳鼠标可画出水平或垂直的直线。

结束添加手画线以后，在视图中右击，在弹出的快捷菜单中选择"指针选项"命令。在弹出的子菜单中单击"箭头"项，恢复光标的形状。

用绘图笔画出的手画线，只出现在当前幻灯片的放映过程中，当再次放映该幻灯片时，绘图笔所画的手画线将自动取消。如果

图 7-58　用绘图笔添加
　　　　　　手画线

希望立即取消当前幻灯片中的手画线,可按如下方法和步骤操作:

在幻灯片的放映视图中,右击,在弹出的快捷菜单中选择"指针选项"→"擦除幻灯片上的所有墨迹"命令,此时手画线将从屏幕上消失,如果只擦出部分手画线,可以选择"橡皮擦"命令。

5)隐藏鼠标指针

在幻灯片放映的过程中,如果认为鼠标指针影响幻灯片的播放效果,可以采用下面的方法将鼠标指针隐藏起来。

在幻灯片放映视图中,右击,在弹出的快捷菜单中选择"指针选项"→"箭头选项"→"永远隐藏"命令,在幻灯片放映过程中,指针将不会出现。

6)结束放映

在幻灯片放映过程中,可以随时退出幻灯片的放映。操作步骤如下:

右击,在弹出的快捷菜单中选择"结束放映"命令,可退出幻灯片的放映。

7)放映控制设置

有些情况下,在幻灯片放映过程中右击时,并没有弹出右键快捷菜单。此时,应按如下的方法操作:

在幻灯片程序窗口,执行"工具"菜单中的"选项"命令,弹出"选项"对话框,单击对话框中的"视图"标签,在"幻灯片放映"栏中有 4 个复选项,如图 7-59 所示。

选中"退出时提示保留墨迹注释"复选项,放映结束时将出现对话框提示是否保留墨迹;否则直接退出。

选中"右键单击快捷菜单"复选项,可以在幻灯片放映的过程中右击,弹出快捷菜单;否则,在幻灯片放映过程中右击,倒退到前一张放映过的幻灯片去。

选中"显示弹出式工具栏"复选项,在放映过程中,晃动鼠标,在视图左下角出现一个工具栏,单击工具栏按钮,可以进行相应操作;否则工具栏在放映过程中将不会再出现。

图 7-59　"选项"对话框

选中"以黑幻灯片结束"复选项,放映结束以后,将出现一张黑色的幻灯片;否则,放映结束后,将回到幻灯片的其他视图中。

根据需要设置好各个复选项后,单击"确定"按钮。

2.隐藏幻灯片

有些情况下,希望演示文稿中的某些幻灯片不被放映。这时,应将这些幻灯片隐藏起来。

其操作步骤如下:

单击"幻灯片浏览视图"按钮,进入幻灯片浏览视图,如图 7-60 所示。

单击需要隐藏的幻灯片。例如,单击第 2 张幻灯片。若有多张幻灯片需要隐藏时,按住 Shift 键的同时,依次单击所需隐藏的幻灯片。

单击"幻灯片浏览"工具栏中的"隐藏幻灯片"按钮 ，此时可以看到第 2 张幻灯片的标号 2 上显示了一个隐藏符号 。此项操作也可执行"幻灯片放映"菜单中的"隐藏幻灯片"命令完成。

3. 重排幻灯片的次序

重排幻灯片的次序时，根据重排的范围不同，应采用不同的方法。

1）小范围内调整幻灯片的次序

操作步骤如下：

单击"幻灯片浏览视图"按钮，进入幻灯片浏览视图。

像拖曳一张图片一样拖曳幻灯片到某一位置，松开左键，则被拖曳的幻灯片移到了新的位置。此时，系统自动重新排列幻灯片，达到调整幻灯片排列次序的目的。

图 7-60　设置隐藏幻灯片

2）大范围内调整幻灯片的次序

在幻灯片放映时，有时需要大范围的调整其播放次序。这种情况下，可以采用自定义放映改变幻灯片放映的次序。其操作的方法和步骤如下：

执行"幻灯片放映"菜单中的"自定义放映"命令，弹出"自定义放映"对话框，如图 7-61 所示。

单击"新建"按钮，弹出"定义自定义放映"对话框，如图 7-62 所示。

图 7-61　"自定义放映"对话框

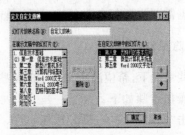

图 7-62　"定义自定义放映"对话框

系统默认的自定义放映名为"自定义放映 1"，可以输入一个新的名称或采用系统的默认名。

在对话框左侧"在演示文稿中的幻灯片"列表框中，按次序显示出演示文稿的全部幻灯片，选中一张幻灯片，而后单击"添加"按钮，则被选中的幻灯片将出现在对话框右侧的"在自定义放映中的幻灯片"的列表框中。同样，也可以将其他幻灯片添加到"在自定义放映中的幻灯片"的列表框中。

在图 7-62 所示的对话框右侧的"在自定义放映中的幻灯片"列表框中，任意选中一张幻灯片后，单击对话框中的"向上"或"向下"按钮可以改变自定义放映幻灯片的次序。单击"删除"按钮，可以将其从自定义放映中删除。

单击"确定"按钮，返回到"定义自定义放映"对话框，在此"定义自定义放映"对话框中，若单击"放映"按钮，开始按自定义放映所设置的次序放映演示文稿。若单击"关闭"按钮，完成自定义放映的设置。

需要放映已设置自定义放映的幻灯片时，执行"幻灯片放映"菜单中的"设置放映方式"命令，弹出"设置放映方式"对话框，如图 7-6.3 所示。在"设置放映方式"对话框中，选中"自定义放映"单选按钮，并单击其下拉按钮，从列表中选择自定义放映的文件名，然后单击"确定"按钮，即可按"定义自定义放映"设置的次序放映演示文稿。

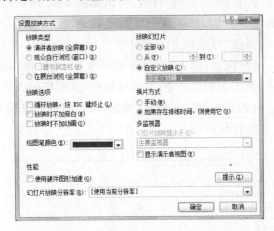

图 7-63　"设置放映方式"对话框

7.4.3　演示文稿打包

演示文稿制作完成以后，如果需要在其他计算机上运行，就要对演示文稿进行打包。可以将演示文稿和播放器打包存放在软盘中，也可以打包到网络中的另一台计算机中。如果需要在其他计算机上观看演示文稿，只需将打包后的演示文稿安装在其他计算机中，把演示文稿和播放器一起解压缩后放映即可。

1. 打包演示文稿

演示文稿的打包是按照"打包"向导的提示进行操作，具体的方法和步骤如下：

（1）打开需要打包的演示文稿。

（2）执行"文件"菜单中的"打包成 CD"命令，启动"打包成 CD"对话框，如图 7-64 所示。在"将 CD 命名为"文本框中输入文件名，为制作成光盘取名。

（3）如果有多个演示文稿刻录到同一个光盘上，单击"添加文件"按钮添加，弹出如图 7-65 所示"添加文件"对话框。

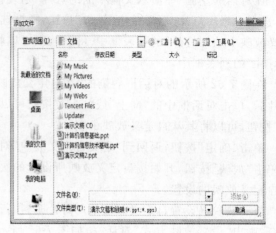

图 7-64　"打包成 CD"对话框　　　　　图 7-65　"添加文件"对话框

在图 7-64 所示对话框中单击"选项"按钮，弹出如图 7-66 所示的"选项"对话框，其中可以设置多个演示文稿的播放方式，打包演示文稿链接的文件，PowerPoint 文件密码。设置完毕，单击"确定"按钮返回到"打包成 CD"对话框。

在刻录机中放入一张空白盘，单击"复制到 CD"按钮，可以将演示文稿制作成光盘。单击"复制到文件夹"按钮，弹出如图 7-67 所示的对话框，以用户输入的文件名作为文件夹名，并选择文件存放位置。设置完毕，单击"确定"按钮，可以将演示文稿复制到文件夹。

单击"关闭"按钮，退出打包程序。

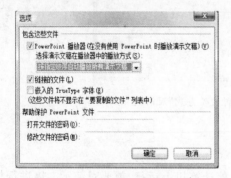

图 7-66　"选项"对话框　　　　　　　图 7-67　"复制到文件夹"对话框

2．解开演示文稿

已经打包的演示文稿使用时必须解开演示文稿才能进行放映，操作步骤如下：

在光驱中插入存有演示文稿的光盘，打开光盘驱动器，然后双击光盘中的 Pngsetup.exe，打开"打包安装程序"对话框。

在"打包安装程序"对话框中选择存放演示文稿的位置。单击"确定"按钮，文件开解压。当解包完毕后，弹出对话框，单击"是"按钮，开始播放演示文稿。

　　在演示文稿打包完成后,在包中有一个 Pptview 文件,这个文件是 PowerPoint 的播放器,双击打开该文件,在弹出的对话框中选择需要演示的文稿,就可以播放该演示文稿。

习题 7

简答题

(1) PowerPoint 有几种视图方式?

(2) 如何插入新幻灯片?

(3) 如何利用"动作按钮"进行各幻灯片之间的跳转?

(4) 怎样录制旁白?

(5) 如何对幻灯片进行打包?

Word 2003实验

【实验目的】

1. 文字编辑的基本操作

Word 2003 的启动与退出。

- 文档操作包括文档的建立、打开、保存、另存和关闭，文档的重命名。
- 视图操作包括视图、工具栏、显示比例的选择、标尺、坐标线、段落标记的显示。
- 光标的移动和快速定位、选定字块的操作。
- 文字的插入、改写和删除操作，字块的移动和复制操作。
- 字符串查找和替换。

2. 文字排版操作

- 设置页面：纸型、页边距、页眉和页脚边界。
- 设置文字参数：字体、字形、字号、颜色、效果、字间距等。
- 设置段落参数：各种缩进参数、段前距、段后距、行间距、对齐方式等。
- 插入页眉、页脚和页码操作。

3. 插入表格操作

- 创建表格包括自动插入和手工绘制。
- 调整表格包括插入/删除行、列、单元格，改变行高和列宽，合并/拆分单元格。
- 单元格编辑包括选定单元格、设置文本格式、文本的录入、移动、复制和删除。
- 设置表格风格包括边框和底纹。
- 表格的应用。使用公式进行计算、自动求和与排序操作，表格与文本间的切换。

4. 图文混排操作

- 绘制图形包括图形的绘制、移动与缩放，设置图形的颜色、填充和版式。
- 插入图形包括插入剪贴画、艺术字和图片文件，以及它们的编辑操作。
- 插入文本框及其编辑操作。
- 对象的嵌入与链接操作。
- 多个对象的对齐、组合与层次操作。

【实验内容】

1. 编辑、排版

(1) 输入以下内容(段首不空格),并以 w1. doc 为文件名(保存类型为 Word 文档)保存在 C:\My Documents 中,然后关闭该文档。

WordStar(简称为 WS)是一个较早产生并已十分普及的文字处理系统,风行于 20 世纪 80 年代,汉化的 WS 在我国曾非常流行。1989 年香港金山电脑公司推出的 WPS(Word Processing System),是完全针对汉字处理重新开发设计的,在当时的软件市场中独占鳌头。

随着 Windows 95 中文版的问世,Office 95 中文版也同时发布,但 Word 95 存在着在其环境下保存的文件不能在 Word 6.0 下打开的问题,降低了人们对其使用的热情。新推出的 Word 97 不但很好地解决了这个问题,而且还适应信息时代的发展需要,增加了许多新功能。

(2) 打开所建立的 w1. doc 文件,在文本的最前面插入一行标题"文字处理软件的发展",然后在文本的最后另起一段,输入以下内容,并保存文件。

1990 年 Microsoft 公司推出的 Windows 3.0,是一种全新的图形化用户界面的操作环境,受到软件开发者的青睐,英文版的 Word for Windows 因此诞生。1993 年,Microsoft 推出 Word 5.0 的中文版,1995 年,Word 6.0 的中文版问世。

(3) 使"1989 年……独占鳌头。"另起一段;将正文第三段最后一句"……增加了许多新功能"改为"……增加了许多全新的功能";将最后二段正文互换位置;然后在文本的最后另起一段,复制标题以下的 4 段正文。

(4) 将后 4 段文本中所有的"Microsoft"替换为"微软公司"。

(5) 将标题"文字处理软件的发展"前、后各空一行,标题居中,并设置为三号、红色、楷体、加粗、阳文修饰;将"文字处理"几个字加上着重号,并提升 6 磅;"软件的发展"设置为一号。

(6) 将标题添加 15% 的底纹及 3 磅、组合线、阴影边框。

(7) 将第一段设置为宋体、小四号,使该段最后一句话的格式与标题"文字处理"这几个字的格式相同。

(8) 将第 2、3 段正文中的中文字体设置为宋体,英文字体设置为 Arial;将第 4 段正文中的所有英文字母设置为加粗倾斜、小四号、加下划波浪线。

(9) 将正文的倒数 2~4 段与前后的正文各空一行,并给这 3 段加上红色、五号的菱形项目符号,项目符号缩进 0.6 厘米、文字位置缩进 1.5 厘米。

(10) 将最后一段正文分成三栏,前两栏的栏宽分别为 3 厘米、5 厘米,中间加分隔线;然后使该段首字下沉 2 行,距正文 0.2 厘米。

(11) 使标题以下的四段正文首行缩进 0.8 厘米,并将第一段设置为 1.5 倍行距、左右各缩进 1 厘米、段后间距设置为 5 磅,然后将第 2~4 段正文分成等宽的两栏。

(12) 插入页眉"计算机文化基础",水平居中,小四号、黑体;页脚"第 X 页,共 Y 页"。

(13) 页面设置:16 开,页边距上下左右均为 2 厘米。

2. 表图操作

(1) 建立如下所示的表格,并以 w2. doc 为文件名(保存类型为"Word 文档")保存在"C:\My Documents"中,然后关闭该文档。

		第一学期	第二学期	第三学期	第四学期	总评
物理系	数学					
	英语					
	计算机					
化学系	数学					
	英语					
	计算机					
生物系	数学					
	英语					
	计算机					

① 插入 12 行 7 列表格。

② 调整行高和列宽：第一行行高为 2.5 厘米，第 5、9 行行高为 0.2 厘米，其余均为 0.6 厘米；各列列宽均为 3 厘米。

③ 按表样所示合并单元格，并在左上角的单元格中添加斜线。

④ 按表样所示填充颜色：第一行为 5% 浅灰色；第 5、9 行为 20% 浅灰。

⑤ 按表样所示设置表格线：粗线 2.25 磅，其余细线 0.5 磅。

⑥ 按表样所示输入文本：全部宋体、五号字、单倍行距、水平距中、垂直居中。

（2）图片操作。

① 在表格下面插入文本框：任意位置；高度 1.8 厘米，宽度 4 厘米；内部边距上下左右各 0.1 厘米；无填充色、无线条色；在文本框内输入文本："小动物"；楷体、粗体、一号、红色；水平居中。

② 插入图片：剪贴画，动物剪辑——白兔；锁定纵横比，缩小为原始尺寸的 30%；浮于文字上方。

③ 绘制正圆形：直径 6 厘米，填充浅绿色；线条 3 磅，紫色。

④ 将文本框置于顶层，圆形置于底层，"白兔"与圆形互相水平、垂直居中，组合后，与文本框顶端对齐，最后执行组合操作。组合后的图片环绕方式为上下型，距正文上下均为 0.2 厘米，距页边距水平 0.3 厘米，垂直 10 厘米。

⑤ 插入艺术字"图片操作"，选择"艺术字库"四行四列样式。字体为隶书、字号 60。位置距页边距水平 7 厘米，垂直 10 厘米。

【实验样张】

样张 1

文字处理软件的发展

WordStar（简称为 WS）是一个较早产生并已十分普及的文字处理系统，风行于 20 世纪 80 年代，**汉化的 WS 在我国曾非常流行。**

1989 年香港金山电脑公司推出的 WPS（Word Processing System），是完全针对汉字处理重新开发设计的，在当时我国的软件市场上独占鳌头。

1990 年 Microsoft 推出的 Windows 3.0，是一种全新的图形化用户界面的操作环境，受到软件开发者的表睐，英文版的 Word for Windows 因此诞生。1993 年，Microsoft 推出 Word 5.0 的中文版，1995 年，Word 6.0 的中文版问世。

随着 *Windows* 95 中文版的问世，*Office* 95 中文版也同时发布，但 *Word* 95 存在着在其环境下保存的文件不能在 *Word* 6.0 下打开的问题，降低了人们对其使用的热情。新推出的 *Word* 97 不但很好地解决了这个问题，而且还适应信息时代的发展需要，增加了许多全新的功能。

◆ WordStar（简称为 WS）是一个较早产生并已十分普及的文字处理系统，风行于 20 世纪 80 年代，汉化的 WS 在我国曾非常流行。

◆ 1989 年香港金山电脑公司推出的 WPS（Word Processing System），是完全针对汉字处理重新开发设计的，在当时软件市场中独占鳌头。

◆ 1990 年微软公司推出的 Windows 3.0，是一种全新的图形化用户界面的操作环境，受到软件开发者的青睐，英文版的 Word for Windows 因此诞生。1993 年，微软公司推出 Word 5.0 的中文版，1995 年，Word 6.0 的中文版问世。

随着 *Windows* 95 中文版的问世，*Office* 95 中文版也同时发布，但 *Word* 95 存在着在其环境下保存的文件不能在 *Word* 6.0 下打开的问题，降低了人们对其使用的热情。新推出的 *Word* 97 不但很好地解决了这个问题，而且还适应信息时代的发展需要，增加了许多全新的功能。

样张 2

		第一学期	第二学期	第三学期	第四学期	总评
物理系	数学					
	英语					
	计算机					
化学系	数学					
	英语					
	计算机					
生物系	数学					
	英语					
	计算机					

附录 B

Excel 2003实验

【实验目的】

1. 基本操作

- 工作簿操作包括新建、打开、保存、另存、关闭工作簿。
- 工作表操作包括选定工作表、插入/删除工作表、插入/删除行与列、调整行高与列宽、命名工作表、调整工作表顺序。
- 单元格操作包括选定单元格、合并/拆分单元格、设置单元格格式。
- 输入数据操作包括输入基本数据、输入公式与自动填充,修改、移动、复制与删除数据。
- 图表的创建、编辑、格式化。
- 数据排序、筛选、分类汇总、数据透视表。

2. 图表操作

- 创建图表包括嵌入式图表和图表工作表。
- 图表编辑包括编辑图表对象、改变图表类型和数据系列、图表的移动和缩放。

3. 数据管理和分析

- 数据排序操作包括简单排序和复杂排序。
- 数据筛选操作包括自动筛选和高级筛选。
- 数据分类汇总和建立数据透视表操作。

【实验内容】

1. Excel 2003 操作题 1

请在 Test1 中完成下述操作:

(1) 将标题字体设为"黑体"20 磅,斜体,颜色设为蓝色。

(2) 表中各中文字段名:字体设为"宋体"14 磅,竖直居中,水平居中,颜色设为蓝色。

(3) 利用公式计算扣款,扣款＝缺勤天数＊50,将结果填入"扣款"栏中。

(4) 利用公式计算每个职工的实发工资,将结果填入"实发工资"栏中。

(5) 利用公式求出"基本工资"和"实发工资"的平均值,将结果填入"平均值"栏中。

表 Test1

某单位工资表					
姓名	基本工资	补助	缺勤天数	扣款	实发工资
张三	2200	120	5		
李四	1500	80	2		
王五	900	60	0		
平均值					

2. Excel 2003 操作题 2

请在 Test2 中完成下述操作:

(1) 将标题"保险业务情况表"的对齐方式设置为水平和垂直居中。

(2) 将"地区"列的列宽设置为 5。

(3) 删除"部门员工人数"列。

(4) 以"险种"为主要关键字按降序、"保费收入"为次要关键字按升序,对表格数据进行排序。

(5) 将"保费收入"列的数据格式设置为货币格式,货币符号设置为"¥"。

(6) 在 Sheet2 中利用分类汇总功能,以"地区"为分类字段,对"保费收入"进行求和汇总。

表 Test2

保险业务情况表				
地区	险种	经理	部门员工人数	保费收入
中部	人寿保险	郭鑫	5	160 227.8
东部	人寿保险	杨阳	6	489 507.5
中部	健康保险	于曼曼	8	11 701.01
中部	人寿保险	王艳芳	4	139 858.9
西部	人寿保险	陈敏	9	26 173.46
西部	汽车保险	刘志如	5	124 314.8
西部	健康保险	谢慧敏	6	194 228.6
东部	健康保险	杨美荣	5	492 831.2
中部	汽车保险	张秋芬	4	301 484
东部	汽车保险	王相力	7	347 271.7
中部	健康保险	韩春雨	9	202 973.8
西部	健康保险	李娟	5	115 017.7
中部	汽车保险	严雪娇	7	21 300.87
东部	健康保险	唐丽丽	8	58 638.34
东部	人寿保险	倪红鸽	9	139 688.8
西部	汽车保险	李宏月	3	1 632.63
中部	人寿保险	孙桂杰	7	160 679.6

3. Excel 2003 操作题 3

请在 Test3 中完成下述操作：

(1) 删除工作表 Sheet4 与 Sheet5，将范围 B2:F11 的数据复制到 Sheet3 的 B2:F11 区域，并将工作表 Sheet3 重命名为"原始数据"。

(2) 用公式计算离差（离差＝身高－平均身高），并将结果保留小数两位，数据格式设为左对齐。

(3) 将标题格式改为"黄色"，"16 号"字体，将设置双下划线，红色底纹。

(4) 将身高、离差、体重列设置为最适合的列宽，并将 18～30 行的行高设为 19。

(5) 在 Sheet2 中，筛选出所有男生中身高高于 170cm，体重超过 58kg 的所有记录，并保留筛选标志。

表 Test3

18～25 岁年龄组身体形态检测原始数据

样本编号	身高(cm)	离差(cm)	体重(kg)	胸围(cm)	小腿围(cm)
1	172.7		61.2	87.2	35.7
2	171.5		60.4	87	35
3	171.8		60.8	86.7	35.6
4	170.8		59.7	86.1	35.6
5	170		59.3	85.2	35.1
6	171.6		57.7	85.6	35.1
7	171.6		59.2	85.2	35.1
8	171.3		59.6	84.3	35.4
9	169.7		58	86.7	34.8
10	169.2		57.8	86.4	34.7
11	173.8		62.5	88.5	36.8
平均	171.27	0.00	59.65	86.26	35.35

4. Excel 2003 操作题 4

请在 Test4 中完成下述操作：

(1) 在"语文"和"外语"之间插入"数学"列，数学成绩从上往下依次为 45,78,62,91,45,77,56,66。

(2) 在第 1 行 B 列插入标题"99 级学生成绩表"，将其设置为"黑体"、"18"号、"加粗"，并作为表格标题合并并居中。

(3) 将 Sheet1 重命名为"学生成绩表"。

(4) 打开 Sheet3 工作表，为所列清单创建三维簇状柱形图表（系列产生在列上）。

表 Test4-Sheet1

姓名	班级	语文	外语	计算机	哲学
王雪薇	1	90	63	90	88
陈佳	2	67	66	58	63
邢成欢	2	88	69	83	76
陈维骐	1	87	87	88	69
武佳丽	1	65	90	65	64
刘泽芳	2	34	71	87	87
王月	2	98	23	98	77
张晶晶	1	87	45	66	63

表 Test4-Sheet3

各商场商品销售额统计表（万元）			
	商品类 1	商品类 2	商品类 3
商场 1	989	752	123
商场 2	353	344	1560
商场 3	455	563	255

5. Excel 2003 操作题 5

请在 Test5 中完成下述操作：

（1）在 B1 单元格添加标题"高一（1）班第二次月考成绩"，并设为"蓝色"，"16 号"字体，并将单元格 B1:J1 合并，对齐方式为"水平居中"、"垂直靠上"。

（2）删除"信息技术"这一列，并在姓名为王玲玲的下面增加一行，内容分别为"11、陈逸男、女、85、89、87、84"。

（3）在相应单元格，利用公式在对应位置求出"总分"，"平均分"，"标准差"。其中平均分小数位数保留两位，标准差小数位保留三位。

（4）将表格数据以"性别"为主要关键字降序，以总分为次要关键字升序排序注：其中"平均分"与"标准差"不参与排序。

（5）将表格 B2:I14 的边框线颜色改为红色，双线外框、虚线内框（右列第 1 行）。

（6）在 Sheet3 中，利用分类汇总功能，以性别为分类字段，求出物理成绩的平均分与最高分。

表 Test5

序号	姓名	性别	语文	数学	英语	物理	信息技术	总分
1	丁圆圆	女	56	78	56	88	57	
2	李学超	女	79	68	63	83	65	
3	李娟	女	69	65	61	81	58	
4	靳向阳	女	55	76	60	83	60	
5	王海燕	男	64	69	48	88	70	
6	陈海涛	女	64	64	46	78	58	

续表

序号	姓名	性别	语文	数学	英语	物理	信息技术	总分
7	王武	女	66	67	60	87	64	
8	傅瑞敏	女	63	70	54	85	62	
9	张春英	女	60	60	44	81	49	
10	王玲玲	女	59	51	51	70	60	
	平均分							
	标准差							

6. 综合实验

（1）启动 Excel 2003，在 Sheet1 中输入以下数据（其中第一行为标题，第二行为各字段名，其他各行输入具体数据）。

计算机 2 班 3 组成绩表					
姓名	性别	高等数学	大学英语	计算机基础	总分
王大伟	男	78	80	90	
李博	男	89	86	80	
程小霞	女	79	75	86	
马宏军	男	90	92	88	
李枚	女	96	95	97	
丁一平	男	69	74	79	
张珊珊	女	60	68	75	
柳亚萍	女	72	79	80	
最高分					
平均分					

（2）计算每个学生的总分，并求出各科目的最高分和平均分，并将表格标题改为"计算机 2 班 3 组部分科目成绩表"。

（3）设置格式：

① 标题：常规、蓝色、粗楷体、16 磅大小、加下划双线；行高 25 磅，A～F 列合并单元格；水平居中，垂直居中。

② 字段名：宋体、加粗、红色、水平居中。

③ 全部数据：水平居中；平均分为"数值型"的第四种，且小数位 1。

④ 将高等数学、计算机基础各列设置为"最适合的列宽"。

（4）创建图表：

① 以学生姓名、各科成绩为数据源，建立嵌入工作表。

② 图表类型：柱形图、默认格式；不显示图例。

③ 添加图表标题："学生成绩表"；分类轴标题："姓名"；数值轴标题："分数"。

④ 图表标题：粗体、14 号、单下划线；分类轴标题和数值轴标题：粗体、11 号，数值轴标题设置为 45 度方向；分类轴和数值轴：10 号、红色。

（5）将数据复制到 Sheet2、Sheet3 中，然后进行下列操作：

① 在 Sheet2 中进行分类汇总：

　　分类字段：性别。

　　汇总方式：平均值。

　　汇总项：高等数学、大学英语、计算机基础。

　　只显示汇总项。

② 在 Sheet3 中进行高级筛选：

　　筛选条件：总分高于 230 的女生记录。

　　条件区域：＄B＄14：＄C＄15。

　　筛选结果复制位置：＄A＄20。

③ 以 Sheet1 中的数据为基础，在 Sheet4 中建立数据透视表：

性　　别	数　　据	汇　　总
男	平均值项：高等数学	81.5
	平均值项：大学英语	83
女	平均值项：高等数学	76.75
	平均值项：大学英语	79.25
平均值项：高等数学 的求和		79.125
平均值项：大学英语 的求和		81.125

（6）存盘：以 G1.XLS 为文件名保存在我的文档（My Documents）文件夹中。

【实验样张】

Sheet1 样张（图表）：

计算机 2 班 3 组部分科目成绩表					
姓名	性别	高等数学	大学英语	计算机基础	总分
王大伟	男	78	80	90	248
李博	男	89	86	80	255
程小霞	女	79	75	86	240
马宏军	男	90	92	88	270
李枚	女	96	95	97	288
丁一平	男	69	74	79	222
张珊珊	女	60	68	75	203
柳亚萍	女	72	79	80	231
最高分		96	95	97	
平均分		79.1	81.1	84.4	

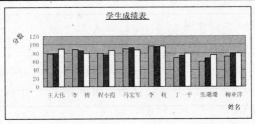

Sheet2 样张（分类汇总）：

<table>
<tr><td colspan="6" align="center">计算机 2 班 3 组部分科目成绩表</td></tr>
<tr><td>姓名</td><td>性别</td><td>高等数学</td><td>大学英语</td><td>计算机基础</td><td>总分</td></tr>
<tr><td></td><td>男 平均值</td><td>81.5</td><td>83</td><td>84.25</td><td></td></tr>
<tr><td></td><td>女 平均值</td><td>76.75</td><td>79.25</td><td>84.5</td><td></td></tr>
<tr><td>最高分</td><td></td><td></td><td></td><td></td><td></td></tr>
<tr><td>平均分</td><td></td><td></td><td></td><td></td><td></td></tr>
<tr><td colspan="6">总计平均值　79.125　81.125　84.375</td></tr>
</table>

Sheet3 样张（高级筛选）：

<table>
<tr><td colspan="6" align="center">计算机 2 班 3 组部分科目成绩表</td></tr>
<tr><td>姓名</td><td>性别</td><td>高等数学</td><td>大学英语</td><td>计算机基础</td><td>总分</td></tr>
<tr><td>王大伟</td><td>男</td><td>78</td><td>80</td><td>90</td><td>248</td></tr>
<tr><td>李博</td><td>男</td><td>89</td><td>86</td><td>80</td><td>255</td></tr>
<tr><td>程小霞</td><td>女</td><td>79</td><td>75</td><td>86</td><td>240</td></tr>
<tr><td>马宏军</td><td>男</td><td>90</td><td>92</td><td>88</td><td>270</td></tr>
<tr><td>李枚</td><td>女</td><td>96</td><td>95</td><td>97</td><td>288</td></tr>
<tr><td>丁一平</td><td>男</td><td>69</td><td>74</td><td>79</td><td>222</td></tr>
<tr><td>张珊珊</td><td>女</td><td>60</td><td>68</td><td>75</td><td>203</td></tr>
<tr><td>柳亚萍</td><td>女</td><td>72</td><td>79</td><td>80</td><td>231</td></tr>
<tr><td>最高分</td><td></td><td></td><td></td><td></td><td>0</td></tr>
<tr><td>平均分</td><td></td><td></td><td></td><td></td><td>0</td></tr>
<tr><td></td><td></td><td></td><td></td><td></td><td></td></tr>
<tr><td></td><td>性别</td><td>总分</td><td></td><td></td><td></td></tr>
<tr><td></td><td>女</td><td>＞230</td><td></td><td></td><td></td></tr>
<tr><td></td><td></td><td></td><td></td><td></td><td></td></tr>
<tr><td></td><td></td><td></td><td></td><td></td><td></td></tr>
<tr><td></td><td></td><td></td><td></td><td></td><td></td></tr>
<tr><td>姓名</td><td>性别</td><td>高等数学</td><td>大学英语</td><td>计算机基础</td><td>总分</td></tr>
<tr><td>程小霞</td><td>女</td><td>79</td><td>75</td><td>86</td><td>240</td></tr>
<tr><td>李枚</td><td>女</td><td>96</td><td>95</td><td>97</td><td>288</td></tr>
<tr><td>柳亚萍</td><td>女</td><td>72</td><td>79</td><td>80</td><td>231</td></tr>
</table>

Sheet4 样张（数据透视表）：

<table>
<tr><td></td><td>性别</td><td></td><td></td></tr>
<tr><td>数据</td><td>男</td><td>女</td><td>总计</td></tr>
<tr><td>平均值项:高等数学</td><td>81.5</td><td>76.75</td><td>79.125</td></tr>
<tr><td>平均值项:大学英语</td><td>83</td><td>79.25</td><td>81.125</td></tr>
<tr><td></td><td></td><td></td><td></td></tr>
</table>

Power Point 2003实验

【实验目的】

1. PowerPoint 2003 应用程序的基本操作

* PowerPoint 应用程序的启动与退出。
* 创建新演示文稿,包括选择模板、版式、添加幻灯片,以及文本的编辑。
* 打开、浏览、保存和关闭演示文稿操作。
* 幻灯片的插入、移动、复制和删除操作。

2. 加入动画效果

* 为幻灯片中的对象,预设或自定义动画效果。
* 对幻灯片的切换设置动画效果。
* 插入超链接,包括设置"动作按钮"和"超链点"。

【实验内容】

1. 编辑幻灯片

新建演示文稿,创建如图 C-1 所示 4 张幻灯片(应用设计模板自选)。

(a) 第一张   (b) 第二张

(c) 第三张   (d) 第四张

图 C-1 实验图例

选择幻灯片浏览视图,将"第1章"的副本复制到"第2章"之后,并将标题改为"第3章 计算机网络基础知识"。删除该副本的其他文本框。

将该演示文稿以文件名 p1.ppt 保存在 C:\My documents 文件夹中。

新建演示文稿,将 p1.ppt 中的第 1、3、5 幻灯片插入。选择 Azure.pot 应用设计模板。

在第一张幻灯片后插入新幻灯片,选择"文本与剪贴画"版式,分别添加标题:"第1章 基础知识"。文本:"概述"。剪贴画:动物剪辑库中的"狮子"。

在最后一张幻灯片后插入新幻灯片,空白版式。添加文本框,输入文字"结束",隶书、96 号、加粗。

2. 加入动画效果

幻灯片切换:

将标题幻灯片设置为"水平百叶窗"、中速、单击鼠标换页(仅用于本片)。其他幻灯片每隔 5 秒自动放映。

设置动画:在"附加页-1"中操作。

"附加页-1":动画顺序为 1,在前一事件 2 秒后启动,下次单击后隐藏。

"插入图片":单击启动。左侧按字飞入,播放后不变暗。

图片:在前一事件 3 秒后启动,阶梯状向左下展开,播放后不变暗。

3. 插入超链接

将"附加页-1"中的小鸟图片链接到 C:\Windows\Pbrush.exe。

将"附加页-1"中的"附加页-1"文本框链接到第一张幻灯片。

4. 添加动作按钮

在第一张幻灯片上添加"下一张"按钮。最后一张幻灯片上添加"上一张"按钮,其他幻灯片上添加"下一张"、"上一张"两个动作按钮。"上一张"按钮链接到相应幻灯片的"上一张"幻灯片上,"下一张"按钮链接到相应幻灯片的"下一张"幻灯片上。

5. 将该演示文稿以文件名 p2.ppt 保存在 C:\My documents 文件夹中。

参 考 文 献

[1] 朱鸣华,大学计算机基础 . 北京：高等教育出版社,2008.
[2] 李冰,赖利君. 计算机应用基础.北京：电子工业出版社,2009.
[3] 刘升贵,黄敏,庄强兵. 计算机应用基础.北京：机械工业出版社,2010.
[4] 龚京民 徐卉. 计算机信息技术实训教程.江苏：南京大学出版社,2009.
[5] 汪虹 项芳莉. 大学计算机基础.北京：高等教育出版社,2010.